青の鼓動

アン・スチュアート

村井　愛　訳

JN264421

MIRA®

Ice Blue

by Anne Stuart

Copyright © 2007 by Anne Kristine Stuart Ohlrogge

All rights reserved including the right of reproduction
in whole or in part in any form. This edition is published
by arrangement with Harlequin Enterprises II B.V./ S.à.r.l.

® and TM are trademarks owned and used
by the trademark owner and/or its licensee.
Trademarks marked with ® are registered in Japan and in other countries.

All characters in this book are fictitious.
Any resemblance to actual persons, living or dead, is purely coincidental.

Published by Harlequin K.K., Tokyo, 2008

三人の偉大にして自然な美しさを有する日本人——豊川悦司、林佳樹、神威楽斗に。

専門的なアドバイスをくれたカレン・ハーバー、インスピレーションを与えてくれた我が娘、そしてなにより、献辞に名前を載せてくれないといつも不平をこぼしている姉妹のタフィー・トッドに感謝を。タフィー、この本はあなたに捧《ささ》げます。

青の鼓動

■主要登場人物

サマー・ホーソン……………………サンソーネ美術館の学芸員。
マイカ・ジョーンズ…………………サマーのアシスタント。
ハナ・ハヤシ…………………………サマーの乳母。故人。
ジュリアン（ジリー）・マリー・ロヴィッツ……サマーの義理の妹。
リアン・ロヴィッツ…………………サマーの母親。
ラルフ・ロヴィッツ…………………サマーの義理の父親。
タカシ・オブライエン………………テロ対策秘密組織のスパイ。
レノ……………………………………タカシのはとこ。
ヒロ・マツモト………………………タカシの大叔父。
マダム・イザベル・ランバート……タカシの上司。
〝白様〟………………………………カルト教団の教祖。
ハインリッヒ・ミュラー……………〝白様〟の側近。

1

格別楽しい夜を過ごしているわけではなかったけれど、サマー・ホーソンは笑みを絶やさず、しかるべき人たちに向かってしかるべき受け答えをしつづけていた。誰かに見られている。そんな気はひと晩じゅうしていた。けれどもそれが誰なのかはわからなかったし、ましてや理由など見当もつかなかった。

サンソーネ美術館で開かれている今回の展示会のオープニング・レセプションは、招待客も限られた小規模なもので、サンタモニカ山脈にある小さな美術館にはきわめて裕福で力のある人物のみが招かれている。が鑑賞しに来たのは、最高級の逸品ばかりを集めた日本の陶磁器のコレクションだった。招待客どうしても好きになれない人間がいたけれど、その人間にしてみれば、しきりに自分を観察する必要はどこにもないはずだった。

するとアシスタントのマイカ・ジョーンズが、華やかな濃い紫の服に身を包み、にじり寄るようにしてやってきた。「誠に申し訳ないけど、僕はこのへんでおいとまをするよ。パーティーもじきに終わるし、僕が帰ったところで、誰も寂しくは思わないだろう。万事

と歯を見せて笑った。「そう誘いがあって」マイカはにやり
順調のようだしね。それにじつを言うと、断るに断れない誘いがあって」マイカはにやりと歯を見せて笑った。

サマーは驚いて飛びあがりそうになりつつも、「なんて男なの」と冗談めかして言った。「大事なパーティーでわたしを見捨てるなんて。まあ、いいわ。あなたの言うように万事順調。教祖様もご機嫌のようだし」

マイカは今回の主賓である人物のほうにちらりと目をやって、大げさに肩をすくめた。「なんならこの場に残って、盾を手にきみを守ることもできるけど……」

「あなたに守ってもらわなくたってけっこう！〈真の悟り教団〉なんて、ただの変わり者の集まりにすぎないわ。得体の知れないあの教祖にしてもそうよ。ハリウッドでいま流行《はやり》の宗教ってだけじゃない。それに、あなたは長いこと独り身で、これじゃあ禁欲主義者みたいだっていつも不平をこぼしてるじゃないの」

「きみだって黒以外の服を着れば、幸運な出会いに恵まれるかもしれない」マイカは例によってずけずけと言った。「まあ、地味な格好をしていてもきみは輝いているよ」

「嘘《うそ》ばっかり」サマーは先ほどから感じている不安を無視して言った。「どっちにしろ、あなたのことは愛してるわ。といっても、あくまでもアシスタントとしてね。早々とレセプションを抜けだそうとしている事実はべつにしても」

マイカはまばゆいばかりの笑みを浮かべた。「真の愛は人を待たず」そう言って身をかがめ、やさしさにあふれるキスをした。「僕のうちのきみの部屋はいつ来てもだいじょう

ぶなようにしてある。必要なときは遠慮なく使うといいよ。まあ、僕の寝室から漏れてくる快楽の声は無視してもらうにしても」

「ほんと、悪い男ね」サマーはありがたい思いを噛《か》みしめながら言った。「とにかくわたしはだいじょうぶ。ほんとよ。それに、あなたの私生活を邪魔するつもりはないわ」

マイカは軽く投げキスをし、ゲストのあいだを縫うようにしてその場を去った。サマーは親友のうしろ姿を見送りながら急にまた根拠のない不安を覚えたものの、そんな思いはあえて無視することにした。背中に突き刺さるような視線をふたたび感じたのはそのときだった。

やっぱりマイカを呼び戻して、もう少し待ってと頼むべきだろうか。もう三十分もすればパーティーも終わるし、レセプションさえ無事にすめば、自分もマイカといっしょに美術館をあとにできる。そうすれば、この妙に張りつめた感じだって消え去るに違いない。

とはいえ、根拠のない不安に左右されるような生き方は性に合わなかった。きっとこれも今回の主賓の存在のせいだろう。〝白様〟と呼ばれるあの教祖には、実際のところ、色素が抜けた瞳でこちらを見つめるだけの理由がある。いま自分が立っている場所の先には、愚かな母親が崇拝する教祖に贈り物として約束した陶器の壺《つぼ》があった。〝白様〟は欲しいものを確実に手に入れるすべを充分に心得ている。そうでなければ、世界じゅうに信者を持つ教祖として、現在の地位に登りつめられたはずはなかった。

今回の〝白様〟の狙《ねら》いは、わたしが所有している古い日本の壺だった。もちろんあの男だけにはやりたくないけれど、向こうの思いもそれに負けないくらい強いようだ。その壺は、かつて乳母として子どものころ面倒を見てくれた日本人の女性がくれたもので、それからほどなくして彼女は交通事故で命を落とした。それにしてもなんて勝手な母親なの、またしても娘を裏切るなんて。サマーは怒りを覚えたが、そんな母親の性格にはもう慣れっこになっていた。その壺は、うさんくさい教祖から守るために、職場である美術館に展示品として貸してある最中だった。けれども不気味なカリスマ性を備えた教祖は、遅かれ早かれそれを手にするだろう。わたしが拒んだところで、どうこうなるわけでもない。いまはその瞬間を少しでも先延ばしにすることくらいしかできなかった。

けれども先ほどから感じている視線の主は〝白様〟でも、ゆったりとした白い修行服を着たあの男の側近たちでもない。ふたたび背中に刺すような視線を感じたサマーは、さっと振りかえり、その正体を確認しようとした。十四世紀に作られた香炉のわきには年配のアジア人の夫婦がいるが、あのふたりではない。その近くにいるすらりと背の高い、サングラスをかけた男でもないだろう。なにしろ展示品より、楽しげに会話をしているブロンドの女性の胸の谷間に大きな興味を示している。誰かに見られているなんて、わたしの考えすぎなのだろうか。

豪華な装いでこの非公開のパーティーに集まったゲストに関しては、正直なところその半分ほどしか知らなかった。そもそもここに来ている人たちが、サンソーネ美術館のしがない学芸員に興味を抱く理由なんてどこにあるだろう。母のリアンや義理の父ラルフ・ロヴィッツとの関係や、ふたりのハリウッドでのライフスタイルは、ここではあまり知られていない。外見にしたところで、わたしの場合は南カリフォルニアの基準に照らしあわせても平凡そのものだった。まあ、なんとか洗練させようと、それなりに日々がんばってはいるけれど。

「教祖様がお話をなさりたいそうです」

感情を隠すのは得意だった。サマーは振りかえり、そこにいる修行僧の顔を見た。といっても、実際にその男が俗世間と縁を切った僧侶《そうりよ》であるかどうかはわからない。厳しい修行に明け暮れる者にしては、〈真の悟り教団〉の信者はみなかなり栄養のある食生活を送っているようで、目の前にいるふっくらとした若い男にしても同じことだった。剃髪《ていはつ》した頭に丸々とした顔。この手のタイプが大方そうであるように、そこにいる男もまた妙に信心家ぶった雰囲気を漂わせている。サンダルをはいたその足を踏みつけてやりたい。サマーは思わずそんな衝動にかられた。

もちろん、それが大人げない行動であることは承知している。なにかもっともらしい言い訳をこしらえることもできないわけではないけれど、パーティーも終わりに近づき、美術館の役員が会場をあとにするゲストの対応に当たるなか、わざわざ主賓を避ける理由はこれといって見当たらなかった。

「わかりました」サマーはなんとか感じよく聞こえるような声で言った。誰かに自宅を荒らされたのは、つい三日前のこと。結局なにも盗《と》られなかったものの、犯人がなにを探していたのかは直感でわかる。連中が喉から手が出るほど欲しがっている壺はいま、まさに目と鼻の先にあって、厳重な警備システムに守られている。

　サマーは、処刑台に連れていかれる囚人のような気分で部屋の奥に向かった。背中に突き刺さるような視線はまだ感じられる。けれども〝白様〟やその取り巻きは全員、自分の目の前にいた。さっとうしろを振りかえっても、ブロンドの女性と彼女の連れらしき男しか視界にはいなかった。きっと神経が過敏になっているに違いない。問題を引き起こしている原因は目の前にいるのに、ちらちらうしろを振りかえるなんて。

「これはこれは、ホーソン博士」教祖は穏やかな声で彼女を迎えた。「こうして直接お会いできるのは、まさに光栄のいたり」

　きわめて穏和な口調ながらも、それは皮肉以外のなにものでもなかった。この教祖はレセプションの席にあって、人々に光栄な思いをさせているのは自分だと確信している。まあ、普通に考えればそうなるのだろう。その世界においていまや時の人である〝白様〟は、きわめて尊い存在として崇拝されている。このようなパーティーでちらりと姿を見かけるだけでも、その存在を知っている人にしてみたらとても幸運なことに違いなかった。

　信者たちとは異なり、〝白様〟は頭髪を剃《そ》ってはいなかった。まっ白になった髪は肩まで垂れ、紙のように白い肌や、白みがかったピンク色の瞳と完璧《かんぺき》に調和している。丸みを帯びた体はゆったりとした白い服に覆われ、袖口《そでぐち》からはいかにもやわらかそうな肉づきのいい手がのぞいていた。たしかにそれなりのカリスマ性はあるらしい。とくに母のリアンのように感化されやすい人間にとっては、その影響も絶大なのだろう。ぱっと見るかぎり、人に害を及ぼすような感じでもなかった。それでも、なにか邪魔立てをする者があれば話はべつだろう。そしてサマーはまさにいま、この男の邪魔をしていた。

「光栄なのはわたしたちのほうです」駆け引きを得意としているサマーは、臆面《おくめん》もなく言った。

「これがきみのお母様が言っていた壺かね」その声は例によってきわめて穏やかだった。

「この壺の出所は定かでないようだが、そのような作品でも展示してあるとは意外だな」

強引な手出しができないようにこうして公の場に披露しているのは、相手も充分に承知しているはずだった。「この作品の背景に関しては、いろいろと調べている最中なんです」とサマーは言った。実際、それは嘘ではなかった。「なにしろこれだけの美しい壺ですし、人の目に触れさせないでおくのもどうかと思いまして。日本の陶磁器を集めた展示会を開催しようとしていましたし、こうして披露するのが理にかなった行為かと」

「たしかに理にはかなっている」教祖はその言葉を繰りかえした。「この作品についてなにかわかったらぜひわたしにも一報願いたい。陶磁器の専門家を自称するわたしも、この絶妙な青の色合いは見たことがない。あるいは一度貸してもらえれば、この目でじっくり調べて、きみの調査にも協力できるかもしれん」

「それはご親切に」サマーはつぶやくように言った。「ですが、おそらくこの壺の価値はないも同然でしょう。なにしろこれは、かつてわたしの面倒を見てくれた乳母からの、たんなる贈り物なんです。でもだからこそ、個人的にはとても大切な品です。もちろん万が一、相当の価値があるものだと判明したら、日本政府に返すのが妥当でしょうけれど」

その言葉を耳にするなり浮かんだ慈悲の微笑《ほほえ》みには、一点のかげりもなかった。「きみはお母様と同じようにきわめて寛大で、立派な女性だ」

サマーは鼻先で笑いたくなるのを必死にこらえた。母親はここ最近、〈真の悟り教団〉に大金を注《つ》ぎこんでいる。どういうわけか教団はつねに現金を必要としているようで、その欲求は足ることを知らなかった。いずれにしろ、大切なこの壺は絶対に渡せない。たとえこの人たちがどんなに欲しがったとしても、譲るわけにはいかない。義理の父のラルフはとても価値のあるものに違いないと言っていたけれど、母親がとっととこれを処分したがっていて、その理由はわかっていた。母親は乳母のハナさんに対してつねに嫉妬《しっと》のような感情を抱いていた。仕事で忙しい自分は時間がなくて充分にその役割を果たせなかったけれど、そのあいだハナさんは完璧な母親としてわたしに愛を注ぎ、成長の過程で知るべき教えを施して、理解ある相談相手にもなっていた。この壺は母親がついにハナさんをやめさせることに成功したとき、思い出の品としてハナさんからもらった贈り物のひとつだった。そしてその後、わたしは寄宿学校に送られたが、贈り物はハナさんと再会する日まで大切にとっておこうと心に決めた。ハナさんが亡くなったのはそれからまもなくしてからのこと。それはあまりに突然の死だった。

なのに母親は浅はかにも、現在、自分が心のよりどころにしているグルにそれを譲ろうとしている。そんなことは絶対にさせない。

「きみのお母様はずいぶん嘆いていらしたよ。ここのところ、ちっとも娘に会っていないとね」教祖は穏やかな声でその場の空気を震わせた。「なんとかして、きみと仲直りができないものかと心から願ってもいる」

「それはそれは」とサマーはつぶやいた。四十代前半という年齢ですでに二十代の後半になる娘がいるというのは母親の希望だった。そもそも、娘からできるだけ遠く離れていたいということを世間に納得させるのは、かなり困難なことらしい。〝白様〟はなんらかの返事を求めているようだったけれど、期待に応《こた》えるつもりは毛頭なかった。だいたい母親との関係は個人的なもので、他人に口出しされる筋合いはない。

教祖は振りかえって陶器の壺に視線を戻した。「きみもすでに承知していると思うが、この壺はわたしに譲るとお母様が約束してくれたのだよ」

御託を並べることなく要点に触れてくれるのは、こちらとしてもありがたかった。「お言葉を返すようですが、そのような約束をする権利はわたしの母親にはありません」とサマーは言った。けっして失礼にならないよう充分に配慮して。

「なるほど」教祖は小声で言った。このような反応が返ってくることは、母親から事前に告げられていたのだろう。それは疑う余地もなかった。「しかしだ。そういうことであれば、なおさらこの壺は正当な権利を所有する場所に戻すべきではないのかね。本来この壺があるべき、日本の寺院に」

「おっしゃるとおり、この部屋にあるほとんどすべての品は日本に戻すべきです」とサマーは言った。あなたもふくめてね。「一度向こうの文化庁に連絡をとって、興味があるか確認してみるべきかもしれません」

色素の欠乏した肌がさらに青白くなるのを見るのはとても奇妙なものだった。「そのような面倒な手順を踏む必要はないだろう。わたしはもうじき日本に戻る予定でいる。きみさえよければ、かわりにそのへんのところを訊《き》いておいてもかまわない」

サマーはハナさんに教わったとおりのやり方でお辞儀をし、ていねいに言葉を返した。「それはご親切に」〝白様〟や〈真の悟り教団〉が日本で好ましく思われていないことは噂《うわさ》で聞いていた。おそらく十数年前に東京で起きた地下鉄サリン事件の影響なのだろう。終末論的な教義を掲げるカルト教団によって引き起こされたあの事件以来、日本政府は新興宗教の団体を警戒の目で見る傾向にあって、〈真の悟り教団〉のような甘ったるい善意を売りにした団体に対しても、その傾向は変わらなかった。とはいえ、〝白様〟と崇《あが》められる男は自分のすることに絶対の自信を持っている。その教義を盲信する者のなかには、きっと政府の役人もいるに違いない。たとえ文化庁に権利を託しても、結局、壺はこの男の手に渡ってしまうかもしれない。

教祖は問題の壺をじっと見つめた。明るい照明の下、壺は清らかにして美しい輝きを放ってそこにある。「じつはきみのお母様に約束したのだよ。今夜、レセプションのあとにきみを連れていくと」教祖はそう言って話題を変えた。「彼女は心底きみに会いたがっているのだ。そしてこれを機に、親子のあいだにある誤解をすべて払拭《ふっしょく》したいと思っている」

「それは無理です」とサマーは言った。「今夜は忙しくて、とてもそれどころではありませんし。ですが近日中に電話をして、昼食でもどうかとわたしのほうから誘ってみます」

「お母様は今夜会いたがっているのだ。わたしとしても、疎遠になった親子を仲直りさせる使命をないがしろにするわけにはいかない」穏やかながらもよく通る声には、かすかな鋭さがあった。教祖として何千もの人々を魅了しているのも、この声を聞けばたしかにうなずける。けれどもサマーは、得体の知れない年配の男に容易に洗脳されるような性格ではなかった。

「申し訳ありません」とサマーは答えた。「今夜はどうしても忙しくて」そしてそう言うなりさっと踵《きびす》を返し、ケータリング業者の給仕たちの背後に隠れるようにして、その場を去った。〝白様〟は例によって取り巻きたちに囲まれ、悠々とした足どりで出口へと向かったようだった。

実際になにか仕事をしていないと落ち着かない気分になったサマーは、からのシャンパングラスを集めて厨房《ちゅうぼう》へと運ぼうかと考えたが、充分な数の給仕係がいるのに、仕事を奪えばかえってへんに思われるだろう。長身の男とブロンドの美人のふたり組をふくめ、招待客はみんな美術館をあとにしていて、背中に感じていた刺すような視線も感じられなくなっている。いまはただ、みぞおちのあたりに不快な感覚が残っているだけだった。敵意もあらわに自分を見つめていた者の正体を確信したのは、そのときだった。そう、視線の主はあの教祖に違いない。

給仕たちはいまいましいほどの手際のよさですべてを片づけ終え、ふと気づくとサマーは建物にひとりきりになっていた。夜勤のガードマンたちが到着することになっている時間まで、あと三十分もある。結局、レセプションのパーティーは予定していた時間より早めに終わったようだった。サンソーネ美術館の警備システムはしっかりしているので、貴重な美術品の安全を心配する必要はない。それはハナさんにもらった壺にしても同じことだった。〝白様〟はもうこの壺のありかを知っているのだし、これで家のなかを荒らされることもないだろう。個人的な宝物を展示品として美術館に並べるのは、ある意味で先制攻撃のようなものだった。いまのところ、それは功を奏しているように見える。

サマーは最後の明かりを消し、警備システムのスイッチを入れて、赤外線センサーや熱感知器を作動させた。そして仕事上いやいやはいていたハイヒールを脱ぎ捨て、大理石の敷きつめられた広い廊下を裸足《はだし》で歩き、ギリシャのヴィラを模して作られた玄関を出た。

夜空には山々を見下ろすように半月がかかっている。サマーは頭上に輝く月を見つめ、静寂に満ちた美しさのなかで深呼吸をした。今日はなんてストレスの多い、長い一日だったのだろう。でも、そんな一日ももうじき終わる。あとは、型は古いながらも愛車として使用しているボルボのステーションワゴンに乗って家に帰り、服を脱いで、ワイングラスを片手に杉の浴槽でくつろぐのみ。その浴槽は、自分に贅沢《ぜいたく》を許して買った数少ない品のひとつだった。

　突然、人の気配を感じたのはそのときだった。また誰かに見られている。それは実際に体を引っぱられるような熱い視線だった。サマーはできるだけ自然な感じを装って、周囲を見回した。視界に人の姿はない。サンソーネ美術館はその庭の造りからして、物陰に隠れてこっそり見つめる場所は山ほどある。視線の主は右手のフォーマルガーデンのなか、十八世紀に作られた展望台にいるかもしれないし、左手にある茂みの向こうに隠れているかもしれない。今夜は招待客たちのために場所をあけて、駐車場のいちばん奥に車を停《と》めてあった。その車は、枝の張りだした木の陰に隠れてここからは見えない。ふいに臆病風に吹かれたサマーは、いったん美術館に戻って、警備員が到着するまで待とうかと考えた。けれども、それにはあまりに疲れすぎている。もしかしたらすべて気のせいなのかもしれないし。自宅が荒らされてからはマイカの家に泊まらせてもらっているのだけれど、久々に恋人ができつつある親友のプライベートな時間を邪魔するのは忍びなかった。正直に言って、今夜はできることなら自分のベッドで眠りたいというのもある。

　警備員はもうじき到着するだろうし、たとえ閉館後を狙って強盗が現れたとしても、わたしにできることはあまりない。それにこれ以上遅くなれば、帰り道でハンドルを握りながら居眠りをしてしまいそうだった。そうよ、きっと気のせいよ。たぶん、被害妄想でも抱いているのだろう。そもそもわたしをどうこうしようとしている者なんて、いるはずがない。欲深いあの教祖にしたところで、そんな乱暴なまねをするとはとても考えられなかった。〝白様〟の狙いはあくまでも壺なのであって、わたしではない。それにしても、どうしてそんなにあの壺にこだわるのかは見当もつかなかった。

駐車場に向かいはじめたものの、白い小石の敷きつめられた地面は裸足で歩くには痛すぎた。これならハイヒールをはいたほうがずっとましかもしれない。近日中に役員会にかけあって、駐車場を舗装してもらう必要があるだろう。見栄えを重視してこんな石のかけらをまき散らしても、なんの意味もない。

愛車のボルボは型が古く、いま主流のキーレスエントリーなんていう気のきいた装置はついていなかった。運転席のドアを開けようと鍵穴《かぎあな》にキーを差しこむと、ふいに物音が聞こえた。気のせいかもしれないと思うほどの、かすかな音。さっと顔を上げ、あたりの闇《やみ》に目をこらした。また誰かに見られている。すると突然ボルボのドアが開いて、誰かが飛びかかってきたかと思うと、そのまま地面に押し倒された。ごつごつした小石が、背中に食いこんで痛かった。そしてつぎの瞬間には、顔に布がかぶせられ、息苦しい闇に包まれた。

2

なんの抵抗もせずに、意のままにさせるつもりはなかった。サマーは必死に足をばたつかせたが、裸足《はだし》とあってはたいした防御にもならない。車内で待ち伏せしていた人間が誰であれ、相手はかなりの力の持ち主だった。がっしりした両腕で覆いの上から体を羽交い締めにし、小石の敷きつめられた地面を引きずってどこかに連れていこうとしている。声をあげて助けを求めようとすると、がつんとこめかみのあたりを殴られた。近くで人の声がする。複数の、くぐもった低い声。そしてつぎの瞬間、車のトランクが開けられる音が聞こえた。必死にあがきつづけていると、べつの人間の手が加わって無理やりトランクのなかに押しこまれ、結局、抵抗らしい抵抗もできずにトランクの蓋《ふた》が閉められた。

サマーは薄手の布を取って、トランクの蓋を内側から叩《たた》いたり、蹴《け》ったりした。きっと高級車かなにかだろう。トランクのなかは広々として、カーペットも敷かれている。誰の仕業かは想像するまでもなかった。〈真の悟り教団〉は欲しいものを必ず手に入れることで評判だった。そしてわたしからなにかを得たいと思っている者など、〝白様〟以外に考えられない。大声でわめきながらふたたびトランクの蓋を蹴りあげると、外側から誰かが思いきり叩きかえしてきた。これが安物の車だったら、いまの衝撃でトランクは確実にへこんでいたに違いない。

気づくと車は動きだし、サンソーネ美術館の敷地内にある長く曲がりくねった道を危険なスピードで突き進んでいた。トランクに閉じこめられたサマーは、まるでじゃがいも袋のように転がっては、何度も側面の金属に頭をぶつけた。この状況ではなんとか踏んばって体を支えるほかにできることはない。大声で助けを求めたところで、時間の無駄だった。騒音に満ちた路上では声など届かないだろうし、この車のボディーにはしっかりした防音材が使われているかもしれない。いまはなんとか堪え忍んで、いざ逃げるときのために力を蓄えておくのが無難だった。

どうやら本道に入ったらしく、激しい横揺れも一転して収まった。誰がハンドルを握っているにしろ、運転手は一定のゆるやかな速度を保ち、ひたすら車を走らせている。下手に注意を引いて、トランクのなかにいる女に気づかれたら困るということなのだろう。いったい連中はどこにわたしを連れていこうとしているのだろう。なんとか手がかりをつかもうと耳を澄ませても、前方の車内からはなんの声も聞こえてこなかった。自分のほかに車に乗っている人間がひとりなのか、あるいはそれ以上なのかは定かでなかった。ふたりがかりでトランクに押しこまれたとしても、ふたりとも車に乗ったかどうかまではわからない。もし相手がひとりならば、タイミングを見計らって脱出することも可能かもしれない。少なくとも、やってみるだけの価値はある。

突然、車がスピードを上げ、トランクのうしろに投げだされたサマーは、その拍子に内側にある施錠装置に膝をぶつけた。激痛に悲鳴をあげても、その声は敷きつめられたカーペットに吸いこまれるばかりだった。

「落ち着くのよ」と自分に言い聞かせる声も、暗闇《くらやみ》のなかでは弱々しく、意味のないものに聞こえる。サマーはゆっくりと深呼吸をして、それを繰りかえした。このままトランクのなかで転げ回っているわけにはいかない。なんとか脱出する方法を考えなければ。

そう、車のトランクにはジャッキやタイヤレバーが入っているんじゃなかったかしら。もしかしたらこの分厚いカーペットの下に収納されているのかもしれない。そう思ってトランクの端に指を滑りこませたものの、自分の体重が邪魔になって、カーペットを引きあげるのも無理があった。それでも身を縮めるようにしてできるだけ端に寄り、ふたたび試みると、ほんの少しだけめくれてなんとか腕を入れることができた。まず指先に感じたのはタイヤの感触だった。わきにはシザーズジャッキもある。タイヤレバーもそのへんにあるに違いない。

その際に、革製の小さな工具袋を見逃さずにすんだのは運がよかった。工具袋のなかには、骨の一本や二本、軽く折ることのできそうな頑丈なタイヤレバーも入っている。それは胸が悪くなるような考えだけれど、こんな夜更けに誘拐されている状況を考慮すれば、たいしたことではないのかもしれない。サマーはめくっていたカーペットを元に戻し、その上に寝転がって、三十センチほどの鉄のバーをゆったりとした長い袖《そで》の下に隠した。必要とあれば、これで目を突くこともできるかもしれない。

車はかなりスピードを上げていた。揺れの激しさからして、先ほど美術館から走り去ったときよりも速く感じられる。普通の車よりは広々としているとはいえ、トランクのなかでバランスを取りつづけるのは困難なものがあった。運転手はカーブに差しかかってハンドルを切りすぎたらしく、車が突然横滑りしたものの、体勢を立て直すなりまたスピードを上げた。べつの車のエンジン音が聞こえたのはそのときだった。音はすぐうしろから聞こえる。どうやら誰かに追いかけられているらしい。

でも、警察であるはずはなかった。現に、例のけたたましいサイレンは聞こえず、不安になるほど近くで空気を震わせているのは、うなるようなエンジン音だけだった。

その直後、なにかが破裂するような乾いた音が路上に鳴り響いた。なんの音かは言うまでもない。銃を撃っている。サマーはトランクの床に突っ伏し、両手で頭を覆った。誰かがこの車に向けて銃を撃っている。白馬の騎士が救出に参上したわけでないことだけはたしかだった。車のトランクに押しこまれるところを誰かが見ていたとは考えられない。それに、救出が目的ならどうして発砲などして、いっそう危険な目に遭わせる必要があるだろう。

突然の衝撃と共に激しく車体が揺れ、背後の車が檻《おり》がわりのトランクに衝突してきたのがわかった。それからはもう、なにもかもが一瞬のできごとだった。鳴り響く銃声。ぶつかりあう車。タイヤがきしんで耳障りな音をたてるなか、運転手はなんとか車体の安定を保とうとしていたが、やがて車は片側に傾きはじめた。

「嘘《うそ》でしょ、嘘でしょ」と声にならない声で祈りのように——あるいは呪文《じゅもん》のように——繰りかえしていると、周囲の世界は突然ぐるぐる回転しだした。車は道路のわきを転がっているらしく、永遠に続くと思われた回転はようやくなにかにぶつかって止まり、その勢いでサマーはトランクの壁に叩きつけられた。呼吸することすらままならないサマーは、放心したようにじっと横たわっていた。あたりは静まりかえり、いまではエンジンの音だけが心許《こころもと》なく聞こえる。たぶん車はこのまま炎に包まれ、爆発してしまうのだろう。そう、わたしをなかに閉じこめたまま。けれどもあまりのショックに、そんなことさえどうでもよく思えた。サマーはその場に横たわったまま、かろうじて息をしつづけ、爆発の瞬間を待った。

けれどもやがてエンジンは止まり、周囲はぞっとするような静寂に包みこまれた。車の外からは人の声も聞こえない。唯一聞こえるのは足音だけで、それがいっそう不安をかき立てた。

なんとか体を起こそうとするあいだ、サマーはあちこちに手を伸ばし、先ほどまでトランクのなかで転がっていたタイヤレバーを探した。どうやら車はなかば横転したまま静止しているらしい。まるでミキサーに入れられて三十分ほどかき回されたような気分だった。全身が痛みのかたまりになったような感じからして、体じゅうにあざができていてもおかしくはない。しかも、これで危険が去ったわけでもなかった。車のまわりを歩き回っている者が誰であれ、相手は間違いなく銃を持っている。その銃口が自分に向けられるわけがないと楽観する理由など見当たらなかった。

必死になって探していたタイヤレバーは結局、背中の下にあった。その感触に気づいた瞬間、いきなりトランクが開いた。

といっても、なにも見えはしない。誰かが立っていて、うしろがひとけのない通りであることはわかった。すぐ近くに停《と》まっている車のヘッドライトのおかげで、なにもかもが影となっている。ロサンゼルスの近くにこんな人通りの少ない道があるなんて思ってもみなかったけれど、この車の運転手はそれを見つけることに成功したらしい。サマーはタイヤレバーの存在を背中に感じながら、ぎゅっとまぶたを閉じ、体に弾丸が撃ちこまれるのを待った。

けれども両腕に抱えられるようにして、洞穴のようなトランクから冷たい夜風の吹く外に出されたサマーは、謎《なぞ》の相手によってそのまま道路の上に立たせられた。相手は脚の震えの止まらない自分をしっかりと支えている。

目の前に立っているのはギャラリーで見かけた男だった。サングラスをかけた背の高い男。いまはサングラスを外しているものの、アジア系の顔を見るなり、サマーの恐怖は一気に増した。この男は〝白様〟と同じ、アジア人。少なくとも、その血が混ざっているのは間違いなかった。これがたんなる偶然であるはずはない。

夜の暗がりのなか、その男の美しさは輝いて見えた。完璧《かんぺき》な形をした高い頬骨。複雑な色合いを持つエキゾチックな瞳。細面の顔立ちに、意外と厚みのある唇。長い黒髪はシルクのような光沢を帯びている。男はこちらを見下ろすようにその場に立っていた。この男も〝白様〟がよこした殺し屋なのだろうか。実際、どう見ても殺し屋のようにしか見えない。もちろんそれは、自分が勝手に描いている殺し屋のイメージだけれど。

「だいじょうぶか」まるでコーヒーに砂糖を入れるかどうか尋ねるような落ち着いた口調だった。返事をしようとしても、いっこうに言葉にならない。サマーは無言のまま、相手を見上げるばかりだった。「とにかく車に乗って」と男は言った。

ショック状態から我に返るには、その言葉で充分だった。この状況にあって、見ず知らずの人間の車に乗るなんて考えられない。「いやよ」

「まあ、決めるのはきみだ。僕としては、きみをここに置き去りにしてもかまわない。でもその場合、誰が最初にきみを見つけるかは保証できないぞ。〝白様〟の本部にきみが現れなければ、きっとまた誰かが捜しに来るだろう」

「やっぱりわたしを誘拐しようとしているのはあの教祖なの?」

「こんな卑劣なまねをするほど、きみを憎んでいる人間がほかにもいるのであれば話はべつだが、それは疑問だ。さあ、車に乗るんだ」

選択肢はないも同然だった。サマーは足を引きずるようにして、停車している車へと向かった。そして途中でいったん立ちどまり、閉じこめられていた車のほうに振りかえった。車体は横倒しになっており、運転手がハンドルに突っ伏しているのが見える。その男が着ている白い修行服にはまっ赤な染みができていた。

「だいじょうぶかどうか、行って見てみるべきじゃない？」サマーはためらいがちに言った。

「心配なのかい？」

「当たり前よ。たしかにあの男はわたしに危害を加えようとした。でも、同じ人間なんだし――」

「あの男はもう死んでいる」

「そんな」

サマーは急に寒気を覚えた。今夜のロサンゼルスは比較的暖かだというのに、なぜか震えが止まらない。「さあ、車に」と男はふたたび言い、理想的なお抱え運転手のように助手席のドアを開けた。

サマーはそれに従った。座席は革製で、きわめて座り心地がよかった。けれども手の震えはいまだに止まらず、シートベルトを着けるのにも時間がかかった。いま自分が置かれている状況に関しては、もっと注意を払って記憶しておくべきなのだろう。そうすれば、あとで警察に行ったときにもちゃんと説明できる。ところがそうは思っても、なかなかその気にはなれなかった。だいたい記憶しようにも、この車の種類さえわからない。横転したもう一台の車については、〝白様〟が所有する白塗りのリムジンに間違いない。

「あの車に乗っていたのは運転手だけなの？」サマーは気づくと小さな声でそう尋ねていた。男は運転席に座り、エンジンをかけたところだった。官能的とも言える、低い振動音。

きっとスポーツカーかなにかなのだろう。でも、車内に車の名前の記されたマークなどは見当たらなかった。これじゃあ警察に質問されてもろくな説明ができないわ。もちろん、あとで警察に行けたとしての話だけれど。

男はギアをバックに入れて向きを変えると、夜の闇に向かってそのまま車を走らせた。かなりのスピードを出しているせいで、周囲の景色がかすんで見える。車が横転した現場も、やがて背後の闇に消えた。「余計なことを知らないほうがきみのためだ」と男は言った。

もしかしたらそのとおりなのかもしれない。めまいを覚えたサマーは、クッションのついた座席に頭をあずけ、目を閉じた。「どこに向かってるの？　もちろん警察に連れていってくれるんでしょ？」

「どうして警察に行く必要がある？」

サマーは目を丸くして男を見た。「たったいま起きた事件を報告するためよ。わたしはもう少しで誘拐されそうになったのよ。あんなことをして、ただですむと思ったら大間違いだわ」

「厳密に言えば、きみはもう少しどころか、実際に誘拐されたんだよ。それに連中にしてみれば、ただですんだわけではない」

サマーはふと、ハンドルに突っ伏した男の姿を思い浮かべた。あの白い服にできた、まっ赤な染みが血であるのは疑う余地もなかった。落ち着くのよ。サマーは自分に言い聞かせた。ゆっくり深呼吸をして、冷静に頭を働かせて。

「あの男たちを撃ったの？　銃声が聞こえたわ」自分が口にした質問はまったく現実味を欠いているように聞こえたが、相手はたんに首を振っただけだった。

「銃を撃っていたのは向こうさ。道の外に追いやられるのが、どうしてもいやだったらしい」

話の流れからすれば、あの血についても訊《き》こうと思えば訊けたのだろう。けれどもサマーは急に怖《お》じ気《け》づいて口を閉ざした。あとで警察に説明するにしても、知りたくないことまで質問する必要はない。

サマーは恐怖心と闘いつつ、勇気を振りしぼって運転手の無表情な横顔を見つめた。

「だいたいあなたは誰なの？　たまたま通りかかっただけだなんて言っても無駄よ。そんな嘘、信じるはずもない」

「たまたま通りかかっただけだとしたら、〝白様〟のことなど知っているはずがないだろう」男の声はあくまでも落ち着いていた。

「あなたはレセプションのパーティーにいたわ。この目で見たもの」

「たしかに」

「恋人はどこ？」

「恋人？」

「いっしょにいた胸の大きなブロンドの女の人よ。あなたは彼女の胸の谷間から片時も目が離せないようだった。いま考えれば、わたしのことを見ていたのはあなたでしょう？　パーティーのあいだじゅう、ずっと誰かに見られている気がしていたの。でも、振りかえってもそこには誰もいなくて……。視線の主はあなただった。そうなんでしょう？　いったいどうしてなの？」

「いずれ、こんなことになるのではないかと思っていたから、とでも言っておこう。〝白様〟やその取り巻きたちは、ハヤシの壺《つぼ》を手に入れたくて、文字どおりよだれを垂らしていた。そしてその邪魔をしていたのがきみだ。きみを誘拐して脅せば、展示品として置かれている壺を美術館から持ちだせると思ったんだろう」

「いったいなんの話？　ハヤシの壺って、お世話になった乳母からもらった形見のこと？」

暗がりに包まれた車のなか、隣にいる男はちらりとこちらに目をやった。相当なスピードを出しているのに、緊張している様子はまったくない。それはハンドルに軽くかけられた手を見れば明らかだった。指の長い、美しい手。この男は日本のヤクザなのかもしれないとも思ったけれど、一本残らずそろっているところを見るとその可能性は低い。ヤクザの組員であれば、犯した過ちの償いとして何本か指を失っているはずだった。自分を救いだしてくれたこの男が、絶対にミスなど犯さない人間だとしたら話はべつだけれど。

「きみは自分がなにを持っているのかまったく理解していないようだな」と男は言った。「あの壺がどこから来て、その背後にどんな歴史があるのかも」

「ほかの人間が欲しがるようなものであることは理解していたわ。でも、わたしはあの壺を譲るつもりはないの。そもそもハヤシの壺というのはなんなの？」

「きみにはまったく関係のない日本の歴史の一部さ」

「あの壺はわたしのものなんだし、関係ないじゃすまされないわ。どうして誰かがわたしを誘拐してまであの壺を手に入れようとしているのか、わたしには知る権利があるもの」

「知ったところでどうなるわけでもない。遅かれ早かれ、あの壺はきみの手から離れるだろう。まあ、そんなに驚かなくてもいいじゃないか。きみは〝白様〟に対する防御策として、あの壺を展示品として美術館に並べた。公の目にさらせば、向こうも手を出しにくくなると考えてのことだろう。だが、きみは敵を見くびっている。〝白様〟はみずから世界にそう示しているような、慈悲深い精神的先導者ではない。欲しいものを手に入れるためなら、人を殺《あや》めるのもいとわない男さ」

「それはあなたにしても同じでしょ」どうして突然そんなことを口にしたのかはサマー自身にもわからなかった。

「それが必要な処置であれば」と男は言った。非難に動揺している様子はまったくない。

「それで、わたしをどこに連れていくつもりなの？」

相手の視線は道路の先に固定されていた。「まだ決めていない」

感情とは無縁の淡々とした口調でそう言われると、胃が締めつけられるような感じはいっそう強くなった。「ひとつだけ教えて」とサマーは言った。「わたしはあの連中といるよりあなたといたほうが安全なのね？」

その答えはすぐには返ってこなかった。はじめから答えるつもりもないのかもしれない。けれどもやがて男はこちらに目を向けることもなく言った。「それはきみ次第だ」

尋常ではないできごとが続く状況にあって、サマーはその夜はじめて、自分のまわりで起きていることの恐ろしさを実感した。

彼女は助手席でがっくりと肩を落としていたが、それも無理はない、とタカシ・オブライエンは思った。とはいえ、嘘をついてごまかすつもりはない。強引にリムジンのトランクに押しこまれて誘拐された彼女は、結局体に何箇所かあざを作っただけで危機を脱した。おそらく、気が動転して泣きわめく女を相手にすることになるだろう。そう覚悟していたのだが、彼女は動揺こそすれ、比較的落ち着いていて、面倒をかけるようなまねはしなかった。少なくとも、いまのところは。

いまの彼女は、言ってみれば不都合な存在だった。感傷的になっていちいち人に同情するべきでないことは、経験上ずっと昔に学んでいる。そこにより大きなものが懸かっていればなおさらだった。〝多数の要求は少数の要求に勝る〟という古い禅の言葉もある。大規模な破壊工作の阻止か、カリフォルニア生まれのブロンドの髪をしたわがままな女の命か、どちらかを選ばなければならないとすれば、躊躇《ちゅうちょ》なく前者を選ぶはずだった。

しかし、実際の彼女は想像していたような女性ではなかった。事前に目を通した情報によれば、サマー・ホーソンは俗に言う〝飾り物の妻〟であった女性の娘としてハリウッドに生まれ、東部の寄宿学校や大学で教育を受けたのち、アジア美術の学位を取った。その名前はスキャンダルとは無縁で、現在にいたってもきわめて平穏な生活を送っている。ある意味では、それは地味な生活ぶりと言えるのかもしれない。世界を破滅に追いやりかねない鍵《かぎ》がたまたま彼女の手元にあるのは、当然、彼女のせいではなかった。

旧友のピーターなら、冗談まじりに一笑に付しているところだろう。〝おまえがそんなに冷酷なのは、まさにアジアの神秘のなせる業だ〟と。考えてみれば、おかしなものだった。なにしろピーター・マドセンは自分の知るかぎり最も冷酷な男なのだ。しかし、それもあの男には不釣りあいな女性と出会う前のこと。その女性のおかげでもう少しで自分も巻きぞえになって命を落とすところだったのは、そう遠い昔の話ではなかった。

そんな過ちを繰りかえすつもりはない。サマー・ホーソンが確実に死ぬ運命にあるのであれば、この手でそうするまで。できることならあっという間に、なんの痛みも感じさせず、すべてを終わらせてやるつもりだった。そう、なにが起きているのか気づく暇も与えず。彼女の記憶のどこかに日本にある古い寺院の場所が埋まっているのは、おそらく本人も知らないのだろう。その場所を探りだすためなら人を殺めるのもいとわない連中がいるのも、彼女のせいではない。その一方で、情報が外に漏れるのを防ぐためなら、非のない彼女を殺める覚悟はこちらにも充分にあった。

その気になれば道端に車を寄せ、励ますようにうなじに手をやって、ぽきんと首の骨を折ることもできる。即死した彼女の遺体は、あの白いリムジンのトランクに入れておくのが妥当だろう。そうすれば今回の任務のおまけとして、〝白様〟率いるうさんくさいカルト教団に決定的なスキャンダルをもたらすこともできる。

そもそも連中のもとから彼女を救いだしたのが迂闊《うかつ》だった。本来なら、あの場ですべてを終わらせるべきだったのだ。これ以上二の足を踏んでいれば、今度は前の座席に遺体をふたつ乗せたこの車を、道端で誰かに発見されることにもなりかねない。サマー・ホーソンという女性にはもはやなんの価値もなかった。問題の壺がどこにあるのかわかったいま、熟練したスパイの技術をもってすれば、それを手に入れるのは簡単だった。

このまま彼女を生かしておけば、危険は増す一方に違いない。彼女はいまや廃墟《はいきょ》となっているはずの寺の場所を知っている。無数の命が懸かっている場所への鍵は、ハワイよりも先に行ったことがないおめでたい女性の手に握られているのだ。いっそのことその秘密と共に死んでくれたら、世界の破滅という危機も避けられるだろう。

問題が複雑になっているそもそもの原因は、サマー自身、自分がなにを知っているのかを知らないことだった。かつて彼女の子守りだったハナ・ハヤシは、ある秘密を彼女に託した。しかし誰にもわからないようにと隠されたその謎のことは、サマー自身もなんのことだか見当もついていないようだった。

〝委員会〟としても、なにもせずに黙ってリスクを受け入れるわけにはいかなかった。常軌を逸した教祖が危険な妄想を実行に移す前に、その秘密もろともサマー・ホーソンを始末する必要がある。

そしてそのためにはなにも高速道路を降りたり、時速百二十キロ出ている現在のスピードを落としたりする必要もない。要領はきわめて簡単で、実際、これまでにも何度も経験があった。いまはただ考えるのをやめて、手を動かせばそれですむ。

ところが、先ほどの事故の影響か、いつもの反射神経はまだ完全には回復していなかった。当然それはこちらの落ち度だが、この状況で自分の有能さを証明するためだけに無理をする必要はない。タカシはつぎの出口で高速道路を降り、そのまま西に向かった。サマーはもはや質問を投げかけることもなく、おとなしく助手席に座っている。死が間近に迫っている事実など、まったく気づいていない様子だった。

交通量の少ない通りに入ったタカシは、道端に車を寄せ、助手席に向き直って彼女の青い瞳を見つめた。サマー・ホーソンは思った以上に美しい女性だった。化粧っ気のない顔には、鼻を横切るようにしてぽつぽつとそばかすがある。そばかすのある人間を殺したことは一度もなかった。

「それで、どうするつもり?」とサマーは言い、こちらを見つめかえした。まるでこれから起きることを知っているかのように。

タカシは彼女の首筋に手をやった。うしろでひとつにまとめられた髪は、なんとも忙《せわ》しない夜を過ごすなかでいまにも解《ほど》けつつある。神経がぴくぴく引きつり、脈の波打っているのが指先を通して感じられたが、その反応が目の前にいる男を恐れてのものなのか、今夜のできごとを思いだしてのものなのかはわからなかった。その瞳のなかにはなにかが宿っていた。しかしそれがなんなのかは理解できなかったし、この状況では考えている余裕もなかった。彼女の肌はやわらかく、かすかに熱を帯びていた。自分の大きな手なら、容易にその首をつかむことができる。

「キスでもするつもり？」とサマーは言った。まるでそれが死よりもたちの悪い運命であるかのように。「だってあなたはわたしの命を救ってくれたわけだし、輝く鎧《よろい》をまとった騎士として、それなりのお礼を要求してもおかしくないもの。でも、できればそんなことはしてほしくないわ。それより、どうしてわたしのことを見ていたのか教えてちょうだい。どうしてあの男たちのあとをつけていたの？　あとをつけてどうするつもりだったの？」

「きみにキスをするつもりなんて、はじめからない」

「それを聞いてほっとしたわ」とサマーは言い、そばかすの下にある肌をかすかに赤く染めた。「でも、あなたは何者なの？　わたしにどんな用があるというの？」

なにもプレッシャーを感じるようなことではない。相手がそれを求めているなら、同時に口づけをしたってかまわない。いずれにしろ、唇を離すころには死んでいるだろう。それはほんとうにたやすいことだった。すべては賢明な判断による措置にすぎない。

美術館から壺を回収するにしても、彼女の助けは必要ないはずだった。〝委員会〟が才能を認めるスパイのひとりとして、警備システムにも感知されず建物に侵入することには絶対の自信がある。彼女が死ねば、危険をはらんだ秘密も共にこの世界から消えるのだし、今後の展開としてはそれがいちばん安全だった。彼女が生きているかぎり、いつ〝白様〟の手が及び、本人すら気づいていない秘密が悪用されないとも限らない。彼女が死にさえすれば、危険は回避できる。

首筋にかけた手にほんの少し力を加えた瞬間だった。彼女の瞳がふと疑念にかげるのが見えた。片づけるなら早いところやってしまわなければならない。疑念が増幅して、恐怖に変わる前に。下手なためらいは、相手に痛みを与えるだけに終わる。

「わたしが推理するに、あなたはわたしの母親に雇われたボディーガードってところでしょう」質問に答えない相手を見て、サマーは言葉を続けた。「きっと母もあとで考え直したに違いないわ。尊敬する教祖が欲しいものを得るためならなんでもすることを知って、いずれわたしにも危害が及ぶと思ったのかもしれない。まったく愚かなものね。連中は美術館からあの壺を盗むのがどんなに簡単か理解していないんだから」

タカシは首にかけた力をかすかに弱めた。相手はこちらが指先でそんなことをしているなんて夢にも思っていないに違いない。「それはどういう意味だ？　サンソーネ美術館の警備システムはそれこそ芸術の域だろう？」

「いずれにしても、そんなに欲しいなら盗もうと試みるくらいのことはしてもいいじゃない」とサマーは言った。「だいたい美術館のセキュリティーはもっと価値のある作品に焦点が当てられているの。あの壺を盗むのは連中が思っているよりずっと簡単なはずよ。遅かれ早かれ、向こうから手を出してくることを期待していたのに」

「期待していたって、連中が壺を盗むことを?」タカシは完全に混乱していた。「どうして?」

「だって展示してあるのは偽物だもの」サマーは腹立たしいほど落ち着いた声で言った。「本物は安全な場所に隠してある。申し訳ないけど、どうしても母親のことを信用できなかったのよ。でも、わたしのためにあなたを雇ってくれたなんて、ちょっと感動だわ」

「僕はきみの母親を知らない」

サマーの顔から笑みが消えた。「じゃあ、どうしてあなたはわたしのことを見ていたの? どうしてあとを追ってきたのよ。いったいあなたは何者なの?」

きみが絶対に見たくない悪夢さ。タカシはそう言いたかった。しかしゲームは始まったばかりで、片づけるべき仕事もまだ残っている。

彼女の始末はもう少し先延ばしにする必要があった。

3

「じゃあハヤシの壺《つぼ》はどこにある?」

薄暗い車のなか、サマーは冷たい印象を与える美しい横顔にちらりと目をやった。突然の誘拐によって分泌されたアドレナリンが引きはじめたせいか、いまではだいぶ冷静にものごとを見られるようになっている。と同時に、危険に満ちたこの夜はまだまだ終わらないかもしれないという、やっかいな疑念も芽生えていた。どうして美術館にある壺は偽物だなんて教えてしまったのだろう。

「安全な場所よ」とサマーは言った。「とにかく家に送ってちょうだい」

「それは得策ではないな」と男は言い、エンジンをかけた。「壺がきみの家に隠されているのなら話はべつだが、もしそうだとしても、きっといまごろなくなっているだろう」

「わたしもばかではないわ。わたしの家はすでに誰かに荒らされたことがあるの。壺は誰にも見つからないところに隠してあるわ」

「どこに?」

結局はまたその質問に返るのね。サマーは自分でも知らないうちにみずからを苦境に追いやっていた。そう、フライパンの上から、燃えさかる火のなかへ。ハンドルを握る男はかなりのスピードで車を走らせていた。この速度ではドアを開けて飛び降りるなんて芸当はできっこない。映画では何度も見るシーンだけれど、実際にはとうてい無理だった。そんなことをすれば、確実に道路に叩《たた》きつけられて死んでしまう。いまはただ、この美しい謎《なぞ》の男にすべてをゆだねるほかなかった。幸い、むやみに人に危害を与えるようなタイプではないらしい。

「ひとこと断っておくわ。わたしはあなたが誰なのか知らないし、母に雇われたのでないとすれば、どうして美術館でわたしのことを見ていたのかもわからない。だから、あなたになにかを教えるつもりはないの。それでなくても、必要以上のことを教えてしまったんだし。とにかくこのまま家に送るなり、つぎの角で車を停《と》めるなりしてちょうだい。そこから先はもうひとりでもだいじょうぶよ」

相手はなにも言わず、目の前の道路に視線を注いでいた。車はふたたび高速道路へと向かっている。このまま高速道路に乗られたら、それこそ囚《とら》われの身になったも同然だった。たとえいま車から転がり落ちても、運がよければ、あざのひとつやふたつですむかもしれない。ところが、シートベルトのバックルにそっと手をかけたときだった。運転席から突然手が伸びてきたかと思うと、強引にバックルから手を引き戻された。

「下手なまねはしないほうが身のためだ」と男は言い、さらにスピードを上げた。

わしづかみにされた手は、いっこうに解放される気配もない。たぶん、相手を叩くなりして必死に抵抗し、その注意を運転からそらすべきなのだろう。今夜は一度、事故を生き延びたのだし、また事故に巻きこまれても生き残れる可能性はあるかもしれない。これ以上スピードが出る前に手を打てば、どうにかなるかもしれなかった。でも、いまの状況ではどちらがより危険なのかは見当もつかない。この小さな車ごと道の外に突き進むか、それとも、抵抗をあきらめてこの男と行動を共にするか。

この男はわたしに危害を加えるようなまねはしない。サマーはそう自分に言い聞かせた。だいじょうぶよ、乱暴なんてされない。だってこの人はわたしの命を救ってくれたんだもの。とにかくいまはそう信じるほかない。パニックを起こして、愚かな過ちを犯さないためにも。

「わかったわ」とサマーが言い、握りしめた拳《こぶし》の力を抜くと、やがて相手も手を離した。すれ違う車のヘッドライトに照らされ、男の顔は闇《やみ》に浮かんだり消えたりしている。サマーは思わずその横顔に釘《くぎ》づけになった。こんなに美しい男が殺し屋だなんて、絶対にあり得ない。

サマーは余計な考えを頭から振り払った。「どこに連れていくつもり?」

「きみは家に帰りたいんだろう?」という返事が口にされるなり、車は高速道路に入った。サマーは観念するように目を閉じた。結局わたしはこのまま人生を終えるのかもしれない。けれども気づくと、ふたり以上を乗せた車の専用車線であるHOVレーンを無事に走っていて、サマーは先ほどから止めていた息を一気に吐きだした。もしこのまま家に帰ることができたら、ドアというドアに鍵《かぎ》をかけて、服を脱ぎ、お湯をいっぱいに満たしたバスタブに入ろう。もしそんな贅沢《ぜいたく》をまた味わえるとしたら、そのときはもう一歩も浴室から出るつもりはなかった。

　スピードの出しすぎに関しては人のことは言えない。愛車のボルボを運転していたら、たぶん十五分くらいで自宅に到着していただろう。けれどもこの男の運転では十分もかからなかった。車はあっという間に古びたコテージ風の家の前に着き、低いエンジン音を闇に響かせている。サマーは自分が住む通りに車が到着するなり、なんとかこの男を追い払う方法はないかと必死に頭を働かせたが、あれこれ思考をめぐらせるほど混乱する一方だった。だいたい、どうしてこの男はわたしが住んでいるところを知っているのだろう。

「さあ、着いた」と運転席にいる男は言い、ギアをニュートラルに入れた。「本来なら紳士らしくドアまで送るべきだろうが、そんなことをしてもきみの不安を煽《あお》るだけだろう」

「じゃあ、このまま行かせてくれるの？」サマーは不審と期待の狭間《はざま》で言った。

「どうやらそのようだ」

「自分が何者なのか、どうしてわたしをつけていたのか、その理由も教えないまま？　あなたはわたしが住んでいるところを知っていたのよ」

　男はただ首を振り、なにも言わなかった。

「危険な目には遭ったけれど、無事にこうして家にたどり着いたことに感謝しろということ？」サマーはそう尋ねてシートベルトに手を伸ばした。今回は相手もその手を制することなく、助手席のドアを開けて脚を外に出しても、身動きもしなかった。脚にはなかなか力が入らず、わずかにふらついたものの、ドアを支えになんとかごまかした。あらためて外側から見ても、車の名前や車種はわからなかった。いずれにしても、車体の低い、流線型のスポーツカーのようなもの。車にうといなんて、やはりわたしは真のカリフォルニア人とは言えないのかもしれない。警察に説明する際に備えて詳細を記憶しておく必要があったが、いまはろくに頭が働かなかった。

もう二十八になる自分に母親は知るべきことを教えてくれなかったけれど、どんな状況にあっても礼儀を忘れずにいることはハナさんから教えられていた。サマーはドアをつかみながら身をかがめ、暗い車のなかをのぞきこんだ。「とにかく……お礼を言うわ。ありがとう。命を救ってくれて」サマーは弱々しく言った。

その瞬間、肉厚の美しい唇がほんのわずかにほころぶのが見えた。「べつになんでもないことだよ」と男は言った。癪《しゃく》な話ではあるけれど、おそらくそれが事実なのだろう。この男にとっては、わたしの命など取るに足りない。でも、それがどうしたというの？この男になんと思われようと、わたしの知ったことではない。サマーは心のなかで言い聞かせた。だいたいわたしは、目立たない存在でいるほうが性に合っている。

玄関に向かって細い道を歩いていくあいだも、こちらを見つめる視線はつねに背中にあった。他人の人生にずかずかと入ってくるような強引にして遠慮のない視線は、同時に自分を守ってくれるものでもあり、その矛盾にサマーは戸惑わずにいられなかった。どうして守ってくれていると感じるのかは、正直に言ってわからない。ひょっとしたらそれは、こんな脅威を覚える前に命を救われたのが原因なのかもしれなかった。

サマーは背後で玄関のドアを閉め、三つある鍵をすべてかけると、そのままドアにもたれて息を整えた。低いエンジン音と共に車が走り去る音が聞こえると、張りつめていた力が残らず体から抜け、がくりと膝が折れるまま床に崩れ落ちた。そしてサマーは戸口の柱にもたれ、両膝に頭をあずけて身を震わせた。

得体の知れない恐怖に縮こまって、どれくらい座りこんでいたのかはわからない。少なくとも、そこに涙はなかった。そもそも自分はハナさんがひき逃げの事故で死んだと聞かされて以来、一度も泣いてはいない。これで丸々十三年間、涙はひと粒も流していないことになるけれど、その記録は今後も更新していくつもりだった。

うずくまって落ちこむのもこれくらいにしないと。ドアのノブをつかんで体を起こしたサマーは、両脚に残る震えを無視して立ちあがった。窓の外を確認しても、車体の低いスポーツカーや謎めいた命の恩人の姿は見当たらない。けれども、自分を見つめる熱い視線は物理的な感覚としていまだに残っていて、いくら消し去ろうとしても完全にぬぐうことはできなかった。

明かりをつけたサマーは、まぶしい光に思わずひるんだ。いまは暗いところに身を置いていたほうが心が休まる気がする。けれども、暗いところにはたいてい怖いものも潜んでいる。この期に及んでまた怖い思いをするのはごめんだった。そのような経験は過去に一度味わっている。ここで、またもろい自分に戻るつもりはなかった。

　サマーはふいに足の痛みを感じ、どこかに靴を置いてきてしまったことにいまになって気づいた。高価ながらもはき心地の悪い靴だったので、なくなってせいせいした思いもなくはない。いずれにしても、服といっしょに靴も捨てるつもりだったのだ。いまはただ、恐怖の連続だった夜を思いださせるものはひとつ残らず処分してしまいたい。けれどもその前にまず、なんでもいいからなにかおなかに入れる必要があった。空腹を満たしてワインの一杯でも飲めば、あの男の視線の名残も消し去ることができるかもしれない。

　ベン&ジェリーのアイスクリームはこちこちに固まっていた。ラズベリーヨーグルトは賞味期限が切れ、チーズにはかびが生えている。おまけにワインのオープナーが見つからず、冷蔵庫にあるビールはサッポロだけだった。今夜は日本のビールを飲むような気分ではない。サマーは冷蔵庫から目をそらし、障子の衝立《ついたて》を押しやりながら居間を横切った。このまま服を脱ぎ捨てて、お湯のたっぷり入った浴槽に飛びこみたいのは山々だけれど、家のなかでのふるまいについてはハナさんから叩きこまれている。自分としても、草の染みがついて血だらけになった足の汚れをまず落としてから、温かいお湯のなかでゆっくりとくつろぎたかった。そこでサマーは寝室の隣にある浴室でさっとシャワーを浴び、大きな杉の浴槽に入った。

　なんてありがたいのだろう。これこそ真の幸せ。サマーは目を閉じ、温かく滑らかなお湯が傷を癒《いや》すように肌に触れるのを感じた。この瞬間だけはなにも考えず、心配とは無縁でいられる。まさに平和に満ちた至福の時間だった。

あの男がどこかでまだ見つめているのではないかというばかげた思いも、これで少しはまぎれるかもしれない。

聡明《そうめい》な女性にしては、サマー・ホーソンはいらだたしいほど愚かだった。タカシは彼女の住むコテージ風の家の裏手に回りながら、そう思った。この家の安全面にかなりの問題があることは、数日前に調べたときにすでにわかっている。しかもつい最近誰かに押し入られたというのに、セキュリティーの強化はまったくされていなかった。裏口のドアにある三つのロックはたやすく開けられるし、気休め程度のチェーンも力を加えればぷつんと切れてしまうだろう。家の外には感知器もなければ警報器も設置されていない。たとえ誰かが忍びこんでも、裏に回って生い茂る植えこみのなかに入ってしまえば、まったく気づかれずに姿を消せるはずだった。

部屋の窓にあるブラインドもまた、お粗末なものだった。和紙で作られたアジア風のシェードは、ほとんどその役目を果たしていない。居間とキッチンの明かりをつけたまま浴室に向かった彼女は、濡《ぬ》れた体を拭《ふ》くこともなく裸で姿を見せ、木の浴槽に入って気持ちよさそうに目を閉じた。

おそらく彼女の言ったことは嘘《うそ》ではない。そう断言しても差し支えはないだろう。彼女の手元にハヤシの壺はない。〝白様〟の手下ほどおおっぴらにはやらなかったものの、家のなかは充分に探したし、自分が壺を見逃すなど絶対にあり得ない。もちろんこのあいだは、とくに壺を探しているというわけではなかった。すでに美術館にあると思っていたのだから、それも当然のこと。

なんとかして探しだそうとしていたのは、問題の寺院へと導く手がかりになるようなものだった。〝白様〟が見つけるよりも早く発見できれば、〝委員会〟の力をもってして、危険なカルト教団のリーダーがたくらむ一連の計画を阻止できるかもしれない。〝白様〟はみずから神憑《かみがか》り的な儀式を執り行うため、かつてその寺院があった場所を必死になって探していた。その儀式なしには、信者たちも計画を実行に移すための確固たる信念を得られないということなのだろう。太陰暦の新年まであと数日。〝白様〟が宣言したその日は、謎めいた儀式を執り行うには最適だったが、もう間近に迫っている。なんとか時間稼ぎをし、あと数日ほどのあいだサマー・ホーソンやハヤシの壺に手を出そうとする連中の邪魔をすれば、今度は丸々一年かけて対応を考え、あの教祖の計画を根絶やしにできる。

そうすれば、重要な秘密を口にされる前に彼女の息の根を止める必要もなくなるはずだった。だいたい彼女はその秘密を自分が知っていることすら知らないのだ。

美術館に展示されている壺は、まさに本物そっくりの偽物だった。陶磁器に関してはプロの目利きほどの知識がある自分が、あまりに均一すぎるあの釉薬《うわぐすり》を見て不自然に思わなかったなんて。ほかのことに意識を集中していたとはいえ、一瞬にして本物と偽物を見分けられなかったのは迂闊《うかつ》だった。

できればここで手を引きたいところだが、あいにくそれは許されなかった。たとえ〝白様〟が美術館からあの壺を盗んでも、おそらく偽物だとは気づかないだろう。しかしだからといって、サマー・ホーソンを放《ほう》っておくわけにはいかない。彼女の存在は壺以上に価値のあるものかもしれないし、命令には絶対に逆らえなかった。必要とあれば、日本の美術、文化、歴史にとってきわめて貴重な逸品を破壊し、それが本来あるべき場所の鍵を握る女を抹殺する。そこにためらいの入る余地はなかった。

必要とあれば――問題はそれだった。〝委員会〟、そして同組織のリーダーであり、無慈悲なまでに現実的なマダム・ランバートは、部下である自分に絶対の信頼を寄せ、状況に応じた的確な判断を求めている。ただこの状況では、さすがのタカシ自身も自分のことを信頼できるかどうか自信がなかった。

できることならサマー・ホーソンは殺したくない。

もし彼女が浴槽のなかに浮かんでいるのを発見されたら、〝白様〟も自分にできることはもうないと観念するだろう。一連の計画も未然に防ぐことができる。

きわめて単純なことだった。まさに現実的にして、必要に応じた措置。しかしそうなると、ハヤシの壺は永遠に失われることになる。

それでも、彼女の口を封じることによって、壺の安全は確保されるはずだった。そして数十年後、自分たちが死んでだいぶ年月が経《た》ったあとに、もしかしたら壺はまた光を見ることになるかもしれない。〝委員会〟にとっては、それこそ満足のいく展開だった。

裏口のドアを開けるのには三十秒もかからなかった。タカシは物音もたてず、家のなかに侵入した。このまま彼女のもとに行き、浴槽のお湯に沈めれば、確実に始末できるだろう。

しかし、溺死《できし》させるのは得策ではなかった。事故に見せかけるのは困難だし、時間もかかって、相手に恐怖を与えることになる。なるべくなら死の恐怖は味わわせたくなかった。それが避けられぬ運命なのであれば、あっという間に終わらせてやりたい。

サマーはこちらに背中を向けて浴槽のなかに座っていた。先ほどまで束ねられていた長い髪が、水に濡れて輝いている。どうやら彼女は鼻歌を歌っているようだった。しかもその鼻歌は微妙に調子が外れていて、そうでなくても困難な状況をいっそう困難にしている。しかし、ここでためらうわけにはいかなかった。タカシは相手に振り向く暇も与えずさっと浴槽に近づき、濡れた髪の下に手を滑りこませ、しかるべき場所に当てた指先に力を加えた。そして一瞬にして気絶した彼女の体を、背中を下にして水中に沈め、そのまま力を入れつづけた。

彼女は手の下で身動きもせず横たわっていた。四方に広がった髪はゆらゆらと水中を漂っている。安らかに眠っているような顔は、不気味なまでに美しかった。おそらくいまはなにも感じていないだろう。

だが、タカシにはどうしてもできなかった。

タカシは死体のように重くなった彼女の体を裸のまま浴槽から引きずりだし、すぐさま肩にかついだ。どれくらいの水を飲んだのかはわからない。けれども、死に追いやるほどの量はまだ飲んでいないはずだった。とりあえずサマーをベッドの上に寝かせたタカシは、たんすの引き出しをあさり、着せやすい服を選んでひっつかんだ。彼女が持っている服は黒がほとんどで、それは下着にしても同じことだった。突然家の外で物音がしたのは、裸の体を覆おうと彼女に手をかけたときだった。獲物を逃したことを知った〝白様〟が、新たな追っ手を遣わしたに違いない。

気絶したサマーの体をベッドカバーで包んだタカシは、そこに黒い服を突っこんで、ふたたび彼女の体を抱えあげた。それにしても、なんて重いのだろう。アメリカ人の女というのは、一見どんなにやせて見えても体重はそれなりにある。たぶん、骨格の問題かもしれない。おまけにサマー・ホーソンは華奢《きゃしゃ》な体つきとは言いがたかった。それは前々からわかっていたことで、標的の観察は重要な任務の一部でもある。サマー・ホーソンは服の上から思い描いたとおりの、ふくよかで肉づきのいい体つきをしていた。普段、自分が好んでつきあう女性のタイプとはだいぶ違う。

彼女の体を肩の上で抱え直したタカシは、つぎの瞬間にはもう夜の闇に消えていた。白い修行服に身を包んだ男たちが家のなかに入ってきたのは、その直後だった。

濡れたままの体はすっかり冷えていた。圧倒的な無力感に、頭は完全に混乱している。体の自由を奪われて身動きもとれないサマーは、どこかを猛スピードで移動していた。息苦しくて咳《せ》きこむたびに、喉に水が詰まる感じがする。なんとか呼吸ができるようになり、顔にかかる髪を払おうとしたところで、両腕がぴたりとわきに張りついていることに気づいた。サマーは頭を振り、驚愕《きょうがく》に身を震わせた。わたしはまたあの男の車に乗せられて、夜の闇を突き進んでいる。

「どうして……」と弱々しい声を漏らし、サマーは必死にもがいた。どうやら両腕を伸ばした状態で、自分のベッドカバーにくるまれているらしい。その上からシートベルトが回され、しっかり座席に固定されている。ハンドルを握る男は、ちらりともこちらに目を向けなかった。

「招かざる客が急に姿を見せてね」と男は言った。「やけに信心深い連中といるより、僕といるほうがまだましだと思ったのさ」

サマーは言葉を返そうとしたが、かわりに激しく咳きこむばかりだった。発作を起こしたように体を痙攣《けいれん》させるたびに、全身に痛みが走る。「きっと連中は、わたしを殺そうとしたんだわ」サマーはなんとかそう口にした。「でも、どうしてあなたがそこに？」

「万一の場合に備えて見張っていたんだよ。そんなに簡単にあきらめるような連中ではないと思ってね」

サマーは一瞬黙りこんだ。「いったい何人殺したの？」

男はようやくこちらに目を向けた。「ひょっとして僕のことを血も涙もない殺し屋だと思っているのかい？」

「あなたが何者かなんて見当もつかないわ」

「僕の名はタカシ・オブライエン。日本の文化庁文化財局に勤めている。ハヤシの壺は我々が長いこと探していたものなんだ」

サマーはまばたきを繰りかえした。運転席にいる男は自分が思い描く日本人の役人のイメージとはほど遠い。とはいえ、今日起きているできごとのなかで先入観と一致していることなどひとつもなかった。「だったらどうして最初からそう名乗って美術館に来て、壺に関する情報を尋ねなかったの？」

「むやみに〈真の悟り教団〉の注意を引きたくなかったんだよ。連中の手が及ぶ前に、問題の壺の安全を確保する必要があった」

「でも、どうして？」歯をがちがち鳴らしながらそう訊《き》くと、タカシ・オブライエンは手を伸ばしてヒーターのスイッチを入れた。サマーはちらりとダッシュボードの時計に目をやった。時刻は午前一時を回ったところで、美術館をあとにしてから三時間も経っていない。三時間のあいだに、人生が一変してしまうなんて。

「その心配はあとでもできる。とにかく安全で暖かい場所に行かないと」

「それに、これ以上濡れることのない場所に」とサマーは言い、愕然として言葉を続けた。

「ひょっとして、わたしはこの下になにも着ていないんじゃないの？」

「そのとおり。さすがに服を着たまま風呂に入る習慣はないようだし。いまのきみは生まれたままの姿さ。でも、急いで家から逃げだす際に服をひっつかんできたよ。きみとベッドカバーのあいだにでもはさまっていると思うけど」

体の冷えを感じるどころか、火でも噴きだしそうな勢いだった。理由についてはあまり考えたくもないけれど、サマーは自分のことをきわめて内気な性格だと思っている。それはしょっちゅう服を脱ぎながら家のなかを歩き回り、完璧《かんぺき》な体を見せびらかしていた母親に対するある種の反発でもあった。母親のそんな行動は、周囲に男がいるとなればさらに拍車がかかる。この謎めいた美しい男に裸のまま抱きかかえられるくらいなら、いっそのこと怪物のような連中に溺《おぼ》れ死にさせられたほうがまだましかもしれなかった。

けれどもたとえそうだとしても、結局は丸裸のまま浴槽に浮かんでいたことになる。

ああ、神様、お願いです。どうせ死ぬ運命にあるのなら、せめて服を着たまま人生を終わらせてください。サマーは心のなかで祈った。場合によってはタカシ・オブライエンという妙な名前の男がその場に居合わせることになるかもしれないと想像すると、祈りにもいっそう思いが入った。

でもこの男がいれば、わたしは死ぬことはないかもしれない。実際、もうすでに二度、命を救われている。本人が認めようと認めまいと、この男はいまやわたしの守護天使と言っても過言ではなかった。だとしたら、裸を見られたことくらいで取り乱すのはもうやめなくては。

「観念したわ」サマーは低い声でつぶやいた。車はまた、地獄から飛びだしてきたこうもりのような速さで、夜の闇を突き進んでいる。いまは座席から振り落とされないようにじっと耐えているほかなかった。「それで、わたしたちはどこに向かってるの？」

「僕の泊まっているホテル」

この男はわたしを守るためにここにいる。サマーは再度自分に言い聞かせて、動揺を押し戻した。「でも、ベッドカバーにくるまったまま、どうやってホテルに入れというの？」

「言ったろう、きみの服を持ってきたって。運転しているあいだに着替えればいい」

サマーはうしろを振りかえったが、この小さなスポーツカーには後部座席などなかった。

「いやよ」とサマーは言った。「とりあえず街の外に連れていって。道路のわきに茂みがあれば、そこで着替えるわ」

「サマー、僕はもうきみの裸を見てるんだ。忘れたのかい？」タカシは退屈したような声で言った。あいにく、その言葉は気休めにもならない。

「だったらまた見なくたって、それがたいしたことないものだってことくらい、もうわかってるでしょ。とにかく、薄暗い通りにある茂みを探して。そこで着替えるわ」

タカシはちらりとこちらに目を向けた。もしかしたら反論するつもりなのかもしれない。サマーは先手を打って言葉を続けようと思ったが、突然また咳きこんでそれどころではなくなった。ようやく発作が治まって革の座席にもたれるころには、すっかり体力を消耗していた。

「わかった」とタカシは言った。「茂みを探すよ」感情のない低い声には奇妙な響きが混じっていた。そこには罪悪感のようなものが感じられたが、当然それは錯覚に違いなかった。

だいたいこの男がわたしにうしろめたい気持ちを覚える理由などどこにあるだろう。この男はまた、わたしの命を救ったのだ。

そうよね?

4

〈真の悟り教団〉の教祖である〝白様〟は瞑想《めいそう》にふけり、選択すべき事柄について考えていた。その瞑想法は、伝統的なやり方とはだいぶかけ離れたものだった。完全に心を自由にすると、やがていくつものヴィジョンが現れ、実行に移すべき計画がおのずと形作られる。すると真の悟りが白くまぶしい光となって、こちらを誘うように輝きはじめるのだった。

そのような永遠の状態に到達するすべは心得ていたし、何千といる信者にも、独自の方法に従って充分な訓練を受けさせている。信者のなかにはきわめて優秀な科学者、医師、そして兵士がそろっていたし、必要な品はすでに蓄えられ、実際に使用されるときを待っていた。あとは合図を出せば、すべてが動きだす。

目のくらむような白い光がいっそう強くなっているのが、その証拠だった。まさに、計画の準備が整うときが間近に迫っていることを知らせる啓示にほかならない。薄茶の色味が残る瞳にはまだコンタクトレンズをつける必要があるが、それもやがていらなくなるだろう。生まれつき色素の欠乏している皮膚には儀式的な治療を施す必要はないし、もう伸びなくなった髪もここ数カ月いっさいブリーチをしていない。なんとかして到達しようとしていた純白の状態は、実際にこの目で確認できるようになっていた。完全に変身を遂げるのも、時間の問題。

それは火を見るよりも明らかなことだった。ここに来て一気に、さまざまな力が作用しはじめている。いったい何年、このときを辛抱強く待ったことか。

己の運命については充分に承知していた。この時間と場所に導かれたのは、まさにカルマのなせる業。魂を失った者たちをひとつにまとめ、苦悩や痛み、そして煩悩を超えたところにあるさらなる高みへと導くのが、己に課せられた使命。そこは純白の光の輝く、真実と審判の場所だった。解放される過程での苦しみが多ければ多いほど、のちの報いも大きなものになる。その過程で必要とされる行為に、ためらいは禁物だった。

痛みや死は、すべてが移ろいゆくなかでの一時的な状態にすぎない。諸行無常のこの世にあって、それらは大騒ぎなどすることなく通過されるべきだった。その変化を甘んじて受け入れることができない者に対しては、弟子である教団の信者たちが協力の手を差しのべる以外にない。なにしろ自分が与えようとしている贈り物には無限の価値があるのだ。そう、それは魂の浄化と、新たな世界における新たな人生という贈り物。

そのために必要なものはきわめて単純で、神の摂理にもかなっている。なにがあっても疑念を抱かずに教えに従う信者、必要なのはそういう人間だった。信者は剛健な若者から聡明《そうめい》な年寄りまで多岐にわたっている。弟子のうちでも側近として仕える者は、教祖の命令を絶対のものとして実行に移さなければならないし、その行為を道徳に照らしあわせて嫌悪感を抱くようであってはならない。他人に死をもたらす役目をになうのは、人間が受けうる最大の恩恵でもあるのだ。煩悩のただなかにいる者を現在の状態から救いだし、ただ純粋な思念だけがあるステージへと解放する。それ以上に恵まれた行為がどこにあるだろう。

従順な信者には事欠かなかった。最後の審判を下す手段もすでにそろっている。教団が独自に開発した毒ガスは、世界の主要都市にある地下鉄網や駅を混乱の渦に巻きこみ、病と死をもたらすだろう。たしかに以前、べつの教団によって試みられて失敗に終わった方法だが、その失敗は信者たちの精神の弱さとヴィジョンの欠落が原因だった。

しかしそんなすべても、自分が登場するためのお膳立《ぜんだ》てなのかもしれない。この世界に対する審判はほかの人間によって何度か試みられてきたが、間違った理由と間違った信念によるものだった。

いずれにしろ、計画を実行する時期としてこれ以上のときはない。太陰暦の新年が間近に迫るなか、〝白様〟はようやく機が熟したことを実感していた。一年また一年と先延ばしにしてきた計画は、ようやく運命によって定められた場所に収まりつつある。信者、武器、計画と、必要な駒《こま》はほとんどそろっている。あとはハヤシの壺《つぼ》があれば、準備は万端だった。何百年ものあいだ自分の一族が守りつづけてきた水色の陶器の壺。それはかつて、一族の先祖の骨と灰が納められていた大切な壺だった。

一六六三年、日本は江戸時代の混乱期にあり、かつての戦国大名同士で再度争いが起こり、武装した僧侶《そうりょ》や武士のあいだでも小競りあいが絶えなかった。そんな混乱のただなかにあって、ひとりの男、ひとりの神が現れたわけだが、それが一族の先祖に当たる〝白様〟だった。ハヤシ家に先天性の白皮症にしてなかば盲目の子どもとして生まれた先代の〝白様〟は、当初は悪魔の化身と恐れられたものの、やがて預言者、そして救済者として崇《あが》められるようになった。権威の衰退や増幅するばかりの煩悩、それに物質や金銭に対する崇拝など、現代社会に見られる数々のわざわいを預言したのも、先代の〝白様〟だった。しかしあまりに影響力が強く、かつ純粋すぎるヴィジョンを持っていた先代は、将軍の命により切腹を余儀なくされ、遺体は焼かれて、遺骨や遺灰の入った壺は一族の菩提寺《ぼだいじ》である山奥の寺に納められた。

先代の〝白様〟が巻き物に記し、一族によって守られてきた計画の手順は、きわめて簡潔だった。〝白様〟が切腹をしてみずからの命を絶った場所で遺骨をふたたび壺に納めれば、その魂は新たな乗り物、そう、現代に生きる子孫の体に宿る。

そしてそれは、この世界の浄化のはじまりを告げる烽火《のろし》となるはずだった。純粋な魂だけが生き残る、世界最終戦争《ハルマゲドン》。

いったいここにいたるまで、いくつ壁を乗り越えてきたことだろう。あの老婆が一族の宝をどうしたのかは何年もわからぬままで、ようやくあるアメリカ人が持っていることを突きとめるころには、容易に手を出せない状況になっていた。

もちろん、すべての責任は日本という国や、一族に壊滅的な打撃を与えた戦争にあると言うこともできる。その菩提寺の場所を知っていたのはハヤシ家の長老だけで、長老は幼い娘に秘密を託し、戦渦の犠牲者となった。その後、一族の宝を守るために遺骨は壺から取りだされ、ハヤシ家の屋敷に保管されることになった。ハナ・ハヤシが値のつけられないほど貴重な壺や一族の秘密と共にアメリカに送られたのはその直後のことになる。

それが己の真価が試される最後の試練であることは承知していたし、その事実を謙虚に受けとめてもいた。信者たちがその女を捕らえ、壺を手に入れることに成功したとしても、菩提寺があった場所を特定するのは至難の業に違いない。先代の骨と灰が手元にあるのが、せめてもの救いだった。ここ七年ほど遺灰をお茶に混ぜて飲んでいるのは、今回の変身を完璧《かんぺき》なものにするためだった。おそらく儀式には白くなった骨のかたまりだけでも充分なのだろうが、遺骨の入った壺を先代が死んだ場所に納めれば、なにもかもがあるべき形をとりはじめるに違いない。あるいは先代の〝白様〟はあくまでもテストケースであって、先代が手をつけた計画を完了させるのが己の運命なのかもしれない。

〝白様〟は坐禅《ざぜん》を組んだまま、目玉を上のほうに転がしてまぶたの裏側を見た。コンタクトレンズがこすれるような感覚は、もう気にならなかった。運命の瞬間は間近に迫っている。

結局、荒廃した区域にある公園に寄ることにしたタカシ・オブライエンは、路肩に車を停（と）めた。この界隈（かいわい）には麻薬常用者が売人を探して徘徊（はいかい）し、ギャング団のメンバーもうろうろしている可能性があるが、連中は茂みに隠れた女性よりも高価なこの車のほうに興味を示すに違いない。万一サマーのほうに興味を示しても、すぐに対処できる自信はある。

監視の目を怠っていないのが、その証拠だった。ベッドカバーを胸の前でつかんで車の外に出たサマーは、絶対に見ないよう何度も念を押して茂みに入っていった。それにしても、実際にそんなにうぶな女性なのだろうか。こちらの話は、いまのところ真に受けているようだった。文化庁の役人であるという作り話も、説明を求められれば容易に裏打ちすることができる。仕事柄、自分が何者であるかを相手に納得させるのは得意だった。普段はヒスパニック、イタリア人、ロシア人、ネイティブ・アメリカン、あるいは状況に応じてアジアの国の人間になりすまし、スパイ活動に従事することが多い。混血児――祖父ならおそらくもっと侮蔑《ぶべつ》的な言葉を使ったに違いない――として生まれた事実はスパイである自分にとって確実に有利に働いていた。たしかに外見は、ちょっと人と違って見えるかもしれない。しかしその違いを逆手にとり、あらゆる人種や民族の人間になり代わることができていた。

いずれにしても、早急に決断をする必要がある。そう、〈真の悟り教団〉が計画を実行に移す前に。任務が終わればこんな場所に別れを告げて、なにかと干渉する家族にお膳立てされた普通の人生に戻ることができる。祖父が選んだ日本人の妻や、その妻と共に人生を送るしかるべき未来に。

本来、〝委員会〟で働く者に普通の人生など待っているはずはない。しかし、そんなことを厳格な祖父に説明できるわけもなかった。母親の叔父に当たり、庇護者《ひごしゃ》として昔からなにかと世話になっている大叔父は、姪《めい》の息子がヤクザ以外の裏社会にかかわっていることに薄々気づいているようだったが、それに関してはいっさい尋ねることもなかった。ときおり割りあてられる組の仕事を確実にこなしているかぎり、誰かになにかを言われることもない。大叔父の孫で命知らずのレノでさえ言ってきたことはなかった。それも、大叔父が東京で最大の規模を誇るヤクザの組長である事実を考えれば当然のことかもしれない。そして実業家である祖父は、その事実に並々ならぬ脅威を抱いていた。

もちろん、自分にはまったく関係のないことだった。たとえなにをしようと、祖父のお眼鏡にかなうことはない。そもそもこの血はアイルランド系アメリカ人の父親と、美しくも身勝手だった母親の自殺によって、完全に汚されていた。たとえ唯一の子孫とはいえ、祖父が軽蔑のまなざし以外の目で自分を見ることはないだろう。

サマー・ホーソンはちょうど車に戻ってくるところだった。肩に垂れた長い髪からはまだ水が滴っている。手をつけた仕事をなぜ最後まで終わらせなかったのか、その理由については考えたくなかった。すでに気絶していたとはいえ、彼女を溺死《できし》させることに反射的な嫌悪感を覚えたのはたしかだった。また、あのまま浴槽のなかで溺死させていたら、世間の余計な注目を引いたかもしれない。それは〝委員会〟で働く上での二番目の鉄則だった。躊躇《ちゅうちょ》することなく、なすべきことをなす。そこに良心の呵責《かしゃく》やためらいがあってはならない。しかし同時に、任務はきわめて慎重に遂行しなければならない。

ベッドカバーを手にしたまま車に乗りこんできたサマーは、ぶるぶる身を震わせていた。濡《ぬ》れたベッドカバーなど捨ててくるよう言うべきだったが、そんな助言をすればすぐには家に戻らないのではないかと不安がらせるのがおちだった。この状況では、二度と戻れないことだって充分にあり得る。

「まさか気をきかせて靴まで持ってきてはいないわよね」サマーは長い髪を編みながらこちらに目を向けた。

「座席のうしろにある」

少々窮屈な車のなか、サマーがうしろを振りかえって靴を取ろうとすると、一瞬その手がタカシの体に触れ、彼は奇妙な感覚が体を駆けめぐるのを感じた。ひょっとして彼女を意識しているのだろうか。でも、それはあり得ない。好みのタイプはすらりと脚の長い彫像のようなアメリカ人や、華奢《きゃしゃ》な体つきをした胸の小さい日本人、あるいは運動選手のように活発なイギリス人や想像力豊かなフランス人であって、助手席に座る濡れねずみは自分が考える美しさを兼ね備えた女性とは言いがたい。美術館のレセプションではそれなりの格好をしていたけれど、やはり誰もが認める美人とはほど遠かった。

だいいち、サマー・ホーソンは今回の任務の一部なのであり、そのへんの線引きは徹底しているつもりだった。与えられた任務を完璧にこなすのが自分の役目。その役目を果たすためになにをしてきたかを知れば、彼女は恐怖に縮みあがるだろう。当然、今回の任務においてもプロに徹し、するべきことをする。たとえその相手が彼女であっても。

「それで、つぎは？」冗談めかして尋ねる彼女の声は妙に張りつめていた。いったい彼女はいつまで正気でいられるだろう。状況からしていつ泣きわめいてもおかしくないが、いまのところ奇妙なまでの冷静さを保ちつづけている。

「これからリトル・トーキョーにあるホテルに向かう。そこならきみもゆっくり眠れて、僕もつぎの対応を考えることができる」

「リトル・トーキョー？　あなたを捜すとすれば、あの教祖はまずそこに追っ手を送りこむんじゃない？」

「連中は僕を捜しているわけではない。僕の存在は知らないはずだ」

「でも、あなたは二度もわたしを救ってくれた……」彼女の言葉はしだいに小さくなり、やがて不安の色を濃くした。無用な不安はやわらげる必要がある。

「リムジンに乗っていたふたりの男はあの事故で死んだ。それに、こちらの顔は見られていない。きみを家から運びだしたときも、誰にも気づかれてはいないはずだ」もし彼女を溺《おぼ》れ死にさせようとしていたのが連中なのであれば、そんな説明には無理があるはずだった。しかし疲労の極致にあるいまの彼女には、理路整然とものごとを考える力など残っていないだろう。もっともらしい説明は、彼女が冷静な思考を取り戻すまでに考えればいい。とにかくいまは彼女を安全な場所に隠すのが先決で、リトル・トーキョーにあるバンガロータイプのホテルは、当座の隠れ家としては最適だった。

「日本の文化遺産に関係する者が身を隠す場所としては、たしかにリトル・トーキョーはどうぞ見つけてくださいと言っているような場所かもしれない。しかしだからこそ、連中はきみがそんなところにいるとは想像もしないだろう。だいじょうぶ、誰にも見つからないさ」

彼女はなにも言わずにうなずき、革の座席に背中を埋《うず》めた。そんな従順な態度がそう長く続くとは思えない。答えられない質問を向けられる前に、今度こそ片をつける心の準備をしておかなければならなかった。

〈マツウラ・ホテル〉はここロサンゼルスでもランドマーク的な存在だった。警備の厳重な鳥居をくぐるとミニマリズムの庭園が広がっていて、泊まり客のプライバシーも完全に守られている。監視カメラのわきを通る際に彼女をダッシュボードの陰に隠れさせたのは、あくまでも用心のためだった。タカシはそのまま誰にも見られることなく借りているバンガローの裏に車を停め、一階建てのワンベッドルームタイプの建物に彼女を導いた。

居間のまんなかで立ちどまったサマーは、突然また生々しい恐怖を感じはじめているようだった。しかしいまは、気詰まりな質問や涙に対応している気分ではない。タカシはそっと彼女の腕を取り、寝室に連れていこうとした。サマーは体に触れられるなりびくりと身を震わせたが、そんな反応は完全に無視した。「少し眠らないと」とタカシは言った。

サマーはこちらを見つめかえした。警戒心に満ちたまなざしは、追いつめられた狐《きつね》のようにも見える。なんてきれいな青い瞳なんだろう。タカシは心のなかで思った。相手は言葉を見つけられずにいる様子だが、その頭のなかでなにを考えているかは明らかだった。「僕は居間のソファーで眠る。でも、少しでも妙な物音がしたらすぐに飛び起きる。心配はいらない」少なくとも、いまのところは。

タカシは固まったままでいるサマーの肩に手を置き、ベッドのほうに向き直らせたが、さすがに服を脱がせるのは気が引けた。そんなことをすればすぐに誤解されて、状況はもっと複雑になってしまう。正直なところ、少々肉づきのいい彼女の体やその無防備な唇にはなんの興味もなかった。今後の出方を落ち着いて考えるためにも、早いところベッドで眠らせる必要がある。

「わかったわ」サマーはかすれた声で言い、先ほど着替えた黒いスエットシャツの裾《すそ》に手を伸ばした。彼女の部屋からひっつかんできたものだが、サイズはだいぶ大きい。おそらく以前交際していた恋人のものなのだろう。といっても事前に得ている情報によれば、彼女に恋人がいたのはもう何年も前のことだった。サマーがスエットシャツを脱ぎはじめると、下に着ているTシャツもいっしょについてきた。このまま部屋にいれば下着姿の彼女と向きあい、当惑した表情で見つめられることになる。タカシはそれを合図に寝室をあとにした。

「なにか必要なものがあれば遠慮なく声をかけるといい」とタカシは言い、返事も待たずに背後でドアを閉めた。

ソファーに横になって目を閉じると、無性に酒が飲みたくなった。それにしても、なんて長い一日だったのだろう。しかし、ここで気を抜くわけにはいかない。なにもかも片づいたら、お気に入りのシングルモルトウイスキーをボトルごとあけてしまおう。この仕事が一段落すれば、間違いなくそんな欲求にかられるはずだった。

遅かれ早かれ、マダム・ランバートとはきちんと話さなければならない。携帯電話には彼女からのメッセージがいくつも残されていて、これ以上無視しつづけるのは不可能だった。おそらく彼女はなぜサマー・ホーソンがまだ死んでいないのか、その理由を知りたがるだろうし、たとえ言い訳をしたところで聞き入れられるはずもない。マダム・ランバートはなにかに動じるようなタイプではないし、完璧なまでに美しい顔や表情のない透きとおった瞳は、どんなことを前にしてもけっして輝きを失うことはない。マダム・ランバートは文字どおりスパイの鑑《かがみ》と言うべき存在だった。同情や弱みとは無縁の実行力を目の当たりにすれば、日本の侍ですら恥じ入るに違いない。

今夜自分を引き留めたものが分別なのか、あるいは弱さなのかは、タカシ自身にもわからなかった。寝室のドアの向こうからは、サマーがいまだに激しく咳《せ》きこんでいるのが聞こえる。浴槽のなかでかなりのお湯を飲んでしまったのだろうが、教団の追っ手が迫っている状況では人工呼吸などしている余裕はなかった。これが普通の世界なら、肺感染の危険も考慮して即病院に連れていくところなのだろう。しかし、そのような展開はある意味で好都合とも言えた。溺れかけたのが原因で急性肺炎にでもなれば、直接手を下して始末する必要もなくなる。

いまのところ状況は安定していた。本物のハヤシの壺は目下、手の届かぬ場所にある。とはいえ、一刻も早くその隠し場所を突きとめなければ危険は回避されないだろう。サンソーネ美術館に展示されている偽物がどれほどのできなのかは定かでないが、万が一教団の連中がそれに手を出せば、地獄の扉も開け放たれることになるかもしれない。

タカシは低いうめき声を漏らし、片手で髪をかきあげた。ロンドンに本部のある〝委員会〟は、なぜまだ任務が遂行されていないのか疑問に思っているに違いない。しかし自分にすらわからない答えを、どう説明しろというのだろう。タカシはふたたび目を閉じ、周囲の音に耳を澄ませた。ホテルを取り囲むように生い茂る植木の向こうからは、通りを行き交う車の音が聞こえる。寝室のドアの向こうから届くのは、ゆっくりとした間隔で繰りかえされるサマーの寝息だった。あとは風のそよぎに混じって、自分の心臓が安定した鼓動を刻む音が聞こえるのみ。タカシは周囲のすべてに注意を払いつつ、そのままじっと横たわっていた。そしてほんのつかの間の休息をとろうと、やがてすべてを明け渡した。

マダム・ランバートはオフィスの窓際に立ち、片手にたばこ、もう一方の手に携帯電話を握りしめて、夜明けを迎えつつあるロンドンの町並みを見つめた。今日もロンドンはどんよりと曇った一日となるのだろう。この季節は、肌に当たる雨も氷のように冷たい。一月はなんともうとましい月だった。加えてこの状況とあっては、なにもかもがうとましく感じられる。

ずっと手に入れたいと思っていたケンジントンにあるこの美しいオフィスにしても、手にしたたばこにしても、うとましくてならなかった。住み慣れたロンドンの街でさえも、いまは同じこと。けれどもそれ以上にこの腹立たしさの原因となっているのは、〝委員会〟という組織や、自分が迫られている数々の決断だった。

腹立たしいといえば、あのピーター・マドセンにしてもそうだった。かつて自分の右腕だった男は、いまごろ愛する妻とベッドですやすや眠っているのだろう。冷酷な決断や死のにおいを洗い流すのに妻の助けを借りられたピーターは、ある意味でとても幸運だと言える。ピーターの妻となった女性は秘密を知りすぎているけれど、それに関してはもうどうすることもできなかった。もしまたピーターの力を借りたいとなれば、ジュヌヴィエーヴをも巻きこむことになる。ピーターは妻のことを完全に信頼しているし、ジュヌヴィエーヴが組織の秘密をばらす心配はまったくなかった。他人を信頼することなどほとんどないあのピーターが、判断を誤るはずもない。

マダム・ランバートは振りかえってたばこをもみ消し、ピーターが勤務に就く前に部屋の空気を入れ換えておこうと窓を少し開けた。そもそもたばこを吸うのは嫌いだし、もう何百回も禁煙を試みている。けれども昨日のような日を経験すると、悪い習慣はすぐに復活した。わたしの場合はまだましなのかもしれない、とマダム・ランバートは思った。共にこの世界に入った者のなかには、アルコールやドラッグに頼ったり、前任者のハリー・トマソンのように魂を悪魔に明け渡したかのごとく権力を乱用したりする者もいる。こうしていまだに心が痛むのは幸いだった。その気持ちを失わないかぎり、完璧にまとった冷徹な鎧《よろい》の下には、まだ人間らしさが残っていることになる。

　冷たい風がオフィスのなかで渦を巻き、マダム・ランバートは身震いをした。それでも、窓を閉めようとはしなかった。氷のように冷たい心の持ち主にとって、気温など意に介する要素ではない。

　問題の女性についてはすでにピーターと話しあったものの、ほかに手立てがないことはどちらも承知していた。近々とてつもない惨事が引き起こされるかどうかは、ロサンゼルスに住むひとりの女性にかかっている。断固たる決断を下す必要があるとなれば、マダム・ランバートは躊躇なくそれを下す意志を持っていた。サマー・ホーソンはなぜ自分がそんなに危険な存在なのか想像もつかないだろうし、どうして死ななければならないのかなんて知る由もないだろう。たとえ知っていたとしても、それでなにかが変わるわけでもなかった。

　ハナ・ハヤシが彼女に託したもののなかには壺以外に、重要な菩提寺のあった場所の秘密もある。〝白様〟は謎《なぞ》の儀式を執り行うためにその両方を必要としていた。そしてその儀式を合図に、ハルマゲドンの火蓋《ひぶた》が切って落とされることになる。たとえ世界が滅びるまでにはいたらなくても、異様なカリスマ性を持つ教祖やその教義に影響を受けた無数の信者たちは、それに近い大惨事を引き起こすだろう。

　万一そんなことが起きたら、最悪の事態になるのは歴史がすでに証明していた。

必要な措置を講じるために送りこんだタカシ・オブライエンには、マダム・ランバートもピーターも絶大な信頼を寄せていた。タカシは自分たちに勝るとも劣らない冷徹なリアリストだし、感情を排した冷静な目で状況を観察し、いかなる決断をも実行に移す能力を持っている。そんな能力がなければ、〝委員会〟の混乱期を生き延びることはできなかったろう。サマー・ホーソンは過去に下されてきた数々の決断のひとつにすぎず、タカシはまばたきひとつすることなく任務を遂行するに違いない。

しかしながら、そのような冷徹さは人の心に確実に影響を及ぼした。現にピーターはもはや現場で働けなくなっているし、スパイのなかには任務の最中に故意に注意を怠って、銃弾に倒れる者もいる。この世界で平常心を保ちたければ、みずから魂のないロボットのようなイメージを作りあげ、それに徹底してなりきる以外、ほかにできることはなかった。わたしの内側でどんな感情が渦巻いているかはピーターでも想像できないに違いない。

マダム・ランバートは完璧な目鼻立ちをした顔にかかる淡いブロンドの髪を片手で頭になでつけた。この仕事をする者の常として整形外科医に最高の技術を求めた結果、誰ひとりわたしのほんとうの年を知る者はいない。自分が身をもって外の世界に映しだしているイメージは充分に承知していた。完璧な美しさの保たれている顔立ちは、三十から六十のあいだのどの年齢でも通るに違いない。もちろん裸になればべつだけれど、自分の裸を見られたことはこれまで一度もなかった。

いずれにしてもいまは一気に老けて、九十歳にでもなったような気分だった。心の内の乱れに比例して、外見まで醜くなっているような気もする。こんな状態で指揮を執りつづけるわけにはいかない。この種の決断は日常の一部であり、そんなものに身も心も滅ぼされては、組織のリーダーとしてやっていけなかった。サマー・ホーソンは死ななければならない。それはきわめて単純なことだった。

マダム・イザベル・ランバートは冷徹にして現実的な思考を取り戻そうと、ふたたびたばこに手を伸ばした。かすかにその手が震えていたとしても、それを目にする者はいなかった。


一睡もできないのではないかと不安に思っていたので、ぐっすり眠れたのは驚きだった。けれども、いまが何時なのかは見当もつかない。時計は家に置いたままだし、薄暗がりの寝室に時刻を示すものはない。採光用の高窓からは淡い光が漏れてくるものの、それが天気のせいなのか、時間のせいなのかは判断がつかなかった。現実的な感覚はすっかり抜け落ちてしまっている。部屋に入ってくる光の具合を頼りに推測すれば、いまは午前五時から午後五時のあいだのどの時間でもおかしくない。体がこんな状態では、まったく判断がつかなかった。

サマーはシーツをわきに押しやり、ベッドから下りた。下着姿で寝てしまったのは、いま考えればあまりに無防備だったかもしれない。だぶだぶの黒いTシャツとジーンズを着たままベッドに入ることもできたというのに。あの男がゆったりめのジーンズを持ってきたのは幸運だった。家にはつねに三つのサイズを置いてある。少々大きすぎるゆったりめのジーンズに、普段はくジャストサイズのジーンズ、それに、かなりがんばらなければお尻の入らない細めのジーンズ。もし細めのジーンズを持ってこられていたら、確実にみじめな思いをしていたに違いない。あのサイズではき心地のよさを感じるには、少なくともあと四、五キロは体重を落とさなければならない。ゆったりめのジーンズはたしかにサイズが大きすぎるけれど、いまは生地の余裕だったらいくらでも大歓迎で、これならはいたまま寝ても快適なはずだった。

どういうわけか、あの男がいつ部屋を出ていったのかは覚えていなかった。それともわたしはあの男に服を脱がされたのかしら？　いいえ、そんなはずはない。もしあの手で体に触れられていたら、ちゃんと覚えているはずだもの。だいたい美しい男に体を触れられるのは慣れていない。他人に体を触れられること自体、めったにないことだった。もちろん、そんなことはないほうが気が楽だということもある。それにしても、昨夜の記憶はほとんどなかった。気づいたらベッドカバーにくるまれた状態であの男の車のなかにいて、つぎの瞬間にはこうして下着姿でベッドに横たわっているなんて。

あの男の服のセンスについては、なんとも言いがたかった。自分はファッションモデルのようにあか抜けているというのに、わたしのためにと選んだ服はだぶだぶで、下着も地味な黒のパンティーと、以前服用していたホルモン剤のおかげで三十四のCから三十六のDへとサイズが変わったころにつけていた、機能的なブラジャーだった。たぶん、ひと目見てぽっちゃりした感じだと判断したのだろう。状況が状況だけに、気にしても始まらないけれど、なぜか無性に気になって仕方がなかった。

そんなことより、飢え死にしそうなこの空腹感をなんとかしなければ。昨夜はレセプションの最後の準備で夕食どころではなかったし、パーティーのあいだはあの下劣な教祖から距離を置くのに忙しくて、オードブルをつまむこともできなかった。それからの悪夢のような展開は言うまでもない。あんな経験をしたあとでは二度と食欲なんてわかないと思っていたのに。

ふたたびだぶだぶの服を着たサマーは、靴を探してあたりに目をやった。そういえば、靴はバンガローの外で脱いだ記憶がある。なにかあって逃げなければならないときのために、どうしても靴は必要だった。

考えれば考えるほど、あの男から逃げるのは〝白様〟やその追っ手から逃げるのと同じくらい重要なことのように思えた。自分を狙《ねら》っているのはあの教祖だということは疑う余地もない。でも、たとえ命の恩人であれ、あの男を信用する理由もとくには見当たらなかった。すでに二度、窮地から救ってくれたとはいえ、あの男の手に命をゆだねる気にはなれない。だいたい、ジェームズ・ボンドのようにどこからともなく現れた日本人の役人が、災難に巻きこまれた一介の学芸員を救うなんて話がどこにあるだろう。

とにかくあの男から逃れるのが先決だった。けれども家に戻るわけにはいかないし、美《び》貌《ぼう》だけが取り柄の愚かな母親に助けを求めるのも無理があった。母親は崇拝する教祖に迷わず自分の娘を引き渡すに違いない。義理の父であるラルフにしても、頼りになる存在とは言えなかった。たとえ力を借りようとしても、母のリアンの好きなようにさせておくよう諭されるのがおち。ラルフは自分のじつの子どもであるジリーに悪い影響が及ばないかぎり、こちら側の親子の問題はあくまでも静観するという態度をつらぬいていた。いずれにしろ、母親が三人目の夫と結婚するずっと昔から自分のことは自分で面倒を見るようにしている。母親にしても義理の父にしても、なにかあったときに当てにできる人たちではない。たぶん、この状況ではベインブリッジ島にある別荘に行くのがいちばんなのだろう。あそこなら誰にも気づかれずに身を隠していられるし、そのあいだに〝白様〟は偽物の壺を盗んで姿を消すか、あるいは業を煮やしてあきらめるかするに違いない。こちらとしては、どっちだろうといっこうにかまわなかった。本物の壺が欲深い連中の手の届かない安全な場所に隠されているかぎり、あとは知ったことではない。

財布やIDカード、そして現金すらない状態では脱走も難しいだろうけれど、不可能なことではなかった。なんとかあの男を振りきって逃げれば、連絡できる人は大勢いる。サンソーネ美術館の館長、ウィリアム・チャッツワースは世間の評判を気にして愛想ばかり振りまいている男だけれど、わたしをやっかい払いできる機会とあればすぐに飛びつくだろう。なにも質問せずに、まとまった現金だって用意してくれるかもしれない。アシスタントであり親友でもあるマイカはそれ以上に信頼できた。パスポートはオフィスの引き出しに入っている。レンタカーを借りるつもりなら話はべつだけれど、身元を証明するものはパスポートがあれば充分なはずだった。

　もしそれらがだめなら、異父妹の力を借りる手もあるけれど、あくまでも最後の手段だ。十六歳のジリー・ロヴィッツは頭の切れる皮肉屋で、姉を無条件に愛し、母親の善人ぶった言動にかなりの疑念を抱いていた。そんな妹を面倒なことに巻きこむようなまねはしたくないし、彼女になんらかの注意が向けられるのもできることなら避けたい。危険や暴力に満ちた昨夜のできごとはすべて現実なのであり、愛する妹をそんな目に遭わせるわけにはいかなかった。とにかく、ほかの手を考えなければ。

　おそらくマイカならふたつ返事で協力してくれるだろう。そうすれば、ジリーのことを心配する必要もなくなる。義理の父は妻が熱心になにを信じようとほとんど関心がないようだけれど、愛娘《まなむすめ》になにかあれば絶対に許さないに違いない。そしてたぶん母親も、夫のそんな気持ちは承知しているのだろう。サマーのことはためらうことなく崇拝する教祖に引き渡せても、ジリーにだけは手を出させないに違いない。けれどもそれは不幸中の幸いだった。なにしろわたしたちの家族にとって、ジリーは世界でいちばん大切な存在なのだ。

　とにかく早急に答えを必要とすることがありすぎるのが問題だった。だいたいわたしが持っている壺がなんだというのだろう。人を誘拐して、その命を奪っても手に入れたいほど重要なものなの？　ハヤシの壺というのはいったいなに？　なにがどうなっているというの？

それらの疑問の答えを得るかここから逃げるか、どちらかを選ばなければならないのだとしたら、迷わず後者を取るのが賢明な判断だった。たとえ命の恩人といえども、あの男とは二度と顔を合わせたくない。あの男といると、考えたくもないばかげた思いがわき起こって、やけに心が乱された。一刻も早く、どこかに身を隠さなくては。あまりに多くの人間が、このわたしを捕まえようとしている。

タカシ・オブライエンがそのひとりではないという保証はどこにもなかった。もちろん、それがあの男のほんとうの名前だとして。

5

〝白様〟はフレスカの残りを飲みほし、身にまとった白い衣をしわひとつないように整えて、リトル・トーキョーの一角にある礼拝堂のなかの会議室へと入っていった。祈りを捧《ささ》げる者のように低く頭を垂れながら、コンタクトレンズの違和感に腹立たしさを覚えていた。目がやけに乾き、かゆみもともなっている。市販されている目薬を取っかえ引っかえ試しても、いっこうに改善しなかった。生まれつきの瞳の色が青であれば、もっと楽だったのかもしれない。薄茶色からほとんど無色に近いピンク色に瞳の色を変えるのは、目に相当な負担をかけることになる。しかしながら、そのような代償を払うことに異存はなかった。

たとえ視力が落ちたところで、かまいはしない。教団の先導者として絶対的な力を保ちつづけるかぎり、目のかわりになる信者はいくらでもいる。大事なのは目に見えるものではなく、心眼で見定めた明確なヴィジョン——世界浄化という天命だった。

側近の信者たちはすでに部屋に集まり、壁に沿うようにしてひざまずいている。崇拝する教祖が厳かな足どりで姿を見せ、畳の上を滑るように歩くなか、一様に頭を下げていた。

畳に額がつきそうなほど低くお辞儀している様子からして、とくに今日は悔悟の念が強いらしい。無様な失態を犯したあとでは、それも当然だった。なにしろ今夜は信者ふたりの命が失われたのだ。自分の機嫌次第では、ここにいる四人もそのあとを追うことになるかもしれない。

〝白様〟は無表情のまま部屋の上座に着き、その体重を感じさせない優雅な動きで坐禅《ざぜん》を組んで、信者たちが払う敬意に応《こた》えるように一度、頭を下げた。

「今夜の失態について、弁明したい者はいるか」

最初に口を開いたのはハインリッヒという名の信徒だった。お気に入りの側近のひとりであるハインリッヒは、かつて旧東ドイツでギャングをしていて、〈真の悟り教団〉の教義に救いを見いだし、入信したのだった。懲罰の一環だと命じれば、どんなに非情な行為でも疑念を抱くことなく遂行するし、そういう意味では頼りになる存在だが、今回ばかりは失敗を犯したようだった。

「教祖様、じつは現在あの女がどこにいるのかまったく見当がつかない次第で」とハインリッヒは低い声で言った。「車は完全に道から外れていて、車内には教団の信徒ふたりの遺体がありました。ですが、あの女はどこにもおりません」

「サミュエルとカガはどのようにして死んだのだ？」

「ふたりとも首の骨が折れていました。おそらく衝突した際の衝撃によるものかと。フロントガラスに叩《たた》きつけられたのでしょう。いたるところに血が飛び散っておりました」

「それはずいぶんと都合のいい話だな」〝白様〟は威厳のある声を保ちながらも皮肉まじりに言った。「それで、小娘は自力でトランクから抜けだしたとでも？　リムジンのトランクは、内側から鍵《かぎ》が開けられるようになっているのか」

ハインリッヒは困惑した表情を浮かべた。「さあ、それは……」

「そんなはずがあるものか」〝白様〟は自分の問いに自分で答えた。「あのふたりは事故で死んだのではない。誰かに追いかけられていたのだ。あの女のあとをつけている誰かにな。用心するようにとあれほど念を押したのに」

ハインリッヒは恥じ入るようにさらに低く頭を垂れた。二十四という若さにもかかわらず、ハインリッヒはすでに何人もの人間を殺している。少なくとも七人――そのうちの三人は崇拝する教祖の命令に従ってのものだった。絶対の忠誠を誓う信者のなかでも、そのような特別な経験や技術を持つ者はそういない。

「状況からして、我々の保護からミス・ホーソンが逃亡する手助けをした人間がいると推測するのが妥当だろう」〝白様〟はそう断言した。「あの女の家には行ってみたのか」

「はい、教祖様」同じく恥じ入るような声で答えたのはジャイプルだった。ハインリッヒに比べれば、この男の場合はいなくてもさほど支障はない。実際、ジャイプルが失敗を犯したのはこれが最初ではなかった。あるいは今後のために戒めとしてこの男を始末するべきなのかもしれない。「わたしたちが行ったときはもう家はからっぽでした」とジャイプルは言った。「ですが、直前まであの女がそこにいたことは間違いありません。浴槽のまわりは水で濡《ぬ》れていましたし、急いで服を選んで出ていったのでしょう、寝室もだいぶ散らかっていました」

「自分の身に危険が迫っていると思っている女が、家に戻って風呂に入ったりするものか。第三者がこの件に関与しているのは間違いない。ミス・ホーソンはきわめて深刻な危険にさらされている。一刻も早く彼女を見つけだし、我々の保護下に置かねばならん。それが我々の義務なのだ。彼女にもし万が一のことがあれば、我々がその責めを負わなければならない」〝白様〟は歌うような声で言い、白みがかった目で四人の信者をひとりひとり見つめた。〝我々〟というのはあくまでも便宜的な表現にすぎないのだと強調するように。

するど愚かにもジャイプルが口を開いた。「教祖様、我々に必要なのはハヤシの壺《つぼ》であって、あの女のことはもう放《ほう》っておくべきではないでしょうか。苦労してあの女をかまう必要はないかと」

〝白様〟はジャイプルのほうに向き直った。叱責《しっせき》するような無言のまなざしに、ジャイプルの浅黒い顔は一瞬にして青くなった。「我々には、いまだ光を見いだしていない不運なる者を導く義務がある。できうるかぎりの手段を尽くして、彼女を至福へと導くのが我々の役目。この世に偶然はない。ミス・ホーソンの手元にハヤシの壺が渡ったのも、理由があってのことだろう。我々はその事実を尊重しなければならない」なぜここまであの女に執着しているのか、真の理由を信者たちと共有するつもりはなかった。秘密はあくまでも己の内に留《とど》めておく必要がある。信者たちにとって教祖の英知は絶対だった。今回の計画が天啓のごときヴィジョンとなって現れたのはたしかだが、そのヴィジョンには肝心な要素、つまり完全な解脱が行われる場所の情報が抜けている。

その答えを知る者はあの女しかいない。必要とあらばどんな手段を使ってでも、得るべき情報を聞きだすつもりだった。しかしその前にまずあの女を捕まえなければならない。

「お言葉ですが、彼女が逃げたのもあらかじめ定められた運命だったとは言えないでしょうか」とジャイプルは言った。

色素のない〝白様〟の両手は白い衣の下に隠れていて、ぎゅっと握りしめられた拳《こぶし》に気づく者は誰もいなかった。〝白様〟は穏やかな表情を保ちつつ、抑えた口調でたしなめた。「ジャイプル、我々は彼女を保護しようとしているのだぞ。逃げるという言葉は適切ではないな」場合によっては、ハインリッヒに命じてこの男を絞殺させる必要があるかもしれない。ギャングあがりの若いドイツ人には、いらぬ疑念を抱く背信的な信者の命を奪うのは、慈悲深い行為なのだと教えこんである。それは苦悩に満ちたつらいカルマから解放し、つぎの段階へと進めるよう手助けする行為にほかならないのだと。それに、ハインリッヒは自分の手を使うのが大好きなようだった。「我々が間違いを犯すことは断じてない。しかし、教団に属する資格のない無能な信者は、悪魔の罠《わな》に惑わされ、邪悪な力に勝利の旗を譲りかねない。もしそのようなことが起きれば、我々はその者を罪から救う必要がある」

四人の信者は恥じ入るように頭を垂れた。この者たちが与えられた罰を拒むことはないだろう。教祖の裁きによって浄化されるのが解脱へのいちばんの近道であることは、信者なら誰しも承知している。しかしジャイプルが取り替えのきく男である一方、サンモとテレフは教団に絶対の忠誠を誓う優秀な科学者だった。ジャイプルの死は確実にふたりの士気を高めるだろう。

「あの哀れな女はどうしても捜しださねばならん」聞く者を催眠状態に導くような声を使って、〝白様〟はつぶやいた。「導きを求めよ、されば道は示されん。わたしは彼女の母親に会いに行って、娘が連絡をしてきたかどうか確認しよう。妹にも会って話をしてくるつもりだ。我々の誠意を伝える上で、格好の説得役となってくれるかもしれん。そのあいだにおまえたちは誰がミス・ホーソンに手を貸し、いまどこに彼女が隠れているのかを突きとめるのだ。真の解脱を邪魔立てする存在は、ことごとく排除しなければならん」

四人の信者はその言葉を聞いて立ちあがった。一様にへりくだるようにしてあとずさりながらも、内心でほっとしているのは部屋に漂う空気でわかる。〝白様〟は四人が戸口にたどり着くまで、その空気を心行くまで味わっていた。

「ジャイプル」〝白様〟は慈愛あふれる口調で声をかけた。「おまえは残るのだ」

無言のまま、すり足で部屋から出ていく信者たちは、不運なジャイプルにちらりとも目を向けなかった。かつての同志はすでに至福への道を歩きはじめたのだ。しかしながらハインリッヒだけはなにを言われるでもなく、ひとりその場に残った。自分の手が必要となることを承知しているのだろう。やはりこの男は手放せない。少なくとも、いまのところは。ハインリッヒは科学者である先ほどのふたり同様、きわめて有用な存在だった。それにしても、ギャングあがりのドイツ人と才能ある科学者が同じ思し召《おぼめ》しに心を惹《ひ》かれるなど、いったい誰に想像できよう。完全な解脱を遂げればなにもかもが明白なものとなるのだろうが、それまではいまの状態で我慢するほかなかった。

部屋のドアが閉まり、静寂に包まれた部屋には自分とふたりの信者だけになった。

「ハインリッヒ」〝白様〟は穏やかな声で命じた。

ジャイプルは悲鳴をあげることすらなく、みずからの運命を受け入れていた。すべてはなるようにしてなっている。これはまさに天からの贈り物に違いなく、自分の魂はこの拷問のような痛みによって浄化されるのだろうと。

ハインリッヒは仲間の死体越しに教祖を見つめ、自分の行為が肯定されるのを迷い犬のように待っていた。〝白様〟は慈愛に満ちた表情でうなずいた。

「なんとしてもあの女を見つけるのだ、ハインリッヒ。一刻も早く教団の手厚い保護の下に置く必要がある。あの女といっしょにいる者は、迷わず殺せ」

「かしこまりました、教祖様」

〝白様〟は裸足《はだし》の爪先でジャイプルの死体を突いた。「それからほかの者に言って、早くこの抜け殻を片づけさせろ。ジャイプルの魂はすでに天にある。残ったごみは始末するのだ」

心を乱されてはならないとわかっていても、こみあげる怒りを抑えることはできなかった。壺のありかを突きとめてからというもの、いっそうせっかちになっているような気がする。太陰暦の新年まで残された時間はあと数日。それまでになんとかしてあの女を捕まえなければならない。秘密の儀式を完了させ、完全なる解脱を遂げるためにも。

この期に及んで待たされるのはうんざりだった。


サマーはできるだけ音をたてないように、寝室のドアをゆっくりと開けた。〝命の恩人〟である男が眠っていたとして、下手に起こして注意を引きたくはない。ところが、ドアを開けてみると居間はからっぽで、人の気配も感じられなかった。ソファーの上にある枕《まくら》は、まったく使われていないように見える。結局そこで寝なかったか、でなければかなりきちょうめんな男ということになる。外は暗く、小雨が降っている。たぶん、午後の遅い時間だろう。タカシ・オブライエンの姿はどこにもなかった。

サマーは躊躇《ちゅうちょ》することなく裸足で居間を横切り、ドアのそばにそろえられている靴をひっつかんだ。あの男の靴はない。ということは、やはりどこかに出かけたのだ。でも、いったいどこに？　そしていつ戻ってくるの？

サマーは玄関のドアを開け、雨の降る外をのぞいた。自分でもどこに行こうとしているのかは見当もつかなかった。とにかく大通りに出れば、警官を見つけられるかもしれない。とはいえ、ロサンゼルスの警官は必要なときに見つからないので有名だった。ヒッチハイクという手もあるけれど、このご時世では〝白様〟に誘拐されるより危険かもしれない。

ひたすら歩きつづければ、都市の荒廃を生き延びた公衆電話がそのうち見つかるかもしれない。不規則に広がるこのホテルの敷地内を、本館を探してうろうろ歩き回るよりはましだろう。そんなことをすれば、ばったりタカシ・オブライエンとでくわさないとも限らない。

リトル・トーキョーにはあまり来たことはないけれど、チャイナ・タウンと同じような街なら、街灯も多く、割合に治安のいい場所であるはずだった。けれども皮肉にも、〈真の悟り教団〉の本部はこの界隈《かいわい》のどこかにある。信者のひとりにでくわすのだけは絶対に避けたかった。

とにかく、ここに留まってなにもせずにいるわけにはいかない。考えれば考えるほど、あの男の話は嘘《うそ》くさく思えた。そもそも、あの男はどうやってわたしを見つけたのだろう。しかも、〝白様〟の手下に見られることなくわたしを助けだすことに成功したなんて。わたしに危害を加えようとしている人間がいること自体、信じられなかった。たしかにロサンゼルスの社交界においては、母親のリアンと義理の父ラルフは影響力のある裕福な人物として知られている。けれども、あのふたりとわたしにつながりがあることを知っている人はほとんどいないはずだった。そんなわたし自身にはなんの価値もない。謎《なぞ》に満ちたあの壺だって、表向きにはわたしの手元から離れたことになっているのだし。

ちょっと待って。美術館にある壺は偽物だとわざわざあの男に教えるなんて、なんて愚かなことをしてしまったのだろう。もしあの男が本物を手に入れたいと思っているのであれば、なんとしてもその場所をわたしから聞きだそうとするに違いない。となれば、母親が崇拝している教祖と同じくらい危険な存在になる可能性は充分にある。いいえ、もしかしたらそれ以上かもしれない。〈真の悟り教団〉はたんにわたしと話をしたいだけであって、実際に危害を加えようとは思っていない。けれどもあの男は、現実に人を殺したのだ。それに、必要とあればためらうことなくまた同じ行動に出るような口ぶりだった。

尻込みして迷っている場合ではない。サマーは生け垣に沿うようにして曲がりくねった道を進み、いくつものバンガローのわきを抜けて、やがて深紅の鳥居に守られたホテルの入り口へとたどり着いた。街中の車の往来は相変わらず激しかった。それでも最初の交差点を急いで渡り、こぢんまりとした店やレストランの並びへと向かった。どこかに入れば電話を借りることも、公衆電話のある場所を訊《き》くこともできる。

たとえ財布やIDカードを持っていなくても、わたしにはこの頭がある。自分のテレホンカードの番号さえわかれば電話はかけられるはず。番号を暗記していたのが、こんなときに役に立つなんて。美術館にいるマイカに電話して、迎えに来てもらおう。たぶんいまごろ、いったいどこに消えたのかと案じているに違いない。当座のお金を借りて、パスポートといっしょに車を持ってきてもらうこともできるかもしれない。愛車のボルボのスペアキーはデスクの引き出しに入っている。わたしにまだ運が残っているなら、ボルボはまだ美術館の駐車場にあるかもしれない。

なかなか電話は借りられず、三軒目となるヌードル専門のレストランに入るころには、ずぶ濡れになっていた。しかもカウンターの女性はほとんど英語が話せないようで、身振り手振りをまじえて必死に説明すると、ようやくこちらの質問を理解してくれた——公衆電話は店の奥、厨房《ちゅうぼう》のわきにあると。

空腹のあまり、いつ気絶してもおかしくなかった。おまけに店のなかにはおいしそうなにおいが漂っている。けれども財布を持っていないとあっては、いまはただ我慢するほかなかった。直通の電話にかけたところ、マイカがすぐに応答してくれたのは幸いだった。突然の電話に驚いたマイカは矢継ぎ早にいくつか質問すると、言われたとおり持っていくもののリストを書きとり、できるだけ早く迎えに行くと約束してくれた。たぶん一時間後には、とマイカは言った。雨が降っている上にラッシュアワーとなれば、どうしてもそれくらいかかってしまうのだろう。

先ほどカウンターにいた店主らしき女性に、この状況をうまく説明できるとは思えなかった。一時間後にはメニューにある品を全部頼んでもお釣りが来るほどのお金が届くなんて、どうやって伝えればいいのだろう。最初に与えた印象がよほど悪かったのか、突然店に飛びこんできた女を奥に通すのも乗り気ではなかったのだ。サマーは壁際にある物陰にとりあえず身を隠した。店には先ほどから人が出たり入ったりしている。店内で飛び交う日本語は、この場所からはよく聞きとれず、聞きとれたとしても意味不明だった。おいしそうな食べ物のにおいは拷問だけれど、こればかりは助けが来るまで我慢する以外ない。店内の様子に気を取られていたサマーは、突然厨房のドアが開いたことにも気づかなかった。

「どうしたの?」姿を見せたコックはどう見てもティーンエイジャーだった。ブリーチした髪に、いくつものピアス。その顔には人なつっこい表情を浮かべている。どうやらこの街で育ったらしく、お互いのあいだに言葉の障壁はないようだった。

「人を待ってるの」とサマーは言った。「ちょっとここにいさせてもらってもいいかしら」

「こんなとこに隠れてるのを母さんに見つかったらぶっ飛ばされるぞ」と冗談まじりに若いコックに言われ、サマーはぐるぐる鳴る胃がきゅっと締まるのを感じた。「でもまあ、母さんはいつもカウンターに出っぱなしだし、とにかく厨房に入ってなよ。そこで待ってればいい」

「ありがとう!」サマーは声を潜めて言った。空腹を抱えて厨房で待っているなんてさらにつらい拷問になりそうだけれど、人目につかない場所に隠れることができるのはありがたい。

料理の下ごしらえ用の台と大きなガスこんろが数台あるのみの厨房には、湯気と食べ物のにおいが充満していた。サマーは隅にスツールがあるのを見つけ、誘惑からできるだけ離れた場所にいようとそこに腰を下ろした。やがて戻ってきた先ほどのティーンエイジャーは、ひと目こちらを見るなり顔をほころばせた。「腹ぺこなんだろう?」

自尊心は〝いいえ〟と答えるように命じていた。でもこの一日のあいだに経験したことを考えれば、そんなものを気にかけている場合ではなかった。「ぺこぺこで死にそうなの」

とサマーは言った。「ただ、いまは持ちあわせがなくて。代金は友人が迎えに来たときに必ず――」

「心配いらない」と若いコックは言い、湯気の立つ麺《めん》を容器に盛り、箸《はし》を添えて差しだした。もちろん、その厚意に甘えない手はない。麺の具としてのっているのはいかで、あまり食べつけないものではあるけれど、いまなら牛だって生きたまま食べられそうだった。

新たな命の恩人は忙しそうにつぎつぎと容器に麺を盛り、こちらの容器がからになったのを見ると、すぐにまたおかわりを入れてくれた。今度はサービスで鶏肉《とりにく》までついている。親切な若いコックが厨房と店内のあいだを行き来するあいだ、サマーはひたすら麺を食べつづけ、やがて動けなくなって壁にもたれた。食欲が満たされたおかげで、ようやく人間らしい気分が取り戻せたようだった。この悪夢が始まって以来感じていなかった希望も、少しずつ芽生えはじめている。電話をかけてから一時間が経《た》とうとしているし、もうじきマイカも姿を見せるだろう。すぐに見つけられるように、そろそろ外に出ていたほうがいいかもしれない。

するとさ先ほどのティーンエイジャーが厨房に戻ってきて、からの皿でいっぱいになったトレーをシンクのわきに置いた。お礼に皿洗いを手伝うわ、と声をかけようとしたところだった。ふたたび厨房のドアが開いた。

「悪いね」と心からすまなそうに若いコックは言った。ゆったりとした白い服を着てこちらに向かってくるふたり組は、教団の信者に違いない。

こんなときにいかなんて食べるんじゃなかった。いまにもこの場で吐きだしそうな感じがする。けれどもそれもつかの間のことで、サマーはさっと立ちあがり、こんろのほうに向かった。

こんろの上には沸騰したお湯の入った大鍋《おおなべ》がふたつあった。想像以上に重かったけれど、これが火事場のばか力というものなのだろう。ふたり組の追っ手が迫るなか、サマーは取っ手を引っぱって鍋を床に落とし、若いコックを押しやるようにしてその場から逃げだした。激痛にうめく男たちの声が背後で響き渡っている。

外はすっかり暗くなり、雨も本降りになっていた。カウンターにいる店主は甲高い声でなにかをわめきつづけていたが、サマーはそれを無視して通りに出た。相手はちょっと熱湯がかかったくらいで追跡をあきらめるような連中ではない。教団の信者が修行と称して普段どんな訓練を受けているかは噂《うわさ》に聞いていた。とにかく急いで逃げなければ。歩道にはかなりの人がいて走ろうとするたびに邪魔になったけれど、かといって追っ手からこの身を隠してくれるほどの込みようではなかった。それでもなんとかそのあいだを縫うようにして進みながら、頭を下げたままわきに目をやり、愛車である緑色のボルボを探した。マイカはもう着いていてもおかしくない。運がよければこのまま助手席に飛び乗って、走り去ることもできるかもしれない。スピードを出すことが好きなマイカは、すでに三回免許証を取りあげられている。マイカさえ来てくれたら、あのふたり組も追いつけはしないだろう。

視界の端にちらっと白い影が見えたような気がして、サマーは足を速めた。一月に白い服を着ている人間など、ここロサンゼルスでもあまり見かけない。白服をまとった人影は少なくとも三つ、背後から迫ってきていた。振りかえってきちんと確認する勇気はない。サマーはひたすら通りの先へ進みつづけた。その気になれば、走りだすこともできないわけではない。でもすでに胸がむかむかして、吐き気すら覚える状況で、無理はしたくなかった。相手もさすがに白昼堂々と拉致《らち》などしないだろう。といっても、雨降りの夕暮れは白昼と呼べる時間ではなく、都会の人間は自分のことだけで精いっぱいで、他人の問題に首を突っこむようなことはしない。視線の先に路地が見え、サマーはあえて賭《かけ》に出るかどうか、一瞬の決断に迫られた。どこを探してもボルボは見当たらない。となればもうマイカを当てにするのはやめて、自分で自分の身を守らなければならない。

サマーは薄暗い街灯から離れてさっと路地に入った。が、背後に迫る追っ手の足音が消えることはなかった。まずいわ。サマーは心のなかでつぶやき、ちらりとうしろを振りかえった。路地の暗がりに、白い修行服を着た三人の男の影が浮かびあがっている。どの男もきれいに頭髪を剃《そ》っていた。三人の男を相手に、わたしになにができるだろう。

うしろばかり気にかけていたサマーは、目の前に現れた男に気づきもせず、思いきりぶつかった。両腕をつかまれて男の背後に押しやられたサマーは、その勢いで地面に倒れこみ、一瞬茫然《ぼうぜん》とした。窮地に現れた助《すけ》っ人《と》の正体を確かめるのに、暗がりのなか目をこらすまでもない。サマーは這《は》うようにして煉瓦《れんが》の壁にもたれ、土砂降りのなか、タカシ・オブライエンが体格のいい三人の男たちに囲まれるのを見つめた。

凍りつくような恐怖を覚えたサマーは思わず目を閉じた。暴力はあくまでもテレビや映画のなかで見るものであって、現実の生活とは無関係だった。ところがそれはいま、まるでスローモーションのように、目の前で繰り広げられている。死の舞踏を目の当たりにしたサマーは、突然めまいを覚えた。本気で人と人とが殴りあうなんて、見るに堪えない光景だった。音を聞いているだけでも吐き気がする。

ここは冷静になって、一刻も早くこの場所から逃げだすべきだった。三対一ではどう考えても勝ち目はない。連中があの男を袋叩きにするのも時間の問題だろう。逃げるならいまがチャンス……。

すると殴りあいの音が急にやんだ。路地には雨音と、通りから届く車の音だけが響いている。勇気を出して目を開けると、タカシ・オブライエンがそばに立って、こちらを見下ろしていた。その向こうには白い服を着た男がふたり、泥のなかで血を流して横たわっている。三人目の男の姿はどこにも見当たらなかった。

サマーは差しだされた手を取り、引っぱられるままに立ちあがった。氷のように冷たく美しい顔に表情はない。そこには非難めいた感情はもとより、なんの感情も浮かんでいなかった。「二度と逃げるな」とタカシは言った。「つぎは連中の好きなようにさせるぞ」

当然のごとく、その言葉に疑問をはさむ余地はいっさいなかった。

6

〝白様〟の手下に殺されてくれていたほうが、やっかい払いになってせいせいしたかもしれない。タカシ・オブライエンは怒りが収まらなかった。二度も命を救ってやったというのに、感謝するどころか隙《すき》を衝《つ》いて逃げだすなんて。

それでも、いま感じている怒りは自分に対するものだった。そもそも彼女を部屋に残したまま車を交換しに行ったのが間違いだった。いつもならこんな愚かなミスは犯さない。普段ならこの手でとっくに始末しているはずなのに、余計な手助けをして面倒を見るとは。

これ以上のミスは許されない。この世界で生き残りたければなおさらだった。そして、自分はそれを望んでいた。前回の任務で常軌を逸したあの男に殺されそうになったときも、なんとか危機を乗り越えたのだし、ほかのスパイなら一巻の終わりとなっている状況のなかでも自分の力で生き残ってきた。

氷の心を持つマダム・ランバートも、なにが起きているのかといまごろやきもきしているに違いない。昨夜のあいだに考えた計画はいたってシンプルだった。人目を引いて仕方のない車はもう少し地味なものに換え、サマーが本物のハヤシの壺《つぼ》を隠した場所を突きとめ、ほかになにを知っているのかを探る。

実際、それが当初の任務だった。壺が教団の手に渡るのを防ぎ、失われたパズルの断片を探しだして謎《なぞ》を解き、任務を終え次第、姿を消す。しかしサマー・ホーソンはものごとを容易に忘れるタイプでもなければ、従順な性格でもなかった。ましてやこの一日のあいだに起きた一連のできごとをなかったものとするなんて、とうてい無理だろう。好むと好まざるとにかかわらず、彼女に関する命令はすでに下っていた。これ以上引き延ばすのは不可能だろう。〝白様〟とその手下は血眼になって彼女を捕まえようとしている。太陰暦の新年が間近に迫ったいま、たったひとつのミスが大惨事につながりかねない。

タカシはいらだちを隠そうともせず、サマーを見つめた。またしても濡《ぬ》れねずみと化しているが、そんな姿にはもう慣れっこだった。正直に言って、そのほうがありがたい。認めるのは癪《しゃく》だが、ブロンドの髪にはどうも弱かった。濡れて色が濃くなった髪は、雨に打たれた植物のつるのように肩に垂れている。太陽の光を浴びて金色に輝くいつもの感じとは大違いだった。といっても、髪の毛の色はべつにして、そばかすのある女性に興味を抱いたことは一度もない。

サマーは路地に倒れている男たちのほうに目を向けようともしなかった。まあ、それが賢明なのだろう。ひとりは壁に投げた際に首の骨を折ってすでに死んでいたし、もうひとりも突きだしてきたナイフをみずからの体に受け、出血多量で瀕死《ひんし》の状態だった。三人目の男に逃げられたのは、これまた迂闊《うかつ》としか言いようがない。ただ、あの男の顔には見覚えがあった。ハインリッヒ・ミュラー。〝白様〟の側近のなかでもかなり名前の知れた男であり、教団のなかではまさに凶器としての役目をになう、きわめて危険な存在だった。もしもっと早くあのギャングあがりのドイツ人に気づいていたら、迷わずはじめに倒してしまうことを考えたに違いない。

しかしそうしていたら、いまごろサマーは死んでいるはずだった。はじめに片づけたのは、ナイフを手にサマーに迫っていた男だった。ベビーフェースのハインリッヒのほうに向き直るころには、相手はもう路地の向こうに逃げていた。サマーの身を守ろうというのは、本能とも言うべき瞬時の判断だった。しかしそうすることによって、またしても自分の人生を複雑にしてしまったことになる。

タカシはサマーの腕を取り、路地の奥に向かって歩きはじめた。幸い、サマーは黙ったまま足どりを合わせている。交換したばかりの黒塗りのSUV車を目にしても、彼女はなにも言わなかった。助手席に乗りこむ際に一瞬顔をしかめたが、あるいは怪我《けが》でもしたのかもしれない。とはいえ、肝心の命は助かったのだから、多少どこかが痛もうと、それは身から出たさびだった。

雨の降りしきる夜のなか、タカシは車を走らせた。彼女のほうには目もくれず、無表情のままハンドルを握りつづけた。むやみにかっとなるタイプではないし、とくにこのような状況では冷静さを失わない自信はあるのだが、助手席にいる女性を責め立てたい衝動を抑えるのは困難だった。それがばかげていることは承知している。どんなにこちらが礼儀正しくふるまおうと、おそらく彼女の直感は、隣にいる男が自分を拉致《らち》しようとした連中と同じくらい危険な存在だと警告しているに違いない。

そしてその直感は、実際に的を射ていた。

「いったいどこに連れていくつもり？」いっそう警戒心が強くなったらしい。混雑した通りを進むあいだも、サマーは目印になるものを求めて窓の外に視線をさまよわせていた。

「またホテルに戻るの？」

「いいや。それから、つぎに車が停《と》まったら飛び降りようなんて愚かな考えは捨てることだ。これ以上僕が怒れば、きみにとって不都合なことになるのは間違いない」とタカシは言った。口調はあくまでも冷静で、穏和な印象すら与えたが、彼女にもその言葉を恐れるだけの分別はあるようだった。

シートベルトをしていないことを顎で示すと、サマーはかすかに顔をしかめながらもおとなしくそれをつけた。よく見ると、彼女の両手には赤い染みができ、ズボンの片脚は雨とはまたべつのものでぐっしょりと濡れている。しかし、傷の手当をしている暇はなかった。とにかくできるだけ早くリトル・トーキョーから遠く離れなければ。

「どうしてあなたが怒っているのか、わたしには理解できないわ」しばらくしてサマーは口を開いた。「だって、あなたにわたしの面倒を見る責任はないでしょう？　あなたに心配してもらわなくたって自分のことは自分で……」そう言葉を続けつつも、何度も命を助けられたあとではなんの説得力もないと気づいたのだろう。サマーの言葉は途中で尻すぼまりになった。サマーはあらためて言い直した。「このまま友人の家に送ってもらえれば、これ以上あなたをわずらわせることも――」

「きみをどこかに送るつもりはない。それにそんなことをすれば、大切な友人を巻きこんで危険にさらすことになるぞ」

「危険にさらす？」サマーはその言葉に明らかに動揺していた。

まさか。「きみはいったいなにをしたんだ」タカシは答えを迫るように言った。

サマーはふいに黙りこみ、思いにふけっていた。頬でも叩《たた》いて我に返らせようかと考えていると、ようやく口を開いた。「友人のマイカに連絡して頼んだの。わたしの車といっしょに、職場のデスクにあるものをいくつか持ってきてと」

「まさか」先ほど心のなかでつぶやいた思いを、タカシは今度は声に出して言った。

「だって、べつに逆探知ができるわけじゃないでしょう？　公衆電話を使ったんだもの」

「それで、その友人とはどこで待ちあわせを？」

「電話を借りたヌードル店の前よ」

「教団の連中に見つかった店の前で？　自分がどんな危険にさらされているのかわかってるのか？　これは映画でも、ゲームでもない。現実なんだ。相手は欲しいものを得るためならなんでもする危険な連中なんだぞ」

サマーは明らかに動揺している様子だった。「そんな大げさな……」

「たったいま路地で起きたことを見ていただろう」

「ずっと目を背けていたもの」

タカシは話にならないというように首を振り、携帯電話に一連の番号を打ちこみ、メッセージを聞いてから電源を切った。そして急に左に曲がって、タカシは言った。「それで、マイカ・ジョーンズには車といっしょになにを持ってきてほしいと頼んだんだ」

「パスポートと当座の現金、それにクレジットカード……」サマーの声はどんどん小さくなった。「どうしてマイカの名字を知ってるの？」

「一九九六年型のダークグリーンのボルボが、サンタモニカ近くの崖《がけ》の底で見つかった。運転手はマイカ・ジョーンズという名前の、アフリカ系アメリカ人の男性。車内で死体となって発見されたよ。どうやら誰かに崖の外に追いやられたらしい」

過呼吸の発作を起こしはじめたサマーを見て、タカシは余計なことを教えてしまったと後悔した。もしかしたらこのまま気絶するか、でなければ気分が悪くなって戻してしまうかもしれない。しばらくのあいだふたりで車のなかにいなければならないことを考えると、どちらも心惹《ひ》かれる展開とは言えなかった。かといって、スピードを落とすわけにもいかない。タカシはサマーの首のうしろに手をやり、その頭をシートベルトが許すかぎり下に倒させた。「ゆっくり呼吸するんだ」アクセルを踏んだままタカシは言った。まるでてのひらを押し戻すように、不規則に波打つ彼女の脈が感じられる。おそらく泣いてしまえば心も落ち着くのだろう。本人は必死に我慢しているようだが、しょせんは一般の市民、スパイの日常を形成するような恐怖には慣れていない。とにかく感情を解放させて涙を流す必要がある。

けれどもサマーは首のうしろに当てられた手を払おうともせず、ただただ身を震わせるばかりだった。突然、股間《こかん》にその頭を持ってきたいというよからぬ考えが脳裏をよぎり、タカシは自己嫌悪におちいりながらさっと手を離した。

サマーは頭を戻して座席にもたれ、両目を見開いて、フロントガラスの向こうを茫然《ぼうぜん》と見つめた。「わたしが殺したんだわ」サマーは凍りつくような声でつぶやいた。「まさかこんなことになるなんて思わなかったの……」

「そうとも、なにもきみが悪いわけじゃない」タカシは彼女の首筋の感触を忘れようとする一方で、そう声をかけた。もちろん、気休めを言って励ます気などさらさらない。しかし気づくと言葉を続けている自分がいた。「きみはただ間違った時と場所に居合わせただけなんだ。でも、きみが巻きこんだ者は誰しもそれなりのリスクを負うことになる」

「誰かを巻きこもうなんて思ってもいないわ。わたしはただこの街から逃げようと……」

「そのためにはきみには僕が必要だ」

サマーは運転席のほうに振りかえった。「いったいあなたは何者なの?」

一瞬また文化庁の役人だという話を繰りかえそうとしたが、やはりそれは思い留《とど》まった。いまはもうそんな見え透いた嘘《うそ》をついている段階ではない。ここで納得のいくような説明をしなければ、サマーはまた隙を狙《ねら》って逃げだすだろう。

そんなまねをさせるわけにはいかなかった。もう二度と教団の連中が追ってくることはないという確証があれば、いまこの場で解放することもできる。けれども彼女が死にでもしないかぎり、連中は絶対にあきらめないだろう。

「きみが〝白様〟に拉致されるのをなんとしても阻止しようとしている男さ」とタカシは言った。実際、それはほんとうだった。そのためには命をも奪う覚悟があることは、わざわざ教える必要もない。

サマーはふたたび座席にもたれた。街の明かりに照らされたその顔はすっかり青ざめている。どこに向かっているのかと訊《き》いてくることはもうなかったが、こちらとしても教えるつもりはなかった。タカシは世界で最も混雑した街で運転を学んだ男のごとく、巧みなハンドルさばきで車のあいだを縫い、ひたすらアクセルを踏みつづけた。そのあいだサマーは自分の殻に閉じこもり、いっさい言葉を発しなかった。

どうしていまだに涙を見せないのか、その理由はまったくわからなかった。しかし、いっしょにいるあいだに彼女が泣いたことは一度もない。普通のアメリカ人が一生のあいだに経験する以上のことを経験し、尋常ではない暴力を目の当たりにしたというのに、サマーは動揺こそすれ、涙ひとつ流すわけではない。タカシの目にも、そんな姿は意外に映った。サマーは不自然なまでに感情を抑えこんでいる。このまま不気味な平静を装いつづけていれば、突然たがが外れてパニックにおちいるのも時間の問題だろう。そんな展開は絶対に避けなければならない。

必要なのはきっかけだった。この一日のあいだに起きたできごとでは充分でないとなれば、ほかの誰かがそれを与えるしかない。そう、サマー・ホーソンが泣き崩れるまで。タカシは彼女の青白い横顔をちらりと見た。対向車のヘッドライトが雨の打ちつけるフロントガラスに当たって屈折し、いくつもの光のかけらをその顔に投げかけている。なんとしても彼女の感情を解放しなくてはならない。でなければ、やはり殺すしかなくなるだろう。

最悪の場合は、その両方ということも考えられる。

マダム・ランバートは手にしたたばこをもみ消した。口のなかにはいやな味が残っている。指先についたにおいも気に入らず、いまではすべてが腹立たしく感じられてならなかった。医師のもとに行って、なにか新しいものを勧めてもらう必要があるだろう。ニコチン・パッチやガム、それに鼻腔《びこう》スプレーはすでに試したし、催眠療法や認知療法にも挑戦して、丁子を香料に使ったクローヴ・シガレットで我慢しようとしたこともある。けれども結局どれも長続きはしなかった。なんとか一日、一週間、ときには丸三カ月禁煙できても、今回のようになにかあると、すぐにまた手を出してしまう。

担当のセラピストも、仕事のストレスが原因だという安易な説明を繰りかえすばかりだった。〝委員会〟のリーダーとして数々の死の宣告をするなか、喫煙を続けることによって確実に、みずからをゆるやかな死に導いているのだと。ある種の、償いとして。そんなのはこじつけにすぎない。マダム・ランバートはそう医師に言った。もし喫煙のおかげで決断の重圧が軽減されているというのなら、一日に少なくとも二、三箱は吸っていなければおかしい。自分のなかでは、たばこを吸うのは手の震えを抑えるためでしかなかった。

タカシ・オブライエンがいまだ任務を完了できずにいる状況にあって、死体の数だけが増えつづけている。この件には無関係の一般人が、車ごと崖から転落して犠牲になったという報告は、先ほど入ったばかりだった。タカシにしても、〝白様〟の教えを盲信する信者をこれまで何人始末したか知れない。いったいなにをやっているのかと再三にわたって尋ねても、タカシはメッセージを無視しつづけていた。結局のところ、すべてはタカシ次第なのだ。タカシには充分すぎるほどの経験と、なにごとにも動じない冷静な決断力がある。始末すべき女性をいまだに生かしていることに関しては、それなりの理由があるはずだった。

ひょっとしたら現場に戻すのが早すぎたのかもしれない。そう後悔する一方で、ほかに選択肢がなかったのも事実だった。タカシ・オブライエンほど今回の任務にうってつけの部下はほかにいない。日本語の読み書きができ、会話にも困らないタカシには力強いコネもあるし、文化にも通じている。肉体的にも精神的にも、前回の任務で受けた拷問のダメージからはほとんど回復していた。それなのになぜ任務を完了させようとしないのだろう。あるいはなんとかこの状況を回避する方法があるはずだと模索しているのかもしれない。地球の裏側にいるマダム・ランバートには希望らしき希望は見えなかったが、戦略なら自信があった。たとえ誇大妄想狂の教祖に直接手を下せずとも、おもちゃを取りあげてしまえば、容易にその計画を阻止することができる。

サマー・ホーソンという女性は、あの教祖にとって自分がたんなるおもちゃでしかない事実を知る由もない。彼女の運命はきわめて危険な人間の手中にあるのであり、〝委員会〟にしても〝白様〟にしても経験上、相手に手をつけられる前に彼女を始末する覚悟でいる。

おそらくタカシは、いまのところは彼女を生かすことによって必ず得るところがあると確信しているのだろう。そして任務はいつのまにか遂行され、無駄な心配をしたわたしは、なにかと理由をつけて吸いつづけているたばこの箱をからにしたあと、豪華な自分の部屋に戻って手近にあるものを壊すのだ。

安物の皿やデパートで買ったグラスでは、けっして気分は収まらなかった。この痛みをかき消すには、非常に高価で、美しく、絶対に代用できないものを壊す必要がある。そう、数日前にこの世界から抹殺するよう命じた人間の命のように。

そんなふうにして大事なものを壊す以外に、精神のバランスを保つ方法はない。けれども充分に発散してワインの一杯でも飲めば、翌日にはまた顔の色つやも完璧《かんぺき》な輝きを取り戻し、人知れず流された涙のことなど誰も想像することはないはずだった。自分のことを誰よりもよく知るピーターは例外として。

マダム・ランバートは携帯電話を手に取り、間接的な経路を通ってタカシの携帯電話へとつながる番号を押した。どうせ出ないだろうが、かけずにはいられない。とにかくいまは答えが、最新の情報が欲しかった。任務が完全に失敗したわけではないとわかれば、たとえかすかなものであれ、希望を抱きつづけられる。

強い不安感は、肩のこわばりとなってシルクのスーツの下でうずいていた。マダム・ランバートはなんとかそんな思いを打ち消して、留守番電話にメッセージを残した。絶対の信頼を置いている部下のこと、応答しないからにはそれができないだけの理由があるのだろう。たとえ疑問が解決されなくても、機が熟すまで沈黙に耐えなければならないことは、経験から学んでいる。もしかしたらサマー・ホーソンのことはとうに片がついているのかもしれない。ここ数日連絡を絶っているのも、不快なニュースを耳に入れまいとする、部下なりの思いやりなのかもしれない。相手に痛みを与えず殺す技術にかけて、タカシは自信を持っているし、南カリフォルニアの地理にも詳しい。そういう意味でも、今回の任務にはうってつけの人材だった。日本という国を故郷に持つタカシなら、〝白様〟率いるカルト教団がたくらむ計画にも無関心ではいられないだろう。

それとも、思い入れが強すぎるのがあだとなっているのだろうか。だとすれば、感情移入をする可能性の少ないスパイを送りこむべきだったのかもしれない。しかし東京をはじめとして、世界の主要都市に破滅をもたらそうとするカルト教団の教祖に、個人的な感情を抱くなというほうが無理がある。

マダム・ランバートは自分の直感に自信を持っていた。タカシ・オブライエンが今回の任務に最適なスパイであることに疑問の余地はない。冷静な判断力を失わないためにも、あれこれ案じるのはいますぐやめるべきだった。

サマー・ホーソンはもう死んだとタカシから連絡が入るまで、オフィスに座ってたばこでも吹かしているほかない。そして霧に煙るロンドンの町並みを見下ろしながら、こんな苦労をするくらいならべつの仕事に就いていればよかったと無駄な後悔をするのだ。たとえば旅行代理店のエージェントとか会計士とか、けっして不眠に悩まされないような職業に。

最先端の技術にかけては芸術品の域にある電話が手のなかで振動し、マダム・ランバートは飛びあがってたばこをもみ消した。暗号化されたメールを一件受信した。使用された伝送路からするに、送信者はタカシ以外に考えられなかった。あとはこの端末装置をコンピュータにつなげば、画面に伝言を映して確認できる。

マダム・ランバートはしばらくのあいだ身動きもしなかった。都合の悪い事実に耳をふさぐような性格ではないし、そんな卑怯者《ひきょう》になりさがるつもりもない。けれどもゆっくり深呼吸することなくして、またひとつ、必要な始末が完了したという報告を受けとめる心構えはできなかった。

今回はそれに加えてもう一本たばこを吸い、もう一杯コーヒーを飲む必要がある。そうでもしなければ、魂の一部が焼かれるようなこの痛みにはもう耐えられそうになかった。

7

運転席に座る男の手には血がついていた。それにしてもなんて美しい手をしているのだろう。手首はほっそりとしているものの、そこにはまぎれもない力強さがある。混雑したロサンゼルスの通りを走りながら、サマーの目はその手に釘《くぎ》づけになった。手の甲についた血はすでに乾きつつある。かなりのスピードを出しているのに、その長い指は軽くハンドルに添えられているだけだった。

吐き気はなかなか治まらなかった。叫び声をあげて、なにかを叩《たた》きたい。でも誰かに当たるといっても、車のなかにはひとりしかいない。下手に暴れようものなら、ほかの車に衝突してしまうだろう。この車はずいぶん頑丈そうで、たいていの車を弾《はじ》き飛ばしてしまうに違いないけれど、あえて危険を冒す気にはなれなかった。

それでなくても、もう何人もの人間が命を落としている。そしてそのなかには、マイカもふくまれていた。やさしくて、チャーミングなマイカ。つい最近まで、恋人のいない生活に不満を漏らし、ガソリンの値段や天気について文句を言っていたマイカ。けれども、いまではそんな愚痴をこぼすことすらできない。それもこれも、わたしを助けようとしたがために……。

ひどい寒気に筋肉が収縮し、いくら止めようとしても震えは止まらなかった。これ以上この男の注意は引きたくない。この男はすでにわたしに対して怒りを抱いている。できることならいますぐ消えてしまいたかった。このまま自分の存在を否定し、空想の世界に逃げこめば、もうなにも感じずにすむかもしれない。身動きもせず、言葉も発せず、呼吸することすら放棄してしまえば、わたしという人間は消えてなくなって、もう血を見ることも、痛みを感じることもない。

「そこから抜けだすんだ！」

大声に我に返って息を吐きだすと、緊張していた筋肉もわずかにほぐれた。どうやらヒーターをつけたらしく、車内には暖かな空気が満ちはじめている。暖房の風に刺激されて、両脚にひりひりするような痛みを感じた。たぶん、熱湯の入った鍋《なべ》をひっくり返したときに自分にもかかったのだろう。

サマーはあざのできた手を見下ろし、運転席のほうに向き直った。

「どういう意味？」

「ゆっくりと深呼吸をして、海のことでも考えろ。隣でおろおろされても迷惑だ」

「おろおろなんてしてないわ」サマーは気の抜けた声で言った。「わたしはただ、つぎにどうすべきか考えていたの」

「それで、なにか名案でも？」

「いいえ」

タカシは雨に濡《ぬ》れた通りを見つめながらうなずいた。「たとえ名案が浮かぼうが、この件に関して、きみに決定権はない」

「どこに向かっているのか、教えてくれないの？」

「そのうち教えるさ。だが、その前に僕自身がその答えを知る必要がある」

「それはそれは」サマーは絶望に打ちひしがれた。「輝く鎧《よろい》を身にまとったわたしの騎士は、自分がどこに向かっているのかも定かじゃないなんて」

「それは違う」

「じゃあ、ちゃんと行き先をわかってるっていうの？」

「行き先のことを言ってるんじゃない。僕は輝く鎧をまとった騎士などではないということさ」タカシは感情の欠落した低い声で言った。「そんなふうに思われては困る」

本降りだった雨は霧雨に変わりつつあり、通りを行き交う車の数も少なくなりはじめていた。不思議なことに、いつのまにか吐き気は治まって、今度はまた空腹感が頭をもたげている。おなかはぺこぺこだった。車はファストフード店の前をつぎからつぎへと通りすぎている。ここ最近、全粒穀物や野菜中心のダイエットを試みていたサマーは、突然〈インアンドアウト・バーガー〉のハンバーガーを食べたい欲求にかられたが、そんな思いは口にも出さず、おとなしく助手席に座っていた。すると車は急に右に曲がり、食べ物のことなどいっさい頭から吹き飛んだ。

いったいどこに向かっているのか、その行き先をはっきりと確信したのは、車がさらにべつの角を曲がったときだった。

「母親の家に連れていっても時間の無駄よ」とサマーは言った。「壺《つぼ》はそこにはないわ」

「じゃあ、どこにある」

どうして美術館にあるのは偽物だなんて言ってしまったのだろう。わざわざそんなことを教えなければ、こんなふうに連れ回されることもなかったかもしれない。といっても、そのことを知らなければわたしをあの路地から助けださないだろうし、そうなったらわたしはいまごろどこでどうなっていたか知れない。哀れなマイカと同じように、崖《がけ》の底に追いやられていてもおかしくないのだ。

けれども、いまそんなことを考えるのはあまりにつらかった。「あの壺がなんだっていうの？　たしかにとても古くて美しい壺だけど、人を殺してまで手に入れる価値なんてないのよ」

「それはきみの意見にすぎない。実際、きみの意見に賛同しない者は大勢いる」

「だったら連中に壺を渡して、早いところこの悪夢を終わらせたほうがよさそうね」

タカシの表情にはなんの変化もなかった。「そんなことはさせられない」

「どうしてよ。あの壺はわたしのものじゃない？　かつてわたしの乳母として面倒を見てくれた女性からもらったものよ」

「ハナ・ハヤシは壺をきみに託したのであって、贈り物としてあげたわけではない。そもそも壺は日本のものだ。その価値を知りもしないカリフォルニアの小娘がとやかく言えることではない。日本から見れば、きみは外人なんだ」

「あなただって、少しは〝外人〟の血が混じってるわけでしょう？　偉そうなこと言わないで」とサマーは言った。「それに、わたしだってあの壺の価値くらい承知してるわ。あの壺は十七世紀、江戸時代に作られたものよ。たぶん、一六二〇年から一六六〇年のあいだにね。公開市場で、十五万ドルから三十万ドルくらいの値がつく逸品だわ。独特のアイスブルーの釉薬《うわぐすり》からするに、三十万ドルに限りなく近い値段で売り買いされると思う。それほどの価値がなければ、人を殺してまで手に入れようとはしないはずだもの」

「きみはどこまでうぶなんだ。この世界にはひと握りの硬貨のために殺人を犯す場所だってある。親の保護を受けたきみの人生がいくら安穏としたものだったからといって、世界のあらゆる場所で安全が約束されているわけではない」氷のように冷たい声にはなんの感情もこもっていなかった。その口調には非難めいた響きもなく、ただ事実のみを淡々と告げていた。

　サマーは思わず身震いをした。「わたしの人生はあなたが思うほど安穏としたものではなかったわ」サマーはフロントガラスを伝う雨を見つめながら、ようやく口を開いた。車はいまだに母親の家に向かって通りを進んでいる。助手席に座りながらも、それを阻止するすべはなにもなかった。

「たしかにそのようだな」タカシはしばらくして言った。出会って間もないのにそんなことがわかるなんて、なんて観察の鋭い男なのだろう。「でなければ、いまごろすっかり取り乱していたに違いない。ところが、きみはいまだに涙も見せていない。親友が死んだと聞いても、あれだけの恐怖を味わっても。その点は感服するよ」

サマーはその言葉のひとつひとつがみぞおちのあたりに深く突き刺さるのを感じた。

「わたしはもともと泣くような人間じゃないの。たとえどんなにひどい目に遭っても、けっして泣いたりしない。だって、時間の無駄だもの。泣いたところでマイカが帰ってくるわけじゃない。なにかが変わるわけでもない。それとも、わたしが隣でめそめそ泣いていたほうがやりやすいと？」

「ああ」

サマーは薄暗い車内に浮かぶ美しい横顔をじっと見た。「どうして？」

「どうしてって、そんなのは普通ではないからさ。普通でないのは苦手だ」

「それはお気の毒様」

その口元がかすかにほころんだ気がしたのは目の錯覚だろうか。これがほかの男なら、笑顔の兆しとも解釈できたはずの微妙な動き――けれども車が急に角を曲がってべつの通りに入るなり、そんな思いはあっという間にかき消えた。この通りの先には義理の父の屋敷がある。

「お願い！」サマーは思わず声を荒らげた。「壺はここにないわ」

「じゃあ、どこにある」

タカシは門の前に車を停《と》め、知るはずのない警備システムの暗証番号を押して、サマーのほうに向き直った。

門扉がゆっくりと開きはじめるなか、動揺は増す一方だった。「言ったでしょ、とにかくここにはないって」いったいあと何回繰りかえせば納得してもらえるのだろう。「だいたいこんなふうに押しかけることないじゃない。こんな悪夢にわたしの家族を巻きこむ必要がどこにあるの？　結局はみんなを危険にさらすことになるっていうのに」

「そもそもきみを危険な目に遭わせたのはきみの母親だろう。きみの家族はすでにこの件に充分にかかわっているんだ。きみの母親は愚かにも〝白様〟を崇拝している。たとえまだここに来ていないとしても、その手下たちが姿を見せるのは時間の問題だろう」

「だめよ！」サマーはぞっとして言った。「ここだけは……壺は渡すから……」

「なにをそんなに怯《おび》えてるんだ。まさか母親を守ろうとしているんじゃないだろうな。きみの母親は娘を見捨てて、狼《おおかみ》の群れに差しだしたんだぞ。必要とあれば、また同じことをするだろう」

サマーもあえてそれを否定する気はなかった。「だったら彼女自身にそれを証明させればいいじゃない。とにかくここはだめよ」

「いずれにしても、きみの母親は留守さ」

「留守？」サマーは疑念に満ちた声で繰りかえした。

「今朝、きみの義理の父親がハワイに連れていったんだよ。なんとか〝白様〟から引き離そうとね。いくら崇拝しているとはいえ、教祖が浸《つ》かったあとの残り湯を五万ドルも出して買うなんて、さすがに見過ごせなかったんだろう」

「なんですって?」サマーは愕然《がくぜん》として声を裏返した。「どうしてまた残り湯なんか」

「ありがたくちょうだいして、飲むためさ。どうやらそれが〈真の悟り教団〉の秘儀《イニシエーション》の一環だったらしい。〝白様〟が浸かったあとの残り湯を飲めば、高次元にあるその意識を吸収できると。同様に血も売っているようだが、その値段は残り湯どころの話ではない」

「信じないわ、そんな話」サマーはショックを隠してきっぱりと言った。

「信じようが信じまいが、それが事実だ」タカシは両手をハンドルに添えたまま座席にもたれた。薄明かりに浮かぶその顔は、気圧《けお》されるほど美しかった。「〈真の悟り教団〉には十億ドル以上の資産がある。しかも、その額は日に日に増えている。教祖の血や残り湯、それに出版物やテープを売るのは、実入りのいいサイドビジネスのようなものさ。大部分の利益は出家信者の寄付によって得られていて、連中は裕福な信者の獲得に余念がない。専門的な知識や経験があればそれを利用し、面倒な仕事は金のない信者に背負わせて、裕福な者には財産をすべて寄付させる。そんなやり方が功を奏しているらしい。現に、十年前にはほんのひと握りの信者の集まりだった〈真の悟り教団〉は、いまでは新興宗教団体のなかでも最も力のある教団にのしあがっている」

「でも、殺人をよしとする宗教なんて」

「ほとんどの宗教がそうさ。自分たちが信じる教えが絶対に正しいと信じて疑わない狂信者は、どんなことでもする」そう言って車のドアを開けようとしたタカシを引き留めるように、サマーはその腕に手を添えた。それはなんとも不思議な感覚だった。窮地から救われた際、もう何度も体を触れられているというのに、自分のほうから相手の体に触れたのはこれがはじめてだった。

筋肉に覆われた腕のたくましさは、上着の上からでも充分にわかる。その気になれば女の手など容易に振り払えるのだろうが、タカシはおとなしく動きを止め、薄暗い車内のなかでこちらを見つめた。

「お願い」サマーは声を潜めた。「わたしは母親のことを心配しているわけではないの」

「きみの妹なら、ここにはいない」

サマーはほっと胸をなで下ろしたが、安堵《あんど》感はすぐに疑念に変わった。「どうしてわたしの妹のことを知ってるの?」

「きみのことならなんでも知っている。きみの妹はいま田舎にいる両親の友人を訪ねていて、しばらくは戻ってこない。少なくとも、今回のごたごたが解決を見るまではね。我々としても、彼女が容易に見つからないように充分な手を打っている。いったいなにが起きているのか、当の本人もわかっていないだろう。妹のことは心配する必要はない」

サマーはそこにいる男の顔をじっと見つめた。「充分な手を打った?」サマーは繰りかえした。「あなたは何者なの?」

いくら待っても答えは返ってこないものの、それは尋ねる前からわかっていた。いずれにしても、日本から来た役人でないことだけは間違いない。

相手がなにを言おうと、義理の父の家に勝手に忍びこめば、不要な注意が妹のほうにいくことになる。ジリーの身の安全を守るのは、ハナさんとの約束よりも大切なことだった。こんな悪夢にジリーを巻きこむようなことだけは絶対にしたくない。

「壺はマイカの家よ」サマーはとっさに言った。

けれどもタカシは、突然壺のありかを明かした自分に感謝している様子もない。「ほう、どうしてマイカの家に？」

「どうしてって……偽物を作ったのはマイカだからよ」サマーは思わず口ごもったが、ほんの一瞬のためらいに相手が気づいたはずもなかった。それにタカシは、偽物がひとつ以上あることなど想像もしていないに違いない。

「わかった」とタカシは言い、ふたたびエンジンをかけた。

「いま行くの？　マイカは車ごと崖から落ちて死んだばかりなのよ。家には警察がうろうろしているはずだわ。そんな状況で家に入って壺を探すなんて無理よ。たぶん、ほかの友人たちも来ているだろうし……」サマーの言葉は途切れた。なにも悲しくて泣きそうになったわけではない。そこにはただ、生々しい心の痛みがあった。

「きみの友人の遺体はまだ身元の確認がとれていない。たとえ確認がとれたとしても、我々の仲間が手を打って、僕がいいと言うまで警察が公にしないようにするだろう。邪魔する者はいない」タカシは大きな通りに出るなり西に向かい、行き方など教えてもらうまでもないというように、マイカが住んでいたスペイン風の家へと車を走らせた。

サマーは我に返った。「どういうこと、まだ身元の確認がとれていないって？　だってさっきあなたは――」

「我々は警察が知らないことまで知っている。忠告しておこう、ミス・ホーソン。我々はなんでも知っているんだよ」

「あなた方はロサンゼルス市警をも思うように動かす力を持っているというの？」

口元のかすかなほころびは皮肉めいた嘲笑《ちょうしょう》のように見えた。「そんな力を持っている者などいくらでもいる。二十八年も生きてきて、まだそんな世間知らずなことを言っているのか」

すでにこちらの年を知っていることについては、もう驚くまでもなかった。車はまっすぐマイカの家へと向かっている。いったいこの男はほかになにを知っているのだろう。

サマーはじわじわと冷や汗がにじみでるのを感じた。この男はほんとうにすべてを知っているのだろうか。わたしの子ども時代のことまで？　もう二度と思いだすまいと、心の奥底にしまいこんだ秘密まで？

「わたしはそこまで世間知らずではないわ」サマーは声をこわばらせて言いかえした。

相手がこちらに目を向けなかったのは幸いだった。「きみがそう言うならそうだろう。しかし、きみがアカデミックな世界でぬるま湯に浸かった人生を歩んできたのは事実だ。

そしてその後、外の世界に触れることもなく、きみはすぐに美術館で働きはじめた。たった一度、それもほんの短いあいだ妻子ある男と交際したからといって、経験豊富ということにはならない」

戸惑いは増す一方だった。そんなことまで知っているなんて、なんという屈辱なのだろう。すぐにでも話題を変えるべきなのはわかっていたけれど、口をついて出るのはそんな思いとは反対の言葉だった。「わたしはなにも経験を求めているわけじゃないわ。ほんとうの愛を探しているのよ」

タカシは軽く笑い声をあげた。「きみは愛なんて信じていない。きみの過去を考えても、そんなものを見つけようと努力したことなど一度もないだろう」

わたしの過去ってなによ。サマーは怒りを噛《か》みしめながら心のなかでつぶやいた。「わたしは妹を愛してる。ハナさんのことだって愛していたわ」

「そういう愛のことを話しているわけではない。それはきみもわかっているだろう。僕らがいま話しているのは、ほんとうの愛、男と女のあいだの愛——そしてふたりは幸せに暮らしましたっていう愛だよ」

「〝そしてふたりは幸せに暮らしました〟ですって？」サマーは繰りかえした。「そうね、あなたの言うとおり、そんなものは信じていないわ」いったいほかになにを知っているというの？

タカシは突然車を停めた。驚いたことに、いつのまにかマイカの家の前に着いている。

マイカの家はハリウッドにある義父の家から何キロも離れているはずなのに、車に乗っていた時間がこんなにも短く感じられるなんて。心臓に悪いほどのスピードを出していたこともあるけれど、容赦のない質問の連続に、あっという間に時間が過ぎてしまったのだろう。

格安の値段でマイカがこの古い家を買ったのはいまから十年前のことだ。そのあいだも修復はもちろん、手入れもろくにしなかったので、建物は日に日に傷みを増している状態だった。いくつかついている明かりがタイマーによって動いていることはサマーも知っている。マイカは暗闇《くらやみ》が苦手で、とくに冬場は電気のついていない家に戻るのをとても嫌っていた。家の外では、放し飼いにしている猫がうろうろと歩き回っている。いつもなら飼い主はとっくに帰っていて、三匹の飼い猫もグルメなキャットフードを楽しんでいるはずだった。

猫たちのことはわたしがなんとかしなければ、とサマーは思った。もちろん、生きてこの窮地を脱することができたとしての話だけれど。

もちろん運転席にいる男は、いっこうにそんなことを気にかける様子はない。「鍵《かぎ》は持ってるわ」とサマーは言った。「ときどき泊まらせてもらっていたの」

「それは都合がいい。通常は鍵など必要としないが、あればあったでスムーズにことが運ぶ」タカシは先に車から出て、こちらがあとに続くのを待った。もしかしたらこの隙《すき》に逃げられるかもしれない。タカシ・オブライエンが壺を手に入れようと入れまいと、そんなことは知ったことではない。この男から少しでも遠く離れれば、自分も、自分の家族も安全なはずだった。

実際、そうするのが賢明なのだろう。タカシ・オブライエンと名乗る男は〝白様〟と同じくらい信用できない。手に入れた壺をどうするつもりなのかは知らないけれど、そんなことを考えたくもなかった。それにしても、どうしてわたしはこの男に心をかき乱されてばかりいるのだろう。この男が口にした半分は嘘《うそ》だし、実際のところ、内容としてはほとんど口にしていないも同然だった。

「ばかなまねはするなよ」

〝それ以上は言う必要もない〟というような口ぶりだった。例によって、こちらの考えはすでにお見通しらしい。相手が自分よりも数段も上である事実が、腹立たしくてならなかった。たとえ脱走を試みるにしても、なんの当てもなくとっさに走りだすだけでは先は見えている。

サマーはしぶしぶ車から出て、重いドアをそっと閉めた。自分でもどうしてこんなふうにこそこそしているのかは見当もつかなかった。不審者に気づけば近所の人が警察に連絡するだろうし、そうしてくれたほうがありがたいはずなのに……。

といっても、わたしがいっしょにいることがわかれば、近所の人もけっして不審には思わないだろう。この家には何度も来ている。それが証拠に、自分の部屋だってあるし、スペアキーだって持っている。そうだわ、なかには着替えもあるんだった。サマーはあらためてそのことを思いだし、ほっと胸をなで下ろした。

「壺がこの家のどこにあるのかはわたしも知らないの」とサマーは言った。「手分けして探さないと。その前に、着替えてもかまわないかしら？　寝室に何枚か着替えを置いてあるの」

タカシは黒い瞳を輝かせてさっとこちらを見た。「まるで溺《おぼ》れた猫のようだな」

「溺れた猫なんて見たことがあるの？　これまでに何匹も溺れさせたとでも？」

「溺れさせたのは猫ではない」

サマーは淡々としたその口調に身震いをした。「まあ、溺れ死にしそうな人を助けるのも得意なようだから、根っからの悪人ではないようね」

「いろいろな才能があるということさ。着替えるなら早くするんだな。妙なまねはするなよ。それで、どこから探しはじめたらいいんだ？」

「壺があるとしたら、家の奥にあるマイカのスタジオね。それか、マイカの寝室。キッチンのわきにある大きな部屋よ。わたしが使わせてもらっていた部屋にないことだけはたしかだわ」

「ほう、そうかい。ところで、どうしてきみはこの家に部屋を持っているんだ？　マイカとは恋人同士でもなんでもないだろう。なにしろあの男はゲイだったんだし」

サマーは平手でその頬を殴ってやりたい思いを必死に抑えた。偏見があるような口調ではないにしろ、なにもかも知っているような口ぶりはやけに癇《かん》に障る。「ときどき女の人と寝ることもあったわ」

「でも、きみとではない」それはもう質問ですらなかった。いまさら否定しようとしても時間の無駄だろう。

「わたしはときどき、そのう……なかなか眠れないことがあるのよ。専門的には〝夜間恐怖症〟と言うらしいわ。自分の家は居心地がよくて大好きだけれど、ときどき誰かに近くにいてほしくなるの」

タカシはしばらくのあいだじっとこちらを見つめていた。「きみのようないたって普通の女性が夜間恐怖症に悩まされるなんて、なにか原因でも？　あるいはきみの過去を調べる上で、うっかり見落とした点があったのかもしれないな」

ふたりは玄関へと続く雑草の生い茂った道を歩いていた。願わくばこの暗がりが、突然の表情の変化を隠してくれたことを祈るばかりだった。その言葉を耳にするなり顔が青ざめ、思わず目を見開いてしまったけれど、そんな変化は自分の顔を鏡で確認せずともわかる。相手に気づかれていないようなのがせめてもの救いだった。

サマーはマイカの家の合鍵を渡したが、タカシはなにも言わなかった。相手の考えがいっこうに読めないのが、腹立たしくて仕方なかった。なにを考えているにしろ、自分にとって好ましいものでないことは間違いない。この男の頭のなかにある考えは、エキゾチックにして美しい顔立ちからは想像もできないものだろう。

「十分で着替えるんだ。また逃げようなんて愚かなまねはするなよ」タカシはそう言うと、返事を待とうともせずに、薄暗い家のなかに入っていった。

サマーはまずはじめに猫たちに餌《えさ》を与えた。手の震えはまだ止まらない。それでも、することがあると思うだけで心は落ち着いた。ファントム、チェロ、そしてプースカはお礼を言うように喉を鳴らしている。タカシはマイカの寝室を調べているようだけれど、物音らしい物音はまったく聞こえなかった。たった一日いっしょにいただけのあの男のことは、ほとんどなにも知らない。けれども、タカシがひととおりマイカの家のなかを探して回っても、無断で誰かが入った痕跡《こんせき》などなにひとつ残していないのはわかった。わたしの自宅を荒らし回った教団の連中とは、まるでやり方が違う。サマーは自分の部屋として使わせてもらっている小さな寝室に行き、黒いジーンズとTシャツを手に取って、隣の浴室に入った。手早くシャワーを浴びる時間くらいあるだろう。実際、三分も経《た》たないうちにサマーはタオルで濡れた体を拭《ふ》いていた。両手と向こうずねに赤い火傷《やけど》の跡ができている。熱いお湯を浴びてはじめてそれに気づくなんてと思ったけれど、命を狙《ねら》われて逃げている状況では忘れてしまうのも当然だった。

サマーはシンプルな黒いブラジャーとパンティーを身につけ、蓋《ふた》を下ろした便器に座り、たいして役には立たないだろうとは思いつつも、軟膏《なんこう》のチューブを取りだして傷口に塗った。すでに水膨れになっている火傷の跡は、ちょっと刺激するだけでも猛烈な痛みが走る。これではゆったりめのジーンズでもこすれて痛いだろうけれど、いまは我慢するほかなかった。

傷の手当に専念していたサマーは、鍵をかけたはずのドアが急に開いたことにも気づかなかった。戸口に立つタカシは、表情の読めない黒い瞳でこちらを見下ろしている。やがてタカシは口を開いた。

「いったいどうしたんだ」

8

サマーは悲鳴をあげ、床に落としたタオルをつかんで、急いで体に巻きつけた。「出てって！」

「面倒をかけるな」タカシは浴室に入ってくるなりタオルの端をつかみ、サマーの体から引きはがしてわきに放《ほう》り投げた。「その傷はどこで？」

「お願いだから服をよこして――」

「きみがどんな格好をしていようと、なんとも思いはしない」とタカシは言った。「とにかく傷の具合を。いっしょに行動してちゃんとついてこられるか確かめる必要がある」

サマーは両腕をからめるようにして必死に上半身を隠したが、結局はそれも無駄な行為だった。タカシは相変わらず無関心なまなざしでこちらを見つめている。もう少しで〝ふっくらした〟という表現が使われてもおかしくないこの体に、相手が興味など持っていないことは承知している。けれどもたとえそうだとしても、なんの表情もない黒い瞳の前でさらしものになって、平静を保っていられるはずがなかった。

といっても力で勝てるはずもなく、相手は断固とした意志を持ち、おまけにこちらの態度にいらいらしはじめている。抵抗すればするほど、始末に負えない状況になるのは間違いなかった。「ヌードル店の厨房《ちゆうぼう》に隠れていたとき、追ってきた男たちをかわそうと、熱湯の入った鍋《なべ》をひっくり返したの。きっとわたしにもかかったのね。そのときは気づきもしなかったけど」

「手を貸して」

言うとおりにすれば、もう体は隠せなくなる。でも、どうせたいした部分を隠せているわけではない。サマーはおなかを引っこめ、片手を差しだした。

「両手を」

いまさら逆らったところで始まらない。サマーはおとなしく両手を差しだした。幸い、震えはだいぶ治まっている。下着姿で見ず知らずの男の前に座っていることを考えれば――しかもその男はきわめてハンサムだときている――さほど取り乱しもせずにいる自分を誇らしく思ってもいいのかもしれない。命が狙《ねら》われている状況を思えばなおさらだった。

タカシは差しだされた手を取り、何回か裏返して、赤くなった水膨れを確認した。当然、そこにある傷にも気づいたに違いない。いまとなってはなにをしようと、なにを言おうと、なんの意味もなかった。手首に残る傷が、自殺未遂の跡であることは誰が見てもわかる。けれどもタカシはなにも言わなかった。「これから行こうとしているところに着けば、ちゃんとした手当もできるだろう」

「いったいどこに行こうというの？」

タカシは質問を無視して手を放し、今度はしゃがんで脚を確認した。サマーはじっとしているのが精いっぱいだった。下着姿のまま、こんなふうに男の人にひざまずかれて、居心地の悪い思いをしない女性がどこにいるだろう。つぎつぎと思いが頭をよぎるなか、普段はめったに抱くことのない性的な妄想まで浮かんできて、サマーはすっかりうろたえた。たとえ一枚でもいい、服を着てこの体を隠せたら、寿命が十年縮まってもかまわない。正直なところ、異性に体を触れられた経験はあまりなかった。もちろんだからといって、セックスの最中にいちいち騒ぐようなうぶなまねなどはしない。それは三カ月続いたスコットとの関係で学んだことだった。しかし、その行為を楽しめたかどうかは、いまでも疑問が残る。ここ数年はそんな機会からすっかり遠ざかっているし、たいして興味もわかなかった。なのに、この男にこれほど心をかき乱されるのはどういうわけなのだろう。まるで長年眠っていた感情が、これまで存在しなかったはずの感情が、一気に表面に噴きだしたかのようだった。

一方の相手は、そんなことには気づいてもいない顔をしている。たとえ気づいていたとしても、なんの関心もない様子だった。「この傷は少し状態が悪いな。でも、歩くのに苦労するというほどではないだろう」タカシはひざまずいたまま顔を上げ、こちらの顔を見た。その手はいまだに足首をつかんでいる。心がまたべつの方向に行きかけるのを、サマーは必死にこらえた。するとタカシは言った。「さあ、教えてもらおう。壺《つぼ》はどこにある？　ほかの誰かが姿を見せる前に、早いところ、この場をあとにしないと」

「わからないわ」

そう答えた直後だった。さっと片手が伸びてきて、首に回された。容赦のない力加減に、サマーは動揺を隠せなかった。「二度とそんな答えは返すな」とタカシは言った。「もう嘘《うそ》はなしだ」

「嘘じゃないわ」喉元にかかる圧力のせいで、思うように声が出ない。「わたしのために偽物を作ってくれたのはマイカなの。オリジナルの壺は家のどこかにしまってあると思ったんだけど」

タカシはかすかに手の力をゆるめた。「壺はこの家にはない。もしあるならとっくに見つけているはずだ。ここにないとすると、どこにあるんだ？」

「そんなの知ら……」首を絞める力がまた強くなって、言葉は途中で切れた。喉元に押しつけられたてのひらを感じつつ、サマーは不安と共にごくりと唾《つば》をのみこんだ。「もしかしたら、ほかの誰かに託したのかもしれない」

「そんなはずはない」

「息が、息ができないわ」サマーは声をしぼりだして言った。

「あるいはきみは妹に壺を託したのかもしれない」とタカシは言った。「妹を危険にさらすようなまねをするなんて、誰も想像しないだろうからな。だが、人間というのはわからないものさ。もしかしたら、きみは自分が思っているほど妹のことを心配していないのかもしれない。三十万ドルもの価値のある壺となればなおさらだ」

「なんてひどい男なの」

「じゃあ、どこにあるのか教えてもらおう。それとも、直接妹に訊《き》いてほしいとでも?」

サマーは相手の目をにらみかえした。黒々とした瞳は無情なまでに冷たい輝きを放っている。愚かにもこんな男のことを、窮地から救ってくれた命の恩人だと思うなんて。この圧倒的な疲労感や恐怖心さえなければ――しかも下着姿で座っているような状況でなければ――この場であえて戦いを挑む気にもなったかもしれない。けれどもたとえそうしたところで、勝ち目がないのはわかっていたし、なにより大切なのは妹をこの悪夢に巻きこまないことだった。

だいたい、いまさら逆らったところでなんになるだろう。あの壺をめぐっては、こちらが想像する以上の利害がからんでいるらしい。今回の一連のできごとは美しい壺を守るという次元を超えて、最愛の妹の身の安全にもかかわる問題になっている。値段もつけられないほどの貴重な陶器は何千とあっても、妹のジリーはこの世にたったひとりのかけがえのない存在だった。

「わたしなら見つけられるかもしれない」サマーはかすれた声で言った。

それを聞いたタカシはすぐに力をゆるめ、首から手を離した。「じゃあ早速、探してもらおう」

「その前に服を着させて」

サマーは相手の視線が自分の体に向けられるのを感じた。「いいだろう」とタカシは言

った
それでも、着替えるあいだひとりにするつもりは毛頭ないらしい。表情のない黒いまなざしに監視されるなか、サマーはジーンズをつかんで脚を通した。火傷《やけど》の跡にやわらかなデニム地が当たってこすれても、下唇を噛《か》んで必死に痛みをこらえた。頭からかぶったTシャツだけでは寒いような気がするけれど、氷のように冷たい表情をひと目見て、訊くだけ無駄だと観念した。

寝室に通じる戸口は完全にふさがれている。ほっそりとして引き締まった体なのに、まるでそこにある空間をすべて占領しているようなのが意外だった。「靴を取ってこないと」とサマーは言った。

「スニーカーにするんだ。場合によっては走らなければならない状況になるかもしれない。それからセーターを。外はだいぶ冷えてきた」

まったくこの男には驚かされてばかりだった。喉元にはいまだに力強い手の感触が残っている。あの力なら容易に人を絞め殺せるだろうし、抵抗していたら確実に絞め殺されていたに違いない。それなのにいまは一転して、外は寒いと人の心配をするなんて。

サマーはこくりとうなずいて、わきによけたタカシの前を通りすぎ、クローゼットへと向かった。誰かが手で触れた痕跡《こんせき》はまったくないけれど、あの男はすでにクローゼットのなかも探したのだろう。サマーははき慣れたスニーカーとだぶだぶのセーターを手に取った。虚栄心なんてもともとないし、いまさら見栄《みえ》を張っても仕方がない。この男にはもう裸を見られているのだし、あのときだって相手はまったく感服した様子を見せなかった。もちろん、この男を感服させたいなんて思いはこれっぽっちもない。けれどもこの男の美しさの前に出ると、余計に自分の無骨さや平凡さが目立って、そのたびに気が滅入《めい》った。

それにしても、なんて美しい男なのだろう。命を狙われて逃げているあいだはゆっくり考える暇もなかったけれど、まっすぐに伸びた滑らかな黒髪といい、表情の読めないまなざしといい、そしてまたその肉感的な唇といい、タカシ・オブライエンは必死にそのありかを探している陶器の壺よりも美しかった。けれども、彼の美しさにはどこか人の心をかき乱すところがある。ハリウッドという場所柄、ハンサムな男はまわりにたくさんいるし、以前つきあったスコットもそのひとりだった。実際、美術品を吟味するような目で選んだスコットは、自分の恐怖心を克服するために肉体関係を持つには、きわめて理想的な相手だった。

そんな思惑が裏目に出たのは、いまから思えば当然の結末だったのだろう。いずれは恋に落ちることを願っていたとしても、結局わたしはスコットを利用したのであり、結果として苦い教訓を得た。いずれにしても、大人同士の合意に基づいたセックスは過大評価されすぎている。それは相手がどんなにやさしい人間であっても同じこと。苦い経験のあとでは、セックスなどなくても充分に幸せな人生が送れるというのが、正直な心境だった。

それなのに、タカシ・オブライエンの美しい顔を前にして急に心が揺れ動くなんて。そもそも、こんな感情を抱くのは無益だった。目当ての壺さえ見つかれば、この男はわたしの前からすぐに姿を消すだろう。もうこんな女とかかわらずにすむとせいせいしながら。そうすればわたしだって、理性ではとらえきれない、自分でも思いも寄らなかったこの感情を、きれいさっぱり忘れることができる。

けれども、そのときが来るまでじっと待つことなどできそうになかった。「壺はこの家にはないわ」とサマーは言った。

タカシはすでに部屋の電気を消していて、廊下から漏れるかすかな明かりだけがふたりを照らしだしていた。「時間を稼ごうとしているんじゃないだろうな。自分の身を危うくするだけの行為は賢明とは言えないぞ」

「自分が賢明な人間なのかどうか、わたしにはもうわからないわ。わたしが壺を見つけたらどうするつもりなの？」

「言っただろう、日本に持っていくと」

「それで、わたしのことは？　ひと思いに殺すとでも？」

唐突な質問に、相手はかすかに驚いた様子だった。「きみは昨日から自分で自分を窮地に追いやるようなまねをしつづけているが、そんなきみをなんとか死なせないように骨を折っているのはこっちのほうだぞ」

その点に関しては反論のしようもない。「準備できたわ」とサマーは言った。

「じゃあ、とっとと壺を取りに行こう」

彼女のことはいずれ始末しなければならない。それは最初から承知しているが、相手もそれを察している様子なのはやりにくかった。何度か実際に手を下す直前までいったものの、そのたびに土壇場になって心変わりをしている。しかし、いったん壺を手に入れてしまえば、やはり始末してしまうのがいちばん安全だった。手際よく、なんの痛みも与えず、いったいなにが起きているのかわかる前に。

あいにくサマーはすでにこちらのことを疑っている。実際にその瞬間が来たら彼女は抵抗するだろうか。いまはそうならないことを願うばかりだった。抵抗すればそれだけ苦痛をともなう。おとなしく運命を受け入れるのが彼女のためだろう。現に、力では向こうに勝ち目はない。浴室にいたときは、女性らしいやわらかな体を前にして冷静さを失い、少々手荒なまねをしてしまった。ほんとうはあんなに強く首をつかむこともなかったのかもしれない。

常人の比ではない観察力をもってすれば、一瞬にして彼女の体を隅々まで確認するのは簡単だった。手首の傷も、とくに驚くことではない。十代のころ、ハナ・ハヤシが殺された直後に彼女が自殺未遂をしたことはすでに情報として入っている。それよりも気になったのは、やわらかくて滑らかな白い肌のほうだった。左胸の上には小さなほくろがひとつ、黒い綿の下着の下からはタトゥーの一部が見えていたが、なにが彫られているかまではあいにくわからなかった。それにしても、タトゥーを入れるような女性だというのは意外だった。そこになにが彫られているのかは、見ようと思えばいくらでも見られる。そう、死んだあとならいくらでも。

　タカシはそんな考えに柄にもなく吐き気をもよおした。今回の任務に関しては、なにかと躊躇《ちゅうちょ》していることを反省すべきなのかもしれない。もしかしたらスパイとして何度も死の瀬戸際に立たされたことによって、死そのものに対して、恐怖や畏敬《いけい》の念を感じるようになっているのかもしれない。

　しかしそれは疑問だった。この二十四時間のあいだにすでに四人の人間を殺しているが、かろうじて失われずに残っている魂は、それによって深い傷を負ったわけではない。実際、四人の死はどれひとつとしてほとんど記憶に残っていないし、突然、良心の呵責《かしゃく》を覚えはじめたわけでもなかった。連中は死んでしかるべき危険な存在なのだ。

　けれどもサマー・ホーソンの場合は、また別問題だった。彼女もまた違う意味できわめて危険な存在だが、本人はそのことにまったく気づいていない。彼女の頭のなかにはこの世界に無数の死をもたらす秘密が隠されているはずなのだが、そんなことは夢にも思っていないに違いなかった。ましてや自分には彼女をこのまま生かしておけるすべがないことなども。

　タカシはサマーのあとについて家のなかを進んだ。部屋の電気を消すごとに、背後の闇《やみ》はいっそう深くなる。

　時刻は真夜中を過ぎたあたりだった。このまままっすぐ壺のある場所に案内されれば、すべてを片づけ、明日の朝一便でこの国をあとにすることもできる。当然、そのころには

〝白様〟もこちらがなにを持ちだし、なにを始末したのか突きとめているに違いない。おそらく教団側は今日の午後まで、自分たちの獲物の手助けをしているのが誰なのか、見当もついていなかっただろう。しかし、ハインリッヒ・ミュラーは自分が見た男の特徴を詳しく説明するだろうし、裏社会の情報に通じている〈真の悟り教団〉なら、その人間の特定も容易にできるはずだった。そうなれば、たとえひとりになったとしても追っ手は必ずやってくる。べつの人間になり代わろうと思えばすぐにできるが、最後まで気を抜かず、きわめて慎重に行動する必要がある。

やはりここは洞察力の鋭い外人の女性を相手に、感傷的になっている場合ではない。

夜風はだいぶひんやりとしていて、いっしょに家の外に出るなり、サマーは身震いをした。つい上着を貸してやりたい衝動にかられたが、そんなことをして血でもついたらあとで困る。建物のわきを回ってどこかに導かれるあいだも、タカシはいっさい質問をしなかった。相手がサマーでなければ、罠《わな》にかけられているのかもしれないと疑ってかかったかもしれない。しかしサマー・ホーソンに対しては、その手の恐れはまったく感じなかった。この関係において危険を感じるべきなのは彼女なのであって、自分ではない。

といっても、ふたりのあいだに関係らしい関係があるわけではなかった。自分と彼女は言わばハンターと獲物、捕らえる側と捕らえられる側だった。刑事物のドラマで言うところの、犯人《ホシ》と被害者《ガイシャ》。殺人犯と死体。

案内されたマイカのガレージはすっかり古くなり、瓦《かわら》張りの屋根は一部が損壊していた。なかがどうなっているにしろ、つねに雨風にさらされている状態に違いない。サマーはまた嘘をついているのだろうか、とタカシは思った。

ガレージには車が一台入っていて、これといって特徴のない形をした大きな車体は防水カバーに覆われ、その上に枯れ葉が幾重にも積み重なっている。

サマーがまっすぐ車に向かってカバーを取り去るなり、タカシは思わずその場で立ちどまった。車に特別な興味があるわけではないし、どちらかといえば美しさよりも性能を重視するほうだが、目の前にある車のすばらしさは誰が見ても感服するはずだった。

「この車はマイカが家を買う前からここにあったの。最初はただのさびた鉄のかたまりだったんだけど、マイカはこの五年間、丹念に修理を続けていたわ」サマーの声は一瞬かすれ気味になったが、その目に涙はなかった。「かわいそうなマイカ」

「感傷に浸るのはあとでいくらでもできる。いまはなにより自分の心配をするんだ」とタカシは言った。

それは一九三五年くらいに作られた高級車、デューセンバーグだった。完璧《かんぺき》に復元されたダークブルーの車体は光り輝き、革張りの座席はイメージにぴったり調和している。

「まだ走るのか？」

サマーは質問に振りかえることもなく、サイド・ドアを開けた。「走ろうと走るまいと、時関係ある？　なにもこれからドライブに行くわけじゃないんだし。でも運がよければ、時速八十キロくらいは出るんじゃないかしら」サマーは尻を外に突きだしたまま、体だけを車のなかに入れ、後部座席を探している。そんな姿を眺めていたタカシは、わけもなく欲望がわきあがってくるのを感じた。

　タカシは背後の壁にもたれ、サマーが探し物をし終えるのを待った。自分に対して怒りを覚えても時間の無駄——これは健康な男が異性の体を前にして見せる自然な反応にすぎない。女性の尻を見て興奮するタイプだとは思ってもみなかったけれど、色褪《いろあ》せた黒のジーンズがはちきれそうな彼女の尻は、間違いなく欲情をそそるものだった。

とはいえ、これから始末しようとしている相手に興奮するのは考えものだった。過去に相手をした女や男のなかには、殺人とセックスというふたつの行為を結びつけ、異様に興奮する者もいた。その種の嗜好《しこう》や反応は、堕落した魂が踏む最初の段階と言える。サマー・ホーソンは任務の一部であって、仕事に無関係な手出しの仕方は許されない。いずれにしても、ハヤシの壺が見つかったあとに、彼女は死ぬべき運命にあるのだ。

　抑制しがたい興奮を処理したければ、あとでサマーに似た、繊細な印象のあるそばかす顔の白人女性を見つけ、その女性を相手に欲情を発散させればそれですむ。実際、そのほうがより健全でまともな方法だった。きわめて現実的な人間である自分には、そのほうが性に合っている。

　サマーはさらに車の奥に体を突っこんでいたので、幸い、もうくねくね揺れる腰を見せつけられることもなかった。すると彼女はふいに体を返し、座席に腰を下ろした。

「あったわ」

その言葉を聞いて素直に喜べない自分がいるのは意外だった。たとえひと晩じゅう壺を探して見つからなかったとしても、おそらくその事実に満足していたに違いない。そしてそのときはまずサマーの妹を捜しだそうと、いっしょに車で南に向かっていたかもしれない。先延ばしにする理由がなにもなくなれば、いよいよ彼女を始末しなければならなくなる。それは上からの命令であり、果たすべき任務であり、実行に移す以外ほかに方法はなかった。

タカシはガレージの壁を背中で押しやり、出入り口をふさぎ、外から入る光をさえぎるようにして、デューセンバーグへと近づいた。年代物の大きな車のなかに見えるものはふたつ。長年その行方がわからなくなっていたハヤシの壺は、サマーのかたわら、革張りの座席の上に置かれている。この暗がりのなかでも、アイスブルーの壺は美しい輝きを放っていた。そしてタカシはサマーのほうに目を向けた。何カ月ものあいだ探しつづけた壺のことなど、すっかり忘れて。

彼女の目は強烈な色合いという意味ではわきにある壺に劣るものの、青い瞳はまぶしいくらい鮮やかだった。濡《ぬ》れた髪も少しずつ乾きはじめている。サマーは身じろぎひとつせずそこに座っていた。相手が望むものを差しだしたいま、自分になにが待ち受けているかを自覚しているかのように。

これ以上先延ばしすることはできない。タカシが車に乗りこむと、サマーはおそるおそる奥のドアのほうに腰をずらした。その目には明らかに怯《おび》えきった表情が浮かんでいる。

やはり彼女は自分の運命を確信しているのだ。

この期に及んで迷いは禁物だった。


ラルフ・ロヴィッツとリアンの唯一の子どもであるジュリアン・マリー・ロヴィッツは、道路に向けて親指を立てた。妹がヒッチハイクをしていると知ったら、きっと姉のサマーはぞっとするに違いない。でも、いまはほかの方法を選べるような状況ではなかった。なにしろポケットにある全財産は三十七セントなのだ。

そもそもわたしが大喜びでピーターセン夫妻の家に滞在するなんて考えるほうがおかしいのよ。今回のアイデアを出したのが誰であれ、わたしのことなんてちっともわかっていない。

ちゃんとわかってくれているのはサマーくらいだわ、とジリーは思った。たしかに両親は愛すべき人たちで、大好きなことに変わりはなかった。でも正直言って、母親の知性はオーブントースター並みだし、父親はといえば、普段からお金を稼ぐことしか頭にない。それに、こと末の娘に関するかぎり、ふたりともいまだに純真なプリンセスのイメージを重ねあわせているようだった。

そんな純真さは、もうとっくの昔に失っている。母親が庭師とセックスしているところにでくわしたのは十二歳のときだった。しかもそのとき父親は、あろうことかその場でふたりの行為を見物していたのだ。

幸い誰にも気づかれなかったけれど、両親のそんな姿を目の当たりにして動揺しない子どもがどこにいるだろう。ようやく落ち着いてものごとが考えられるようになったのは、家を飛びだして姉のところに駆けこんでからのことだった。

十二歳年上のサマーは姉というより、母親のような存在だった。当の母親はサマーを重荷と感じているようなところがあって、おまけに〝わたしだってまだ若いのよ〟とばかりに姉に対してライバル心をむきだしにしている一方、末娘のわたしのことは流行《はやり》のアクセサリーかなにかのように思っている。父親はほとんど家庭をかえりみず、お小遣いを与えればそれで父としての役割が果たせると確信しているようだった。

もちろん、それはそれでかまわない。両親からは絶対の信頼を寄せられているし、こちらも面倒をかけるようなまねはしなかった。人生の計画だってちゃんと立てていて、ずば抜けた知能指数のおかげで十六歳にして大学の二年生になり、数カ月後には念願のひとり暮らしを始めようとも思っている。いまのところ悩みらしい悩みといえば、研究仲間の大学院生をどう誘惑するかくらいで、その計画も実現に向けて着々と進行していた。

わけもわからない理由で授業を休まされ、無理やりピーターセン夫妻の家に行かされたのはそんなときだった。ピーターセン夫妻は父の友人だと言うけれど、いくら記憶をたどっても、以前に会った覚えはない。愛娘《まなむすめ》を危険から守るという理由で第一候補に挙がった預け先としては、いまひとつ説得力がなかった。しかも、頭のおかしいストーカーがつけ狙っているなんて話は、当の本人ですら初耳だった。

ピーターセン夫妻は砂漠のまんなかにあるコテージ風の家に到着すると同時に、厳しい監視の目を光らせはじめた。相手の作り話を完全に信じていると納得させ、ふたりを油断させるまでには、二日もかかった。

鍵《かぎ》のかけられたドアを開け、犬に吠《ほ》えられることなく家を抜けだすのは、そう簡単なことではなかった。おまけに夫妻の財布から必要な現金を盗《と》ってくることもできなかったので、ここからロサンゼルスに向かうにはヒッチハイクをするほかない。

公衆電話さえ見つかれば、両親に電話をかけて、いったいなにが起きているのか問いつめることもできるだろう。けれどもいまはそんなことをするより、サマーに連絡したほうが手っ取り早いかもしれない。妹思いのサマーなら、なにも質問することなく愛車のボルボに飛び乗って、迎えに来てくれるに違いない。ピーターセン夫妻は携帯電話しか持っていなくて、それこそ肌身離さず携帯していたので、どこかに電話をかけるのもできなかった。一度使わせてちょうだいと頼んだけれど、「危険すぎる」とのひとことで、かわりにチョコレートを差しだされた。

どうしてもっと早くそこに薬が入っていることに気づかなかったのだろう。あのふたりはわたしがチョコレートに目がないことを知っていたに違いない。そしてわたしが正気に返って疑念を抱きはじめるころを見計らって、おやつにとまたチョコレートを差しだしてきたのだ。おかげでこっちは二日もぼんやりとした頭で無駄に過ごすはめになった。十六年という短い人生のなかで数多くの犠牲を払ってきたけれど、いったん口にしたチョコレートを隠れて吐きだすことほどつらいことはなかった。あの夫妻の監視から逃れ、無事ロサンゼルスに戻ったら、今度は気持ち悪くなるまでチョコレートを食べまくってやろう。でもその前に、砂漠に延びるこのハイウェイからなんとか脱出しなくては。風はだいぶ冷たくなってきているし、おなかもすいていらいらしはじめている。それでも、わけもないのに怖がるのだけは避けたかった。もともと怖がりな性格というわけではない。たとえ砂漠のまんなかで拾ってくれた運転手がよからぬ考えを抱いても、無難に対処できる自信はあった。理由はけっして教えてくれないけれど、サマーが護身術のレッスンを受けていたのは知っている。たぶん、幼少時代に関係があるのだと思うのだけれど、しかるべきときが来たら本人の口からなんらかの説明があるのだろう。そうした流れで、百キロはある男を一瞬にして動けなくする方法は、すでに姉から教わっていた。

遠くに車のヘッドライトが見えたのはそのときだった。誰もいないハイウェイをまっすぐこちらに向かってくる。ジリーは思わず胸をなで下ろした。少なくとも救いの手は現れたことになる。なんとかして停《と》めなければならないという懸案事項は残っているけれども。車がさらに近づくと、ジリーの安心は確信に変わった。白塗りのリムジンが目の前に停まり、ジリーが親指を立てた手を下ろすと、運転席の窓が下がって頭髪を剃《そ》った男が顔をのぞかせた。「教祖様じきじきのお迎えです、お嬢さん」

正直に言って〝お嬢さん〟なんて子ども扱いされるのは大嫌いだった。だいたいわたしは百八十センチに届こうという長身なのだ。青白い顔をした〝白様〟なんて、見るだけで吐き気がする。でも、状況からしてそんな贅沢《ぜいたく》を言っている余裕などないことは、自分がいちばんよく知っていた。

「助かったわ」とジリーは言い、リムジンの後部座席に乗りこんだ。

9

タカシが乗りこんだ古い車のなかはとても暗かった。サマーは反射的に逃げようとしたが、大型のツーリングカーとはいえ、車内のスペースは限られている。タカシは容易に彼女の体をつかんで押し倒し、その上に覆いかぶさった。

サマーはいっさい抵抗しなかった。暗がりのなか、一対の透きとおった青い瞳がこちらをじっと見上げている。必死に恐怖を隠そうとしているのは明らかだった。この状態を引き延ばせば、それだけ彼女もつらくなる。タカシは両手でサマーの顔を押さえ、親指を喉元に当てた。あとは力を入れさえすれば、すべては終わる。

自分の下に横たわる体は驚くほどやわらかだった。適度に筋肉のついた細身の女性が好みなので、普通ならサマーのようなタイプは振りかえりもしないだろう。しかし、このやわらかさは妙にそそるものがある。

タカシはふいに、彼女の唇にキスをしたい衝動にかられた。その部分が体と同じやわらかさを持っているかどうか確認するために。その気になれば、できないことはない。サマーも、口づけをされながら死に向かうなんて思いも寄らないだろう。

それでも、彼女は自分の運命を承知しているようだった。視界からこちらの顔を締めだすようにして両目を閉じ、完全にあきらめた様子でただ横たわっている。タカシはさらに顔を近づけて額と額を重ね、親指で喉元をなでながら静かに呼吸を繰りかえし、彼女の手首に残る傷や、ときおり暗い陰の見え隠れするまなざしを思った。もしかしたら自分はいま、彼女が真に求めるものを与えようとしているのかもしれない。ほんとうのところはわからないけれど、ほかに選択肢がないことだけはたしかだった。すまないと謝りたい思いもあるが、考えてみればそれもばかげている。任務を遂行する上でうしろめたい思いを抱いたことなど一度もなかった。

サマーは先ほどからじっと動かずにいる。しかし激しい心臓の鼓動は、心の動揺を如実に物語っていた。そんなすべても、じきに静まるはずだった。

祝福と別れの意味を込め、タカシは彼女に口づけをして、喉元に当てた親指に力を入れはじめた。ポケットに入れた携帯電話が突然振動しだしたのはそのときだった。

タカシはまるで彼女の肌に触れて火傷《やけど》を負ったかのように、さっとその体から離れ、車を降りて、普通の通信機器となんの変わりもないように見える携帯電話を開いた。

もしかしたらサマーは背を向けている隙《すき》に逃げだすかもしれない。この期に及んで追いかけることはしたくなかったが、いまは受けとった伝言に集中する必要があった。計画に変更があって、この場で彼女を解放できる可能性もある。

しかし、たとえそうなったとしても、自分以外の誰かがまた彼女を捕まえるだろう。そしてその誰かは、必要以上に彼女に苦痛を与え、躍起になって探している寺院の場所を聞きだそうとするに違いない。あるいはサマーはほんとうにその秘密を知らないのかもしれない。いずれにせよ、拷問を受けた彼女は、想像を絶する痛みに耐えきれずに命を落とすだろう。たとえ口を割ったとしても、受ける痛みに変わりはない。その場合はさらなる死者が出て、世界はまさに地獄絵図と化す。他人に情けをかけている場合ではなかった。その結果どんな目に遭うのかは、前回の任務で懲りている。

　伝言を確認したタカシは携帯電話を閉じ、車のほうに向き直った。サマーはドアの開け放たれた後部座席に座ったままでいる。しかし暗がりのなか、その表情までは読みとれなかった。まあ、そのほうが都合がいい。いまは相手がなにを考えているのか、なにを感じているのか、そんなことを詮索《せんさく》している時間などない。

「行こう」とタカシは言った。

　サマーは腰を上げると、自分のなかで覚悟を決めるような間を一瞬取って、車から降りはじめた。かすかに震えているものの、足どりはしっかりしている。少なくとも、足手まといにはならないはずだった。

　互いの体が触れあわないようにわきに寄るサマーを横目に、タカシは再度車のなかに入り、後部座席から壺《つぼ》を取りだした。

　脱いだ上着で慎重に壺をくるむあいだも、サマーは逃げることなくそばで待っていた。サマーを連れてガレージの外に出たタカシは、背後でドアを閉め、ロックがかかる音を確認するると、おもむろに彼女の手を取った。

外の風は冷たかった。サマーの体もだいぶ冷えている。先ほどからこちらを見ようともしなかったが、それはいっこうにかまわなかった。抵抗して暴れないかぎり、文句を言うこともない。それに考えてみれば、彼女が抵抗するはずもなかった。ある意味でサマーは、死に神の遣いである自分のことをずっと待っていたのだ。

「さあ、早いところ、ここから出よう」と声をかけると、サマーは手を引かれるまま、黙って車へと向かった。

なんてことなの。マダム・ランバートは心のなかで毒づいた。〝委員会〟としては最善を尽くしているにもかかわらず、今回の任務はいつにない混乱を来している。サンソーネ美術館に強盗が入ったという報告を受けたのはつい先ほどのことだった。しかも、あろうことか警備員がふたり殺され、偽物の壺が大理石の床の上で粉々になっているのが発見されたという。それが盗みに失敗した犯人がもたらした被害なのか――現に美術館からはなにも盗まれていなかったらしい――目当ての壺が偽物と気づいてのことなのかは定かでない。けれども後者の場合であれば、状況はいま以上に混迷を極めることになる。

どうやらサマー・ホーソンという女性は、ただの世間知らずではないようだった。万一に備えてあの壺をよくできた偽物とすり替えておくなんて、なかなか素人は考えつかない。そもそもあの壺の真の価値を知らないのであれば、どうしてそこまでして守る必要がある由にはならない。かつて世話をしてくれた乳母に対する愛情からというだけでは、説得力のある理由にはならない。

　当初はなんの問題もないはずだった。タカシには〈真の悟り教団〉が手を出す前にサマー・ホーソンを始末するよう指示を出してあるし、その指示が実行に移されさえすれば、彼女がなにを知っていようと関係なくなる。

　ところが、肝心のタカシはまだ命令に従っていなかった。この段階で現場に送りこめるスパイは手近にいない。それに、タカシは部下のなかで最も優秀な人材だった。混乱した事態に片をつけられるかどうかは、タカシの腕にかかっている。

　たとえなんの罪もないサマー・ホーソンの命が失われることになっても、それは致し方なかった。彼女の記憶のどこかに埋もれている秘密の重さを考慮すれば、当然のこと。サマー・ホーソンの同僚であり、親友でもあった男性の死は、あの教祖の手が彼女に及んだ場合に引き起こされる惨事の前触れにすぎない。

　とはいえ、十六歳の少女が犠牲になるのはまた別問題だった。幾度となく罪のない者の命が失われるのを目の当たりにしてきたけれど、その上また少女が巻きぞえになると思うと、いくら冷徹な心を持つ自分でも耐えられそうになかった。とにかくその少女は助けださなければならない。狂気にかられた教団の連中が独自の洗脳を施し、彼女が魂の抜け殻となってしまう前に。それに妹が人質に取られているとなれば、サマー・ホーソンは彼女を救うためにどんなものでも差しだすだろう。

サマー・ホーソンがすでに死んでいれば、事態はこんなに複雑にならずにすんだのだ。そうなれば〝白様〟も、自分ひとりの力で寺院の跡地を探すほかなくなる。実際それが、ここ十年のあいだにあの教祖がしてきたことだった。サマー・ホーソンが死ねば、ジリー・ロヴィッツを人質に取ってもなんの意味もなくなる。彼女たちの母親はすでに崇拝する教祖のためにすべてをなげうつ覚悟でいるし、父親は父親で、疑念を抱くこともなくそんな妻の好きなようにさせている。

タカシが命令を実行に移しさえすれば、すべてが解決に向かい、少なくとも一年は心配をせずにすむはずだった。ところがそうこうしているうちに、教団側は取引条件としてきわめて危険な切り札を手に入れた。それを知りつつ、手をこまねいて見ているわけにはいかない。

マダム・ランバートは椅子の背にもたれ、目を閉じた。生身の人間を捨て駒《ごま》のように扱うなんて、なんて卑劣な手段なのだろう。この世界に生きていれば、犠牲が払われなければならない状況というのはたしかにあるし、これまでもそんな決断を迫られるたびに冷静に対処してきた。けれども年をとるにつれて、その手の決断もいっそう困難なものになってきている。

とにかく、一刻も早く誰かを送りこまなくては。窮地に際してタカシの援助をし、タカシが命令に従わない場合は、かわりに任務を遂行する者を。ふとバスチアンの名前が頭に浮かんだが、やはりそれは無理だった。すでに組織を離れたバスチアンは、前回はピーター・マドセンを救うという理由でふたたび任務を引き受けてくれた。けれどもいまは、妻や子どもと共に新しい人生を歩みはじめ、世界のどこかで平和な生活を送っている。それでなくてもバスチアンは、これまで組織に必要以上の貢献をしてくれたのだ。もう自由にしてやらなければならない。

そしてそれはピーターにしてもしかり。前回の任務で怪我《けが》を負ったピーターはいまだに杖《つえ》を使っているし、もう絶対に現場には戻らないと妻や自分に対して固く誓っていた。現在〝委員会〟のリーダーの右腕としてデスクワークに徹するピーターは、その冷静沈着な対応能力を発揮して、日々下されているつらい決断を事務的にさばいている。

そのほかのスパイは世界のあちこちに散らばっていて、ほとんどの者は潜入先でそれぞれの任務をこなしている。そうなると、残るはただひとり……。

マダム・ランバートは完璧《かんぺき》にマニキュアを施した指で、完璧に整えた髪をかきあげた。なんてことなの。飛行機なんて、大の苦手だというのに。

何時間もたばこを我慢しなければならない飛行機は大嫌いだった。限られた空間に閉じこめられるのも、どうも性に合わない。けれどもなにより、他人に身の安全や命をもまかせるのは耐えられなかった。

とはいえ、いまはそんな大人げないことを言っている場合ではない。ジリー・ロヴィッツが犠牲となるのは、なんとしても回避しなければならなかった。〝白様〟の洗脳によって彼女が壊れてしまう前に、なんの罪もない少女に危害が加えられる前に、サマー・ホーソンがハルマゲドンの引き金となる情報を与えてしまう前に。
こうなったら、わたしが出向く以外ほかに方法はない。

外は寒かった。タカシ・オブライエンは万力のような力で手を握り、どこかから調達してきた黒塗りのSUV車へと足早に向かっている。ぎゅっと手を握られているせいか、寒気が全身に及ぶことはなかった。タカシが紳士らしく助手席のドアを開けるのを見ると、サマーは自分の置かれている状況も忘れて思わず笑いだしそうになった。けれどもそんな感情を表に出せば、やがて声をあげて泣いてしまうかもしれない。最後に声をあげて泣いたのはいつだったか、いまでは思いだすこともできなかった。たぶん、もう何年も前のことだろう。涙を流したところで、なんの意味もない。

タカシは慎重に壺を抱えながら車の反対側に回り、後部座席に壺を置いて運転席に乗りこんだ。「シートベルトを」タカシはこちらには目も向けずにエンジンをかけた。「かなりのスピードを出すことになる」

「いままではぜんぜんスピードを出していなかったとでも?」かすれ気味の声ながらも、ちゃんとした皮肉に聞こえたのは奇跡だった。

タカシはなにも答えなかったが、そのほうがありがたかった。この男と会話を始める気にはなれない。いましがたあの古いツーリングカーのなかで起きたことを考えれば、それは危険だった。

どうしてあんなことを許してしまったのだろう。危険や死が迫るたびにこの男が姿を見せ、窮地から救ってくれたのは事実としても、相手の求めに自分が応じた理由はいっこうにわからなかった。タカシ・オブライエンは間違いなく命の恩人であり、そのおかげで、いまだにこうして無事でいられるのだけれども。

いったい、ツーリングカーのなかでのできごとはなんだったの？　後部座席に押し倒され、身動きの自由を奪われた状態で首に手がかけられたのは、つい先ほどのことだった。その美しい指に顔をなでられるあいだも、こちらは叫び声もあげなければ、泣きだしもせず、死を覚悟して表情のない黒い瞳をのぞきこんでいたのだった。あのときは自分がどうなろうともう関係はなく、下手に暴れたり、逃げたりする気にもなれなかった。不思議と恐怖感もなく、そこにはただ、自分に覆いかぶさる相手の体の重みがあるばかりだった。

ところが、タカシはそこでキスをしてきた。美しい唇をそっと重ねるだけの、ほんの一瞬のキス。それでも相手が体を離すなり、全身に震えが走って、その震えは止めどなく続いていた。

タカシがそれに気づかなかったのがせめてもの救いだった。たぶん向こうは、異常な事態に完全に正気を失ったとでも思ったのだろう。実際、そんな状況でキスを受け入れるなんて正気の沙汰《さた》ではない。自分の日常とはかけ離れた誘拐や死というものを目の当たりにし、そして何人もの人間に命を狙《ねら》われている状況のなか、タカシ・オブライエンは唯一、自分と死を隔てる存在だった。

目当ての壺を手に入れたにもかかわらず、この男はまだわたしを始末せずにいる。理由は定かでないけれど、そこにはなんらかの意味があるはずだった。もしかしたらこの男はわたしに危害を与えるつもりなど毛頭ないのかもしれない。

車内の暖房を最強にして車を走らせるタカシを、サマーは横目でちらりと見た。壺をくるむために脱いだ上着の下は、薄手の黒いシャツのみだった。たぶんわたしよりも寒いはずだけれど、そんなことは気にも留めていないらしい。こっちは全身に押し寄せる震えを抑えようと必死になっているというのに。

目を閉じてこらえているとやがて震えも治まり、ときおり背筋に悪寒が走る程度になった。サマーはゆっくりと息を吐きだし、革のシートにもたれて、車が夜の闇《やみ》を突き進むのにまかせた。

本人も宣言したとおり、タカシはかなりのスピードを出していた。このまま事故を起こせば、ふたりとも即死は間違いない。でも、たとえそうなったとしてもかまわなかった。タカシが先ほどからこちらを見ているのは、目を開けなくてもわかる。肌に突き刺さるようなまなざしは、感覚として記憶に焼きついていた。ある意味で、一連の悪夢はこのまなざしから始まったと言えるのかもしれない。サンソーネ美術館で開かれたオープニング・レセプションで、しきりにこちらを見つめる熱い視線に気づいたときから。けれどもいまはもうなにも考えたくなかった。そういえば、たしかこの男はこう言っていた――海のことでも考えろと。エメラルドグリーンの海。渚《なぎさ》に打ち寄せる波。サマーは耳の奥で響く波の音に聞き入り、永遠に繰りかえされる海の鼓動を感じながら、つかの間の安らぎに浸った。

突然サイレンが鳴り響き、夢うつつの状態から引き戻されたサマーは、さっと目を開けた。タカシの美しい横顔が、点滅する明かりに照らされて浮かびあがっている。タカシは例によって無表情のまま、路肩に車を寄せ、エンジンを切った。

たぶん、こんなふうにして停《と》められるのは慣れているのだろう。相手に見えるように両手をハンドルの上にのせ、下手な動きをせずじっとしているのがその証拠だった。やがてロサンゼルス市警の警官がふたり、車のわきに現れた。

「免許証と登録証を。ゆっくりとだ」

タカシは助手席のほうに身をかがめ、ダッシュボードにある物入れに手を伸ばした。一瞬、ピストルでも取りだすのではないかと恐怖にかられたけれど、そこには書類を入れておくほどのスペースしかなく、タカシは登録証をつかんで警官に差しだした。懐中電灯で車内を照らし、同乗者の顔を確認していた警官は、無言でそれを受けとった。

きっとわたしは急にヘッドライトに照らされた鹿《しか》のような顔をしているに違いない。サマーはそう思いつつ、混乱した頭をなんとか整理しようとした。突然現れた警官は自分を安全へと導いてくれる救いの手――口を開いて声を出そうとしたところで、さっとタカシに手を握られた。警官たちの目には恋人を気づかうしぐさに映ったに違いない。けれども、そこに込められた暗黙の警告は歴然としていた。

「だいじょうぶですか」警官のひとりがこちらに向かって言った。相棒の警官は免許証と登録証の確認をするため、無線のあるパトロールカーに戻ったところだった。「なんだか動揺されているようですが」

この場で助けを求めれば、さすがのタカシもそれを止めることはできないだろう。ためらうことなどなにもない。運転席にいる男がじつはどんな人間であるかはわからないのだし、この男が危険な存在であるのは間違いないのだ。

サマーはやがて口を開いた。「……え、ええ、だいじょうぶです」握る手にいっそう力が込められ、思わず舌がもつれた。「ボーイフレンドがドライブに誘ってくれたんですけど、この人はちょっとスピードを出しすぎる癖があって」

どうしてそんな嘘《うそ》を。しかも、よりによってボーイフレンドだなんて。高校生じゃあるまいし。そもそも自分からふたりの関係を教える必要などないのだ。サマーはタカシのほうをちらりと見た。相変わらずその表情にはなんの変化もなく、警官の対応を冷静にうかがっている。そこにもうひとりの警官が戻ってきて、相棒に言った。「問題ない。外交特権だとさ。今回は見逃してやろう。それより、いまからサンソーネ美術館に向かわなければならない。なんでも強盗が入って、警備員がふたり殺されたらしい」

懐中電灯の光はすでに外に向けられていたので、幸い、その会話を聞いてびくりと体をこわばらせる姿は警官たちには見られなかった。驚いて声を出そうとすると、タカシがふたたび手に力を込めてそれを制した。

「あまりスピードを出さないように、ミスター・オルティス」警官のひとりが厳しい口調で言った。「あなたはゲストとしてこの国に来ている身だ。今後この国に歓迎されなくなるようなまねは自粛するんですな」

「充分に気をつけます。どうもありがとう」タカシはかすかにスペイン語のアクセントが混じった滑らかな声で言った。車内の暗がりのなか、その横顔はたしかにヒスパニックの男性のように見える。点滅する青と赤の光に照らされたタカシの顔をまじまじと見つめていると、やがてパトロールカーはその場から去り、ヘッドライトで闇をつらぬきながら丘のほうに向かった。

サマーはタカシが手を放すなり、反射的に拳《こぶし》を握りしめた。「どうして助けを求めなかった?」とタカシは言った。

「だって、そうしてほしくなかったんでしょ？　あんな力で手を握られたら、誰だって〝黙ってろ〟という警告だと思うわよ」

「だとしても、その気になれば助けを求めることはできた」

「もちろん迷いはしたわ」どうしてそんなことを言ったのかはわからなかった。「それより、ミスター・オルティスというのはなに?」

「人間というのは、結局、自分の見たいものを見る生き物なのさ」とタカシは言った。

「それで、ボーイフレンドというのは?」

そんな指摘に寒さは一気に吹き飛び、恥ずかしさに体がほてるようだった。この一日のあいだに起きたできごとを考えれば、そのような感情はあまりに陳腐に感じられる。「ぱっと思いついたことを口にしたまでよ。そんなことより、あの警官は美術館でなにがあったと言っていたの？」

「強盗が入ったんだ」とタカシは言った。「その知らせはすでに聞いている」

「いったいなにが盗まれたの？」なにも偽物の壺のことを心配していたわけではない。サンソーネ美術館に保管されている美術品の数々は、自分にとって我が子のような宝物であり、万が一なにかあればそのショックは隠せない。

「なにも盗まれてはいない」

「でも……」

「偽物の壺は大理石の床の上で粉々になっていたそうだ。強盗たちの目当ては明らかにあの壺だったらしい。ほかのコレクションにはいっさい手を触れていない」

「よかった」サマーはほっと胸をなで下ろした。「じゃあ、連中はこれであきらめたのね。探していた壺を落として割ってしまったとなれば、もうなにもかも忘れるほかないでしょう？」

「たしかに」とタカシは言った。「でも、連中は壺を手にするなり偽物だとわかったのかもしれない。となれば、これまで以上に躍起になってきみを捕まえようとするだろう。あるいはきみが大切に思っている人間をかわりに捕まえて、なにがなんでも欲しいものを手に入れようとするかもしれない」

「どういう意味？」

タカシはちらりとこちらを見た。「狂信的な人間はなんでもするということだよ。けっして見くびってはならない」そしてタカシは答えも待たずにアクセルを踏み、ふたたび雨に濡《ぬ》れた通りに戻った。

10

車が北に向かって街をあとにしてから数時間が過ぎていた。サマーは道路の標識はもとより、外部の世界にほとんど注意を払っていなかった。暖房のおかげで体は骨まで温かくなっている。ひたすら回転しつづけるタイヤの音や力強いながらもやわらかなエンジン音が子守り歌となって、うとうとと眠りに落ちはじめていた。圧倒的な無力感を覚えるよりは、いっそ眠ってしまったほうがましだった。いまの自分は文字どおり着の身着のまま、携帯電話や現金もなければ、免許証やクレジットカードも持っていない。たとえ隣にいる男から逃れられたとしても、誰に連絡すればいいのだろう。マイカはすでに自分と親友だったがための代償を払っているし、美術館の警備員もふたり殺されている。それもおそらく、わたしのせいで。警備員の大部分とは顔見知りだったし、それぞれに家族のある、とてもいい人たちだった。いったい誰が殺されたのだろう。狂気にかられた教団の連中は、たかが陶器の壺《つぼ》のために人殺しまでするなんて。

たしかにあの壺は自分にとっても、とても大切な品だった。少女時代の思い出であり、ハナさんの形見でもある。けれどもそんなすべても、いまとなってはなんの意味もないように思えた。最初から黙って母親に渡していれば、こんなことにならなかっただろう。間違ってもマイカが死ぬことはなかったし、わたしだっていまごろ家のベッドですやすや眠っていたに違いない。またしても母親に利用されたという、いつもの憤りを抱えて。たしかにハナさんには、絶対に壺は守ると約束した。〝いつかわたしが取りに来るまで安全な場所に隠しておいて〟と言われて、実際そのとおりにもした。でもそのハナさんは、もうこの世にいない。なのに、あの壺のおかげでけっして巻きこみたくない人たちまで巻きこんで、とんだ目に遭わせてしまった。

あんな壺に固執したわたしがいけないのだ。おかげでこれまで生きてきた世界は完全にひっくり返り、危険や死に満ちた海原に投げだされる結果となった。おまけに漂流しているも同然の船には錨《いかり》すらなく、いっしょに乗っているのは危険な香りを漂わせる謎《なぞ》めいた男のみ。

もっとも、時速百四十キロの猛スピードで夜の闇《やみ》を突き進む車を漂流していると表現するのは無理があるかもしれない。「また警察に停《と》められたら今度こそスピード違反で切符を切られるわよ」サマーは暗い車内にかろうじて響く小さな声で言った。

「眠っているんじゃなかったのか」

「ちゃんと起きてるわ」

タカシは助手席のほうを向いて、その黒い瞳でちらりとこちらの顔を見やった。「たとえ停められても、外交特権がある」

「あなたは外交官なの」

「いいや」

「日本にも諜報《ちょうほう》部のような秘密情報機関があるというの？　そもそもあなたは日本人なのかしら、ミスター・オルティス？」

「日本人だとも。まあ、外人の血は混じっているけれどね」とタカシは言った。その言葉に皮肉めいた響きが聞きとれたのは気のせいだろうか。「それに、ほとんどの国には諜報部員のような存在がいるものさ。といっても、僕は違う」

「じゃあ、あなたは何者なの？」

「いまの段階では、きみにとっての唯一の希望の種というところさ。それだけ知っていればいい」

「唯一の希望？」

「きみが生きるか死ぬかは、この手にかかっているということだ」

サマーは喉元に当てられた指や、重ねられた唇の感触を思いだした。覆いかぶさるようにしてこの男が上にのっていたときの、体の重みも。この男が言っていることはどこまでほんとうなのだろう。

「どこに行くつもり？」タカシ・オブライエンという男に出会ってから、何度この質問を口にしたか知れない。今回もはじめから答えなど期待していなかったけれど、意外にもそれはすぐに返ってきた。

「ベルモント・クリーク」

「聞いたことないわ」

「カリフォルニアのまんなかにある小さな町だ。そこまで行けば安全だろう」

「どうしてそこに？　まさか適当に選んだわけじゃないでしょう？」

「その町にある隠れ家にたどり着けば、ひとまず安心だ」

「隠れ家って、誰の？　あなたは警察の人間なの？」

「まさか」

サマーは座席にもたれ、目を閉じた。これ以上なにを訊《き》いても、満足のいく答えが返ってくるとは思えない。質問するだけ無駄だ。いまはただ、黙って隣に座っているほかなかった。


はっとして目を覚ましたサマーは、まばたきを繰りかえしながら、ダッシュボードにあるデジタル時計を見た。午前三時三十分。車はとある家の玄関に続くドライブウェイに停まり、暗闇には郊外にある住宅の典型のような輪郭が浮かびあがっている。子どもの数は平均二、三人、手入れの行き届いた芝生の見栄えを隣人と競いあうような家族が、思わず目に浮かぶ。といっても、隣人と呼ぶ存在はこの家に限ってはないようだった。道路の先、街灯に照らされてまったく同じような家が何軒か見えるものの、この家は通りの行き止まりにあって、詮索《せんさく》好きな隣人の目からは充分に離れたところに立っている。近くにはやはりまったく同じような家がいくつかあるけれど、どれも建設中で、しばらくのあいだは人目を気にせず好き勝手なことができそうな家だった。それがいまの自分にとって都合のいいことか悪いことかはべつとして。

タカシが携帯電話をガレージに向けると、扉は音もなく開き、車がなかに入るとすぐにまた閉まった。自動的についた頭上の明かりは、いかにも普通の住宅にありそうなガレージを照らしだしている。芝刈り機、収納箱、ガーデニング用具一式、それに大きな箱形の冷蔵庫もある。もしかしたらそこにわたしを詰めこむつもりなのかもしれない。

「ほんとうにここでいいの？」

「ガレージの扉はちゃんと開いただろう」タカシは車から降り、うしろへと回った。後部座席に置いてある壺を取りだすのかと思ったが、そのまま助手席のわきに来て、ドアを開けた。「歩けるか？」

愚問だった。たとえ両膝ががくがくしていたって、そんな様子を気づかせるつもりはない。ドアを支えにして反抗的な目でにらむと、タカシは一歩下がり、こちらがよろよろとガレージに降り立つのを見つめた。家のなかに通じるドアに携帯電話が向けられると、今度はそのドアがかちりと開き、同時にガレージ内の電気が消えた。

「いったいどんな携帯電話なの？」

「いわゆる〝マルチタスク〟ってやつさ」タカシは手短に答え、連れがあとに続くのを待った。

家のなかに入るには階段を数段上らなければならず、途中でかすかによろめいたけれども、タカシはあえて手を貸そうとはしなかった。ぎりぎりの自制心で平静を保っていることを承知しているのだろう。実際、少しでも体に触れられようものなら、その場で叫びだしそうだった。

戸口で待っていたタカシは、ふたりして家のなかに入るなり背後でドアを閉めた。「腹がすいているようなら、いくらでも食べ物はある。必要なものは常備してあるはずだ」

あたりを見回すと、そこはまるでテレビ番組のセットのようだった。なにもかもが普通で、しかるべきところにしかるべきものがあって、ほとんど人工的にさえ見える。

「『ゆかいなブレディ家』の面々はどこ？」とサマーはつぶやいた。

「誰だって？」

サマーはちらりとタカシに目をやった。わけがわからない顔をしているタカシを見るのはこれがはじめてだった。とはいえ、相手の知らないテレビ番組を知っていたところで、大喜びする理由にはならない。「なんでもないわ」とサマーは言った。「わたしはどこで眠ったらいいの？」

「どこでも気に入った寝室を使うといい。クローゼットには、サイズの合う服があるはずだ。スーツケースもあるだろうから、とりあえず一週間分の着替えを詰めるんだ」

「一週間？　しばらくここにいるんじゃないの？」

「たとえどこであろうと、同じ場所に長い時間留《とど》まるわけにはいかない」

「例によって、どこに行くのかは教えてくれないのね」

「遠くだよ」

手近にあるものを投げつけてやりたい気分だった。「あなたの言葉をただ信用しろと？」

「それ以外に、きみにできることはたいしてない」

実際、そのとおりだった。でもこの男とは、一時間だっていっしょにいたくない。ましてや一週間だなんて。この男といると頭が混乱するばかりだし、まさに手も足も出ない状況のなかで、不安感や恐怖感は底知れなかった。

もっとも、この不安や恐怖はたんにいまの異常な状況によるものではない。原因は、まさに目の前にいるこの男だった。謎めいていて、やけに人の心をかき乱し、不気味なまでに美しいこの男が、わたしにこんな思いを抱かせているのだ。近寄られるたびに胃がきゅっと締めつけられるのがその証拠だった。タカシ・オブライエンに対して示すような反応は、これまで誰に対してもしたことがない。いろいろあった人生だけれど、これほどまで心を乱されるのははじめてだった。

そんな男と一週間もいっしょにいるなんて、耐えられない。

「どうして？」サマーは疑問に感じていた思いをついに口にした。「どうしてあなたはわたしの命を救いつづけるの？」

「べつに救ってなどいない。命令で動いているまでだ」

想像もしていなかった答えに、まるで頬を平手打ちされたような気分だった。「命令って、誰からの？」

タカシは一瞬ためらった。その顔に迷いの表情を浮かべたのは、これがはじめてだった。

「〝委員会〟だよ」

「委員会って、なんの委員会よ」

「なんの委員会もなにも、それが名前さ。きみはそれだけ知っていればいい。いや、それでも知りすぎているくらいだ」

「だったらどうして教えたりするの？」

タカシは答えなかった。

けっして返ってこない答えを待っているより、いま欲しいのは食べ物だった。サマーはまっすぐ冷蔵庫に向かい、冷凍室のドアを開け、ベン＆ジェリーのアイスクリームが入っているのを見て気絶しそうになった。「涙が出そう」

「親友が死んでも涙ひとつ浮かべないきみが、アイスクリームを見て瞳をうるませるとはね」

皮肉でもなんでもなく、純粋にそう思ったのだろう。そんな指摘にあえて自分を弁護する必要は感じなかった。「たとえ泣いたところで、失った人が帰ってくるわけではないわ」

サマーはきっぱりと言った。

「きみの言うとおりだ」

「でも、アイスクリームは力の源だもの」サマーは容器に手を伸ばして蓋《ふた》を開け、スプーンを探しだして、器に盛ることなくそのまま食べはじめた。そしてタカシのほうに目をやり、「あなたにはひと口もあげないわよ」と言って、キッチンの片隅にある小さなテーブルの前に座った。

「もらえるとは思ってもいない」タカシは冷蔵庫のところに行って、サッポロのビールと黒い皿を取りだし、テーブルの向かいに座った。完璧《かんぺき》な家庭の完璧な夫がそうするように。黒い皿の上には寿司《すし》の盛りあわせがのっていて、箸《はし》もついていた。サマーは眉をひそめた。「生の魚を食べたりしてだいじょうぶ？　だいたい、いつのものかもわからないじゃない」

「六時間も経《た》ってないさ」とタカシは言った。「きみもどうだいと言いたいところだけど、あいにくアイスクリームとは食べあわせが悪い」

お寿司は大好物だし、おいしいお寿司ならアイスクリームと引き替えにしてもかまわないくらいだけれど、食べ物の好みまでこの男に告白するつもりはなかった。これ以上この男に自分のことを知られたくはない。「まさかダイエットコーラはないわよね」

「アイスクリームにダイエットコーラ？」

こんなことでしか自分の謎めいた一面を出すしかないのが悔しかった。「そうよ、悪い？」

驚いたことにタカシはおもむろに立ちあがり、冷蔵庫のところに行って、赤紫色の缶を手に戻ってきた。「ダイエットコーラはないけど、これなら同じようなものだろう」

サマーは思わず手にしたスプーンを落とした。赤紫色の缶――〝タブ〟なんて、いまは南カリフォルニアではほとんど見かけない。その銘柄を扱っている店は一軒だけ知っているけれど、いつもはだいたいダイエットコーラで代用していた。それもないときは、ダイエットペプシで我慢することもある。

偶然タブがこの家に用意されているなんて、あり得なかった。冷蔵庫の食料を誰が用意したにしろ、その人間はわたしの好みを完全に心得ている。そう、大好きなアイスクリームの種類から、お気に入りのソフトドリンクまで。おそらくクローゼットにはわたしにぴったりの服が並んでいるのだろう。いつも行く店に置いてあるようなデザインの服。色だって黒、白、グレーと、わたしの好みをそろえて。相手はわたしのすべてを知っている。こっちは誰を相手にしているのか、まったく見当もつかないというのに。

知っているのは、向かいに座っている男だけだった。黙々と握り寿司を口に運ぶタカシは、相変わらず考えの読めない冷たい表情を浮かべている。ほんとうならお礼のひとつでも言うべきなのかもしれない。わたしの好きな食べ物や、クローゼットに入っているに違いないお気に入りの服をありがとう、と。たぶん、この男が知らせたに違いないのだ。

サマーは急に胸のむかつきを覚え、テーブルを押しやった。「もう寝るわ」と言って、半分ほど食べたアイスクリームの蓋を閉じた。

「アイスクリームだけでいいのか？」

ほかになにがあるのかは聞きたくもない。たぶん冷蔵庫にはヨーグルトやワインなど、わたしの好物がずらりと並んでいて、ここ最近よく口にするようになった一風変わった食べ物まで用意されているに違いない。そんな事実は確認したくもなかった。この人たちはわたしについてあまりに多くのことを知りすぎている。

「おなかはすいてないの」とサマーは嘘《うそ》をついた。強気に出て、タブも飲みかけのまま置いていこうと思ったけれど、さすがにそれはできなかった。いまの自分には、現実との接点となる慰めがどうしても必要だった。「寝室はどこ?」

「どこでも好きな部屋を。ただし、鍵《かぎ》はかけないこと」

「どの部屋にも鍵がついているの? それは驚きだわ。ひょっとしてあとで夜這《よば》いでもするつもり?」余計なひとことに、自分でもあきれる思いだった。どうしていつもセックスをにおわせることばかり口にしてしまうのだろう。この男とベッドを共にするなんて、考えたくもないのに。

タカシはじっとこちらを見つめていた。「僕はただきみを守ろうとしているだけだ。きみはなかなかそうさせてはくれないようだけどね。とにかく、部屋のドアには鍵をかけないこと。万が一なにかあったとき、すぐに逃げだせるように」

反論するにはくたくたに疲れていた。ここにしようと入った部屋のクローゼットには、思ったとおりサイズがぴったりの服と、自宅のクローゼットにあるものとまったく同じような服がそろえられている。空はすでに白みはじめていた。サマーは窓にかかるブラインドを閉め、まるで平凡という仮面をかぶっているような郊外の景色を遮断すると、下着姿になってベッドに潜りこんだ。体を締めつけるようで、服を着たまま眠りたくはない。かといって、さすがに裸では眠れそうもなかった。服を着ていようといまいと、この状況では一睡もできそうにない。いましがたカフェイン入りの冷たい飲み物をごくごく飲んだばかりとあっては、なおさらだった。部屋のドアには、警告に逆らってしっかり鍵をかけていた。向こうだって眠っているあいだに入ってくるようなまねはしないだろう。あの奇妙な口づけの理由がなんであれ、あの男はわたしに対してなんの興味も抱いていない。

家のなかは静まりかえっていた。外の通りからは車の音も聞こえなければ、小鳥のさえずりが静寂を乱すこともない。いつのまにか足を踏み入れてしまった風変わりな悪夢の世界のなかで、また新たな一日が始まろうとしていた。それに向きあうくらいなら、たとえ眠れそうになくても目を閉じてしまったほうがまだましだった。

「教祖様、あの娘は不満をあらわにしております」ケンノはためらいがちな小さな声で言った。

〝白様〟は目を開け、まばたきを繰りかえした。コンタクトレンズを交換する時間はとうに過ぎている。長時間着けていたレンズを外す際はいつも、すでに瞳の色が望みどおりに変わっているのではないかと期待するのだが、結局は充血した薄茶色の目が鏡の向こうからこちらを見つめているばかりだった。

しかし、自分は確実に変貌《へんぼう》を遂げつつある。視界が白く濁り、焦点を合わせるのが困難になっているのがその証拠だった。それらは運命に定められた変化のひとつの過程にすぎない。間近に迫った解脱の瞬間までには、完全に準備ができているだろう。この肉体も、精神も、魂も。

「あの娘もまだ子ども。子どもというのは、もともと不満のかたまりなのではないかね」

と〝白様〟は言った。「人間はみな不満のかたまりだ。それがカルマというものなのだ。彼女の魂はいま葛藤《かっとう》をしつづけている。だが、抵抗すればするほど、不満は募る一方だろう。それにしても、おまえたちは手をこまねいてそれを見ていたのか」

「教祖様、我々がなにをしようと、あの娘は抵抗するのです。修行服を着せようとするサンモを足で蹴《け》って、教祖様の聖なる言葉にも耳を傾けようとしません。我々が与えようとしている贈り物はとても尊いものなのだからと説得しても、強情に突っぱねるばかりでして。ここはひとつ、ハインリッヒにまかせるべきでしょうか」

〝白様〟は首を振り、白い髪を肩の上で揺らした。「それは自身のカルマを乗り越える心構えができてからだ。とりあえずは外に出さず、静かにさせておけ。まだ洗脳用の部屋に監禁しているんだろう?」

「はい、教祖様。何度かスピーカーを壊そうと探していたようでしたが、結局見つからなかったようで」

「よろしい。いずれにしろ、わたしの言葉が人類を支配している幻想のヴェールをかいくぐり、あの娘の頑固な心に染み渡るのも時間の問題だ。準備ができれば、素直に耳を傾けるだろう」

ケンノは頭を垂れた。その表情は隠れて見えないが、心配には及ばない。この男が教団に入信して五年の歳月が経つが、その絶対的な信仰は揺らぐことがない。「そしてその暁にはあの娘も祝福されると？」

「いかにも。その暁にはあの娘はつぎの意識のステージで姉と再会し、この世での悩みごとからいっさい解放される。世界の終末が訪れる前に解脱できるというわけさ――まさに究極の恵みだな」

「まさに」ケンノは厳格な口調で繰りかえし、部屋をあとにした。

あのジリー・ロヴィッツという娘には、じきじきに教義を伝授するべきだろうか。〝白様〟は来るべき輝かしい未来を瞑想《めいそう》しながら思った。そうすれば、定められた運命を受け入れるのも、より容易なものになるだろう。

相手はほんとうのところ、もう子どもではないが、まだまだ幼いことに変わりはない。真の悟りを得るために調合した薬を与えれば、抵抗などやめて素直にすべてを受け入れるのは間違いなかった。

いまは頑固な小娘にかまっている場合ではない。一刻も早く彼女の姉を見つけだし、ジリーを我々の保護の下に置いたことを知らせる必要がある。

その事実を知れば、それこそサマーは抵抗をやめ、壺をたずさえてみずからわたしのところにやってくるだろう。

乳母のハナが彼女の頭に植えつけた情報を引きだしさえすれば、あの女にはもうなんの用もない。

過去の誤算を悔やんで生きるのは、ある意味でカルマの一部だった。十三年前、いらだちや怒りにまかせて向こう見ずな行いをしたのはたしかだが、大きな目で見ればそれは過ちではない。すべては起こるべくして起きている。天啓のごときヴィジョンの前に立ちはだかったあの腹立たしい老婆を殺すのは、はじめから運命によって定められていたことなのだ。

その後、完全なる変身を遂げて解脱を実現しようと、必死にパズルの断片を集めつづけたことも、やはり運命のなせる業。十三年のあいだに信者は相当な数に上り、得るべくして得た富や力も揺るぎないものになった。いまや何千、いや、何万という信者は、自分と同じヴィジョンを見、篤《あつ》い信仰と共にそれに従っている。

すべては結実への一途をたどっていた。太陰暦の新年は間近に迫っている。秘密の儀式に必要なものはすでに承知しているし、自分にはあの女をこちらに出向かせる切り札もある。

〝白様〟は目を閉じてふたたび至福の瞑想に入り、金色に輝く未来を思い描いた。

11

サマーはやはりドアに鍵《かぎ》を閉めていた。自分がどれほどわかりやすいタイプなのか、おそらく本人も自覚していないのだろう。少なくともある種の事柄に関しては、彼女はきわめてわかりやすかった。タカシは音をたてずにロックを外し、ドアを開けて、なかの様子をうかがった。サマーはぐっすり眠っている。ブロンドの長い髪を頭のまわりに乱れさせ、上掛けをわきに押しやって。下着のまま眠っていることについては、さほど驚かなかった。クローゼットのなかをよく探せば、普段寝るときに着ている寝間着とまったく同じものが用意されているはずだが——〝委員会〟の仕事は細部まで徹底している——そんなことはもうどうでもよかったらしい。

それにしても、黒い下着がこんなにも実用的に見えるとは思ってもみなかった。サマーが着けているのは飾り気のないブラジャーで、パンティーはボリュームのある尻を覆っている。タカシは戸口にもたれ、セクシーな下着やTバックを身につけている彼女の姿を思い浮かべたが、そんな自分に嫌気が差してすぐに思考を切り替え、そっとドアを閉めた。あと数時間くらい寝かせてやってもいいだろう。もっとも、こちらは眠るつもりはない。

サマーはいつ隙《すき》を狙《ねら》って逃げようとするかわからないし、自分がどれほど危険な状況に置かれているか、その事実をかたくなに拒絶しているようでもある。

一睡もせずに何日も過ごせる能力は、こういうときに役に立った。いまは今後の展開を見守る状況にある。サマーの妹が誘拐されたことによってすべてが変わり、彼女自身は土壇場で一時的な猶予を得たのだった。理由はわからない。〝委員会〟のかつてのリーダー、ハリー・トマソンならけっして躊躇《ちゅうちょ》することなく、複雑な問題に対しても即座に無情な決断を下した。トマソンの時代であれば、いまごろ自分も抹殺の対象になっていたに違いない。任務を遂行する時機を逸したという理由で。

事態はいっそう複雑な様相を呈してきたものの、サマーの妹はとくに危険な存在とは思えなかった。どんな情報を握っているかも理解していないサマーが、それを第三者に伝えた可能性はきわめて低い。あくまでも無害なジリー・ロヴィッツは、人質としての価値しかないだろう。〝白様〟の丸々とした手中にしばらく置いておいたところで、さほど問題はない。ある意味で、愚かな母親の目を覚ますいい機会にもなるだろう。妹思いのサマーが、なんとかして彼女を助けだそうとしないかぎり。

タカシは携帯用の情報端末をふたたび確認した。最後の伝言はマダム・ランバートからのもので、ベルモント・クリークに行って待機しろという指示だったが、その後新しいメッセージは入っていない。

マダム・ランバートはまったく新しいタイプのリーダーだった。幅広い選択肢から最善の策を選ぶというのが彼女のやり方で、安易に死ですべてを解決するようなまねはしない。サマー・ホーソンの場合はそれ以外に方法がないからであって、その決断に関しては、マダム・ランバートも同様に苦々しい思いをしているはずだった。しかし、命令はすでに下されている。

それがここに来て、〝いましばらく待て〟だとは。もちろん、現場にいる者としてはいっこうにかまわなかった。ただ、サマーと共に時間を過ごせば過ごすほど、実際にあとで殺すのは困難になる。彼女にはなんの罪もないという理由があったとしても、サマー・ホーソンを殺すことにこれほどのためらいを覚えている自分が、不思議でならなかった。揺れ動く思いは、あのトランクから救いだしたときからずっと続いている。

彼女にキスをしてしまったことが思いだされた。それも、ただそうしたいという純粋な欲望からしたキスだった。任務で始末しなければならない相手にこんな気持ちを抱いたことは一度もない。命令とあれば躊躇することなく実行に移すのが、〝冷徹な機械〟、または〝死の王者〟と呼ばれる本来の自分だった。しかし今回ばかりは、そんな自分をつらぬけるかどうか自信がない。

一睡もせずにいるためには、シャワーを浴びて着替え、さっぱりする必要があった。行き先はまだ未定とはいえ、あと四時間ほどでまたべつの場所に移動しなければならない。

その前に、安全な場所に壺《つぼ》を保管しておく必要があった。壺はこの家に残しておくよう指示されている。おそらく冷蔵庫にサッポロ・ビールや刺身、そして大のお気に入りである深煎《ふかい》りのエチオピア・コーヒーを用意してくれた人物が、あとで取りに来る段取りになっているのだろう。壺を残しておくことに関しては、あまり乗り気はしなかった。せっかく苦労して手に入れたのに、もう手放さなければならないなんて。しかし〝委員会〟が責任を持って壺を管理しているかぎり、〝白様〟はどうすることもできないだろう。

タカシはその壺をじっと見つめ、一瞬目を丸くした。

ほとんどの人間は、それがまたしても偽物であることに気づかないに違いない。けれども、日本の古い陶磁器に眼識のある自分の目はごまかせなかった。まあ、驚くことでもないのかもしれない。タカシはそう思い、人工的な光に照らされたキッチンカウンターの上に壺を置いた。あれだけ完璧《かんぺき》な偽物を作れるのだから、予備にあとひとつ作るくらい容易だろう。これもまたきわめて美しい模造品だったが、本来微妙なむらのある釉薬《うわぐすり》が均一に塗られすぎていて、曲線も滑らかすぎ、独特の深みのある青もいくぶん濁り気味だった。

タカシは思わず笑い声を漏らした。どうやらサマー・ホーソンはかなり機転のきく女性らしい。命令を実行に移さずにいたのは、ある意味で幸いだった。でなければ、いまごろどうなっていたか知れない。〝白様〟は現在サマーの妹を人質に取っている。本物の壺を手に入れるためとあれば、迷うことなく彼女を八つ裂きにするだろう。

タカシはグラインダーで豆を挽《ひ》いてコーヒーをいれ、偽物の壺を眺めながら、その対処法について思いをめぐらせた。やはりここは、あたかもそれが本物であるかのように、指示どおりこの壺を梱包《こんぽう》しておくべきだろう。いまは少なくとも数日、〝委員会〟の監視から逃れる必要があるし、それだけの時間があれば、今後の対応も冷静に考えられる。それに、そのあいだにサマー・ホーソンから本物の壺のありかを聞きだせるかもしれなかった。

私生活と仕事を混同したことなど、いっさいない。セックスは仕事の一部であり、テクニックにも自信がある。仲間内では、〝七十歳のレズビアンを誘惑して楽しませることができる〟という冗談めかした噂《うわさ》もあるほどだった。現に、やってやれないことはない。〝委員会〟に属するスパイは、誰もが卓越したスキルを持っている。優秀な狙撃手《そげきしゅ》であるピーターは生まれつきの暗殺者だし、バスチアン・トゥッサンはどんな人間にも変身でき、ナイフの扱いで右に出る者はいない。

一方、自分の武器はセックスだと言っても過言ではなかった。相手が何歳で、どんな性的嗜好《しこう》を持っているにしろ、その女性を悦《よろこ》ばせる自信はある。それは歴史上、伝説のプレイボーイとして知られるカサノヴァでさえ、脱帽して恥じ入るほどのテクニックだった。言ってみれば、この体は最大の武器とも言える。その証拠に、この手で何人もの命を奪い、誘惑し、無情にも破滅に追いやってきた。

それを考えれば、サマー・ホーソンとのことなど子どもの遊びにすぎない。ほかに方法のないことはすでに事実として受け入れているし、裏切りこそ、スパイの世界で行われている一連のゲームの名前でもある。確実に欲しいものを手に入れるためには、使える武器をすべて駆使して相手に臨まなければならない。窮地を救っても、脅しをかけても、危険にさらされても折れないとすれば、最後の手段に出るほかなかった。時間は限られている。

度重なる彼女の嘘《うそ》の先手を打って、一刻も早く本物の壺を探しださなければ。

妹が〝白様〟に誘拐されたと告げることもできるが、その知らせを聞けば、サマーはパニックにおちいるだろう。経験上、パニックを起こした女はなにをやらかすか予想もつかない。といっても、サマー・ホーソンはすでにこちらの予想をことごとく裏切りつづけていた。普通の女性ならとっくに泣きだしていてもおかしくない状況のなか、なんとか平静を保っていること自体、信じられなかった。やはりここは確実な方法で彼女を落とすほかない。

サマーに対しては、まだセックスという自慢の武器は使っていなかった。今回に限ってなぜ腰が引けているのかは自分でもわからない。いったいこのためらいはどこから来るのだろう。要求に応じて大胆な反応を示す彼女の姿は何度も想像したし、だぶだぶの服の下に着けた地味な黒い下着も、ことあるごとに脳裏に浮かんだ。それは彼女のクローゼットにあるものとまったく同じものだが、おそらく彼女は露出の多い下着など身につけたことがないのだろう。ぴったりとした派手な下着など、問題外に違いない。しかしタカシには、その理由がわからなかった。お世辞ではなく、サマー・ホーソンは魅力的な体をしている。彼女の裸はあの浴槽にいたときに確認ずみだし、人間を観察することにかけては一流の目を持つ自分が言うのだから、間違いはなかった。

サマーは自分の体を恥ずかしく思う必要などなければ、地味な濃い色の服でそれを覆い隠す必要もなかった。たしかに腰のあたりや尻は肉づきがいいけれど、丸みがあってやわらかな感じは、筋肉が透けて見えそうないま流行《はやり》のぎすぎすとした体よりは、よっぽど魅力的に見える。豊満で、やわらかで、異性を包みこむようなサマー・ホーソンの体は、きわめて女らしく、男なら誰でもそこに安らぎを感じるようなものだった。

彼女の瞳に浮かぶ不安げな表情には、すでに気づいていた。こちらを見つめる目はつねに怯《おび》えているものの、同時にそこには意志に反して、興味や好奇心に満ちた光が宿っている。いつもの直感に狂いがなければ、彼女を押し倒して自分のものにし、必要な情報を聞きだすのはそう難しいことではないだろう。

とはいえ、できることならべつのやり方で聞きだしたかった。裏切り同然の方法で近づけば、彼女は確実に傷つくだろう。自分としても、たんに情報を得るためにセックスという武器を使いたくない。

それでも、選択肢は限られていた。いまさら後戻りはできない。タカシは彼女の白い肌や強気な態度を思い浮かべ、保ちつづけてきた自制心を解放した。魅力的なその体を前にして、股間《こかん》に血が流れこむのは一瞬のことだった。

いったいサマーはどんなことに感じるのだろう。男らしい強さ、それとも、支配されることに快感を覚えるタイプだろうか。そんな状況に興奮する女性は珍しくない。しかしサマーが自分に惹《ひ》かれている理由は、これまで会ったどんな男とも異なるからに違いなかった。実際、日常の生活で自分のような人間に出会うほうが珍しいだろう。

それともサマーは、男性が持つ穏やかでやさしい一面に感応するタイプだろうか。弱気でおどおどした表情を見せれば、支配権は自分にあるのだという幻想に浸り、経験不足の男をリードしようと、率先して体を捧《ささ》げようとするかもしれない。もちろんいざ行為が始まれば、サマーは自分の下で身を打ち震わせるような快感を味わうに違いないけれど。

あるいはサマーはやさしさと強さを兼ね備えた男に惹かれるのかもしれない。彼女はきわめて聡明《そうめい》な女性だった。腹立たしいほどの聡明さは、すべての問題の原因ともなっている。中途半端な気持ちで誘惑しても、結局見やぶられるのがおちだろう。彼女を信頼させてその段階へと導くには、細心の注意を払って手を尽くす必要があった。

たとえ最後にサマーが、いっそのこと殺されたほうがましだったと後悔することになろうとも。

いずれにしろこれは誰のせいでもなく、彼女自身がまいた種でもあるのだ。危険を承知で幾度となく命を助けても、結局サマーはいまだに嘘をつきつづけている。彼女が握っている秘密が、無数の人間の命を左右することになるとも知らずに。

もしかしたら普段の言動のわかりやすさは、肝心な秘密を内に秘めておくという才能の表れなのかもしれなかった。セックスに恐れを抱いているサマーは、その行為自体にはとくに興味がないようだが、その一方で、ちらちらとこちらに視線を向けずにはいられない様子でいる。たぶん、自分がどれほど相手を求めているかを自覚していないのだろう。その事実を指摘した上でこちらが行動に出ようものなら、おののいて我を失うに違いない。

サマーを思いどおりにするのは簡単だった。その気になれば、目の前にひざまずかせ、望みどおりのことをさせるのもわけない。サマーは自分がどれほど繊細で影響を受けやすい人間か自覚していない。それは手に取るようにわかったし、見る者が見ればじつに明らかだった。

相手に求められることには慣れているし、その扱い方も熟知している。意外なのは、自分も同じように彼女を求めていることだった。

かといって、求めているのはむさぼるような交わりでも、慣れないオーラルセックスでもない。戸惑うほどの激しさで相手を求めるのは、じつのところ数年ぶりのことだった。

〝死の王者〟である男がこれほどまでに熱い思いを抱くからには、サマー・ホーソンの正体はさながら死の王妃なのかもしれない。

この状況では、どんな常識もふたりのあいだに割って入ることはできない。

タカシは浴室に向かった。熱いお湯はいくらでも出るので、タカシは長いあいだシャワーの下に立ち、湯水が体の上を流れ落ちるにまかせた。疲れているときほど、日本の風呂が恋しくなる。適度な湯加減の浴槽に浸《つ》かり、疲労物質が体内から流れでていくあの感覚。しかしそんな贅沢《ぜいたく》は日本に戻るまで許されなかった。そして日本に帰るためには、先延ばしにしつづけている問題を片づけなければならない。

タカシは鏡に映る自分の姿には目もくれず、タオルで体を拭《ふ》いた。そこに映る姿は見るまでもない。アジア人の母親の美しさに、父親のセックスアピールの加わった容姿。母親はなによりも美を重んじるタイプの人間で、結婚相手にもその価値観に見合う美しい男性を選んだようだった。もっとも、死んだ父親の写真は一度も見たことがないので、実際のところはわからない。知っているのは父親の名字と、自分の顔に表れているその面影ぐらいだった。噂によると、父親は祖父の命令で誰かに殺されたらしい。

しかし、それもずいぶん昔のこと。タカシは着替えに頼んでおいたジーンズをはき、ふたたび顔を上げた。浴室の鏡に映るサマー・ホーソンが、愕然《がくぜん》とした表情で背中を見つめているのに気づいたのはそのときだった。

タカシはすぐに振りかえったが、もう遅かった。「いつからそこに――」と彼が口を開きかけたが、その前にサマーはその場から逃げだしていた。


大急ぎで玄関に向かおうとしたサマーは、階段の踊り場で肩をつかまれ、そのままうしろに倒れこんだ。階段の上で激しく身もだえをする自分を、タカシが両腕で抱えこんでいる。

必死に足蹴《あしげ》りを繰りかえすものの、裸足《はだし》ではそれも時間の無駄だった。鋼鉄のような腕がしっかりと回された状態では、たいした抵抗もできない。やがてサマーはあきらめ、全身の力をすっと抜いた。しかしタカシはその体を放さなかった。

「玄関には千ワットの電流が流れてるんだ」タカシは耳元で言った。「あのまま通り抜けていれば、即死だったぞ」

サマーがびくりと身を震わせると、タカシは腕を解《ほど》いて立ちあがり、手を貸して体を起こさせた。サマーは夜明けの光のなかでじっと相手を見つめた。

タカシはジーンズをはいているだけで、上半身は裸だった。サマーはふたたび胃のあたりが締めつけられるのを感じた。こんなに危険な男にどうして魅力を感じてしまうのだろう。筋肉質の引き締まった体は、滑らかにして張りのある金色の肌に覆われている。そのまぶしいほどの美しさからは、背中にあるものなど想像もつかなかった。

「あなたの刺青《いれずみ》を見たわ」とサマーは言った。

「そのようだな。それがどうした？」

「わたしはその意味を知っているのよ」

「きっと若いころバイクを乗り回していたんだろうとでも？」

「それはギャングの印よ。ヤクザの一員」

「ヤ、ク、ザ」タカシはサマーのイントネーションを正しながら繰りかえした。「きみは映画の観《み》すぎだな」

「そうかもしれない。でも、この二十四時間ちょっとのあいだに何人もの人が死ぬのを目の当たりにしたわ。誘拐されて、命を狙われて、親友も殺されて……冷静に考えれば、これは組織的な犯罪よ。たしかにあなたの指は一本残らずそろっている。それでも――」

「どうやら相当な映画ファンらしい」タカシは軽く受け流した。「僕が何者なのかがそんなに重要なことか？　何度もきみを窮地から救って、命を助けつづけているのに」

「それは場合によるわ」

「あなたがいつまでそうやってわたしの命を助けつづけてくれるかよ」

「場合？」

タカシはいまだに体に触れつづけていた。ふたたび逃げださないようにと、まるで手錠をかけるように手首を握りしめている。といっても、さすがにもう逃げる気はなかった。感電死かこの男といるか、どちらかを選ばなければならないとしたら、答えは明白だった。

「本物の壺がどこにあるか白状するまでは、少なくとも守りつづける。マイカが作った偽物はひとつじゃないんだろう？」

見やぶられている。もしかしたらこの男はほんとうに日本の文化庁の役人なのかもしれない。あの壺は偽物としては完璧なできだというのに。「本物が見つかれば、もうわたしはお役ご免というわけね」

タカシが手首を放すと、サマーはなかばうわの空で握られていた部分をさすり、その感触を消そうとした。「ドアも窓もセンサーが働いている。解錠する暗証番号も知らずにこの家から抜けだそうとすれば、命はないぞ。僕が着替えを終えるあいだ、もう一度そのことをじっくり考えるんだな」

サマーはなにも言わず、目の前にいる男から少しでも離れようとあとずさった。

「いいや、やっぱりいっしょに来てもらおう。きみのことは信用できない」

「でも――」片腕を取られたサマーは、そのまま階段の上へと引っぱっていかれた。タカシが使う寝室へと向かうあいだも、その背中は目の前にあって、サマーは視線のやり場に困った。

　刺青の図柄は複雑にして、きわめて美しかった。引き締まった体を持つ東洋の龍《りゅう》が、なにか大切なものを守るようにとぐろを巻いている。肩甲骨の部分には天使の羽が彫られ、刺青は背中から腕の外側、そして腰のあたりまでを覆いつくしていた。腰の部分に目が釘《くぎ》づけになっていたサマーは、突然顔のほてりを感じてはっと我に返った。

　きっと知らぬ間に立ちどまっていたに違いない。ぐいと手を引かれ、寝室のなかに導かれたサマーは、そのままベッドの上に押しやられた。反射的に体を起こすと、また体を突かれ、その上に腰を下ろす形になった。

「妙な考えは捨てることだ」とタカシは言った。「もう逃げ回るきみを追いかけるようなことはしたくない」

　サマーはなにも言わなかったが、頭のなかでは考えがぐるぐる渦を巻いていた。この男はおそらく一睡もしていない。もし一度眠ったのだとしたら、目を覚ましたあとできちんとベッドメイキングをしたに違いなかった。枕《まくら》も上掛けも、まったく使用されていないように見える。タカシは長袖《ながそで》のシャツを手にして袖を通し、背中に彫られた複雑な図柄の刺青を覆った。それは本人同様、危険な香りを漂わせる刺青だった。

「わからないな。どうしてそんなに驚く必要がある」とタカシは言い、濡《ぬ》れた黒髪をかきあげた。「いったい誰を相手にしていると思っていたんだ。実際、危険な男ではないという印象など与えた覚えはない」

「そうね」サマーはつぶやくように答えた。

タカシはシャツのボタンを留めもせず、椅子にかけてあった黒いジャケットをつかみ、さっと袖を通した。完璧に仕立てられた革のジャケット。たぶん、この男のサイズに合わせてあつらえられたものだろう。それにしても、この家にある衣類や食料を準備しているのは誰なのだろう。自分が使った部屋のクローゼットには、お気に入りのカーキ色のパンツがあったが、もちろんサイズもぴったりで、ブランドも同じだった。しかも、それに似合うシャツまで何枚もそろえられている。黒いジーンズに関しては、いつも自分がそろえておく三種類のサイズが、律儀に用意されていた。

こんな状況が続けば、細めのジーンズがはけるようになるのも時間の問題だろう。いまとなっては、最後にまともな食事をしたのがいつなのかも思いだせない。食べ物のことを考えるだけで、胃がきゅるきゅる音をたてるような気がした。

「こう考えたらどうだ」タカシはドレッサーにもたれ、けっして心の内を見せない黒い瞳でこちらを見つめた。「もし僕が組織的な犯罪にかかわっているとすれば、それはきみにとって好都合じゃないか。もし僕がきみを危険から守りたいとなれば、合法性なんていうくだらないものに縛られる必要もない」

「そうなの？　つまり、あなたはわたしを危険から守りたいの？」

サマーはたとえ空返事でも答えのようなものを期待したが、タカシはしばらく無言のままだった。

「目当てはあくまでも壺だ」やがて口を開いたタカシは言った。「そして、かつてその壺が納められていたところをどうしても知りたい。〝白様〟が躍起になってきみを捕まえようとしているのも、そのためさ。ただ壺が欲しいだけなら、とっくにきみを殺して、美術館から盗んでいるだろう。その昔、壺が納められていた寺院の跡地を知っているのは、きみだけなんだ」

「ばかなこと言わないで。お寺のことなんてなんにも知らないわ。あの壺のことだって、たいしたことは知らないのよ。だって、クッキー入れに使っていたくらいだもの。だいたい〝白様〟はどうしてそこまでしてそのお寺の場所を知りたがってるの？　わたしはてっきり、母親が贈り物として進呈すると約束した壺を欲しがっているだけなのかと。年代物のあの壺にはかなりの価値があるし、わたしが渡したがらなかったから。でも、結局わたしは目的の品を得るための手段でしかないようね。あの教祖が平気で卑劣なまねをすることは、もう充分に承知してるわ。偽物を作ればなんとかごまかせるかと思ったけど、それも結局、子どもだましにすぎなかったみたいね」

「きみは自分で思っている以上のことを知っているはずだ。ハナ・ハヤシはその情報を誰かに伝えずに死んだはずはない。そして彼女が唯一信頼していたのが、きみなんだ」

「でも、彼女はひき逃げに遭ったのよ。そんなこと、誰にも予測できないわ」サマーは反論した。

「警察はひき逃げだと断定したが、その死はあまりにタイミングのよすぎるものだった。

ハナ・ハヤシは命を狙われていることを知っていたんだ」タカシはドレッサーを押しやるようにして体を起こした。「壺はどこにある」

「ほんとに知ら――」

相手の動きはあまりに俊敏で、身構える時間もなく、サマーは突然ベッドに押し倒された。馬乗りになったタカシは、怒りに体を震わせている。「あとで悔やむことになるようなまねはするな」タカシは低い声で警告した。「もうゲームはこりごりだ。壺の場所を言え。さもないと、ほんとうになにをするかわからないぞ」

両肩をわしづかみにされ、ベッドに押しつけられたサマーは、心の底から恐怖がわき起こるのを感じた。けれどもその恐怖は、かつて遠い昔に感じたものとは確実に違う。いま感じているのは、ある種の甘美な恐怖だった。

「放して」かろうじて口から漏れたのは、けっして聞こえないだろうと思うほどの、小さな声だった。それでもタカシは言われたとおり手を放し、とても長いあいだ、物思いにふけるようにこちらを見下ろしていた。

そしてタカシはやがてベッドから下り、背を向けた。サマーは波のようにつぎつぎと押し寄せる震えを止めることができなかった。だいじょうぶよ。これはあのときとは違う。あのときとは違うのよ……。

「なにがあったんだ」

呪文《じゅもん》のように繰りかえしていたマントラをやぶったのは、そう問いかけるタカシの声だった。こちらに向き直ったタカシは、夜明けの光を受けて輝いている。なぜかそれがいっそう恐怖を煽《あお》った。

なにも目の前にいる男が怖いわけではない。相手に対する説明のつかないこの熱情が、怖くて怖くて仕方がなかった。

「答えるんだ」タカシの口調は鋭さを増していた。「いったい過去になにがあった。つきあっていた男にレイプされたのか」

「まさか！」サマーは大声で否定した。「あの人はわたしを愛していたわ。わたしを傷つけるようなことはけっしてしなかった」

「じゃあ、誰がそんなことを」

その質問の意味など、理解したくもなかった。「なんのことを言っているのかわからないわ」

「きみはいつも嘘ばかりついているのか」タカシの声はもどかしさといらだちに満ちていた。「誰かに傷つけられたんだろう」

「昔のことよ。いまではもう考えることもない」

「それは違う。自覚していようがいまいが、その事実はすでにきみの人生の一部となっているんだ。毎日、毎日、考えないことはない。ハナ・ハヤシは守ってくれなかったのか」

「もちろん守ってくれたわ！」サマーは即座に言葉を返した。「ほんとうに大昔のことなのよ……」反論する言葉は尻すぼまりになる一方だった。

「ハナ・ハヤシがきみの面倒を見るようになったとき、きみは六歳だった」

「ええ」サマーは相手の顔に哀れみと嫌悪の表情が浮かぶのを待ち、下手な慰めの台詞《せりふ》を吐かれる前に自分から言葉を継いだ。「たいした悲劇じゃないわ。幼い女の子がいたずらされるケースなんて、山ほどある。現に、わたしはもう乗り越えたの。ハナさんも、二度とそんなことが起きないように注意を払ってくれたし」

「誰なんだ」

サマーは首を振った。「わからない。知りもしない人よ。たぶん、母親の友人だと思う。〝マークおじさん〟って呼ぶように言われていたの。かなりの年で、毛深くて、いつもたばこのにおいが体にまとわりついていたわ。わたしはたばこのにおいが大嫌いなの」サマーの声は不気味なほど落ち着いていた。このことを最後に話したのがいつだったのかはもう記憶にない。スコットには詳しいことは教えなかったし、セックスの際は、とにかくやさしくして、とだけ頼んでいた。母親はその話を聞くのをはなから拒絶した。六歳の女の子が勇気を振りしぼって、現実に自分の身に起きたことを説明しようとしたのに。

「無理はない」とタカシは言った。

「その人は、いつもプレゼントをくれたわ」とサマーは言った。「かわいらしいピンクのドレスや、カラフルな風船。わたしの体にはほとんど手を触れなかったの。ただわたしは、ずっと見ていなければならなかった……その人がしていることを」

「母親を殺してほしいか」タカシの口調は、まるでコーヒーにミルクを入れるかどうか尋ねるような、平然としたものだった。

驚くのはサマーの番だった。「母親はなにも知らないのよ」

「そんなわけない。彼女は自分のしていることをちゃんと承知していた。その男ときみをふたりきりにすればどうなるか、知っていたに違いない」

「だとしても、向こうはもう覚えてもいないわ」サマーはなけなしの自制心をかき集めた。

「言ったでしょう、もう大昔のことよ。そんなわたしをハナさんが守ってくれた。そしてかわりにわたしは妹を守った。わたしはいたって普通で、健全な女よ」

「着る服といえば白か黒で、性的にも満足を得られなかった恋人が過去にたったひとり。それのどこが健全なんだ」

「満足を得られなかったわけではないわ！」

「もしかつての恋人がそれなりの男だったら、また恋愛をしてみたいと思うのが普通だろう」

「だから言ったでしょ、わたしは恋愛なんて求めていなかったの」

「きみはセックスを求めていないと言ったんだ」

「同じことよ」

「ほんとうに言いきれるのか、そんなものは求めていないと」きわめて穏やかな問いかけに、サマーは自分のなかで新たな反応が波のように起こるのを感じた。隠そうとしても隠せない思いが、心のなかでさざ波を立てていた。

「やめて！」サマーは低い声で言い放った。

「やめてって、なにを」

「いいからやめて」

タカシはこちらに歩み寄り、革のジャケットを脱いだ。シャツのボタンはまだ留められていないけれど、複雑な図柄の美しい刺青は、その生地の向こうに覆い隠されている。黄金色に輝く滑らかな肌だけが、はだけたシャツのあいだから見え隠れしていた。

「だからなにを」タカシはやはり低い声で繰りかえした。近すぎる。どうしてこの人はこんなに近くに立っているの？　相手の体から発せられる熱が、まるで手で触れられるようにありありと感じられた。

「お願い、やめて」とサマーは言った。「誠実な男を相手に愛のあるセックスを経験すれば、過去のトラウマなんて克服できるとでも思ってるんでしょう？　でも、そんなのはとても安易なものの考え方よ」

タカシは口元にかすかな笑みを浮かべた。「きみにセックスの手ほどきをしようなんて思ってはいないよ、サマー。だいいち、僕は誠実さを自慢できるような男ではない」

あまりの恥ずかしさに、穴があったら入りたい気分だった。「それを聞いてほっとしたわ」サマーは努めて明るく、そっけない調子で答えた。「あなたがわたしを求めてるなんて、わたしだってほんとうに思ってるわけじゃないの。ただ、会話の流れが妙な方向に進んでたから」

「僕はきみを求めている」タカシはさらりと言った。

心臓の鼓動が一瞬止まったように感じたのは錯覚ではなかった。それは永遠のように感じられる長い一瞬だった。「やめて」とサマーは言った。「わたしはあなたのことが嫌いなの」

「おそらくそうだろう。しかし、だからといって心の底で僕を求めていないことにはならない。実践的な訓練でつちかった観察眼だ。そのくらいわかる。きみはこちらが見ていないとなると、つねに僕のことを見つめている。体に触れると、その身を震わせる。そしておそらくいま、きみはとても恐れている。それでいて、濡れているんだ」

サマーは驚きに目を丸くした。「なんてことを言うの」

「心と体は裏腹。体の反応は正直だということだよ。かつての恋人との経験で、それくらい学ばなかったのか」

「あなたとわたしがセックスするなんて、あり得ない」

タカシはため息をついた。「そうだな。実際、快感を味わいつくすのはもっぱらきみのほうだろうし」

「ずいぶんな自信ね。わたしを誘惑して壺のありかを聞きだそうとたくらんでるなら、自分の謎《なぞ》めいた魅力を買いかぶりすぎているというものよ」

今回、タカシは明らかに笑顔を見せ、黒い瞳をいたずらっぽく輝かせた。「謎めいた魅力？」タカシは愉快そうにその言葉を繰りかえした。「壺がどこにあるのか教えてもらおう。セックスはそのあとだ」

「あなたに教えるつもりはないわ」

「それはどうかな」タカシはそう言ってサマーの手を取った。いくら引き戻そうとしても、けっして放そうとしない。「壺はどこだ。くだらない駆け引きはこれくらいにしよう。これ以上無駄にする時間はない。壺はどこだ。教えなければ、ほんとうにきみを傷つけることになる」

「言うつもりはないわ」

視界がまっ暗になるような突然の痛みに、サマーはうっとくぐもった声を漏らした。激痛が手に走ったのはほんの一瞬で、タカシはすぐに手の甲でやさしくこちらの顔をなでた。険しいながらも美しいその顔に、後悔の表情を浮かべて。「同じことをさせるな、サマー。多くの人の命が懸かってるんだ。個人的な感情を差しはさんでいる場合ではない。壺はどこだ」

「いくら訊《き》かれても――」サマーはふたたび襲った激痛に言葉を切った。一方のタカシは手首を締めつける力を弱め、指先で赤くなった皮膚をなでている。「壺はどこなんだ、サマー」

サマーは相手の冷徹なまなざしをにらみかえした。この男は答えを聞きだすためならなんでもするだろう。知りたいことが口にされるまで、痛みを与えつづけるに違いない。たとえそれが本意であろうとなかろうと。

なによりもまず、いまは手を放してほしかった。自分を痛めつけると同時に慰める、その手を。そのためならなんでもするし、なんでも言う。いますぐその手を放してくれるのであれば。

「ベインブリッジ島にある家よ」サマーはそう言って手を引き戻した。手首は完全に感覚を失い、うずくような痛みだけがそこにある。いったいこの男はなにをしたのだろう。いずれにしても、口を割らなければずっと痛みが続いていたのはたしかだった。

「ベインブリッジ島？　ワシントン州の？　きみやきみの母親がそこに家を持っているという記録はない」

「その家は祖母の名義になってるの。父方の祖母よ。生前わたしに譲ってくれたんだけど、息子の嫁である母には教えたくなかったのね。祖母は母のことを信用していなくて」

「賢明な判断だ」タカシはきわめてドライな口調で言った。

それにしても、この男はどうしてシャツのボタンを留めないのだろう。どうして先ほどからその謎めいた美しい顔をこちらに向けつづけているのだろう。

「本物の壺はわたしの寝室にあるクローゼットの棚にあるわ。ハナさんがくれた着物や、俳句の本といっしょに」

タカシはぴくりとも動かなかった。「ハナ・ハヤシはきみに本を託したのか？　そこにはなんて書いてある？」

「みんな日本語で、意味なんてわからないわ。手書きの俳句よ。形見にとってあるの」

タカシはうなずいた。その表情から、与えられた情報を頭のなかで整理しているのがわかる。幸い、もうわたしのことは考えていないらしい。「着物というのはどんな着物だ?」

「厳密に言うと、二枚」サマーは訂正した。「ひとつは時代を感じさせるとても古い着物。もうひとつはごく普通の、安っぽい部屋着のようなものよ。たいして重要じゃないわ」

「重要でないものなどない」タカシはひとりごとのようにつぶやいた。

サマーとしても、いまさら逆らうつもりはなかった。着物も本もハナさんからもらったものだけれど、なんなりと好きなものを持っていけばいい。これを限りに、わたしのことを放《ほう》っておいてくれるなら。

「場所がわかったんだから、さっさと取りに行けば」これでこの緊張から解き放たれるだろうと、サマーは一転して明るい声で言った。現に、目の前の男はわたしのことなどすっかり忘れているようだった。「地図を描《か》いて行き方はちゃんと教えるし、また嘘をついていると心配することもないわ。今度こそ、ほんとうのことよ」

「わかってる」とタカシは言った。「その前に、服を脱ぐんだ。きみに黒は似合わない」

サマーはわけのわからない顔でタカシを見つめた。「どういうこと? だってちゃんと壺のありかを教えたでしょ?」

「たしかにきみは言われたとおりのことをした。だが、僕はこう言ったはずだ。壺がどこにあるのか教えてもらおう、セックスはそのあとだと」

12

サマーは身じろぎもしなかった。かぼちゃになれと魔法でもかけられたかのように、その場に腰を下ろしたまま、凍りついていた。かわいそうに。いったい自分が誰を、あるいはなにを相手にしているのか、見当もついていないのだろう。

それでも最後にもう一度、彼女は哀れな抵抗を試みた。「あなたには指一本触れられたくないの」

「それは嘘《うそ》だ」とタカシは言った。「体はそう言っていない」

「わたしはもう部屋に戻って、ドアに鍵《かぎ》をかけるわ。あとで勝手に入ってくるようなまねはよして。お望みのものはすでに与えたはずよ」

「すべてではない」とタカシは言った。「だが、戻りたければ戻りたまえ」

サマーはもちろん言われたとおりにした。実際、そのほうがタカシにとっても都合がよかった。いまはベッドではしたくない。快感を味わうのはもっぱらきみのほうだと言ったのは、あながち嘘ではなかった。いっしょにベッドに入れば、周囲の様子に監視の目を光らせつづけるのも困難になる。むろんできないこともないけれど、このほうがずっと楽だった。

タカシはドアから出ようとするサマーの腕をつかみ、ぐいと引き寄せた。サマーは抵抗する様子もない。タカシは片腕を腰に回して相手の動きを封じた。たとえ逃げたいと思っても、振りほどくこともできないように。

女の体ならよく知っていた。たしかにいつものタイプと違うとはいえ、サマーとて特別ではない。セックスに恐怖を抱く彼女は、その恐怖が原因で、自分を解放することができずにいる。恐怖にがんじがらめになっている人間の行動は、予測がつかなかった。とにかくその壁を突きやぶり、彼女の身も心も支配したい。実際、それが正直な思いだった。

タカシはもう一方の手を彼女のシャツにかけ、ボタンを外しながら壁へと押しやった。これからの展開を考えれば、彼女も寄りかかるところが必要だろう。その腕はいま二本とも彼女のわきにあって、抵抗することなくだらりと垂れさがっているが、その状態がずっと続くとは限らない。ふたりの体は、いまやぴったりと重なっていた。自分の体が発する熱が相手の体に徐々に染み渡っていくのが、物理的に感じられた。

そっとシャツを脱がせ、てのひらで胸を包みこむと、サマーは喉の奥から声をしぼりだした。刺激を受けた乳首は、すでに硬くなっている。

べつに満足感を覚えることでもなかった。この手の行為において判断を誤ったことは一度もない。サマーが自分を求めているのは明白な事実だった。肉体的な反応は、彼女が当然感じている快感の証拠にすぎない。そしていまの段階では、彼女が充分にそれを感じてくれさえすればそれで満足だった。

サマーはブラジャーを替えていた。またしても黒だけれど、大胆なデザインで、前で留めるようになっている。指先でさっと外すと、甘い香りのする豊かな胸がこぼれるように現れた。

ああ、このまま振り向かせて胸に顔を埋《うず》め、乳首に思いきり歯を立てることができたら。そんな贅沢《ぜいたく》が許されるのなら、どんなものでも差しだす覚悟だった。しかし、いまはできない。今回ばかりは。

サマーは驚くほど敏感だった。胸を刺激され、体をのけぞらせながら、低い声を漏らしている。「前の恋人には、こんなふうにしてもらわなかったのか」タカシは耳元でささやいた。「きっときみがどうされると感じるのか、わかっていなかったんだろう」そう言って親指を乳首に当て、絶妙な力加減でその部分をなでた。サマーは思わずあえぎ声をあげた。

「きみのほうから教えてやるべきだったんだ」タカシは耳元でささやきつづけた。「ほとんどの男は、この手のことはわからない。いったいどうされたいのか、相手に導いてもらう必要がある」親指で乳首の先端を弾《はじ》くと、サマーはいっそう声を荒らげ、全身を押しつけてきた。

「壁にもたれるんだ」と助言しても、こちらの言葉は耳に入ってもいないらしい。できることなら鏡の前に連れていき、絶頂に達する瞬間の彼女の顔を見たかった。しかし、どんな表情を浮かべるのかはだいたい想像がついている。いまさら確認する必要もなかった。

タカシはサマーの手を取って寝室の壁に押しつけ、ジーンズを脱がせはじめた。サマーは一瞬驚いた顔をして抵抗を試みたが、タカシはふたたびその手を壁に戻して、いくぶんサイズが大きめの黒いジーンズのジッパーを開けた。「身をまかせるんだ、サマー。きみが求めているのはわかってる。はじめて僕に会ったときから、きみはこれを求めていたんだ。いや、それこそもう何年も前から。逆らうのはやめて、身をまかせるんだ」

サマーはなにも言わなかった。指先をパンティーのひもにかけると、緊張からか全身がこわばるのが感じられた。もしここでいやと言われていたら、いったいどうしていただろう。しかし、サマーはなにも言わなかった。脚のあいだに手が差し入れられるあいだも、ただ腕のなかで身を震わせ、しなだれかかってきた。

さすがにもう逃げるつもりはないようだった。いまでは壁に体を押さえつけられているというより、互いに抱きあっているような感じになっている。彼女にまだ考える力が残っているとしたら、背後から押しつけられた股間《こかん》の膨らみにも、当然気づいているだろう。しかしいまはただ、自分の体に触れる手や、指先に神経を集中しているようだった。

「きっと濡《ぬ》れているだろうと思ったよ」タカシが衝動にかられて耳に歯を立てると、サマーは全身を震わせた。「さあ、脚を広げて。ほんの少し。そうだ」タカシはなだめるようにつぶやいた。「完璧《かんぺき》だ。きみは完璧だよ。美しい」できることならいまこの場でうなじに口づけをしたかった。彼女のなかに指を入れ、興奮にいきりたつ自分もそれに続きたかった。しかし、いまは欲望に屈している場合ではない。もしサマーをこちらに向かせ、服を脱がせて床に押し倒せば、いくら自分でも歯止めがきかなくなるだろう。今回の行為は、彼女のためだけに行われるものでなければならない。

指先をクリトリスに当てると、サマーは突然、痙攣《けいれん》を起こしたように両脚をがくがくさせた。彼女を絶頂に導くのは思った以上に簡単に違いない。「どうだ」タカシはサマーの肌に息を吹きかけた。「感じるだろう。きみがもっと快楽を求めているのは、口に出さなくてもわかる。いまから僕がそれを与えてやろう。誰も知る必要はない。きみと僕だけの秘密だ」タカシが体を押しつけると、サマーは両手を広げて壁に頭をあずけた。タカシはそのまま腰を突き、興奮にはちきれそうな性器を、彼女の尻にこすりつけた。これは彼女のためだ、彼女のためなんだ。そう心のなかで繰りかえして。

サマーはすでに息を切らし、体を震わせていて、いつ絶頂に達してもおかしくなかった。誠実な男なら、じらすことなくその快楽を与えていたに違いない。しかし、タカシはそういうタイプの男ではなかった。この緊張を引き延ばせば引き延ばすほど、やがて来る快楽は強烈なものになる。できることなら絶頂感に我を失ったサマーが、思わず涙を流すほどの反応を引きだしたかった。

「次は指ではなく、僕自身を入れてやる」タカシは耳元で荒い声をあげた。「次はきみのなかに入って、きみを僕自身で満たしてやる。きみは硬くなったペニスをただただ感じることしかできなくなるだろう。それを求めてるんだろう？　それが必要なんだろう？　でも、いまはまだそのときではない。今回の、この快楽はきみだけのものだ」

震えの止まらないサマーの体は、うっすらと汗に覆われていた。これ以上引き延ばすのは無理かもしれない。するとサマーは、シャツをはだけさせてからはじめて、その口を開いた。

「お願い、なんだ？」

「お願い……」彼女の声は生々しいうめきだった。

サマーのオルガスムスはすぐそこまで来ていた。ほんのすぐそこまで。彼女のなかにはもうそれに抗《あらが》う余力すら残っていないはず。

「お願い……いやよ……」

タカシは体を凍りつかせ、もう少しでサマーを抱きしめる腕を解《ほど》きそうになった。しかし、いまさらそんなことはできない。いまさら……。

「お願い……いやよ……やめないで」彼女はかすれた声で懇願した。それを合図に指先に力を込めると、サマーは快楽の極みに達し、腕のなかで身もだえをしつつ、完全な服従を宣言するような甲高い叫び声をあげた。津波のようにつぎつぎと押し寄せる快感に、サマーは全身を痙攣させている。タカシはその体を押さえつづけ、これ以上の刺激には耐えられないだろうと判断したところで、おもむろに手を引き戻した。

サマーはようやく感情を解放し、涙を流していた。本来なら、その体を抱いてやるべきなのかもしれない。こちらを向かせ、腕のなかで、思いきり泣かせてやるべきなのかもしれない。

けれどもそれはできなかった。寝室の絨毯《じゅうたん》の床にゆっくりと崩れ落ちるサマーを、タカシはそのままにし、その場に残して立ち去った。

背後で浴室のドアを閉めたタカシは、鏡に映る自分の姿を見つめた。〝死の王者〟〝名うてのプレイボーイ〟と噂《うわさ》される男の表情は、いつになく冷静さを失い、驚きに満ちているような気がする。

サマーの豊満な体やその反応に見とれ、快楽を長引かせることに神経を集中していたタカシは、自分の体にまったく注意を払っていなかった。誰にも触れられることなくクライマックスに達するなんて、はじめてのことだった。ましてや射精していた事実に自分でも気づかなかったなんて。タカシは自己嫌悪と怒りの混じった感情を覚え、急いでズボンを脱いだ。下着を汚してしまったことを後悔しているわけではない。自分の弱さが、腹立たしいだけだった。いったいなにが起きたというのだろう。肉体的にも精神的にも、自分に対する抑制を失ったことなど、一度もないというのに。

サマーはどういうわけか、絶対にやぶられるはずのない最後の砦《とりで》を突きやぶり、こちらの心の奥まで入りこんできた。全身を打ち震わせながら永遠に続く絶頂を目の当たりにして、自分もいつのまにか快楽の極みに達していたのが、その証拠だった。

サマーは縮こまるようにして床の上に横たわり、体が徐々に正常と言える状態に戻るのを待った。すでに泣きやみ、怒りにまかせて頬を伝った涙をぬぐう。一刻も早く、自分を裏切った体から心を取り戻す必要があった。そうしなければ、落ち着いてものも考えられない。

浴室のドアが開き、タカシが部屋に戻ってきた。先ほどとは違う服で、シャツのボタンも留められ、その上に革のジャケットを着ている。「三十分でここを出る。シャワーを浴びたければ、いまのうちに浴びておいたほうがいい」タカシは凍るような声で、さらりと言い放った。それは明らかに、先ほどとは別人の声だった。

サマーはなんとか体を起こして壁にもたれたが、乱れた服をすぐに直す気にもなれなかった。「どこに行くの?」例によって何度も口にした言葉だけれど、自分がそのなかにいるはずの肉体、そしてその感覚が、なじみのないものに感じられてならなかった。

「ハヤシの壺《つぼ》を取りに行くんだ。それで僕の任務は終わる。そんな目で見るなよ。きみが僕にとって仕事の一部でしかないことは、最初から承知していたはずだ。経験の浅いきみを落とすのは、思ったよりも簡単だった。だからといって、そこにはなんの意味もない。この世界では、誰もが使い捨てにすぎないんだ。きみの妹にしたところで同じだ」

「妹?」サマーはぼんやりとした心の痛みを覚えつつ、即座に訊《き》きかえした。

「きみの妹はいま〝白様〟に人質に取られている。きみの妹の口を割らせて、知りたいことを聞きだすつもりだろう。もちろん、僕がきみに対してしたような、手ぬるいやり方ではない。取りかえしのつかないことになる前に、壺を手に入れなければならない」

「そんな……」タカシは言葉を続けようとするサマーの腕をつかみ、ぐいと引きあげるようにして両足で立たせた。「妹はなんにも知らないのよ」

「たとえそれが事実だとしても、あの教祖は信じないだろう。拷問するだけ拷問して、自分の手でその事実を証明するまでね。たったいま起きたことを洗い流してしまいたいなら、さっさとシャワーを浴びることだ。べつにそのままでもかまわない」とタカシは言った。「もう三分過ぎた。二十七分後には、ここを出る」

「あなたが妹を助けてくれるという確証がどこにあるの？　もしわたしが行くのを拒んだら？」

タカシは肩をすくめた。その顔は相変わらず美しく、同時に凍るように冷たかった。

「となれば、きみはここに置いておくほかない。まあ、一瞬で終わらせてやるさ。きみは苦しむことも、痛みを感じることもない。しかし、あとで余計なことをしゃべるかもしれない人間を見逃すわけにはいかない」

ふたりのいる部屋は突然、冷凍庫に様変わりしてしまったかのようだった。タカシの体から放たれる強烈な冷気は、部屋全体を包みこみ、いまでは骨の髄まで凍りつかせている。ふうっと息を吐けば、その息が白くなって目に見えそうだった。もちろん、この状況ではろくに呼吸することもできない。

「すぐに準備するわ」

タカシは部屋をあとにするサマーの背中を見送り、長いあいだ思いをめぐらせた。自分は真実を告げたまでだ。大きな視点で考えれば、カリフォルニア育ちのお嬢様が抱くちっぽけなプライドなど、大勢の人間の命に比べれば取るに足りない。

もっとも、サマーはお嬢様というタイプではけっしてなかった。たしかにハリウッドで地位や名声のある人物たちとはそれなりのつながりがあるようだが、その特権を自慢に思ったり、ひけらかしたりはしていない。国籍にかかわらず、美貌《びぼう》に自信のある女性なら誰しも漂わせているような、取り澄ました空気も感じられない。

といっても、サマーは美貌の持ち主と呼べるほどの美しい女性ではなかった。ある意味で、とても愛らしい雰囲気は持っている。愛らしい目に、もっと味わいたくなるような、愛らしくてやわらかな唇。豊かな曲線を描く肉感的な体つきや、ぬくもりのある肌も魅力的だった。地味だけれど、きわめて愛らしい存在。祖父が選んできた完璧な日本人の花嫁も、サマー・ホーソンに比べたら、かなりの引けを取るに違いない。

しかし、それはまた違う人生の話。その問題は、今後しかるべきときに対処するほかない。いまは課せられた任務に集中するのみ。たとえどんな犠牲を払っても、この任務は成功させなければならない。

タカシはクローゼットにある小さなダッフルバッグを手に取り、いったん玄関へと向かった。浴室からはシャワーの音が聞こえる。一瞬立ちどまり、水の音でかき消すようにしてサマーはまた泣いているのだろうかとふと思ったが、寝室に戻ると彼女は意外にさっぱりとした顔で浴室から出てきた。もう先ほどで充分に泣きつくしたのだろう。

　タカシは首を振りながら階段を下りた。サマーはこちらが思っている以上にタフな女性だった。それが証拠に、いったんは粉々に砕け散った女性としての威厳をすでに取り戻している。たったいま自分に対してなされたことも、すっかり思考から遮断しているようだった。彼女は足手まといでしかないという考えは、このへんで改めたほうがよさそうだった。サマー・ホーソンはほかにどんな秘密を握っているのだろう。二枚の着物に、俳句の本。それらはたんなる形見なのかもしれないし、それ以上の価値のある重要な品かもしれない。この状況では、目に見えることがすべてでないのは明白だった。ハナ・ハヤシが遺《のこ》したものは、サマーが思っている以上に重要な意味を持っているに違いない。

　タカシは新しくコーヒーをいれ、冷蔵庫にある刺身をつまんだ。階段を下りてくる足音が聞こえても、あえて振りかえらず、冷蔵庫のなかに手を伸ばして生クリームのパックを取った。「コーヒーは？」淡々とした声でタカシは言った。

「いらない」そう答えるサマーの声もやはり淡々として、感情に欠けたものだった。ちらりと視線を向けると、サマーはなにかを覚悟したような、落ち着いた表情を浮かべている。タカシは彼女が絶頂に達する際にあげた荒々しい叫び声を思いだし、自分の弱さを苦々しく思いながら心の扉をぴしゃりと閉じた。

　サマーはゆったりした黒のジーンズとサイズの大きめの黒のTシャツという、いつもの姿だった。そんな野暮ったい服の下にやわらかく敏感な体が隠れていることなど、誰が想像するだろう。万一この数日を生きて乗り越えたら、誰かがちゃんと彼女の面倒を見てやらなければならない。それなりの服を着るようにアドバイスしてやれて、彼女が必要としている快楽を提供できるような誰かが。

いまはもう、セックスのことは頭の外に追いやらなければならない。サマーに生まれてはじめて、ほんとうの快楽を与えたのは間違いない。実際、サマーは恥じ入りながらも二度、三度と絶頂に達していた。あんな状況で経験することになって、サマーには憎まれているかもしれない。しかし少なくとも、サマーは自分もそんな快感を得られるのだと実感したはずだった。

サマーはこちらがどくのを待って、冷蔵庫のドアを開け、お気に入りのタブの缶とヨーグルトの入った器を取りだした。食欲などないと言われたら無理にでも食べさせなければと思っていたが、サマーは意外にもいつもの平静さを取り戻していた。自分でスプーンのある場所を見つけ、できるかぎりの距離を置いて、立ったままヨーグルトを食べている。

幸い、彼女はきわめて現実的な人間だった。たとえなにがあっても、けっして泣きわめくようなことはしない。ふたりのあいだに起きたことも、なかったものとして片づけているに違いない。反抗の意志を示すために相手を無視するのは、女という生き物の常套《じょうとう》手段だった。それは世界のどこに行っても変わらない。いずれにしろ、いまはそのほうが都合がよかったし、今後の出方を考えることにも集中できる。とにかく一刻も早く、ベインブリッジ島に行かなければならない。

願わくば、まだティーンエイジャーでしかないサマー・ホーソンの妹を〝白様〟が廃人にしてしまう前に。

いまのところはなにをするでもないようだけど、まったくどういうつもりなのかしら。ジリーは小さな部屋に置かれた簡易ベッドの上に座りこんだ。けっして居心地は悪くないけれど、先ほどからジャンク・フードが食べたくて仕方がない。

連中が持ってくるのはなんだか濁った水だけで、そんなものは飲みたくもなかった。どこかにスピーカーがあるのか、小さな部屋には〝白様〟の薄気味悪い説教がずっと流されている。スピーカーがどこにあるのかさえわかれば、すぐに叩《たた》き壊してやるのに。

それにしても、目的はなに？　居眠りを誘うような単調な説教は、おそらく同じ内容が六つくらいの言語で繰りかえされている。けれども、意味なんてちっともわからなかった。スペイン語なら簡単な会話程度の力があるものの、〝白様〟のアクセントでは、まさに暗号を解読するようなものだった。それに、ほかの言葉で伝えられている内容が英語のバージョンとまったく同じだとしたら、その内容の意味なんて深く考えたくもない。結局はどれもニューエイジまがいの突飛な妄想ばかりで、大学で化学と物理を専攻している者にしてみれば、そんなものはすべてまやかしにしか聞こえなかった。これ以上こんな御託をスピーカーから流しつづけられたら、神経がおかしくなってしまう。

ジリーは手足を投げだしてベッドの上に仰向けになり、自分の置かれた状況について考えた。まるでカンフー映画や精神を病んだ患者を思わせるような白いパジャマを着せられたあげく、大嫌いなグラノーラのバーを二、三本与えられ、教祖様がじきじきにお会いになりたいそうだから待つようにと告げられたのは、もうずいぶん前のことだった。いったいいつまで待たせれば気がすむのよ。どっちにしろ、あのほら吹きの教祖がわたしから得られるものはなにひとつない。この世界でなによりも大切にしている末娘にこんなことをされて両親が黙っていると思っているなら、勘違いもはなはだしいわ。

両親がわたしのほうをよりかわいがるのは、たしかに公平じゃない。でも、姉のサマーもいつも言っているように、公平でないのが人生というもの。つねに次元の高い意識や悟りのようなものを追い求めている母親も、末娘のことになると、はっと母性に目覚めて戦う雌の虎《とら》に変身する。マフィアをも圧倒しかねない父親に関して言えば、けっしてその怒りを買うようなまねだけはしたくないと誰もが思っているほどだった。たんに自分に酔っているだけのカルト教団のリーダーなど、相手にもならないに違いない。

そうよ、不安に思うことなんてなにもないわ。教団の連中は姉のサマーの居場所に興味があるようだけれど、こっちはほんとうになにも知らないんだし、いくら訊かれても答えようがない。しかもかつては日本にあった壺がどうのこうのなんて、なんのことだかさっぱりわからない。

ピーターセン夫妻にだって、〝あなたのためよ〟と言われて家に招かれたものの、結果的にはお菓子に薬まで入れられて人質のように扱われたのだった。ろくでもない白いパジヤマを着せられて、部屋に閉じこめられているこの状況は、それとたいして変わりはない。まあ、少なくともピーターセン夫妻には大好きなチョコレートをもらえたけれど。

自分でも意外なことに、とっととここから出してほしいとあせる気持ちはなかった。遅かれ早かれ、父親がなんらかの手を打って、あの教祖が生まれたことを後悔するような目に遭わせてくれるに違いない。そのあいだは、おとなしくここで待っているほかない。明《めい》晰《せき》な頭脳の持ち主という幸運に加えて、もうひとつ恵まれていることがあるとすれば、それは少々たくましすぎるほどの想像力だった。こんな簡易ベッドの上でも、くつろいで横になっていれば、何時間だって楽しい空想にふけっていられる。頼もしい父が、あの教祖をこてんぱんにやっつけてくれる瞬間を心待ちにして。

そのあいだは、マクドナルドのエッグマックマフィンのことでも考えていよう。

13

心というものは驚くべき力を持っている。サマーは南カリフォルニアの景色が広がる窓の外を眺めながら思った。妹は救世主気どりの教祖に人質に取られ、すでに何人もの命が犠牲になっているというのに、わたしはこうして自分を誘惑した男の隣に座り、叫び声もあげずにいる。なんという、驚くべき力。

タカシがどうしてあんなことをしたのかは、いまだにわからなかった。必要な情報をすでに聞きだしたあとなのだし、本人はなにも得ることはないだろう。なのに、力ずくで壁に押しつけ、わたし自身をさらけださせるなんて。それも、根源的なレベルまで。それとも、たんに自分のテクニックを証明したかっただけなのだろうか。

もしこの一連のできごとを生きて乗り越えられたら、相手の首を取る勢いで見返してやる。

自分にそんな力があるとは思えないけれど、妹はなんとしても助けだすつもりだった。タカシの話では、ジリーはいま〝白様〟に人質に取られているという。けれどもタカシはそれに対してどうこうしようという気はないようだった。

運転席にいる男には、なるべく視線を向けないようにしていた。ちらりとでもその顔を目にすれば、胃がねじれるような怒りがこみあげて、落ち着いてものも考えられなくなる。いまはけっして自分を見失わず、冷静にものごとに対処する必要があった。しかるべきときが来れば、鬱積《うっせき》した感情を爆発させることもできるだろう。いまはただ、相手に負けないくらいの冷徹な意志が必要だった。

「妹はどうなるの？」サマーは窓の外に目を向けながら言った。

「どうなるの、というと？」

「助けてくれないの？　あなたは再三にわたって、わたしの命を救ってくれているわ。それはあなたの得意としていることでしょう？」

「僕の任務は〝白様〟の手からきみを遠ざけることだ。きみの妹に関しては、なんの指示も与えられていない」

サマーは一瞬目を閉じ、ジリーの頑固にして愛らしい表情を思い浮かべ、なんとかならないものかと必死に頭を働かせた。タカシはこれまでのＳＵＶ車から、ガレージに停《と》められていた地味なセダン型の乗用車に乗り換えている。ひかえめなインテリアとは裏腹に、エンジンはレーシングカー並みの性能のようだった。

それにしても、タカシはスピードを出すのが好きらしい。

ふたりを乗せた車が走っているのは、フリーウェイではない普通の道路だった。地方へと続く方向に車はひた走っている。なんとか脱出を試みれば、逃げられる可能性もないわけではない。無茶をして隣にいる男の命を危険にさらそうと、そんなことは関係なかった。とにかくこの男から逃れて、妹を助けに行かなければならない。たとえそれがなんであれ、〝白様〟が望んでいるものを与え、引き替えに妹を取りかえすのだ。

なにか武器になるようなものはないかと、サマーは車内をちらちらと見回した。タカシを相手に素手で立ち向かうのは無理がある。一瞬の隙《すき》を衝《つ》いて、ハンドルの操作を誤らせることができれば。もちろん、相手は隙など見せる男では間違ってもないけれど。

「無駄な抵抗はやめるんだな」タカシの声は相変わらず淡々として、冷たかった。

サマーはその声にはあえて振りかえらず、流れゆく景色を見つめつづけた。「無駄な抵抗って？」

「言葉どおりの意味だよ。きみの動きにはつねに目を光らせている」

「トイレに行かなければならないときだってあるわ」

「そのときもいっしょについていく」

「冗談でしょ」

タカシはなにも言わなかった。言う必要もないというのが実際のところかもしれない。体は引き締まってほっそりしているというのに、まるで三百キロ以上の体重があるゴリラのような威圧感を持つタカシは、なんでも好きなことができたし、それに対して刃向かう手立てなどこちらにはない。

その事実を甘んじて受け入れなければならないのだろうが、妹の安全が懸かっているとなれば話はべつだ。タカシは車のなかに銃を隠しているだろうか。この二日間いろいろなことがあったけれど、タカシが銃を手にしているところは目にしたことがない。実際、人を殺すときにはそんなものは必要としていないようだった。サマーはそんな思いにまた胃が締めつけられるのを感じた。この男はなにもわたしを守るために人を殺したわけではない。あくまでも、わたしがひた隠しにしていた情報を守るためなのだ。

壺《つぼ》のありかを教えたいまとなっては、いつこの男に殺されてもおかしくない。けれどもタカシは、どういうわけかまだ生かしておくつもりのようだった。たぶん、完全には信用していないのだろう。二度も偽物の壺でごまかそうとしたのだから、それも無理はない。きっと本物の壺を確実に手に入れたときに始末するつもりなのだろう。

問題となっている壺の出所は、サマー自身にもわからなかった。ハナさんはそれについてひとことも教えてくれなかったし、たとえ壺がかつて日本のお寺にあったものだとしても、その秘密はハナさんの死と共に葬り去られている。

サマーはセダンの床に目を走らせたが、やはり武器に使えるようなものは見当たらなかった。いきなり肘で顔を突くという手もあるけれど、自分よりも背の高いタカシの顔にうまく命中させられるかは自信がないし、シートベルトで固定されている状態ではそれも難しかった。

前の座席付近にあるもので投げつけられるものといえば、タカシが使っているステンレス製のコーヒー・マグとすでに飲みほしたタブの空き缶だけ。そんなものではたいしたダメージは与えられないけれど、マグなら缶よりは大きいしそれなりの重さもある。なんとかマグで顔面を殴ることができれば、道路から目をそらさせ、たとえ一瞬でもアクセルから足を外させられるかもしれない。そしてその隙に助手席のドアを開け、思いきって外に転がりでるのだ。

躊躇《ちゅうちょ》すればするほど、失敗する確率は高くなる。けれどもマグに手を伸ばそうとすると、さっとその手を制された。そんな芸当がどうして可能なのかわからないけれど、タカシは片手で両方の手首をつかみ、完全に動きを封じている。サマーは容赦のない力の入れ方に、唇を噛《か》みしめた。同じように力ずくでほんとうのことを吐かせられたのは、つい数時間前のこと。そしてそのあとでこの男はわたしに……。

「警告したはずだ、無駄な抵抗はやめろと」そう言いながらも、タカシはけっしてスピードをゆるめなかった。スピード計は時速百三十キロを指している。この速度で事故を起こせば即死は間違いない。

「コーヒーが飲みたくなったのよ」

「コーヒーは嫌いだろう」

「誰がそんなことを？　たしかに朝に飲むのはソーダだけど、だからって――」

「きみの家にはコーヒーなど置いていない」

「わたしの家になにがあってなにがないか、みんな把握してるっていうの？　そんなこと、できっこない」

「賭《か》けるかい？　僕はなんでも知ってる。きみがどこにポルノ雑誌をしまっているかも」

「ポルノ雑誌なんて持ってないわ」

「体裁が悪いようなら、官能小説とでも言おうか。なかでもきみはSF物に興味がある。異星人同士のセックス、いや、交わりにね。ところで、きみは自分でしたほうが気持ちがいいのかい？　きみにとって僕は充分に異星人のような存在だといいけど」

「わたしがどんなにあなたを憎んでいるか、いちいち説明するのも時間の無駄だわ」サマーはきっぱりと言った。

「少なくとも、きみは正直者だ」タカシはそう言って力をゆるめた。サマーはすぐに両手を引き戻し、手首をさすった。

タカシはちらりとこちらに目をやった。「なんとか注意をそらそうと必死になっているなら、もっと効果的な方法を考えたらどうだい。たとえば僕の股間《こかん》に顔を埋《うず》めて、気持ちよくさせるという手もある。そうすればスピードも少しは遅くなって、車の外に飛びだせるかもしれない」

「なんて下品な男なの」サマーはすぐさま言いかえし、胸のむかつきを覚えた。といっても正直なところ、その胸のむかつきは、相手の言葉を聞くなり図らずも脚のあいだに感じてしまった熱いうずきによるものだった。実際に運転席のほうに身をかがめ、たったいまほのめかされたようなことをしたら、この男はどんな反応をするだろう。けれどもそこには、相手の反応を確かめたい以上の気持ちがあるのも事実だった。

道路わきには田舎の景色が広がっている。家もときおりぽつんぽつんと見えるばかりで、どれもかなり道から離れたところに立っていた。たとえ車から逃げられたとしても、このあたりには向かうところも、身を隠すところもない。どうしてまたこんなどこことも知れないところを走っているのだろう？

それは愚問だった。結局わたしも妹と同じように、用がすんだら使い捨てされる存在なのだ。きっとこの男は誰にも見られずにわたしを殺せる場所に向かっているに違いない。叫び声をあげても誰にも届かず、死体を隠しても絶対に見つからない場所に……。

「やめろ」

サマーははっとしてタカシのほうに向き直り、その顔をまじまじと見つめた。タカシは相変わらず視線を道路の先に向け、運転に集中している。「なんのこと？」とサマーは訊《き》いた。

「死のことをあれこれ考えるのはやめろと言ってるんだ。セックスのことを考えているきみのほうが、ずっといい」

どうして考えていることがわかったのだろう。でも、あえてわけを尋ねるようなまねはしなかった。露骨に感情を表に出さないように、つねに努力はしている。母親が母親だけに、繊細な面を見せてあとで傷つけられるのは危険だった。それでも、タカシは心の内側まで見通せる才能に恵まれているらしい。しかも、わたしの体を知る前から。

「色好みのあなたの意思を尊重する義務はないわ。〝白様〟とわたしのあいだを取り持てる存在は自分しかいないなんて、そんなうぬぼれたことを言うつもりじゃないでしょうね。状況が状況だもの、必要とあれば両腕を広げてあの教祖を抱きしめるわ」

「きっとそうだろう。でも、それは過ちだ」

「そうでしょうとも。あなたのほうがあの教祖よりもずっとやさしい人間だもの」

「やさしさなど、なんの関係もない」

「どうやらそのようね」

タカシは知らぬ間にスピードをゆるめ、舗装されていない道へと折れた。もう終わりだわ。このまま車から飛び降りれば、頭でも打って即死し、この男の手間も省けるだろう。とはいえ、わざわざ手間を省いてやる気など毛頭なかった。もし首を絞めて殺そうというのなら、そのあいだもずっと目をそらさず、死んだあとも幽霊になってつきまとってやる。

「どうやってするつもり？」

「なにを？」タカシはこちらにはほとんど注意を払わず、でこぼこの荒れた道を進む車のハンドルさばきに集中していた。

「どうやってわたしを殺すのかって訊いてるの。実際にあなたが人を殺す瞬間はまだ見たことがないわ。わたしが目撃したのは、あなたが現場に残した死体だけだもの。首を絞めるの？　首の骨を折るの？　ひと思いに胸を刺すの？」

相手の反応を見ようと顔を向けていたのが間違いだった。タカシは視線を合わせるなり口元にかすかな笑みを浮かべた。なんて美しい唇。手の届くところに棒でもあれば叩《たた》いているところなのに。「まあ、とりあえずその体をばらばらにして、煮て食うってところだろう」とタカシは言った。

「よく平気でそんなことが言えるわね。わたしを殺すつもりはないということ？」

タカシは目をそらして視線を前に戻した。「できることなら、それは避けたい。もちろん、面倒なことばかり起こしていれば話はべつだ」

「でも、殺すためにこんなところに連れてきたのではないとしたら、どういうことなの？」

「よくまわりを見てみろ、サマー」

気安く名前を呼ばれるのは癪《しやく》だった。かといって、〝ホーソン博士と呼んでちょうだい〟と言うのも、マルクス兄弟の映画の台詞《せりふ》のようで気恥ずかしい。車がさらにスピードをゆるめたところであらためて外を見ると、そこは平らな地面がどこまでも延びている広々とした場所だった。飛行場だわ、とサマーは思った。古びた鉄骨の建物がひと棟あって、そのわきに小型の飛行機が数機並んでいる。

「飛行機なんて乗らないわよ」サマーはきっぱりと言った。

「まさか、飛行機が怖いとでも？」

図星だった。でも、そんな理由で乗らないと拒絶したわけではない。「妹を見捨てるつもりはないわ。ジリーが無事だとわかるまで、どこにも行きはしない」

「きみは僕に言われるとおりのことをするまでだ」タカシは建物のわきに車を停め、エンジンを切った。

「だったらいっそのこと殺して」

タカシはため息をついた。そしてつぎの瞬間、サマーもまさに挑発したとおりのことをされるだろうと覚悟を決めた。「きみの妹の面倒はちゃんとほかの者が見ている」タカシはようやく口を開いた。

「ほかの者って誰よ。〝白様〟？　だったら面倒なんて見てもらわないほうがましだわ」

「いま知りあいが助けに当たっているところだ。心配はいらない」

「知りあいってヤクザのメンバーのこと？　そんな人がのこのこ足を運んで、妹を助けられるとでも？」

「きみは忘れているようだが、日本で発足した〈真の悟り教団〉は、いまでこそ信者は全世界に広がっているものの、その三分の一は日本人だ。日本人のヤクザなら簡単に溶けこめる」

「体に彫られた刺青《いれずみ》を見られないかぎりね」

「いいか、あの教団には、どこかの国で罪を犯した前科者が少なからずいる。かつて日本でヤクザをしていた者がいても目立つことはない。もう質問は充分だろう。きみはまだ生きているし、妹のことだって心配することはない」

「どうしてもっと早くそれを言ってくれなかったの？　最初から知っていたら問題を起こすようなまねはしなかったわ」

「どうやらきみと問題はいっしょについて回るものらしい」タカシは苦々しい口調で言い、シートベルトを外した。「さあ、車から降りて。逃げようとしたら、銃で撃つ」

「銃なんて持ってないじゃない」

「持っているとも」とタカシは言った。「いざとなれば、それを使うことになんのためらいもない」

サマーはその言葉を一瞬たりとも疑いはしなかった。


ジリー・ロヴィッツはまったくひと筋縄ではいかない信者候補だった。聖水を飲むことを断固として拒否し、スピーカーを通して部屋に流しつづけている〝真実の言葉〟に対しても、けっして心を開く様子はない。現在、忠実な信者として自分の下で働いている者のなかには、若き有能な科学者が何人もいる――爆薬の専門家、医師、エンジニア、化学者。あるいは社会に不満を抱き、かつて路上で生活していたような若者も少なくない。いずれにしても、救済への道を示された者たちはみな喜び勇んで教団に入った。それなのに、ジリー・ロヴィッツはいまだに抵抗しつづけている。

あの小娘が気前のいい信者であるリアン・ロヴィッツの腹から生まれたこと自体、信じられなかった。母親のほうは、美しいブロンドの髪に覆われた頭のなかはほとんどからっぽだというのに。ジリー・ロヴィッツの性格は、どちらかといえば、父親の違う姉のサマーによく似ている。無駄に頭がよくて、皮肉屋で、容易に他人を信用しない。娘たちがそのように育ったのも、おそらく母親のせいだろう。たとえ聖人のような人間であっても、リアン・ロヴィッツという女に信頼を寄せるのは難しい。

ジリーは食事をとることも拒絶していた。大好物だと聞いていたチョコレートを持っていっても、一笑に付して口にもしない。チョコレートの甘い誘惑に勝てる女などめったに見たことがないが、十六歳のジリー・ロヴィッツはいろいろな意味でこちらの予想を覆していた。

結局は時間の問題であることは承知している。洗脳用の独房に監禁してある娘の動きは、熱心な信者たちがつねに監視の目を光らせている。それに、サマー・ホーソンのような女が大事な妹に秘密を打ち明け、危険に巻きこむようなまねをするとは思えなかった。そう、ジリー・ロヴィッツはたんなる取引材料にすぎない。妹が人質に取られていると知れば、サマーはすぐに壺を持って現れ、秘密を明け渡すに違いない。いまはただ待っていれば、あの女のほうからやってくる。

唯一の問題は、そこにヤクザが関係していることだった。その事実を喜ぶべきか嘆くべきか、現段階では判断がつかない。タカシ・オブライエンは、裏社会では有力なコネを持つヤクザの組長、ヒロ・マツモトの姪《めい》の息子に当たる人物だった。タカシ・オブライエンがヒロ・マツモトに遣わされたのかどうかはわからない。しかし、たとえヤクザが自分と同じ野望を抱いていたとしても、それはそれでうなずけることだった。この計画が実現すれば、日本はふたたび世界的影響力を有する強国にのしあがる。しかもそれは、きわめて新しい秩序のなかでの絶対的権力だった。双方の唯一の違いは、ヤクザが世界の混乱によってもたらされる膨大な利益を考えているのに対し、〈真の悟り教団〉は世界を破滅に追いやる以外、真の未来はもたらされないと考えていること。

ただその前に、やっかいごとを解決する必要がある。冷静に考えれば、サマー・ホーソンは理由があって選ばれたに違いなかった。ろくに信用の置けない人間にハナ・ハヤシが大切な壺を託すはずはないし、ましてや秘密を共有するわけもない。叔母に当たる年老いたあの女の口を割らせることができなかったのは、いまとなっては悔やまれるばかりだった。しかも抑制を失った怒りにまかせて、必要な情報を聞きだす前に殺してしまうなんて。

たしかにそれは若気のいたりで、当時はまだ、自分の運命を理解しはじめて間もないころだったというのもある。家宝の壺——すなわち完全なる解脱と変身の鍵《かぎ》となる宝を探しだす前にあの女を車でひき殺すことは、悠久の昔からすでに運命で定められていたことなのだろう。

それに、当時はまだ機が熟していなかった。信者といっても数百人程度で、いまでこそ確信している救済への道も、まだ視界にかすみがかかったような状態だった。

そうなのだ。すべては起こるべくして起きている。幾度となく目の前に障害が立ちはだかろうと、それは来る嵐《あらし》に対する覚悟を確かめる試金石にすぎず、そのつど対処していくほかない。

あの小娘はケンノに聖水を浴びせかけたそうだが、相手がハインリッヒなら、そのような冒瀆《ぼうとく》には絶対に目をつむらなかったろう。とはいえ、いまのところはあえてハインリッヒをあの娘に近づけないようにしている。手元にある道具は種類によって使い分けなければならない。短剣で充分に足りる状況で、なにも斧《おの》を用いる必要はないのだ。ジリー・ロヴィッツという小娘を相手に、現段階でハインリッヒの創意に富んだ修行法を行使しても、得るところはなにもないだろう。

あるいはすべてがうまくいった暁には、ハインリッヒにあの娘を褒美として与えることも可能かもしれない。もちろん、揺るぎない忠誠心を示すハインリッヒには、すでに姉のほうを約束してある。たしかに処女のやわらかな肉体はごちそうだが、サディスティックな傾向のあるハインリッヒのこと、多少年上だとはいえ、取り逃がしたサマー・ホーソンに対して抱いている怒りは快楽の炎にさらなる油を注ぐだろう。

〝白様〟は首を振った。ハインリッヒはまだ若く、はかない肉欲に突き動かされている部分が多々ある。実現の間近に迫った新しい秩序に準備ができている人間かどうかは、定かでない。

しかし、すべては大いなる変化の一部だった。それらはひとつの方向に向かって確実に起きはじめている。頭上で渦巻く強烈な風の勢いを、不滅の魂に生まれ変わる瞬間が近づいていることを、〝白様〟はありありと感じることができた。

秘密の儀式を執り行う時は、すぐ近くまで来ていた。問題の壺を取り戻し、かつて寺のあった場所さえわかれば。その秘密を知っているのは、いまとなってはサマー・ホーソンだけだった。容易に他人を信用しなかった叔母のハナは、サマーだけに秘密を教えた。そんな秘密を握っていることなど、当の本人はまったく知らないとしても。

いずれにしろ、背後にいるヤクザを片づけ、妹を入信させたあとで、その記憶を呼び覚ましてやろう。そうすれば、すべては白日のもとにさらされ、世界は破滅に向かって時を刻みはじめる。そして完全な解脱を遂げた自分は、混乱の渦にのみこまれ、至福の無に包まれた世界に君臨するのだ。

〝白様〟は下腹の前で手を組み、ゆっくりと目を閉じて、穏やかな瞑想《めいそう》に入った。すべては運命の筋書きに従って動いている。

ああ、我にその先が読める力を与えたまえ。

その女は〈真の悟り教団〉の建物にある簡素な廊下を、確固たる意志を感じさせる足どりで進んでいた。ドイツから呼び寄せられた彼女は、情報を聞きだすエキスパートとして知られている。相手に痛みを与えるかどうかは、状況に応じて判断した。教団の要請でぜひにとロサンゼルスに呼ばれた彼女は、エルメスのバッグを手にしていて、その底にはもろもろの道具の入ったシルクのポーチが入っている。

信者たちは彼女の姿を目にしても、一様に見て見ぬふりをしていた。〝白様〟の意志は絶対で、普段からそれに従うように訓練を受けている。女性信者のほとんどはきわめて信心深く、地味な服装をして、頭髪も剃《そ》っているが、ドイツから来た女は教団内で規則となっている白い服こそ着ているものの、それがデザイナーズブランドのスーツであることは誰が見ても明らかだった。完璧《かんぺき》な化粧を施し、滑らかな髪をシニョン風にまとめたいでたちは、ある意味で信者たちに対する侮辱でもある。

その靴でさえ、そうだった。タイル張りの床に鳴り響く鋭いハイヒールの音は、裸足《はだし》の信者たちをこばかにしているようでもある。しかし、彼女はあくまでも仕事の一環としてこの場所を訪れていた。華やかな香水のにおいを漂わせる自分には質素な生活など興味もないが、〝白様〟が定めた規則にはとりあえず敬意を払う必要がある。

廊下ですれ違う信者たちが顔をそらし、足早に立ち去るのを横目に、女はある独房の前で立ちどまった。その部屋では、口の達者な騒がしい娘が無駄な抵抗を続けているという。信者たちも、なにが始まるのかとそこに留《とど》まるような、愚かなまねはしなかった。場合によっては、小娘は大声で悲鳴をあげるかもしれない。教団の教えにまだわずかばかりの疑念を抱く信者は、必死で助けを求める声に反応して、規則をやぶってしまうかもしれない。いまはそんな意志の弱い信者たちに、わざわざ試練を与える必要はなかった。

廊下にはすでに人の気配はない。女は手を伸ばしてドアの鍵を開け、ハンドバッグを抱えてなかに入った。〈真の悟り教団〉の本部にある南棟は、不気味なまでに静まりかえっていた。

14

タカシ・オブライエンは連れの女性のことを考えないようにするのに相当のエネルギーを費やしていた。過去の経験に照らしあわせても、サマー・ホーソンのケースはちょっとした例外にすぎない。しかも、彼女にとっては最高のセックスとなる快楽を与えたというのに、胸の内にくすぶるこのもやもやとした感じはなんなのだろう。

こうしてつねにいっしょにいる状況が、ストレスの原因となっているのかもしれない。普通なら用がすめばそれでおしまいのはずなのだが、今回はベインブリッジ島にある家に着くまでは行動を共にしなければならない。

相手がこちらを無視しつづけているのは幸いだった。どうやらサマーはかなり怒っているらしい。それでも、これまでのようにやけに反抗的な態度はとらなかったし、神経が過敏となって不安に怯《おび》えているような感じもなかった。この男はもう自分のしたかったことをして満足しているに違いないと思っているのかもしれないが、明らかに間違いだった。

それにしても、彼女の自制心は圧巻だった。〝委員会〟の基準からしても、感服の域に達している。邪悪な陰謀に巻きこまれた無実の女性を装っているものの、結局は見かけほどうぶではなく、こちらの反応をうかがいつつ狡猾《こうかつ》に動いているのかもしれない。そんなふうに思うこともあったが、どう考えてもそれはあり得ない。サマー・ホーソンが〝白様〟を崇拝する教団の密《ひそ》かな信者であったら、どれだけ気が楽になるだろう。そうだったら、危険な存在を片づけることに、慣れない罪悪感を覚えることもない。

しかし、やはりそれは考えられなかった。サマー・ホーソンは見かけどおりの平凡な女性で、容姿も体つきも人並みだった。その聡明《そうめい》さと、強靱《きょうじん》な自制心は多少際立っているとしても。

この手で絶頂に導かれた彼女が、ほんとうの姿なのだろう。

サマーがあんなに大きなあえぎ声をあげるとは思ってもみなかった。たしかにあれは身勝手で、残酷な行為だったかもしれない。しかし必要な情報を聞きだしたあとでも、衝動は抑えられなかった。

「飛行機なんて乗らないわよ」とサマーは言い、水陸両用の小型飛行機を見つめた。たしかに見た目は頼りないものの、性能面はしっかりしている。安全の保障がない乗り物に乗るほど、こちらも無謀ではなかった。

「断っておくが、きみに発言権はない」タカシは肩越しに振りかえった。いまさら逃げるような愚かなまねはしないだろうが、念のため確認する必要があった。一月だというのに、かなり気温のある日だった。そんな日にまた追いかけっこをする気にはなれない。

サマーは飛行機から三メートルほど手前で立ちどまった。「そもそもあなたは操縦免許を持ってるの?」

「操縦するのは僕じゃない。僕はきみといっしょにうしろに座る。ちなみに質問の答えは、イエスだ」

「いっしょに座ってもらわなくてもだいじょうぶよ」サマーはしおらしさを装って言った。

「それに、ひとりのほうがなにかと気が楽だし」

「もちろんそうだろう」とタカシは言った。「でも、あいにく僕はきみを信用していないんでね」

サマーは立ちどまったまま動かなかった。「座るって言っても、座席もないじゃない」

「貨物輸送機だからな」

サマーは完全に言葉を失っていた。この様子では無理やり乗せるほかなさそうだが、気乗りはしなかった。必要以上に相手を傷つけることは、できれば避けたい。しかし、悠長なことを言っている場合ではなかった。状況が求めるなら、たとえひどい目に遭わせても致し方ない。

おそらく彼女も自分の置かれた立場を理解しているのだろう。しばらくすると意を決して飛行機に乗りこみ、できるかぎりタカシから離れたところに移って、側面の支えにしがみついた。機内にある鉄のバーには革製のストラップがいくつかついている。タカシはその一本をつかんでサマーの手首に巻きつけた。「飛び降りたりしないわ」とサマーは言った。

「シートベルトがわりだ」タカシはサマーの向かいに座り、やはりストラップを手首に巻きつけた。

パイロットが操縦席に乗りこんできたのはその直後だった。「窮屈で申し訳ないね」とパイロットはうしろに向かって声をかけてきた。「シートベルトはしっかり締めたかい?」

「ああ」とタカシは答えた。

サマーは奇妙な表情を浮かべたまま、こちらに視線を注いでいた。パイロットとの会話はロシア語で交わされたので、怪訝《けげん》に思っているのだろう。それでも彼女はやがて顔をそらしたので、わざわざ説明する手間も省けた。

親切に説明する気など、はじめからありはしない。

飛行機がでこぼこした地面を滑走するあいだ、サマーは目を閉じ、必死にストラップにしがみついていた。やはり隣に座ってやったほうがよかったのかもしれない。そうすれば、激しい振動もある程度は緩和してやれたに違いない。セックスと同じように、サマーが空を飛ぶことにただならぬ恐れを抱いているのは明らかだった。

その証拠に、彼女の肌は死人のように蒼白《そうはく》になって、シートベルトがわりのストラップを懸命に握りしめる両手も、微妙に痙攣《けいれん》している。「これならいっそ飛び降りたほうがましよ」サマーは声にならない声でつぶやいた。ひょっとしてこのまま気絶してしまうのではないだろうか。でも、そのほうが恐怖から解放されて都合がいいのかもしれない。ところがサマーは必死に抵抗を続け、飛行機が離陸するあいだも石のかたまりのように微動だにしなかった。

いつになればリラックスするつもりだろうと、おもしろがって見物している場合ではなかった。緊張にこわばる彼女の体は、痙攣するようにぶるぶる震えている。タカシは自分のストラップを外し、機内を横切って彼女の隣に行った。パニック状態にあるサマーは、突然そばに来られてもなんの反応もできないようだった。

「小さい飛行機が苦手なのか」無視されるのを覚悟で、タカシは声をかけた。

いまのサマーには、自尊心や怒りという些細《ささい》な問題を考慮に入れている余裕もないらしい。「小さくても大きくても、飛行機は怖いのよ」サマーは食いしばった歯のあいだから、かろうじて答えを返した。

タカシは機内を移動するあいだにすでに片手をポケットに入れ、小さな注射器を取りだして、指のあいだに隠し持っていた。突然腕を伸ばすとサマーは反射的に身を引いたが、それでも針は狙《ねら》いを定めた首に確実に刺さった。この鎮静剤の効果は抜群だった。サマーはすぐに床に崩れ落ちた。

タカシは付近のストラップをつかんで自分の手首に巻きつけ、機内の側面に体を固定した。飛行機は風の強いカリフォルニアの空をさらに上昇している。タカシはぐったりしたサマーの体を引き寄せ、伸ばした脚のあいだに横にならせた。

実際、そうする以外にほかに方法はない。たとえ手首にストラップを巻きつけてあっても、激しい振動で機内の側面に叩《たた》きつけられないとも限らない。それは彼女自身にとっても、飛行機の安定性にとっても危険だった。荷物はつねに固定しておくのが常識。機内のうしろに無造作に放《ほう》りだしておくわけにはいかない。

それだけのことさ。タカシは自分に言い聞かせるように何度も心のなかでつぶやき、ぐったりしたサマーの体に腕を回して押さえつづけた。肩にもたれるサマーの頭は先ほどから揺れに合わせて動いている。飛行機の安定性を確保するためには、こうする以外ない。

タカシは心のなかで繰りかえした。

はちきれそうな股間《こかん》の膨らみも、たんにこの揺れに刺激されているにすぎないと。


サマーの体はたくましい腕に抱かれてゆっくりと揺れていた。ビロードのような闇《やみ》のなか、サマーはぼんやりと夢を見ていた。その魔法の世界には争いも恐怖もなく、ただぬくもりと愛と安らぎだけがあった。体はゆっくりとやさしく揺れつづけている。永遠にこの安全な繭のなかに留《とど》まりたかった。

夢はつぎつぎと変化して、内容も一貫性がなかった。ときおり怖い夢も見た。妹を捜して必死に走りつづけているのだけれど、どこに行こうと、そこには幽霊のような白い服を着た教団の信者がいて、不気味な表情を浮かべていた。サマーは泣きじゃくりながらさらに走りつづけた。こんなふうに思いきり泣けるのは、夢のなかだからこそできることだった。

でも、わたしは泣いた。あれは夢ではない。サマーはそう思いながら、顔に添えられる誰かの手を感じた。その手は頬に伝う涙をぬぐっている。サマーは頭を傾けてその手に口づけをした。夢が突然、官能的なものに様変わりしたのはそのときだった。世界は深紅のシルクのシーツに覆われ、気づくと自分は、金色の肌を持つ男性と体を重ねあわせていた。その夢はいましがた見ていた夢よりも怖かった。

それでも、たくましくぬくもりのある腕に抱かれていると、いつになく心が安らぐ思いがした。これほどの安心を覚えたことが、わたしの人生にあっただろうか。ここはまさに故郷と呼べるような場所。どこへ行ってもよそ者のように感じていたのに、この腕のなかだけはべつだった。穏やかな鼓動を子守り歌に、ときおり髪にかかる息を感じつつ、思う存分くつろぐことができる。飛行機の揺れも、まったく気にならない……。

ぱっと目を開けたサマーは、体をこわばらせた。一瞬、突然の動きを押さえようと体に回された腕に力が入るのを感じたものの、その力はすぐにゆるんで、サマーはタカシのそばを離れた。

といっても、それほど遠くに離れられたわけではない。手首はいまだにストラップに巻きつけられている。サマーはふたたびタカシの伸ばした脚のあいだに倒れ、腿のあたりに顔をぶつけた、機内がほとんどまっ暗な状態なのが幸運だった。サマーは慌てて体勢を立て直し、ようやく体が触れあわないところまで離れることができた。

幸運なことに、飛行機はもう空を飛んではいないようだった。穏やかに揺れる機体の側面には、波がぴしゃぴしゃと音をたてて当たっている。ちょっと待って。幸運どころか、最悪の事態になっているんじゃないの？　サマーはふたたび恐怖に見舞われた。

「墜落したの？」そう尋ねる声は自分の耳にも心許《こころもと》なく聞こえた。「ひょっとして海のまんなか？」

「墜落ではなく、着水したんだ。もう数時間前に。水陸両用飛行機だっていうのを忘れたのか。きみが目を覚ますのを待っていたんだ」

「それはご親切に」サマーはそう言って首をさすった。なにかに刺された記憶があるのだけれど、いまとなってはなにも思いだせない。ただ、首筋に痛みがあるのだけはたしかだった。

「べつに親切心でしたわけじゃない。それにしても、ずいぶんぐっすり眠っていたな。だいぶ疲労がたまっているんだろう」

「昨日の夜はほとんど眠れなかったの」思わずそう口にするなり、サマーははっと息をのんだ。余計なことばかりしゃべっている口を両手でふさぎたい思いだったけれど、そんなことをしても逆効果に違いなかった。

「そうだろうな」タカシはさらりと言った。そんな態度は意味深な色目を向けられるよりも、ある意味で屈辱的だった。「さあ、そろそろ行こう。準備はいいか」

「いま目が覚めたばかりなのに、ずいぶんね。準備なんてできていないと言ったら？」

タカシはサマーの手首に巻きつけられたストラップに手を伸ばした。「力ずくででも連れていくさ。さあ、こっちに」

これ以上この男に近づくつもりはなかった。たとえそれが無駄な抵抗だとわかっていても。「いやよ」

「近くに来なければ、ストラップを外せない」

「だったら自分で……」結び目に指をかけてなんとかしようとすると、タカシがため息をつくのが聞こえた。つぎの瞬間には強引にストラップを引っぱられ、すぐわきまで引き寄せられた。

「抵抗はやめろと言ったろう」タカシはそう言って、嫌味なまでにやすやすと結び目を解いた。

「わたしが簡単に抵抗をやめると思ったら大間違いよ」サマーは即座に言いかえした。

「でも、今朝は抵抗なんてしなかった」

暗い機内に沈黙が舞い降り、ただ波の音だけが響いていた。「誰だって過ちを犯すわ」サマーはようやく口を開いた。

「そのとおり、誰だって過ちを犯す」タカシは前を通りすぎ、ドアを押し開けた。外は暗く、海のにおいも強く漂ってくる。背中を押して海に突き落とし、ドアを閉めてしまうことはできるかしら？　ヘンゼルとグレーテルが機転をきかせて邪悪な魔女をかまどに押しこんだように。でも、この男が突然ジンジャーブレッドに変身してしまうとはとても考えられない。

「泳いでいくの？」

「飛行機はすでに桟橋に停《と》められている。足が濡《ぬ》れることもない。さあ」

「それはよかったわ」サマーはぼそりとつぶやいて立ちあがろうとしたが、思うように膝に力が入らず、支えにつかむところもなくて、そのまま倒れそうになった。

するとさっと腕が伸びてきて、腰に回された。今朝の記憶がたちまちよみがえり、誘惑の言葉を並べるタカシの声が、耳の奥で鳴り響いた。

「できれば溺《おぼ》れ死にはさせたくない」タカシは容易に体を抱えあげ、先に桟橋の上に降ろすと、逃げる隙《すき》も与えず続いて自分もその上に降り立った。

「そうよね、浴槽で溺れそうになったわたしを助けてくれたくらいだもの」サマーは冷静な思考を取り戻して言った。「いったいどうしてなの？」

「決まってるだろう。壺《つぼ》を手に入れるためだよ」

愚問だった。タカシはいまだにこちらの体に手をかけている。ピュージェット湾の凍るような水のなかに突き落とせるチャンスが少しでもあれば、迷うことなくそうしているのに。

「どれくらい歩くの？」

「車を用意してある」

「そうよね、用意周到なあなたのことですもの。パイロットはどうしたの？　喉をかき切って湾に沈めたの？」

「毎回そんなことをしていたら、パイロットを探すのにひと苦労することになる」

「あなたはたまりにたまったフラストレーションをあのパイロットにぶつけたかもしれない。わたしを殺せなくて、いらいらして」

夜の太平洋のように深く、暗い沈黙が、ふたりのあいだに広がった。あたりにはうっすらと霧がかかりはじめている。「サマー、きみのことはいつだって殺すことができる。必要とあれば」

サマーは闇に浮かぶタカシの顔を見つめた。付近には光源となるような家もない。ベインブリッジ島の湾岸は隙間もないくらい開発が進んでいると思っていたのに、この静寂は意外だった。それでも、ほっそりとした月が出ているおかげで、目の前にいるタカシの顔はかろうじて見える。相変わらず、その声同様に無表情な顔。この男が言葉どおりのことをやってのけるのは間違いない。

ふいに腕を取られても、もう振り払おうとはしなかった。引っぱられるように急な傾斜を上ると、舗装されていない細い道があって、停まっていた車に急《せ》き立てられるように押しこまれた。感覚が麻痺《まひ》した状態は徐々に回復しつつある。そう、この男に寝室へと導かれたときから全身の感覚がなくなり、飛行機に乗せられたときには完全に思考が停止した状態になっていたのだ。けれどもいままでは、ぼんやりとした落ち着きを引き裂くようにして、激しい怒りが頭をもたげはじめていた。この男が口にしたことはみんな嘘《うそ》だった。ひょっとしたら妹のことだって嘘をついているかもしれない。もしジリーがいまだに人質として〝白様〟の手中にあるのだとしたら、妹を救いだすために決死の覚悟で行動を起こさなければならない。そう、たとえまた自分から飛行機に乗らなければならない状況になっても。

妹のためならなんだってできる。ジリーのためなら、運転席にいる男を思いきり殴って気絶させることだって……。

タカシは例によってかなりのスピードを出していた。いまさら驚くことでもない。家族が別荘として使っている家への行き方を教えるつもりはなかったが、この男もそんなものは必要としていないに違いない。サマーはある種のあきらめと共に、木々の生い茂る道を車が突き進むのを見つめていた。

その家はもう何カ月も誰も使っていない。母親はそこに家があること自体忘れているし、事実上そこはサマーが所有している家だった。来るのは去年の秋以来だけれど、祖母から受け継いだこの家は大切に管理している。

もし誰かが先に押し入って、壺や金目の物を盗んでいったとしたら、タカシはさぞ悔しがるだろう。〝白様〟がこの場所を突きとめて、先手を打っている可能性は充分にある。

じつの父はだいぶ昔に亡くなり、もともと少なかった父方の家族も、すでにみな他界していた。この家は、信託財産のひとつとして祖母から生前に託されていたものだった。といっても、祖母が遺《のこ》してくれたお金にはいっさい手をつけていないし、普段は義理の父からの援助も断っているくらいだった。それでもピュージェット湾にあるこの家だけは、ありがたく使わせてもらっていたのだった。

古びた家は張りだした杉の枝や伸び放題の草に隠れるようにたたずんでいた。家の前に車が停まると、サマーはドアが開けられるのも待たずに外に出た。いつのまにか降りだした雨もいまでは本降りになっている。でもそんなことはまったく気にならず、ようやく落ち着ける家にたどり着いたという思いでいっぱいだった。ここ数日のあいだに起きた恐ろしいできごとを考えればなおさらのこと。

サマーはタカシのあとに続き、広々とした玄関のポーチへと向かった。ポーチの上には落ち葉や折れた枝が散らばっている。窓のカーテンもしっかりと閉じられたままで、壺を探しに誰かがやってきた形跡はなかった。

「窓を割って入るつもり？　それとも鍵《かぎ》をこじ開けるの？」サマーはむなしさを感じながら尋ねた。

「鍵は持ってる」

どうして持っているのかはあえて尋ねもしなかった。どんな質問に対しても答えは必ず用意されている。タカシは鍵を使って玄関のドアを開け、分厚い扉を押し開けた。サマーはふいに体がこわばるのを感じた。

この男といっしょになかに入る気にはどうしてもなれなかった。べつにこの男が怖いわけではない。そんなうぶな感情はもう消えうせていた。現に、この男から究極の屈辱を受けたあとでも、わたしはまだこうして生きている。けれどもこの場所は、自分にとっての聖域であり、安息の地でもあった。もしタカシ・オブライエンといっしょに入れば、わたしだけの特別な場所は永遠に失われてしまう。

「わたしはここで――」

タカシはこちらが言い終わるのも待たずに家のなかに引き入れ、背後でドアを閉めた。暗闇に包まれた家のなかは、ずっと閉めきったままにしてあった家独特の、湿り気の混じったナフタリンのにおいがした。管理人に頼んで月に一度空気を入れ換えてもらっているのだけれど、ほこりっぽい息苦しさからすると、そろそろまた空気の入れ換え時期が来ているらしい。

サマーは無力さを実感しながら、自尊心を打ち砕いた張本人である男と共にまっ暗な廊下に立っていた。あんな屈辱を味わったあとでもこの男にふたたび触れられたいと思っている理由は、自分でもわからなかった。


その女が部屋に入ってきても、ジリーは顔も上げなかった。この状況で自分を守るには無視を決めこむのが最善の策――スピーカーからだらだらと流れてくる声も、連中が〝聖水〟と呼んでいる白く濁った水も、なにもかも。この部屋に入れられてから、少なくとも一日は経《た》ったはずだった。窓などひとつもないので、実際に何時間経ったのかはわからない。部屋にはやはり窓のない小さな浴室がついていて、シャワーとトイレがあるけれど、そこにもビデオカメラが仕掛けられているのは間違いなかった。でも、だからってどうってことない。母親はいつも裸同然の格好で家のなかを歩き回っている。その影響もあってか、普通の女の子に比べれば自分も少し大胆なところがあった。薄気味悪い教団の信者たちが用を足すわたしの姿を見たいというなら、勝手にそうさせるまでだった。

部屋に入ってきた者が背後でドアを閉めると、ジリーはようやく顔を上げ、今度は女の人かと心のなかでつぶやいた。例によって白い服を着ているものの、彼女が着ているデザイナーズブランドのスーツは、母親でさえ感心するほど洗練されている。見知らぬその女は完璧《かんぺき》な美貌《びぼう》の持ち主で、黒い髪をうなじのところできれいに結っていた。手袋をして、片腕に白い革のケースを抱えている。

ジリーは急に不安になって、胃が締めつけられるような感じを覚えたが、なんとか顔に出さないようがんばった。ここで恐怖に怯える表情など見せれば、連中の思うつぼだわ。相手がどんな冷酷な女だろうと、容易に屈するわけにはいかない。

女の笑みは氷のように冷たかった。「ミス・ロヴィッツですね。ウィルヘルムと申します。ドクター・ウィルヘルム。あなたの再統合の手助けをするために、わたしが遣わされました」

嘘でしょ。ドイツ語訛《なまり》の英語といい、これじゃあまるで、昔モノクロ映画で観《み》たナチの拷問担当者じゃない。ジリーは狭いベッドの上で体を起こし、急いで壁に寄った。

「せっかくですけど、再統合なんてしてもらわなくてけっこうです」

女はおもむろにバッグを開け、小さなポーチを取りだして、ベッドのわきにある鉄のテーブルの上に置いた。かちり、と不気味な音が小さな部屋に響き渡った。「わたしたち人間は、過去やこの世の煩悩によって身も心も曇らされるの」と女は言った。「わたしが手を貸せば、あなたはそんなすべてから解き放たれて、自由になることができる。あなたさえ、それを望むのであれば」

ジリーは一瞬、彼女の言葉の裏になにかべつの意味が込められているのではないかと疑った。慈悲深くも凍るような口調で語られる〝自由〟は、まさにいま自分が求めているものだった。とはいえ、白い手袋をはめた彼女は〝白様〟が送ってよこした冷徹な遣いなのだ。そんな女から自分が求めている自由が得られるはずもなかった。

「けっこうです」

それを聞いた女がポーチを開けるのを見て、ジリーは覚悟を決めた。きっとメスかなにかを取りだすつもりなのだ。けれども痛みに関しては、それほど怖さを感じなかった。数年前に脚の骨を折ったときも、かなりの激痛のはずなのにそれなりの我慢はできた。傷跡が残ることについても、そんなに心配しなくても平気だろう。たとえなにかあっても、父親は世界一優秀な形成外科医を雇える力を持っているし、なにも将来を不安に思うこともない。

けれども女が取りだしたのは、皮下注射器だった。

「嘘でしょ」ジリーは思わず声を漏らした。そしてその言葉を最後に、長い眠りに落ちた。

15

タカシが明かりのスイッチを押してもなにも起こらなかった。「きっとブレーカーが落ちてるのよ」とサマーは言った。「場所ならわたしが――」

「かまわない。それに、暗いほうがなにかと都合がいい」タカシはポケットから小さなペンのようなものを取りだし、それで軽くドアを叩《たた》いた。するとペンの先端からまぶしい光線が発せられた。

「いったいあなたは何者なの？　ジェームズ・ボンド？」サマーは小型のライトをまじまじと見つめた。

「そんなたいそうなものじゃないさ」

「どうして明かりをつけないほうがいいの？」

タカシはなにも答えなかったが、その理由は不安をともなう確信となってすぐに頭に浮かんだ。「誰かに見られているかもしれないってこと？」

「用心するに越したことはない」とタカシは言った。「それで、壺《つぼ》はどこに隠してあるんだ？」

「雑談はこれまでってことね」サマーはつぶやいた。「言ったでしょう、わたしの寝室にあるクローゼットのなかだって」

「案内してはくれないのか?」

単純な質問だというのに、言葉の裏を解釈しようとしてしまう自分が愚かに思えた。この男はわたしや寝室になどなんの興味もない。たとえあったとしても、その手の欲求はすでに満たしているはずだった。飛行機のなか、両脚にはさまれて目覚めた理由はいまだにわからない。それに、あえて尋ねようとは思わなかった。質問したところで、期待をくじくような冷たい返答が戻ってくるだけだろう。この男にはもう触れられたくもなかった。できることなら、近くにも寄りたくない。

この古いコテージは二十世紀の初頭に建てられ、家具類も当時流行したスペイン風のミッション様式で統一されていた。閉めきった部屋に立ちこめる湿気のにおいに慣れると、壁に使われているヒマラヤ杉やレモンオイルのつや出し剤、そしてかすかな潮の香りも感じられるようになった。ハナさんといっしょにここで過ごした子ども時代の、懐かしいにおい。近所には同い年の友だちだっていて、ベインブリッジ島のコテージはいつも温かく自分を迎えてくれる安心に満ちた家だった。なのに、こんなふうにして得体の知れない男に勝手に踏み入れられるようなまねをされるなんて。しかも、外ではもっとたちの悪い連中が様子をうかがっているかもしれない。

「こっちよ」サマーはそう言って、板張りの細長い廊下を寝室へと向かった。たとえ暗くても、なにがどこにあるかはわかっている。おまけに背後から来る光が、足元や周囲を充分に照らしだしていた。サマーは半開きになっていた寝室のドアを押し開け、その場に立ちどまった。この男といっしょに入る気にはどうしてもなれなかった。

「ここよ。クローゼットのいちばん上の棚に、古い箱があるの。壺はそのなかに入ってるわ」

出口をふさぐように立っているタカシに、有無を言わさず寝室のなかに押し入れられた。こちらの意向など関係ないということらしい。ペンライトの光が部屋を照らしだすなか、サマーはタカシの目を通して自分の寝室を見つめた。

いくら意識しまいとしても、ベッドのほうに目が行って仕方なかった。広々としたベッドは本物のスティックレー社製だったが、この上でほかの誰かと寝たことは一度もない。もっともこのベッドに限らず、誰かといっしょに寝たことなどあまりないけれど。

当然ながら、タカシはベッドになど興味を示さなかった。ペンライトの光はさっとベッドを通りすぎて壁に向かい、そこにかけられたアンティークの着物で止まった。

その着物はまさに芸術品だった。繊細な刺繍《ししゅう》が施された手染めの着物は、十九世紀の後半に作られたもので、十五歳の誕生日にハナさんからもらったものだった。もちろん、母親はあからさまに目を丸くした。そのような高価な服は自分のクローゼットにかかっているべきであって、着物の価値もわからない娘が持っているようなものではない。けれどもさすがの母親も、ハナさんの頑固な性格にはかなわないようだった。そんなわけでその着物はいまサマーの寝室の壁に飾られ、いまだ色褪《いろあ》せずに生き生きとした彩りを輝かせている。

「欲しいのは壺だけじゃない」タカシはそう言って、着物を上から下まで照らした。「ハナ・ハヤシがきみに贈ったものすべてだ」

「だから言ったでしょう。彼女からもらったのは壺と、本一冊と着物二枚だって」

「ならばそれを全部もらう」

「そんな強引な……」拒んでも無駄なのはわかっていた。実際、タカシは答えようともしない。主導権は完全に相手にあった。「勝手にすれば」サマーはしばらく黙りこんだあと、うんざりして言った。「わたしは居間で待ってるわ。早いところ、取るものを取ってちょうだい」

タカシは無言のまま、寝室を出ようとする彼女を止めもしなかった。サマーはしばらくぶりにほっと息がつけるような気がした。着物や壺がなくなれば、ハナさんからもらったものはなにひとつなくなる。かわりに寝室に残されるのは、命の恩人どころか、結局は誘拐犯となんの変わりもない危険な男の存在感だけだろう。もしこの危機を生き延びたら、この男の思い出を消し去ることもできるかもしれない。窓という窓を開け放って、海の風を通して、ニューエイジにはまっていたマイカがくれたセージの束を燃やすのだ。マイカもこの家をとても気に入っていたことだし。

サマーは暗い居間に行き、オーク製の重い椅子を窓際に引きずって、その上に腰を下ろした。雨がやんだ夜空には月が力強い光を放っている。サマーは手を伸ばして窓を押し開け、ヒマラヤ杉や潮の香りの混じるひんやりとした風を入れた。寝室からは、がたごとと物音が聞こえる。それでもそのまま座りつづけ、夜の闇《やみ》を眺めた。頭のなかで響き渡る雑音も、いっさい聞かないようにして。

たぶん、いまこそ逃げるべきときなのかもしれない。タカシ・オブライエンが求めているものはすでに与えたのだし、つねに自分を見張っていた男は寝室にいて、わたしにはなんの注意も払っていない。それに、いまとなっては自分にはなんの価値もないはずだった。たとえ逃げたところで、追ってくることもないだろう。

なのに、どうしてわたしは逃げないの？

同じような目に遭っている妹は、いま誰かが助けに行っているとタカシは言った。その言葉は信じるに値するだろうか。事実、人の命を救うことにかけては、タカシ・オブライエンはそれを得意としているようなところがある。わたしだって少なくとも三度、あの男に命を救われた。郊外の家で感電死する寸前だったのを数に入れたら、それ以上になる。そこは安全な隠れ家だとタカシは言っていたけれど、たしかにあの家は隠れ家としては完《かん》璧《ぺき》だった。〝白様〟の手下からこうして逃れられているだけでも、またあの男に命を救われていることになるのかもしれない。ジリーを救いに行った者が誰であれ、タカシ・オブライエンと同じような腕の持ち主なら、妹もきっと助かるに違いない。

一方で、タカシが嘘《うそ》をついている可能性も否定できなかった。たしかにそう何度も嘘をつかれたわけではない。けれども言動を見るかぎり、そこにはつねに疑念がつきまとった。わたしを助けるためというのも、ほんとうかどうかはわからない。守護天使や輝く鎧《よろい》をまとった騎士などではないと、本人から面と向かって言われたのだ。そんな男を信じるなんて、わたしはどこまで愚かなの？

いずれにしても、すべてが終わったらここにジリーを連れてこよう。そして世界でいちばん好きなこの場所で、ふたりして傷を癒《いや》すのだ。ロサンゼルスから遠く離れ、母親や教団の連中にも干渉されることのない、この場所で。リトル・トーキョーやサンソーネ美術館から遠く離れ、なによりタカシ・オブライエンを思いださせるすべてから遠く離れた、この安らぎの家で。

箱自体がすでに美術品だった。タカシはクローゼットのいちばん上の棚から慎重にその箱を下ろした。中国製の箱というところがまたおもしろい。ハナ・ハヤシは先祖が腹立たしく思うことを承知して、あえてこの箱を選んだのだろう。蓋《ふた》を開けると、ハヤシの壺はたしかにそこにあって、透きとおるようなアイスブルーの光を放っていた。

タカシはその宝物をそっと持ちあげ、両手で包むようにしてひと回りさせた。いったいどうして本物と偽物の見分けがつかなかったのだろう。本物の壺は、まさにこの世のものとは思えない美しさと輝きをたたえている。壺にまつわる伝説も、これなら信じてもおかしくなかった。

箱の底には俳句の本があって、内容は手書きですべて日本語だった。どうしてサマーはこんなものをとっておいたのだろう。大好きだった乳母にもらったものを、思い出の品として大事にしまっておいたのだろうか？

壺以外にもハナ・ハヤシからもらったものがあることをサマーは隠していたが、それは予期していたことだった。タカシは菊の模様が刺繍された美しい着物をじっと見つめた。

菊の模様というのもまた、理解に苦しむ新たな謎《なぞ》だった。そもそも菊の花は皇族の紋章だった。それともあの教祖が探している寺院は、かつて皇族が所有していた土地にあったのだろうか。タイムリミットは刻々と迫っているというのに、パズルの断片があまりに多すぎる。クローゼットのなかにふたたび目を向けると、フックに絹地の着物がかかっていた。おそらくこれはサマーも普段から使っていたのだろう。アンティークとしての価値もさほどない。タカシはさっとその着物を手に取り、それで壺をくるんで、ふたたび箱に入れた。そしていったん車に行き、もう一枚の着物を取りにまた家のなかに戻った。

サマーはこちらに背中を向けて居間にある椅子に座っていた。どうして逃げなかったのだろう。たとえ逃げても、もう追いはしないと心に決めていたのに。たしかにそれは、ある意味で危険な賭《かけ》でもある。目当ての壺がほかの者の手に渡ったとわかる前に〝白様〟に捕まれば、サマーはまた窮地に立たされることになる。しかしながら、たとえ自分といっしょにいたとしても、遅かれ早かれ、命令を実行に移さなければならない状況は変わらなかった。正直なところ、その決断に関しては自分のなかでいまだに葛藤《かっとう》していた。それでもこの壺が"白様"の手に渡らないかぎり、謎の寺院の跡地がどこにあるかはどうでもよかった。この壺を自分が持っているかぎり、あの教祖は世界を滅亡に追いやる計画を実行に移すことはできない。なんとしても、壺は守り抜かなければならない。

「もう一度ちゃんと説明してちょうだい。この一連の混乱に、ハナさんがどうかかわっているというの？」サマーは物思いにふけるような静かな声で言った。

タカシは眉をひそめた。「きみの乳母だった人は、日本で最も古く、かつ最も力を持っていたとされる家系の出だった。日本の封建時代のはじまりにまでさかのぼる、古い家柄さ。第二次世界大戦が終結した混乱のなか、彼女はカリフォルニアにいる親戚《しんせき》のもとに送られた。収容所から戻ってきた人々のなかにうまく溶けこみ、状況が落ち着いたらまた日本に戻る予定でね。しかし彼女の家族のほとんどは殺され、ハナ・ハヤシは異国の地で取り残されることになった。なんとしても守らなければならない秘密を抱えたまま」

「秘密？」

タカシはためらった。「説明はあくまでも簡潔に？　それとも詳しく聞きたいのか？」とタカシは言った。「十七世紀、日本の山里でのちに僧侶《そうりよ》、そして預言者となる男が生まれた。先天的に色素が欠乏していたその男は〝白様〟と呼ばれ、独自の宗教を興した。仏教、神道、それにヒンドゥー教で破壊の女神とされるカーリーを融合させてね。預言者を自負する男は、日本は一度滅ぼされなければならないと考えていた。そうしてはじめて、滅亡後の世界で完全な力を獲得できると。当時は何千という信者がいて、その教えに疑念を抱く者はほとんどいなかったという」

「そんな人の話、聞いたこともないわ」

「聞いたことがなくても不思議ではない。だいたいきみは、日本の歴史についてなにを知ってるというんだ」

「『将軍 SHOGUN』を読んだわ」サマーは皮肉まじりに言った。「それに言うまでもなく、アジア美術の博士号だって持ってるのよ」

タカシはそれを無視して続けた。「もちろん初代の〝白様〟の預言は当たらず、計画も失敗に終わって、時の天皇に山中にある自身の寺で切腹を命じられた。そしてその遺体は信者たちによって火葬され、遺骨は聖なる壺に納められて、来世で生まれ変わるときまで守り抜くと固く誓われた」

「それがハヤシの壺なの？　あの壺は骨壺だってこと？　だって、わたしはずっとクッキー入れに使っていたのよ」

「遺骨はおそらく、いまの〝白様〟の手元にある。まあ、きみが食べたクッキーに悪い影響はないだろう」

サマーはそんな慰めを聞いてもとくにうれしそうではなかった。「でも、その壺をどうしてハナさんが持っていたの？　どうしてあの教祖がそこまでして欲しがるの？」

「ハナ・ハヤシは初代の〝白様〟の血縁でもあり強力な後援者でもあった一族の末裔《まつえい》に当たる。当時〝白様〟が教えを説いていた寺院も、もともとは彼女の家族が所有していた土地にあったらしい。しかしいまとなってはその場所はわからず、ハナ・ハヤシだけがその秘密を握っていた。〈真の悟り教団〉はなんとしても壺を取りかえし、本来それがあるべき場所に戻すつもりなんだ」

「でも、それはいけないこと？　あなただって、日本の宝は日本に戻すべきだって言っていたじゃない」

「そうとも、日本の宝は日本の人々、強いて言えば、それをきちんと管理できる政府が所有するべきだ。想像もつかないほど危険な妄想を抱くカルト教団に利用されるべきではない」

「でも、そんな昔の壺が現代になって世界にどんな害をもたらすっていうの？」

タカシは壁にもたれた。「浅はかだな。あの壺はひとつのシンボルなのさ。ある意味で触媒の働きをする重要な象徴。現代の〝白様〟やその信者たちは、壺を持って日本に帰り、その昔、寺のあった場所を突きとめて、遺骨を壺に戻そうとしているんだ」

「それがどうしたっていうの？」

「伝説によれば、新たな〝白様〟はその行為によって完全に解脱し、絶対的な宇宙の力を授かる。そのあとにはハルマゲドンが続き、世界は炎と血によって浄化される」

「じゃあ、連中が遺骨を壺に入れて、なにも起こらなかったとしたら」サマーは暗い居間のなかでタカシのほうに向き直った。「みんながっかりして、とぼとぼ家に戻るってわけでしょ？　あなただって、まさか世界の終わりを告げる預言を信じているわけじゃないでしょう？」

「その預言が当たるかどうかは関係ない。問題は、いまの時代にその手の預言を真に受けて、みずから世界を破滅に追いやろうとする人間がいるということだよ。遺骨を壺に戻す行為は、烽火《のろし》がわりの合図にすぎない。その行為によって破壊の連鎖が起きれば、もう歯止めがきかなくなる。狂信的な信仰者たちがどんなことでもするのは、きみだって承知しているだろう。中東で起きつづけていることは世界が注目している。しかも日本人は、主人への忠誠心を示すためなら、死もいとわないところがある」

「じゃあ、問題の壺を壊してしまえば世界は安泰で、問題も解決するってことじゃない」

言うは易《やす》く行うは難し。必要とあれば、なんの罪もない若い女性をひと思いに始末することはできる。しかし、日本の歴史の一部である美しい陶器の壺を壊す気にはどうしてもなれなかった。

「きみはあの壺を壊せるか？」タカシは挑むように言った。

サマーは闇のなかでじっとその瞳を見つめかえし、さっと顔を背けて窓の外に目を向けた。「たしかにできないわ。でも、わたしがそのお寺の場所の鍵《かぎ》を握っているという確証はどこから来てるの？　だいたい日本には行ったこともないのよ。もちろん、一度は行ってみたいと思っていたし、いつかハナさんに連れていってもらうつもりだった。でも、彼女が亡くなったという知らせを聞いてからは、そんな気も失《う》せてしまったわ。いっしょに行っていたら、なにか教えてくれていたかもしれない。でも、彼女は自分の家族のことなんてひとことも言わなかったし、その話題には触れたくもないようだった。彼女にとって、戦争はあまりに痛ましい経験だったんでしょう」

「しかし、彼女はきみに秘密を託したはずだ。俳句の本、着物――その鍵はどこかに必ずある」

サマーは椅子の上で回るようにして背を向けた。開け放たれた窓から漏れる月の光で、そのシルエットが浮かびあがっている。顔の表情はよく見えなかったが、それが都合のいいことなのか悪いことなのかタカシには判断がつかなかった。「そんなこと言われても、わたしにはわからないわ」とサマーは言った。

「だったら力を合わせて突きとめようじゃないか」とタカシは言い、ふたたび顔を背けるサマーを前に、うしろめたさを覚えた。もし彼女が逃げて〝白様〟に捕まれば、カルト教団のリーダーはこちらの目当てが壺と女だけではないと気づくだろう。この壮大なパズルには、ほかにも埋めるべき断片があると。

「力を合わせるもなにも、いったいどうするのよ」

「とにかくあの教祖の計画を阻止するんだ。九・一一の惨事が些細《ささい》なできごとに思えてしまうような一連の攻撃を、あの男が仕掛ける前に」

「でも、そんなに危険な男なら、どうして誰かが殺してしまわないの？」

「そんなことをすれば、世界のいたるところで殉教者が相次いで、周囲の人間を巻きぞえにするだろう。ある意味で連中は、カルト教団の神格化された指導者よりもたちが悪い。

現在〈真の悟り教団〉には世界じゅうに数えきれないほどの信者がいて、大混乱を引き起こすだけの財源と手段も持っている。教祖の暗殺が、そんなすべてのきっかけとなるのは目に見えている。たとえ死者の数を数十万人から数万人に抑えられたとしても、受け入れがたいことに変わりはない」

サマーはしばらく無言のままだった。「いまのところ何人の命が犠牲になっているの？　マイカが死んで、教団の信者たちも何人か……あなたが殺した。もしかしたらわたしやジリーも殺されるかもしれない。あの教祖の暴走を止める前に、何人の命が犠牲にならなければならないの？」

「わからない」タカシはあえて反論もせずに正直な答えを返した。

サマーは窓のほうに向き直った。「出発する準備ができたら教えてちょうだい」相手を追い払うような口調で、サマーは言った。

いい、いい、いい、い、逃げるんだ！　いまならなんとかなる！　しかしサマーはその場を動かなかった。月明かりに浮かびあがる体のラインや細い肩が、敗北を物語っている。出発するもなにも、もうどこにも行かないことがわからないのだろうか。求めていたものを得た以上、彼女はもう必要ない。永遠にその口を封じるのが最も堅実で、賢い行動だった。

タカシはサマーを居間に残していったん寝室に戻り、壁にかかった古い着物をつかんで、ベッドにあるシーツで包んだ。いまは余計な雑念を払い、自分のすべきことに集中しなければならない。それでも、この広いベッドの上で眠るサマーの姿がしきりに頭に浮かんでは消え、心を乱された。いったいどうしてしまったのだろう。サマー・ホーソンはなにも特別な女性ではなく、たんなる任務の一部にすぎない。それなのに、これほどまで心をかき乱されるなんて。前回の任務で負った怪我《けが》から回復する時間のあいだに、スパイとしての勘が鈍ってしまったのかもしれない。

まったく罪がない女性を殺すことになんの抵抗もないと言えば嘘になる。若い女性を殺すのは、通常の任務でもめったになかった。おそらくこの手の葛藤《かっとう》も当然の反応なのだろう。

着物を車に置いて戻っても、サマーはまだ居間の椅子に座り、夜の闇を見つめていた。ふたたび降りはじめた雨が月を隠し、家のなかはさらに暗くなっている。暗闇のなかでなら容易にできる。タカシはサマーの背後に近づき、その体の向こうにある森に目をやった。風の冷たい夜だが、サマーは窓を開けたままにしている。風にそよぐ木の葉や雨の音に混じって、夜の鳥の鳴き声が聞こえた。

「わたしはこの家が大好きなの」サマーはつぶやくように言った。

彼女のほうからそんなことを言うなんて意外だった。郊外にあるあの家の寝室をあとにしてからというもの、会話などする気もないという様子だったのに。

「たしかにすてきな家だ。静かで、誰にもわずらわされることがない」手袋はしていないが、問題はなかった。自分の指紋はどの組織のファイルにも載っていない。それに、この家をそのままにして去るつもりはなかった。車から運んできた装置はすでに作動させてある。爆発後は跡形もなくなり、遺体の身元さえわからなくなるだろう。

そのころには自分は日本行きの飛行機のなかにいて、もはやうしろを振りかえることもない。

サマーだって、なんの痛みも感じないはずだった。これ以上ことを引き延ばす理由や口実は見当たらない。相変わらず身動きもせず椅子に座っているサマーを前にして、再考の余地は残されていなかった。始末せずにおけば、教団の信者たちに捕まって、知っていることを吐かされる恐れがある。そうなれば、〝委員会〟としても手の打ちようがなかった。大量の化学兵器を持っているとされる〝白様〟は、主要都市の地下鉄網にまき散らすのに充分なサリンガスも保有しているだろう。そして地方においては生物化学兵器を用いるだろうし、それを空中に放つ専用のトラックもあるという。実際、連中はナイジェリア、日本の千葉県、ハワイ諸島にある小さな島、そしてアメリカの南西部で実験をすませていた。アリゾナで発生した原因不明の伝染病、ナイジェリアで蔓延《まんえん》したウイルス性の出血熱、ハワイ諸島で急速に広がる悪性の結核菌など、地域も症例も異なるそれらの疫病を教団の実験と結びつける者は誰もいなかった。〝白様〟の下で働く有能な化学者たちが準備している生物化学兵器は、無数の人間を死に追いやる。そのような惨事から世界を救うためなら、ひとりの女性の命もけっして高い代償ではなかった。

タカシはサマーの背後に近づき、両手を肩の上に置いた。首の骨を折る前に気を失わせれば、なにが起きたのかもわからず死を迎え、大好きなこの家と共に灰になるだろう。運悪く一連の騒動に巻きこまれたのも、ハナ・ハヤシに大事な秘密を託されたのも、たしかに彼女のせいではないけれど。

肩に手を置かれたサマーはかすかに身を震わせたが、すぐにじっとして動かなくなった。彼女はいまだにサイズの大きめの黒いスエットシャツを着ている。タカシはふと、その下にある肌に触れたい衝動にかられた。葬式にでも着ていくような黒ではなく、色鮮やかな服を着た彼女の姿も見てみたい。しかしそんな願望を抱くのは無駄だった。肩に置いた手を通して、しだいに高まる彼女の緊張が、全身を駆けめぐる血流の速さが伝わってきた。

するとサマーはうしろにもたれ、背後に立つこちらの両脚に背中をあずけた。頭を腹のあたりに添え、全身の力を抜いて、完全に寄りかかった状態でいる。やがてサマーは顔を上げた。雲間からふたたび現れた月の明かりに照らされて、一対の瞳がこちらを見上げている。その瞳には恐れもなにもなく、ただすべてを受け入れるように輝いていた。

サマーの体の感触に、タカシの心は完全に揺らいだ。タカシはサマーの瞳を見下ろし、両手を首にかけて、自分でも考えられない行動に出た。そっと身をかがめ、唇を重ねたのだ。

サマーは電気が駆けめぐったかのように身を震わせたが、抵抗はしなかった。静かに目を閉じて、されるがまま、その口づけを受け入れている。出会って間もないものの、永遠のように感じられるこの何日かのあいだ、サマーにこんなふうにキスをしたのははじめてだった。

そして突然、タカシはそれ以上の欲求を感じた。キスだけではもう収まらない。あえて思考を放棄したタカシは、サマーの体を椅子から抱えあげると、こちらに振り向かせて抱きしめ、両手で顔を押さえて熱く激しい口づけをした。相手の反応はすぐに返ってきた。それまでの従順な態度は一瞬にして消え、こちらに負けないくらい激しく唇を求めている。サマーは両腕を首にかけ、体を引き寄せるようにして、舌をからませながら低いあえぎ声を漏らした。

タカシは自分にしがみつくサマーの体を抱え、暗い居間から寝室へと移動し、ベッドに横にならせてその上に覆いかぶさった。

はっと我に返ったのはそのときだった。タカシは体を離そうとしたが、サマーはしがみつく腕に力を込めた。「いや、いっしょにいて」サマーはささやくように言い、ペニスをまさぐるように、ふたりの体のあいだに手を伸ばした。タカシはその手をつかんで振り払い、転がるようにしてサマーのわきに横たわった。やはりこんなことはできない。そもそもどうして始めてしまったのかもわからなかった。寝室に彼女を残して去ったとき以来、たしかにこの手の誘惑と闘っていたとはいえ、実際に行動に出るなんて。

屈辱にベッドから下りようとするサマーをタカシはつかみ、ふたたびその体に覆いかぶさった。サマーはぎゅっと目を閉じ、顔を背けている。「もういいのよ」とサマーは言った。

「いいって、なにが」

サマーはぱっと目を開けた。その瞳は怒りと裏切りの炎に燃えていた。「無理に装う必要はないってことよ。あなたの男としての能力は今朝わかったわ。その上また証明しようとすることなんてないのよ。あなたはわたしに対して望むとおりのことができる。でも、心からわたしを求めているわけではないのね。いろいろ気を遣ってくれるのはありがたいけど……」

「ばかなことを言うな」タカシは険しい声で言った。「きみはそれほど鈍感な人間じゃないだろう」

「放《ほう》っておいて」

タカシはサマーの脚を広げ、服を着たまま腰を押しつけた。興奮した股間《こかん》は硬く膨れあがっている。サマーは驚きに目を見開いた。

「わかるだろ、こんなに硬くなってるのが。朝からずっとこうさ。はじめてきみの体に触れてからというもの、いつもこんな感じだよ。僕は狂おしいほどきみを求めている。でも、この状況で欲望に身をまかせれば、ふたりとも殺されかねない」

「嘘よ」とサマーは言った。「そんなのでたらめだわ。だって今朝はあなたのほうはなにも――」

タカシがいっそう強く腰を押しつけると、サマーは思わず身を震わせた。「正直に言おう。今朝は興奮のあまり、自分で手を触れることもなく射精していたんだ。そして五分後には、またきみを求めていた。いますぐにでもきみのなかに入りたい。心からそう思う。

でも、それはあまりに危険な行為なんだ」タカシは痙攣《けいれん》するように身を震わせる彼女の股間に腰を押しつけつづけた。もう止められないのはわかっていた。少なくとも、ふたたび彼女が絶頂に達するまでは……。

情熱的に唇を求めはじめたサマーは、両脚を腰にからめ、しがみつくようにして体を引き寄せている。ふたりを隔てる服の生地が、もどかしくて仕方なかった。タカシは手を下に伸ばしてズボンのジッパーを下ろした。誰かが茂みのなかを動く音に気づいたのはそのときだった。タカシはその音を耳にするなり、身をこわばらせた。

16

　サマーは相手の変化を瞬時に感じた。タカシはやわらかで美しい唇をさっと離すと、小さいながらも鋭い声で言った。「誰か外にいる。じっとして」

　上にのっていたタカシはベッドからそっと床に下りた。サマーの体はいまだにほてりを帯びてうずいている。そして彼女も同じ音を耳にした。生い茂った庭の茂みのなかを、誰かが動いている。ここを突きとめてやってきた者が誰であれ、タカシよりも危険な存在であることは間違いなかった。

「下りろ！」タカシはそう叫んでサマーをベッドから引きずり下ろし、盾となってその体を覆った。窓ガラスを突きやぶって、なにかが投げ入れられたらしい。煙と共に、鼻を刺すような刺激臭が広がり、突然肺が焼けるように痛くなった。「部屋から出るんだ！」タカシは耳元でそう言うと、飛び起きてそばを離れた。

　サマーはなんとか起きあがろうとしたものの、咳《せき》が止まらなかった。立ちこめる煙のなかで、誰かが争っているのがかろうじて見える。もちろんそのなかにはタカシもいて、無言の死のダンスを繰り広げている。ベッドに手を置いて体を押しあげようとしても、膝に力が入らずにすぐに崩れ落ちた。部屋のなかには分厚い煙が渦巻いている。サマーは這《は》うようにして、ゆっくりとドアのほうに向かった。

　すると背後で怒鳴り声が聞こえると同時に、両手で体をつかまれた。煙のせいで涙が止まらないが、荒々しい手の持ち主は教団の信者に間違いなかった。いつもの白い修行服ではなく、まるで忍者のような奇妙な黒い服を着ている。相手はかなりの大柄で力も強く、激痛に耐えつつ引きずられる以外なかった。ところが、男の顔は急にうつろになったかと思うと、やがてその顔からは表情が消えた。男はおもむろに手を放し、ぴくりとも動かなくなって、目の前に崩れ落ちた。男の体を蹴《け》ってどかし、手を伸ばしてきたのはタカシだった。

　サマーはその場で叫びたかった。大声で叫んで、悲鳴をあげて、死や煙に満ちたこの場から逃げだしたかった。それでもサマーは手を取られるまま、部屋から引っぱりだされ、雨の降るなか外へと向かった。

　車は停《と》めた場所にあったが、わきには男がふたり、泥まみれになって横たわっていた。どこも触れられていないように見えるけれど、ふたりとも死んでいるのは明らかだった。タカシが携帯電話を車に向けると、同時にヘッドライトがついた。

　死体のひとつを足でどけたタカシは、助手席のドアを開けてサマーを無理やり押しこむと、運転席側に回った。愛してやまなかったコテージからは煙が漏れだしている。突然の侵入者があとを追ってくる気配はなかった。タカシがエンジンをかけ、急に車をバックさせると、気分が悪くなるような鈍い音が聞こえた。地面に横たわっていたもうひとつの死体をタイヤが踏みつけたらしい。タカシは振りかえって、携帯電話を家のほうに向けた。つぎの瞬間だった。コテージはすさまじい音と共に爆発し、炎に包まれた。

雑草の茂る私道を猛スピードで突き抜け、本道に出ると、何台ものパトカーや消防車がサイレンを鳴らし、コテージのあるほうへと急行していた。逆方向に走る特徴もない黒のセダンのことなど、とくに注意を払う様子もない。しばらくしてサマーが振りかえると、赤々とした炎が空高く立ち上っているのが見えた。それは自分の子ども時代の思い出を焼きつくす無情な炎だった。

「いったい今日は何人の人間を殺したの？」サマーは感情が麻痺《まひ》したような表情のない声で訊《き》いた。

「家のなかで三人。外のふたりは、車に組みこまれている警備システムの犠牲になった。むやみに触れようものなら、その場で感電死するようになっている」

「盗難防止用の装置にしては、あまりに過激すぎるんじゃない？」

タカシがちらりとこちらの助手席を見た。動揺とは無縁の単調な声を意外に思っているらしい。それでも、わたしがなにも感じていないのは向こうもわかっているはずだった。なにしろ服を着たまま、興奮した股間《こかん》を押しつけられて絶頂に達しようとしていた寸前、急に煙や炎に包まれて、いくつもの死を目の当たりにしたのだ。感情が麻痺しないほうがおかしい。

「そうかもしれない」タカシは目の前の道路に集中しながら答えた。

「壺《つぼ》やほかのものは持ってきたの？　それとも、わたしの家もろともこっぱみじんに？」

「車のなかにある」

「そう、それはよかった」とサマーは言った。「こんなひどい目に遭った上に、すべてがふいになるなんて救いようもないもの。それより、どうしてわたしをいっしょに連れてきたの？　どうしてまた命を救ったの？　あの家のなかに置き去りにして、ほかのすべてといっしょに灰にしてしまうこともできたのに。そのほうがずっと手っ取り早いでしょ」

タカシは顔をしかめた。「できることならきみを傷つけたくはなかった」

サマーは思わず声をあげて笑いだした。理由はわからないけれど、一度起きた反応を止めることはできなかった。たぶん、相手の答えがあまりに滑稽《こっけい》に思えたのだろう。それはもう泣くか笑うかしかないような答えだった。そして当然、わたしは簡単に泣いたりするような性格ではない。

「やめろ！」タカシは鋭い声で言った。

それでもサマーは笑いを止められなかった。この男は自分の言っていることの不条理さがわからないのだろうか。たとえわたしがなにをしようと、死は飢えたはげ鷲《わし》のようにつきまとってくる。どんな慰めも嘘《うそ》にすぎず、苦悶《くもん》の死へと向かう避けられない過程のなかでの、つかの間の休息にすぎない。そんな状況では、ばからしさに声をあげて笑うほかなかった。

突然襲った痛みに、サマーは一瞬目の前がまっ暗になった。呼吸もできなくなり、驚きのあまり笑い声も止まった。タカシは頬を打った手をハンドルに戻した。サマーは顔がほてるのを感じながら、表情のない横顔を見つめた。

「それでいい」タカシはつぶやいた。「切迫した状況のなかで、きみに正気を失われたらまた問題が増える」

普通に呼吸ができるようになるまでには、しばらく時間がかかった。「正気を失う?」サマーはようやく口を開いた。「わたしはすべてを失ったのよ。仕事も、車も、親友も、ハナさんの思い出の品も……大好きだった別荘まで。もしかしたら最愛の妹や、自分の命だって失うことになるかもしれない。ヒステリーの発作を起こさないほうがおかしいわ」

「その気になれば、僕はきみに対して平手で頬を殴る以上のことができる」とタカシは言った。「そんなことはしたくないが、ほかに選択肢がなければするしかない。いまは集中する必要があるんだ。わきでぎゃあぎゃあ言われたら、それもできない」

「お願い、もうどちらかに決めて。ひと思いにわたしを殺すか、この場で逃がすか。殺すつもりはないなんて、そんな嘘は通じないわ。わたしだってそれほど鈍い女じゃないのよ」

「そのつもりはない」とタカシは言った。

「そのつもりはないって、なんの?」サマーは答えを迫った。

「そんな嘘をついてごまかすつもりはないということだ。僕は上からの指示で動いている。

きみを逃がすつもりはない。かといって、殺すつもりもないが」その声には奇妙な、あきらめに似た感情がこもっていた。感情を見せることなどほとんどない男が、どうして――。

サマーは急に体のなかが冷たくなったように感じた。「じゃあ、わたしをどうするつもりなの？」

「それがわかれば苦労はしない」とタカシは言い、手を伸ばしてラジオをつけ、それ以上の質問をかき消した。

ジリーは眠っていた。いつも着ている白いパジャマを着て、狭苦しい簡易ベッドから頭上にある星空へと浮きあがった。家具や床、そして壁という壁を通り抜けて、ジリーは自由になった。そしていまはただ、ふわふわ宙を浮いている。

突然こんなに気持ちよく穏やかな気分になるなんて、それが不自然なことであることは承知していた。それもこれも、あのネオナチ風の美人医師の仕業に違いない。もちろん抵抗しようとしたけれど、相手は決然として、力も強かった。強いドイツ語訛《なまり》の英語で、なにか言われたのは覚えている。けれどもすでにふわふわ浮いた感じになっていた体で感じたのは、だいじょうぶだからと安心させるようになでる彼女の手の感触だけだった。

もしまだ監禁状態が続くのなら、このまま目を覚まさずにいたほうがましだった。少なくとも、脱出のチャンスがめぐってくるまでは。美人医師は椅子に座り、こちらの様子を観察しながら、革のカバーのついたノートになにかを書きこんでいる。ときおり教団の信者がやってきて、いくつか質問をし、部屋をあとにした。ジリーは安全な眠りから徐々に目を覚ましつつあった。医師の女性はしきりになにかをノートに書きこんでいて、患者が麻酔から覚めつつあることには気づいていないようだった。こちらとしても、うっかり体を動かして気づかせるようなことはしたくない。もし自分にチャンスがあるとしたら、相手を驚かせることによってしか、確実にそのチャンスをものにする方法はなかった。意識が戻ったことに気づかれたら、また注射を打たれるかもしれない。

医師が部屋のドアを開けたときも、反応せずにいるのはひと苦労だった。ジリーは意志の力を総動員して、全身の筋肉をリラックスさせ、まぶたがぴくぴく動かないようにした。部屋のなかに〝白様〟の不気味なほど穏やかな声が響いたときは、思わず体が震えそうになったけれど。

「まだ眠っているのか」

ジリーはぴくりとも動かず、ふたりのやりとりに耳を澄ました。医師は立ちあがり、ノートを下に置いた。一瞬、部屋のなかに緊張が走ったように感じたのは、自分のなかの張りつめた感情のせいかもしれない。

「まだ眠っています」医師はドイツ語訛の英語で答えた。「どうかわたしにまかせてください。この娘はたしかにしぶといようですが、わたしはこの手のことにかけてはエキスパートです。薬から覚めるころには、それまでの固定概念や先入観から完全に自由になっているでしょう。すっかり心を開いて、教団の教えをありがたく受け入れるはずです。そしてそちらがお知りになりたいことも、なにもかも口にするでしょう。ですが、この過程には少々時間が必要なのです」

「その時間が、問題でな」〝白様〟は落ち着いた低い声で言った。母親はその声を〝神の声〟だと絶賛していたが、ジリーの耳にはたんに気味の悪い声にしか聞こえなかった。「この娘の姉のほうはまだヤクザの手から救うことができていない。そのためにこれまで何人の信者の命が犠牲になったことか。勇敢な信者たちに、天からの祝福を」

ジリーは相変わらず身動きもせず、その言葉を頭のなかで整理した。姉は日本のヤクザに捕まっていて、わたしはこの教祖に監禁されたあげく、B級映画に出てくるようなネオナチ風の女医師に薬漬けにされている。意識こそ完全に戻っているものの、ふたりにじっと観察されていては逃げる手立てもなかった。

「天からの祝福を」と、〝白様〟の言葉を医師は繰りかえした。「では、なんとかしてプロセスを速めてみましょう。部屋をまっ暗にしてもらえれば、余計な刺激もなくなって、意識の解放もスムーズに進むかもしれません」

長い沈黙があった。「だが、それではきみが不便だろう」

「いいえ、ちっとも。暗いなかで作業するのは慣れていますから。ただ、充分な効果を得るためには、この部屋を完全に暗くする必要があります。監視カメラからの光も、ドアから漏れてくる光も、なにもかも。十二時間の完全な暗闇《くらやみ》をいただければ、この娘はあなたの従順なしもべとなって教団に奉仕するでしょう」

そこにはまた沈黙があった。ジリーは大声でいやよと叫びたくて仕方がなかった。狂気にかられた医師といっしょにそんなに長い時間まっ暗な部屋に閉じこめられるなんて。それならいっそのこと、母親が崇拝する教祖と直接向きあったほうがまだ気が楽かもしれない。けれども意識こそ戻ったとはいえ、いまだに口元が麻痺した状態では、こうして身動きもせず横たわっているほかなかった。

「では、きみの望むように」しばらくして教祖は言った。「きみのやり方を絶賛する声はあちこちで耳にする。ここはひとつ信頼して、この娘をきみの手にゆだねよう」

「光栄です」

ジリーは急に吐き気をもよおした。それでもいまは体を動かすことはもちろん、目を開けることも許されない。とはいえ、吐瀉物《としゃぶつ》が喉に詰まって窒息死したら、この医師の面目は丸つぶれになるに違いなかった。

すると〝白様〟が部屋をあとにし、分厚いドアが閉じられる音がした。医師の女性はふたたびバッグのなかを探っている。きっとまた注射を打つつもりなのだろうが、この状況では抵抗のしようもなかった。麻酔は切れかけているとはいえ、相手はかなり手強《てごわ》く、注射をされる前だってかなわなかったのだ。

するると突然、部屋の明かりが消えた。目を開けてもいないのにわかるなんて妙だけれど、たしかに明かりは消えた。暗闇に包まれた部屋のなか、医師の女性が黒々としたかたまりとなってこちらに身を乗りだす気配が感じられる。ジリーは腕に針が刺され、ふたたび深い眠りに引き戻されるのを覚悟した。

けれども医師はベッドのかたわらに膝を突いたようで、その重みでマットレスが沈んだ。たぶん、いっそう近くに身を寄せたのだろう。彼女の香水のにおいが、はっきりと嗅《か》ぎとれた。もし性的ないたずらをされるなら、汚らわしい手で触るのは完全に意識がなくなってからにしてもらいたい。どんな洗脳にも耐え抜く覚悟はあるし、潔癖で選《え》り好みの激しい性格でもないけれど、はじめての体験を拷問者の手によって奪われる気分にはどうしてもなれなかった。

耳元に唇が近づけられるのを感じたのはそのときだった。「連中にはいまなにも見えていないわ。でも、部屋のなかの音は聞こえるの。なにも言わず、わたしの言うとおりにして」

よく言うわよ、とジリーは思った。そんなこと言って、動けないわたしを好きなようにするつもりなんでしょうに。なんてひどい女なの……。けれどもジリーはふと、医師のドイツ語訛がそっくり消え、とてもきれいな発音の英語になっていることに気づいた。

なんとか目を開けたものの、部屋のなかは案の定まっ暗だった。覚悟を決めていくら待っても、腕や首に針を刺されたり、いやらしい手で触られたりする気配もない。そこにはただ、ひんやりとした女性の手の感触だけがあった。

「もう体を起こせる？　試しに、わたしの指を握ってみて」

言われたとおり試みたけれど、筋肉や神経は脳の指示を無視しているようだった。

「じゃあ、もう少し待ちましょう」とその女性は言った。今度はかすかにイギリス訛のある英語で。ひょっとしてこれもドイツ語のアクセントと同じように偽りなのだろうか。でも、もしかしたらわたしは助かるのかもしれない。

実際、暗闇のなかでネオナチ風の医師はどこかに消えうせ、まったくべつの女性に変身したかのように思える。そしてその女性は、なんとかしてわたしを救いだそうとしている。いまはこの女性を信用する以外、ほかにできることはなかった。

今回ばかりは、タカシはサマーに真実を告げた。実際のところ、彼女を殺すつもりはない。その単純な事実に気づいたのがいつだったのかは、自分でも定かでない。あるいははじめてサマーを目にしたときにはもう、そう心に決めていたのかもしれない。何度も命を奪いかけたのも事実だが、それ以上に救ってきたのもまた事実だった。サマーが所有していたコテージで追っ手の脅威を感じとった瞬間、まっ先に考えたのはサマーを守ること、その命を救うことだった。

そのような直感は、これまでもたびたび自分の命を救ってくれた。それをいまさら無視するわけにはいかない。感覚という感覚が、サマー・ホーソンを守る方向へと自分を導いていた。そして非情な理性がそれに異を唱えて始末しろと命じるたびに、直感がまた取って代わるのだった。

戦うべき相手がいる任務のさなか、その上、自分とも闘わなければならないなんて。

サマーは生きなければならない。普通の人と同じように年をとって、いくぶん太って、子どもを持って、幸せな人生を送らなければならない。そして本人の意向がどうであろうと、自分とは遠く離れて暮らす必要がある。

彼女の安全さえ確保すれば、任務にも集中して臨めるだろう。世界を破滅に追いやろうとするカルト教団の計画は、なんとしても阻止しなければならない。マダム・ランバートはこの判断を快く思わないだろうが、部下に絶対の信頼を置いている彼女なら、きっとわかってくれる。〝白様〟のたくらみに歯止めをかければ、文句を言われることもないだろう。そしてそれこそ、サマーの命を守るただひとつの手立てだった。

そのサマーはもう言葉を交わすつもりもないらしく、まるで石のように表情のない顔をして、フロントガラスの向こうを見つめている。それでも、我を失ったような先ほどの笑い声よりはましだった。あの場で車を停め、ヒステリーが治まるまでこの腕でぎゅっと抱きしめてやれたらどんなによかったろう。もちろん、それはばかげた考えだった。先を急がなければならないなか、そんなことができるはずもない。

いまやサマーは自分に対して激しい憎しみの感情を抱いている。考えようによっては、それが唯一の救いだった。屈辱を味わったあげくに拒絶され、大好きな家をこっぱみじんにされたのだから、無理はない。なにしろ彼女はこちらが殺そうとしていたことまで承知しているのだ。たとえ好意のような感情を抱いていたとしても、そんなものはすべて憎しみの炎に焼きつくされ、灰になってしまうに違いない。

　直感に従って何度も彼女の命を救ってきたが、結局こうしてまた彼女を救うはめとなった。今度は、任務の遂行を第一に考えている男から彼女を救ったことになる。そしてこの世界にほんの少しでも慈悲めいた心が残されているならば、自分もやがて彼女のことを忘れられるはずだった。

17

漆黒の闇《やみ》のなか、ジリーはゆっくりと感覚を取り戻した。でも、目を開けてもなにも見えはしない。あの女の人の姿さえ、闇には浮かんでいなかった。彼女は何者なのだろう。わたしを救いに来てくれた人？　それとも、やっぱり洗脳を目的とした拷問のエキスパート？　どっちにしても、部屋のなかにいるのが自分ひとりではないのはたしかだった。薬の効果は急速に薄れつつある。体の隅々に力が行き渡る感じがして、失われていた感覚も完全に戻っていた。部屋にいるはずのあの医師にわからないよう、試しに筋肉を収縮させてみたが、反応は指先にまで及んでいる。両腕は体のすぐわきにあって、その気になればすぐに動かすこともできた。となれば、あとはつぎの出方を考えるのみ。相手の女性は自分よりも小柄だけれど、力は信じられないくらい強い。下手に反撃に出ても、また薬を打たれるのがおちだろう。それに、彼女はわたしを助けてくれると耳元で約束してくれた。あの気味の悪い教祖に嘘《うそ》をつく人間なら、敵というより、仲間と考えるほうが無難かもしれない。

そんなことを考えているときだった。突然耳元でささやかれ、ジリーはびくりと身をこわたしが動けるようになったことがわかったのだろう。この暗闇のなかで、どうしてこの人はわばらせた。「準備はいいわね」と彼女は言った。

「わたしの言うとおりにして。音をたてないようにしてね。たとえなにがあっても、取り乱してはだめよ」

とても勇気づけられるような警告ではなかったものの、ジリーは言われたとおりそっと体を起こし、ぼんやりしていた頭がクリアになっていることに、ほっと胸をなで下ろした。けれども暗闇のなかで手を取られ、ベッドから下りるようにうながされると、急に疑念や不安が渦巻きはじめた。もしかしたらこれも洗脳の過程なのかもしれない。なにが目当てなのかはわからないけれど、いったん油断させて、その隙《すき》に心の奥まで入りこもうという魂胆かもしれない。姉のサマーがどこにいるのかはわからないが、知っていたとしても教えるつもりはなかった。この状況に置かれているのが母親だったら、きっとすぐに口を割っているだろう。単純な母親のことはそれなりに愛してはいるけれども、姉のサマーに対する思いはまったくべつものだった。

暗闇のなかをこっそり進むのに、靴がないのは不安だった。無理やり着せられた白いだぶだぶのパジャマという格好も、そんな不安をいっそう煽《あお》っている。目をこらしてもなにも見えず、なにも聞こえなかったが、突然ひんやりとした風が流れこんできて、独房のドアが音もなく開けられたのがわかった。謎《なぞ》の女性に手を引かれるまま、暗い廊下を歩いていると、つぎの瞬間には、もう建物の外に出ていた。

建物のなかに比べれば、外はかすかに明るかった。近くの町から届く光のせいだろう。

建物の陰でいったん立ちどまったところで、ジリーはあらためて隣にいる女性の姿を見つめた。彼女は眼鏡を置いてきてしまっていたが、黒髪は頭のうしろできれいに結われたままだ。ハイヒールをはいているのにどうして音もたてずに歩けるのか、それが不思議だった。

「いいこと、走るわよ」彼女は耳元でささやいた。「連中はまだなにも知らないけれど、あと二十秒もすれば、わたしたちが逃げたことに気づいて追いかけてくるでしょう。あの木の下に停《と》めてある黄色いSUV車が見える?」

「よりによって黄色だなんて——」と言いかけると、いきなり口をふさがれた。しばらくして片手が離され、ジリーは小声で続けた。「……ちょっと目立ちすぎじゃない」

「信用して。わたしはプロなの」と彼女は言った。かろうじて聞きとれるほどの小さな声なのに、余裕たっぷりに皮肉まで込められるなんて。「離れたところからでもエンジンがかけられるリモート・スターターがあるの。でも、エンジンがかかれば連中はすぐに気づくわ。合図を待って、全速力で車へと走って」

そしてつぎの瞬間には背中に銃弾を撃ちこまれるってわけね、とジリーは苦々しく思った。といっても、教団の信者たちが銃なんて持っているわけがない。退屈させて人を死に追いやることがあっても、そんな無茶なことをするとは考えられなかった。けれどもいまは黙って従うほかない。ジリーはうなずいた。

隣にいる女性は携帯電話を車に向けた。これでエンジンがかからなかったらどうするのだろう。「走って！」

ジリーは裸足《はだし》のまま、まるで標的になった気分で庭を突っきった。遠くでいくつもの叫び声が聞こえ、背後から彼女が近づいてくる気配も感じられる。ところが、もう少しで車にたどり着くというときだった。すぐうしろにいた女性が突然、地面に倒れこんだ。

「行って！」背後を振りかえるジリーに向かって、彼女は叫んだ。「早くここから逃げるのよ！」

SUV車は手の届くところにあって、エンジンもすでにかかっている。けれどもジリーにためらいはなかった。建物からは白い修行服を着た信者たちがぞくぞくと姿を見せはじめている。ジリーは大急ぎで駆け戻り、芝生に倒れている女性をつかんで、体を抱えあげた。

「わたしのことはいいから、逃げるのよ！」

ジリーはその言葉を無視して彼女の細いウエストに腕を回し、車まで引きずって、なんとか助手席に押しこんで自分は運転席に飛び乗った。そしてそのまま駐車場をあとにし、ロサンゼルスの街の明かりに向かってアクセルを踏みこんだ。

背後で乾いた銃声が連続して聞こえ、車の窓ガラスにぴしぴしとひびが入った。まさか信者たちがほんとうに銃を持っていたなんて。ジリーは助手席にいる女性に目をやった。美しい顔はすっかり血の気が失《う》せている。黒い髪はかつらで、いまでは膝の上に落ち、シルバーブロンドの髪があらわになっている。白いスーツに血の跡はなく、泥と草の染みがこびりついているだけだった。足元を見ると、ハイヒールの片足がなくなっている。

助手席の女性は肩で息をしつつ、悪態をつきつづけていた。こんなに上品でエレガントな女性が耳をふさぎたくなるほど汚い言葉を使っているのを聞いたら、ラップ・ミュージシャンだって顔を赤らめるだろう。

「だいじょうぶ?」とジリーは訊《き》いた。

「足首の骨を折ったらしいわ」と彼女はつぶやき、また悪態をついた。「南に向かうフリーウェイに乗って。できるだけスピードを出して。スピード違反で警察に捕まれば、〝白様〟が率いるゾンビたちも手を出せないはずよ」

「スピード違反どころか」とジリーは言った。「わたし、免許を持ってないもの」

助手席の女性はシートに頭をもたれてうなり声をあげた。「カリフォルニアの人間はみんな運転できると思ってたけど」その英語にはたしかにイギリスのアクセントがあった。それに、最初に思ったよりも彼女はずっと若いように見える。

「でも、運転は得意よ」ジリーは安心させるように言った。「免許だって、去年ちゃんと取ったの。あいにく、しばらくのあいだ取りあげられてしまったけど。スピードを出すのがとにかく大好きで」

「それはいいニュースね」と彼女は言った。「ここからロサンゼルス空港への行き方はわかる?」

「ええ」

「じゃあ、一刻も早くそこに。なんとかふたりして逃げきりましょう」

「その前に、あなたは何者なの？　もちろん、感謝していないわけじゃないんだけど」と言ってジリーはフリーウェイに入った。こんなスピードで走っていることを知ったら、小麦色に日焼けした父親の顔も蒼白《そうはく》になるだろう。

「わたしはイザベル」と彼女は言った。「いまはそれだけ知っていればいいわ。とにかく運転に集中して」

それ以上議論する気分ではなかった。先ほどから、口のなかにはなぜかおがくずのような味が広がっている。きっとイザベルに注射された薬の副作用なのだろう。全身を駆けめぐるアドレナリンが、この無謀な行動に突き動かしていた。見ず知らずの他人を信用するなんて、愚かすぎるのはわかっている。それでも〝白様〟に洗脳されるよりはましだし、年のわりには人を見る目はたしかなほうだった。とにかく運転に集中して、空港までたどり着かなければならない。あとは野となれ山となれだわ、とジリーは思った。

タカシは携帯電話を手に取り、ひとつの番号を口にしてそれに応答した。呼び出し音が鳴ったのは聞こえなかったので、違う方法で着信を知らせることになっているのだろう。

タカシの返事はいつもきわめて簡潔で、伝えられているのがいい知らせなのか悪い知らせなのかは、その口調からは判断できない。するとタカシは振り向いてこちらの顔を見た。

「きみの妹は無事だ」

予期せぬ吉報と安堵《あんど》の思いに、サマーはめまいすら覚えた。ジリーのことは考えるのも怖かったけれど、その恐怖がなくなったいま、どういうわけか急に吐き気をもよおした。

「ジリーはどこなの？」

「僕の上司が救いだしたらしい。これからシアトルの空港にあるターミナルで落ちあうことになった。マダム・ランバートはきみたちをロンドンの郊外にある安全な家に連れていって、あの教祖の計画を阻止するあいだ、しばらくかくまうと言っている」

「あなたの言葉を信用しろと？」

「いや」とタカシは言い、携帯電話をふたたび耳に当てた。「彼女を電話口に」そして銀色に輝く小型の端末をこちらに差しだした。

サマーは一瞬パニックにおちいった。なにしろいま携帯電話として使われているこの小さな電子機器は、いくつものドアを開け、死の罠《わな》のスイッチとなって、家々をこっぱみじんにしたのだ。誤ってへんなボタンを押したらなにが起きるかわからない。それでも電話口からかすかにジリーの声が聞こえると、そんな心配も一気に吹き飛んだ。

「だいじょうぶなの？」サマーは慌てて訊いた。「連中に怪我《けが》を負わされなかった？」

「こっちはだいじょうぶよ、サマー」ジリーの声は相変わらずどんなことにも動じない、平然とした調子だった。十六歳の女の子がそんなに冷静沈着でいられるなんて驚きだったが、ジリーはいつだってそんな感じだったし、きっと生まれながらにして肝のすわった人間なのだろう。「ジェームズ・ボンドよろしくひとりでがんばったんだけど、イザベルが危機一髪のところで助けに来てくれたの。うしろからばんばん銃で撃たれながら追いかけられたのよ。そりゃあもう興奮したわ」

サマーはふたたび吐き気をもよおした。「いまどこにいるの？」

「ロサンゼルスの街を車で走ってるの。イザベルが足首をくじいて運転できないのよ。でも、わたしのほうが道に詳しいし、夜中でほとんど車もいないから平気。わたしたち、イギリスに行くんだって聞いた？」

「ええ。聞いたけど——」すると突然、電話機が手からもぎとられた。

「マダム・ランバートに代わってくれ」凍るように冷たいタカシの声を聞いて、ジリーがどんな反応をしたのかは想像するまでもない。状況が違えば、ジリーがその言葉に従うまでの時間を当てようと楽しむ余裕もあったかもしれないけれど、いまは妹の声が聞けたことがただただうれしくて、ほかのことは考えられなかった。とにかくジリーは無事で、狂気にかられたあの教祖の手の届かない国外へ、妹を連れていってくれようとしている。

いいえ、妹だけじゃない。きっとわたしも合流して、ひとまず国外に脱出するのだろう。そうなればもうタカシ・オブライエンの顔を見ずにすむし、大好きだった家を失った事実にも、きっと落ち着いて向きあうこともできる。ほかにも失ったものがたくさんあることは、いまは考えたくなかった。

驚いたことにジリーは素直に相手の言葉に従ったようで、気づくとタカシはもう電話を切っていた。まあ、驚くことでもないのかもしれない。ジリーは横柄で頭ごなしにものを言う人間に対しては反抗心をむきだしにするものの、抑制のきいたタカシの声は誰が聞いても魅惑的だった。

「パスポートはどうするの？　あなたの上司はわたしたちをイギリスに連れていくつもりみたいだけど、ジリーのパスポートは父親が持ってるのよ」

「パスポートの偽造なんて、子どもの遊びのようなものさ」とタカシは言った。「それに、マダム・ランバートは外交特権を利用して旅することが多い。連れの人間に注意を払う者なんていやしないさ。とくにいっしょにいるのが、いかにも純真そうな、かわいらしくて若い女の子ならね」

「そうね、ジリーだったらね。でも、わたしは？」サマーはそんなことを口にした自分が信じられなかった。だいたい、わたしはこの男に褒められたいなんてちっとも思ってはいないのに。

タカシは声をあげて笑った。この男が笑うところなどめったに目にしたことはないけれど、その声はとても穏やかで、耳に心地よかった。もちろんそれも、どんなにこの男を憎んでいるかを思いだすまでの話。

「そうだな。なにしろきみはとてもかわいらしいとは言えない、年をとったひねくれ者だからな」タカシは皮肉まじりにつぶやいた。「すっかり忘れてたよ」

「もし銃があったら、この場であなたを撃っているところだわ」サマーは言いかえした。するとタカシは座席の下に手を伸ばし、小型の拳銃《けんじゅう》を取りだして、こちらの膝の上に置いた。「使い方は簡単だ。撃鉄を起こして、狙《ねら》いを定めて撃つだけ。僕だったらハイウエイを降りるまで待つけどね。このスピードで僕を撃てば、きみも巻きぞえになって命を落とすだろう。思春期に抱いた自殺願望なんて、きみはとっくに卒業しているはずだ。もちろん、無理心中にある種のロマンティシズムを感じているのなら、話はべつだけれど」

サマーは銃を手に取った。小さな鉄のかたまりはぞっとするほど冷たかった。「脅かしてわたしの気を変えさせようとしても無駄よ」

「なんならいったん路肩に寄せようか。車が停まってからなら、きみも巻きぞえを食うことはない。僕を撃ち殺したら、そのままこの車でどこへでも行けばいい。まあ、車のなかはかなりの血で汚れることになると思うが……」

「やめて！」そう言って銃を返そうとしたときだった。横からさっと手が伸びてきて、手首をつかまれた。思わず放した銃はそのまま運転席の床に落ち、タカシはスピードをゆるめることなく、そして手首を放すこともなく、それを座席の下に蹴《け》った。サマーはぎゅっと拳《こぶし》を握りしめたが、あえて振り払おうとはしなかった。タカシがその手を口元に持っていき、いきなり手の甲にキスをしたときでさえも。

「あと数時間もすれば、もう僕の顔を見ずにすむようになる」タカシはやさしい声で言った。「そのあとは、こんな男が存在していたこと自体、忘れてしまえばいい。そのほうがきみのためだ。マダム・ランバートに頼めば、ここ数日のいやな記憶を忘れさせてくれる薬をくれるだろう。それをのんでしばらく眠れば、なにもかも夢だったんだと思えるようになる」

「じゃあ、あなたがこっぱみじんにしたコテージのことはどう思えばいいというの?」どうして、わたしはこの期に及んでしつこく食いさがっているのだろう。どうして、手の甲に唇を押しつけられて、脚のあいだが——そしてその奥が——こうも熱くなっているのだろう。

「あれは必要な損失というものだよ」とタカシは言い、手を放して膝の上に戻した。「生き残るためには、ときに愛するものをあきらめなければならない」

「あなたにもそんな経験があるの?」

タカシは助手席のほうを向き、長いあいだこちらの顔を見つめていた。運転中にそんなことをするなんて、それこそ危険な行為なのだろうが、タカシはハンドルさばきに相当の自信を持っているようだった。「きっと、これからそうすることになる」

タカシはそう言うと、その視線をふたたび道路の先に向け、徐々に白みはじめる新たな一日に向けて車を走らせた。

18

タカシはもどかしい思いと共に新たな一日の夜明けを迎えた。一刻も早く彼女を自分の人生から切り離さなくてはならない。いまではそれは最も重要な要素になりつつあった。そう、息をすることよりも、生きることよりも。とにかくできるだけ早くサマーから離れなければならない。なぜなら、離れたくないという思いがいっそう強くなっている自分がいるからだった。

一流のスパイとしてあんな常軌を逸した行動に出た理由は、自分にもまったく理解できない。ベインブリッジ島のコテージでは、もう少しでふたりとも命を落とすところだった。それもみんな、サマーに対する欲望を抑えられなかったがため。もっともらしい口実を並べることができても、それはどれも真実とはかけ離れていた。結局のところ、すべてはたったひとつの単純な事実に行き着くことになる。今度はサマーのなかに入り、一体となって、ふたたび彼女を泣かせたい。どんなに癪《しゃく》に障ろうとも、彼女を欲している事実は否定できなかった。そして彼女を手放せば、それは永遠の別れとなる。

あなたにも生き残るために愛するものをあきらめた経験があるのか、とサマーは言った。

どうして彼女はそんな質問をしたのだろう。即座に思わせぶりな返答をしたものの、もちろんそれはサマーのことを意味していた。

夜明けの光が車内に満ちるなか、タカシはサマーの様子を確認した。ふたたび自分の世界に入りこんでいる彼女は、見るからにやつれて顔色も悪く、目の下には紫色のくまができている。うしろで束ねた長い髪も、乱れたまま肩に垂れている。ああ、できることならその髪を解《ほど》き、顔を埋《うず》めて、においを嗅《か》ぎたい。

といっても、あの爆発のせいで煙や灰のにおいしかしないだろうし、彼女の肌には恐怖が臭気となって漂ってさえいるかもしれない。それでも、かまいはしなかった。

いったいどうしてしまったのだろう。そんな妄想を抱くなんて、完全にどうかしている。しかも、相手はこちらの気持ちになど気づいてもいない。しかし、いまはそのほうが都合がよかった。任務が一段落してひとりになれば、また冷静にものを考えられるようになる。サマーから離れさえすれば、彼女のことなど思いだすこともなくなるだろう。

それは向こうにしても同じはずだった。自分のことをサマーがどう思っているかは、鉄のようにこわばった体が、先ほどから背けつづけている顔が、きっと結んだ口元が如実に物語っている。その唇を充分に味わいつくすことなく、このまま別れてしまうなんて。

計画はすでに入念に練られていた。マダム・ランバートがサマーとその妹をイギリスに連れていき、ピーターが妻と暮らす家にかくまってもらう。一方、こちらは日本に飛び、大叔父でヤクザの組長でもあるヒロ・マツモトのつてを通じて、いまいましい壺《つぼ》を政府の手にゆだねる。そうすればあの教祖の気勢もくじけ、そのあいだに謎《なぞ》の寺院があった場所を突きとめて、そこに残されているものを破壊することも可能に違いない。そして教団の科学者たちが開発している生物兵器や化学兵器の隠し場所も見つけだし、世界を破滅の危機から救う。

いまはただ、マダム・ランバートが与えるだろう薬が、サマーからいやな思い出を洗いざらい消し去ってくれることを祈るばかりだった。こんな男に出会ったことなど覚えている必要はない。たとえ将来、アジア人の男にどういうわけか嫌悪感を抱いたとしても、その理由など想像もつかないだろう。

夜明けにシアトルの空港を発《た》つ便は山ほどあるせいか、空港に向かう道は車の往来も激しく、タカシは法定速度にスピードを落とした。たとえ警察に捕まったとしても、いくつもある身分証明書の一枚をひらりと差しだせば、不本意ながらも見逃してくれるに違いない。しかし、それでなくても複雑な状況をさらに悪化させる必要はなかった。警官にサマーがなにか言うのではないかという心配もいまはない。これ以上いっしょにいるはめになるような事態は、彼女としても絶対に避けたいところだろう。とにかく妹と再会を果たし、危険な男から離れて、安全を確保したいはずだった。きっとマダム・ランバートも自分が扮《ふん》している人物にふさわしい姿で現れるだろう。その気になれば、完璧《かんぺき》に母親役を演じきることもできるに違いない。事実上、マダム・ランバートにできないことはない。

サマーや彼女の妹の安全は、これで確保されたも同然だった。そしてふたりは、また幸せな暮らしに戻るのだろう。一方の自分は、彼女たちに背を向けた瞬間にサマーを思考から追いだし、その場を立ち去らなければならない。経験からして、ある場所に別れを告げ、誰かのもとから立ち去るのは、得意としていることだった。

VIP用に設けられた地下の駐車場に乗り入れても、サマーはひとことも言葉を発することなく、あとに続くようにして車を降りた。まぶしい人工的な光に照らされた彼女は、憔悴《しょうすい》しきっているように見える。頬に乾いた泥がこびりついているのに気づき、取ってやろうと手を伸ばしかけたが、やはり思い留《とど》まった。どうしても必要でないかぎり、もう二度と彼女に触れないほうがいいだろう。

「そんなに悲嘆に暮れた顔をすることはないだろう」タカシはぼそりと言った。「これでもう僕から解放されるんだ。きみの人生で最も幸せな日のひとつに数えてもいいくらいじゃないか?」

サマーはそんな皮肉にさえ反応を示さなかった。これまでのように強気で言いかえしてくれたほうが、どんなに気が楽だろう。しかし、彼女には刃向かう気力さえ残っていないようだった。それでも、結局サマーはみずからの手で勝利を勝ちとった。マダム・ランバートとの最後の会話でサマーを殺すつもりはないと断言しても、厳格な上司はあえて反対はしなかった。あと数分もすれば、彼女の人生から消えることができる。

タカシはサマーの腕を取り、ターミナルの下の階へと導いた。サマーは突然体に触れられて一瞬びくりとしたが、手を振り払おうとすることもなく、ほとんどひとけのない廊下を共に歩いた。空港で働く者たち専用のセキュリティー・ゲートの前に来ても、隣でおとなしくしている。タカシが偽のＩＤカードを見せると、空港の職員はサマーにたいした注意を払うことなく、ひらりと手を振ってふたりを通した。サマーは相変わらず無言のまま、どことなく悲しそうな顔をして隣を歩いている。もう腕を放してもだいじょうぶなのだろうが、そうはしなかった。いまはできるだけ長くこの体に触れていたい。できることなら別れの最後の瞬間まで、この腕をつかみつづけていたかった。

十一番ゲートにたどり着くと、マダム・ランバートが送ってよこしたクロスビーという男がふたりを待っていた。清掃員の制服を着て、帽子を目深にかぶったクロスビーは、バケツとモップをのせたカートを押している。バケツのなかにどんな武器が隠されているかは想像するまでもない。サマーに近づく者があれば、即座に対応できるようになっているのだろう。とはいえ、ここまでつけてきている者はいないはずだった。今回は行き先がわからないように充分な注意を払っている。それでも、クロスビーの存在は心強かった。

ターミナルを見回しても人の数はまばらで、たとえなにかあっても、障害や邪魔になることもない。つぎの便が出発するのは五時間後の予定とあって、十一番ゲートは閑散としている。タカシは通路に面して並ぶ固いプラスチックの椅子にサマーを座らせた。ＶＩＰ専用のラウンジで待たせておくこともできるが、教団の追っ手がやってきたとして、最初に捜すのはその部屋だろう。こういう場合はそれなりに人のいる場所にいるほうが安全だった。そもそもこの場所を選んだのはマダム・ランバートだし、どんな場所が待ちあわせにふさわしいかは、彼女がいちばんよく知っている。

これ以上つかんでいる理由も見つからず、タカシはようやくサマーの腕を放し、腕時計に目をやった。もう行かなくてはならない。

「マダム・ランバートは四十五分後にここに来る。そのあいだは、あそこにいるクロスビーがきみを守ってくれる。ほら、あそこにいるモップを持った男だ。もう誰もきみをわずらわせはしない。万一なにかあったら、大声で叫ぶんだ」

ふいに顔を上げたサマーに見つめられ、タカシは思わず身をこわばらせた。「どうしてそんな目で見るんだ。きみはこれで望むものをすべて手に入れたことになる。大切な妹も、身の安全も。そしてもう二度と僕の顔を見る必要もない。なのに、どうしてそんな悲しそうな顔を?」

「あなたにわかるわけないわ」サマーはそう言ってうつむいた。

タカシは感情を抑えられず、サマーの顎に手を添え、ふたたび上を向かせた。「たしかにきみの家は炎に包まれてなくなった。親友も殺されて、クッキー入れに使っていた思い出の壺や、アンティークの着物も取りあげられた。でも、きみはこうして生きているじゃないか。きみの妹も助けだされてここに向かっている。僕はもうこれできみのもとを去るし、きみたちはイギリスに、そして僕は日本に行く。それに、僕に会ったことさえ忘れるように、マダム・ランバートが計らってくれるだろう。きみが頼まなくても、きっとそうしてくれる。僕に対する憎しみからも、もう少しの我慢で解放されることになる」

「あなたを憎んでなどいないわ」

ああ、サマー。タカシは彼女の青い瞳を見下ろした。けっして自分に泣くことを許さない彼女の目には、涙が浮かんでいる。まさかサマーがここで涙を見せるなんて。完全に打ちひしがれ、途方に暮れた表情は、見間違えようもなかった。「やめろ」タカシは険しい声で言った。

「やめろって、なにを」

「そんな目で見ないでくれ。そんなふうに見つめられたら僕は……」

「僕は？」

自分でもどんな行動に出るのかは見当もつかなかった。熱いまなざしに耐えられず、この場でサマーにキスをするのかもしれない。あるいは撃ち殺すのかもしれない。いずれにしても、彼女を前に頭は混乱する一方だった。いまは冷静さを失っている場合ではない。

「いったい僕にどうしろというんだ」タカシは声を潜めながらも、きつい口調で言った。おそらくクロスビーはひとことも逃すまいと聞き耳を立てているだろう。会話を録音している可能性も充分にある。

サマーはなにも言わなかったが、答えが返ってくるとも思わなかった。疲労と混乱のなかにいて、ろくに頭も働かないに違いない。ただ、危険に満ちたここ数日の彼女の人生において、つねにそばにいたのは自分であり、どんなに憎しみを抱こうとも、その相手と離れ離れになることに不安をぬぐえずにいるのだろう。気持ちはわからないでもない。しかし、それはタカシ・オブライエンという男に向けられた真の思いとは違う。どうせ相手が悪魔なら、知らない悪魔より知っている悪魔のほうがまだましだというだけのこと。タカシはそう心の整理をつけて「じゃあ」と声をかけ、振りかえることなくその場を去って、クロスビーにうなずきかけた。

空港にいる人々のあいだを縫うようにして足早に車に戻ると、駐車場で落ちあうことになっている仲間のスパイ、エラ・ファンチャーがすでに待っていた。タカシは客室乗務員の制服を身につけたエラに鍵《かぎ》を渡した。「車内にあるものを全部、僕の乗る便にのせてくれ」タカシはつぶやくように言った。「なにが重要な品でなにがそうでないのか、いま判断している余裕はない」

エラはうなずいて、頼まれたものをタカシに差しだした――新しいパスポート、成田行きのEチケット、新しいクレジットカード。「それで、問題の女性はどこに置いてきたの?」

「どうして始末しなかったとわかる?」

エラとはもう五年のつきあいだった。短い期間だが、かつては恋人同士だったこともある。いまではよき友人だった。「タカシ、あなたがどういう人間かは理解しているつもりよ。いくらマダム・ランバートの命令でも、なんの関係もない人間をむやみに殺すようなまねは、あなたにはできない。マダム・ランバートだって、そんなことは承知の上よ。だからこそ今回の任務にあなたを選んだんですもの」

「今回の任務に僕が選ばれたのは、日系でコネもあるという理由にすぎない」タカシは即答した。「それに、問題の女性はゲートの前の椅子に座って、マダム・ランバートが迎えに来るのを待っているよ。そのあいだはクロスビーが見張り役となって彼女を守ってくれる」

「クロスビー？」エラの顔は一瞬にして青ざめた。「クロスビーは死んだのよ」

タカシは血管を流れる血が凍りつくのを感じた。「どういうことだ？」

「クロスビーはアローヘッド湖での銃撃戦で命を落としたの。だいたいクロスビーが来るなんて誰が言ったの？」

「マダム・ランバートからのメッセージにはそうあった」とタカシは言い、渡されたパスポートやクレジットカードをポケットに突っこんだ。

「送ったのはマダム・ランバートではないわ」エラが険しい表情で言った。「すぐに戻らないと――」

タカシはすでに踵《きびす》を返し、からっぽの廊下を駆け戻っていた。心臓の激しい鼓動は、いまにも胸を突きやぶりそうだった。自分は彼女を置き去りにした。一刻も早くその場から立ち去りたい一心で、冷静に状況を確認しようともせずに。もしかしたらサマーは、愚かで弱い自分のせいで命を落とすことになるかもしれない。彼女を手放すことができないのではないかと案じていた自分は、結局、最後の最後で彼女を見捨ててしまったのだ。

サマーはそのせいで死ぬかもしれない。万が一そんなことになろうものなら、自分はこの先どう生きていけばいいというのだろう。

サマーは座り心地の悪いプラスチックの椅子に腰を下ろし、ほとんどからっぽのターミナルを見つめていた。自分を守ってくれているという男は床の掃除に忙しそうで、少しずつこちらに近づきながらも顔を合わせようとはしない。たぶん、わたしはもっとほっとするべきなのだろう。いま自分を守ってくれているのはべつの、どこにでもいるような人間――タカシのようにエキゾチックで、美しくて、血も涙もない男とは違う。

どうしてこんな思いを抱くようになったのかはわからない。別れを告げようとするタカシを見上げていたとき、〝いっしょに連れていって〟という言葉は喉元まで出かかっていた。タカシはこれから日本に向かうと言った。ハナさんから子どものころの話を聞いてからというもの、日本にはいつも行きたいと思っていたけれど、たとえ世界を救うのが目的であれ、ヤクザの殺し屋といっしょに飛行機に乗る気にはなれなかった。

組織的な犯罪グループが、いつから世界を救うことに興味を持ちはじめたのかは想像もつかなかった。高価な壺を手に入れたら、いちばん高く値をつける者に売り渡すのが普通じゃないのかしら。なのに、いまからそれを日本の政府に返しに行くだなんて。

といっても、タカシはヤクザの殺し屋だと認めたわけではない。それでも、わたしをリムジンのトランクから助けだしてからあの男が殺した人の数を考えれば、なにかの犯罪組織の一員に違いないという結論に達するのも、当然のことのように思えた。それに、背中を覆いつくすように彫られていた刺青《いれずみ》のこともある。でも、タカシが人を殺したのはすべてわたしを守るため……。

ときおり口にしていた〝委員会〟というのはなんのことだろう。この場所に迎えに来て、ジリーとわたしをイギリスに連れていってくれることになっているマダム・ランバートという女性も、謎に包まれたままだった。

いずれにしろ、妹と安全な場所に逃げるのが先だった。〝白様〟やその手下から遠く離れた、安全な場所に。タカシのあとを追いかけて、この先ふたりのあいだがどうなるのかを確かめたいなんて、一時の気の迷いにすぎない。どうなるもなにも、わたしたちは……いいえ、すべてはもう終わったのだ。

サマーはわけもなく突然泣きたい気分になった。いったん泣きはじめたら、涙は止まらないだろう。それに、いまは感情に左右されている場合ではない。少なくとも、無事にこの国から脱出するまでは。

サマーは自分を守ってくれている男のほうに目をやった。ところが男の姿はどこにもなく、掃除用具の入ったカートは壁際に寄せられたままになっている。ふたたびよみがえった恐怖感に総毛立ったところで、背後から声をかけられた。

「ミス・ホーソン？」

サマーはさっと振りかえり、安堵《あんど》のため息を漏らしてボディーガードの顔を見上げた。けれども帽子に隠されたその頭は髪の毛が剃《そ》られ、男は銃を手に、うつろな目をしてこちらを見下ろしていた。

「ここはお互い、分別のある行動をとる必要がある」男は訛《なまり》のある英語でつぶやいたが、それがどこのものかまではわからなかった。「もしあんたを撃たなければならない状況になれば、まわりにいる人間も巻きぞえになる。そんな責任を負うのはあんたとしても避けたいところだろう。とくに、あんたのせいで何人もの命が犠牲になったあとでは」

「なにもわたしが殺したわけではないわ」

「あんたは教祖様の手による保護をかたくなに拒んだ。あんたがいっしょにいた男は、ただの殺し屋にすぎない。容赦なく人を殺す機械のような人間さ。さあ、この場を離れて俺《おれ》といっしょに来るんだ。あの男がこれ以上人を殺さないようにするためには、おとなしく俺の言葉に従ったほうがいい」

「あの人はもうどこかに行ったわ。わたしがどこにいようと、もう気にすることもない。だからあなたもわたしのことは放《ほう》っておいて――」

「あんたを迎えに来ることになってる女もまた、あの男と同じようにきわめて危険な人間だ。あんたの妹はすでに殺されたし、あんたも同じ運命をたどることになる」

「じゃあ、あなたはわたしがその人に殺されないように、銃を持って脅してるわけ?」サマーは身をこわばらせながらも落ち着いた声で言った。こんな気味の悪い男の言葉など信じるつもりはない。「意味がわからないわ」

「この銃には消音装置がついている。引き金を引いても誰も気づきはしない。あとは椅子の上であんたの体を丸めて、熟睡しているように見せるだけさ。座席の下に血の海ができるまで、ここで人が死んでるなんて誰も思わないだろう」

サマーはゆっくりと立ちあがった。おそらくこの男は躊躇《ちゅうちょ》なく言葉どおりのことをするだろう。「どこに連れていくつもり？」

「あんたがいるべきところさ。教祖様の保護下に」

「壺は持ってないわよ」とサマーは言った。「もうなにもかもわたしの手を離れたの。あなたが崇拝している教祖が欲しがっているものなんて、なにひとつ持っていない」

「その決断は教祖様が下す。さあ、ゆっくりと歩くんだ。人目を引くようなまねはするなよ。教祖様の命令は絶対だ。俺はなんとしてもあんたを連れていかなければならない。闇《やみ》の力が、ふたたびあんたを取りこむ前に」

「闇の力？」サマーはドラマじみた台詞《せりふ》にあきれながら訊《き》きかえした。「わたしはどこにも行かないわ。それに、妹が殺されたなんて話、はなから信じちゃいない。妹はちゃんと生きてる。わたしにはわかるの」

そう言葉を返すなり、肋骨《ろっこつ》に銃口が突きつけられた。「いっしょに来るんだ、ミス・ホーソン。いくら反論しても無駄だ」

サマーは周囲を見回した。ターミナル内はまだ人の姿もまばらで、ほとんどからっぽに近い。空港には厳重な警備が敷かれているべきこの時代に、警備員の姿はどこにも見当たらない。そこにいるのは、出発予定時刻を考えればいくらなんでも早くターミナルに着きすぎた数人の旅行客だけだった。

「こっちだ」と男は言い、銃で背中を突いた。サマーは仕方なく男の言葉に従い、先を歩くようにしてターミナルの奥へと向かった。その向こうにあるのは〈関係者以外立ち入り禁止〉と記されたコンクリートの階段で、サマーは慎重にその階段を下りはじめた。教祖のもとに連れていくと言っているものの、この場で頭に銃弾を撃ちこんで、暗い通路に置き去りにするつもりなのかもしれない。なにかあったら大声で叫べとタカシには言われたけれど、そうするにはもう遅かった。それに、じかに銃を突きつけられていては、逃げるに逃げられない。

「そこで止まれ」階段を下りきったところで、男は言った。そこからは狭い廊下が続いていて、薄暗い光のなか、両わきにいくつか閉じられたドアが見える。

サマーは覚悟を決めて廊下の壁にもたれた。少なくとも、ジリーは助けだされた。大切な妹は殺されたと縁起でもないことを言われたけれど、それが心ない嘘《うそ》であることはどういうわけか確信が持てた。もちろんタカシも生きていて、壺や着物を持って日本に向かっているに違いない。結局わたしがどうなったかは耳に入らないかもしれないけれど、あとでその事実を知って、少しは後悔してほしいと願う自分がいるのも否定できなかった。といっても、あの男は自分の行動を後悔したり、罪悪感を覚えたりするようなタイプではない。それに、タカシはわたしのためにできるかぎりのことをしてくれたのだ。こうなったのも、わたしの運が尽きたというだけのことにすぎない。

サマーは物怖《ものお》じすることなく頭髪を剃った男を見つめた。薄暗い階段の上にちらりとべつの人影が見えたような気がしたが、たぶんペアを組んで動いている見張り役の信者なのだろう。

「それで、〝白様〟はぶよぶよと太った体を引きずって、ここまでわたしに会いに来てくれるのかしら?」サマーは皮肉たっぷりに言った。

青白い男の顔が一瞬にして赤くなり、怒気を帯びて引きつった。「教祖様を侮辱するなど、言語道断」

「どうせ教祖様はここには姿を見せないんでしょ? あなただって、わたしを連れていく気などないはずよ。この場で殺すつもりに決まってるわ。だったらとっとと片をつけたらどうなの?」サマーはこの状況にうんざりしている様子を必死に装った。

「協力しない場合は迷わず殺すよう指示されている」男は肉づきのいい手で銃を握りしめた。目の前に突きつけられた銃は思ったよりも大きく見える。こんな銃で撃たれたら、頭に大きな穴があくのは間違いない。

「でも、そんな指示など関係ないことはお互い承知しているはずよ。あなたにはわたしを殺す口実があるし、実際、そうするつもりでいる。あなたはただ崇拝する教祖とやらに、わたしが逃げようとしたと報告すればいいんですもの」

「あんたはもっと純粋な場所に行けるんだ」そう言いつつも、男が突きつける銃はかすかに震えていた。「慈悲深い〝白様〟に感謝するべきさ」

「慈悲深いですって？　わたしを殺すことのどこが慈悲深いの？」サマーはあざ笑った。男の背後にある人影がふたたび動いたが、サマーは清掃員に扮した目の前にいる男に集中した。

「あんたはこの世のあらゆる悩みや罪から解き放たれる。そしてより高い意識を持つ次元へと移行するんだよ」

「ありがたいけど、わたしはこの世界に充分に満足してるの」とサマーは言った。それにしても、先ほどから男のうしろに見え隠れしている影は誰なのだろう。もしかしたら助けが現れたのかもしれない。それとも、やはり人影はこの男の仲間にすぎなくて、わたしはここで死ぬのだろうか。ふたたびタカシの顔を見ることもなく。でも、そのほうが気が楽だった。ふたたび顔を合わせれば、今度はきっと愚かで弱い自分をさらけだしてしまうだろう。なにしろ人生が終わろうとしている究極の危機にあってさえ、わたしはタカシ・オブライエンのことばかり考えているのだから。あとはもう、母親のリアンが娘の死に耐えがたい罪悪感を覚えてくれることを望むばかりだった。

「やはりあんたは死をもって償うべきだ」と男は言った。「あんたには敬意というものが欠落している」

「実際に行動に移す前に、尊敬する〝白様〟に確認するべきじゃないの？　命令に背く信者は容赦しないと、噂《うわさ》に聞いているわ」男のうしろにいるのが誰であれ、その影はもうどこにも見えなかった。階段の上で動く人影はすでにどこかに消えている。救いの神も、頼りになるタカシも、いまはもういない。

あとはもう自分次第だった。抵抗を試みれば、この男は確実に引き金を引くだろう。

「まあ、あとのことはどうとでもなる」と男は言い、銃口を上げて、額のまんなかに狙《ねら》いを定めた。第三の目と呼ばれる場所ね、とサマーはかすかにめまいを覚えながら思った。この連中が盲信する教義も、あながちでたらめではないのかもしれない。わたしはこうして、悟りを見いだすのかもしれない。

19

サマーはなにかが弾《はじ》けるような乾いた音を耳にした。映画やテレビでよく耳にする、消音装置付きの銃の発砲音。体にはなんの変化もなく、痛みもなにも感じないものの、実際に感じるまでしばらく時間がかかるとなにかの本で読んだことがある。たぶん、ショック状態におちいっているのだろう。頭を撃たれたのであれば、すでに死んでいるはずだった。たとえ弾が即死にいたる箇所をそれたとしても、そのうち血が顔を伝って……。

「新たな犠牲になる危機はこれで回避されたよ。この男に殺される心配はもうない」

ぱっと目を開けると、薄暗がりの廊下にはタカシの姿があった。足元には男の死体が手足を投げだすようにして転がっている。いつのまに倒れたのだろう。サマーは顔を上げてタカシの穏やかな顔を見つめた。

「遅すぎるわ。なにしてたのよ」サマーの声はもう震えてもいなかった。

「きみをやっかい払いするのに忙しくて、充分な注意を払っていなかった」とタカシは言った。例によって感情の欠落した、冷たい声で。「あいにくだが、もう少し僕といっしょにいてもらう」

サマーは急に体が固まって、動かなくなるのを感じた。感情にまかせて体を動かせば、迷うことなくタカシの腕のなかに飛びこみ、声をあげて泣きはじめるだろう。そんなことは絶対にできない。サマーは必死に自分に言い聞かせた。

「わたしのボディーガードはもうやめたんじゃなかったの？」

「きみのボディーガードだなんて言った覚えはない」

自分の正体に関しては何度も嘘《うそ》をついてきたタカシだけれど、たしかにボディーガードだなんてひとことも言っていない。けれども、恐怖や死が牙《きば》をむいて襲いかかってくるたびに救ってくれたのは事実だった。さすがに今回ばかりはおしまいだと覚悟していたけれど、それでもタカシは救いに来てくれた。サマーはうしろにある壁を支えになんとかその場に立っていた。

「妹は殺されたって、この男は言ったの」

「それは嘘だ。ここに来るあいだに伝言を確認した。きみの妹は無事だ。だが、予定を変更して、きみとは合流せずにイギリスに直行することになった」

「不注意にも殺し屋のいる場所にわたしを置き去りにしておいて、よく律儀に伝言を確認する時間があったものね」なんだか無性に腹が立ったサマーは、全身にふたたび血が駆けめぐるのを感じた。

「僕は一度にいろいろなことが処理できる。さあ、いつまで壁に張りついているつもりだ。それとも、抱きあげて運んでほしいとでも？」

サマーは顎を突きだすように顔を上げ、背中で壁を押しやった。「わたしには指一本触れないで」

「だったら足を動かして歩きはじめろ。僕らの乗る便が出発する時間まで、一時間半もない」

「僕らの乗る便？　たとえどこだろうと、あなたといっしょに行くつもりはないわ」

「言ったとおり、僕はこれから日本に向かう。ひとりでいたら危険なことはたったいま証明されたはずだ。また同じような目に遭いたいのか」タカシはもどかしそうに言った。

「さあ、行くぞ」

「一時間半のあいだにわたし用の偽装パスポートとチケットが用意できるというの？　それに、壺《つぼ》はどうなったのよ」

「壺はすでに荷物といっしょに飛行機にあずけた。オセアナ航空のカウンターに行けば、パスポートもチケットも用意されている」

「そんなに簡単にできるものなの？」

「そんなに簡単にできるものだよ。たぶん、僕らがカウンターに着く前にちゃんと準備されている」

この場でよろめいて倒れるわけにはいかなかった。そんなことをすれば、体に触れる口実を与えることになる。もちろん、向こうはとくに触れたいとも思っていないだろうけれど。サマーは背筋を伸ばし、気持ちを切り替えて顔を上げた。「まあ、日本という国がどんなところか、ずっと見てみたいと思っていたことだし」とサマーは言い、足元にある死体をまたいで歩きはじめた。

「のんびり観光できるなんて思うなよ」とタカシはつぶやいた。「壺を処理するあいだは、ずっと僕の親戚《しんせき》のところにいてもらう。それが終わったら、まっすぐロサンゼルスにとんぼ返りだ。戻ってくるころには、もう誰もきみを相手にしないだろう」

　そんなふうに言われると、ちょっと心が傷ついた。「いまだってわたしを相手にしてくれる人なんてひとりもいないわ」サマーはぶっきらぼうに言って、足元の死体に目をやった。「わたしと出会って以来、あなたは何人の人を殺したの？」

「この男は死んではいない」

　サマーはそれを聞いてどういうわけかほっと胸をなで下ろした。本気でわたしの頭を吹き飛ばそうとしていたことを考えれば、この男は死んで当然なのだろう。けれどもすでに血に汚れたタカシの手に、新たな染みを加えるわけにはいかなかった。「それはよかった」とサマーは言い、顔にかかる髪を払った。きっとわたしはいま、疲労が顔に出ている上に、ひどい格好をしているのだろう。シャワーを浴びてさっぱりした顔でこの男と向きあいたかったけれど、タカシ・オブライエンはそんなことを気にもしていないに違いなかった。

「じゃあ、行きましょ」とサマーは言った。

　幸いにして、震えは止まっていた。これまでの人生でこんなふうに体が震えた経験があったただろうか。一刻も早くサマーのもとに戻らなければと急ぐ途中、全身にアドレナリンが駆けめぐり、階段の下に消えるふたりの姿を目にするころには、戦慄と安堵の思いにおののくほどだった。

　状況としては、まさに間一髪だった。もう少しもたもたしていれば――あるいは相手が少しでも早ければ――あの男は引き金を引いて、ひとけのない廊下の床には死体がふたつ転がることになっていたに違いない。結果として、いまだと判断した瞬間は完璧《かんぺき》だった。教団が送りこんだ殺し屋は、背骨に弾丸を受けて、その場に崩れ落ちた。

　おそらくあの男は死ぬだろうが、そんなことは気にもならなかった。サマーに嘘をついたのは、本人を安心させるためにすぎない。それでなくても彼女は、ここ数日のあいだに受けとめきれないほどの死を目の当たりにしている。これでまた死体がひとつ増えようものなら、パニックの発作でも起こしかねなかった。いまはとにかく落ち着かせて、なるべく目立たないようにして飛行機に乗せなければならない。

　シャワーを浴びて服を着替えたいのは山々だったが、それは無理そうだった。死のにおいをこびりつかせたまま、十三時間ばかりふたりして機内に閉じこめられることになるが、それも仕方ない。

　サマーは珍しく寡黙にして従順で、オセアナ航空のカウンターに早足で向かう自分にぴったりとついてきていた。途中、小さなスーツケースをのせたキャリーを転がすエラと軽くぶつかり、すれ違いざまに新しい書類を渡されても、サマーは気づく様子もない。エラが飛行機に乗るのが大好きなのは幸いで、目下、客室乗務員に扮している彼女の役目はきわめて有用だった。

「こっちだ」とタカシは声をかけ、セキュリティー・チェックのほうに向かいかけたサマーを関係者専用のエレベーターへと導いた。そしてほかの誰かが乗ってくる前にドアを閉め、携帯用の端末機に一連の番号を入力して、フロアとフロアのあいだでいったんエレベーターを停《と》めた。おそらく、空港関係者はこのエレベーターが動かなくなっていることに一時間は気づかないに違いない。

「なにしてるの？」狭いエレベーターのなか、サマーはできるだけ離れた位置に立って質問した。

「パスポートを確認するのさ」タカシは落ち着き払った声で言った。

「パスポートって、いつそれを？」

「企業秘密」

タカシはエラに渡された封筒を取りだし、中身を確認した。パスポートがふたつ――ひとつは日本のもので、もうひとつはアメリカのものだった。

日本のパスポートにある写真は自分にそっくりだった。ヒトシ・コモリ。三十二歳。サントル株式会社の名刺までついている。なにかの冗談のつもりなのだろう。サントル株式会社は祖父が経営している会社で、その祖父は孫に当たる自分のことを由緒ある家柄を汚す雑種犬のごとく思っていた。タカシは趣味の悪い冗談に眉をひそめた。

続いてアメリカのパスポートを開いたタカシは、一瞬目を疑ったが、なんとか驚きが顔に出ないように努めた。スーザン・エリザベス・コモリ。二十六歳。自分の妻とされているサマーは、写真のなかでにこやかに微笑《ほほえ》んでいる。その写真を見つめたタカシは思わず心を乱された。出会って以来、ほとんどの時間を共にしているが、彼女の笑顔は一度も見たことがない。いっしょにいるあいだにとくに笑わせるようなことをしたわけでもないとあっては、それも驚くに値しなかった。

「どうしたの？」

タカシはサマーにパスポートを渡した。「いったいどうやってわたしの写真を？」サマーは自分の顔を見下ろしながら言った。

「この世界では疑問など無益なものだ。いまはそれより考えなくてはならないことがあるだろう」

サマーはしばらく黙っていたが、やがて口を開いた。「スーザン・コモリって誰なの？」

「僕の妻だよ」

サマーはみぞおちを殴られたかのような顔を浮かべた。「あなたは結婚してるの？」

その問いかけは、憎しみを抱いている相手に対する反応としては奇妙なものだった。

「きみはこれから僕の妻になりすますということさ。僕はヒトシ・コモリで、きみは僕のアメリカ人の妻」

サマーはただじっとこちらの顔を見つめていた。すべてが複雑すぎて消化するのが困難であるかのように。タカシは目を合わせずにすむように、パスポートに注意を戻し、ふたたび封筒に入れた。たとえ目を合わせても、サマーに心のなかが読めるはずもない。実際にこちらがなにを考えているかなんて、きっと想像もつかないだろう。

狭いエレベーターのなか、できることならサマーのもとに歩み寄り、この腕で抱いて頭を肩にあずけさせて、なにもかもだいじょうぶだと言ってやりたかった。慰めなど必要ないと必死にふるまっているものの、心の底ではそれを求めているに違いない。

たしかにあの島でキスをしたのは迂闊《うかつ》だった。それでなくても心が揺れているなかで、あんなことをすれば決断力が鈍るのは目に見えていたのに。彼女から情報を聞きだすにしても、もっとべつの、セックスとは無縁の方法があったはずなのだ。たとえそれによって罪悪感を覚えたとしても、いま感じているこの思いよりはずっとましなはずだった。

ふたたび端末を操作すると、エレベーターはがくんと軽く揺れ、上に向かいはじめた。出国審査で問題が起きることはまずないだろう。いったん飛行機に乗ってしまえば、ようやくひと息ついてリラックスすることができる。少なくとも十三時間のあいだは、自分が何者で、どんな任務に就いているかなんて考える必要もない。そのあいだはサマーの身の安全を心配する必要もないし、ぐっすり眠ることもできるだろう。

オセアナ航空のファーストクラスは申し分なかった。アルコールも好きなだけ飲めるし、座席はうしろに倒せてベッドに早変わりし、機内でのマッサージのサービスもあった。タカシは座席に座るサマーにスコッチウイスキーの入ったグラスを渡し、周囲の視線をさえぎるように席のわきに立って、彼女が中身をすべて飲みほすまでじっと見守った。客室乗務員たちは乗客をそっとしておくだけの分別は心得ているとはいえ、人目も気にせず薬で眠らせるようなことはしたくなかった。

それに、小型飛行機でベインブリッジ島に向かったときの誤算もある。あのときは結局、彼女が目を覚ますまで、両腕で抱きしめて体を支えていなければならなかった。飛行機が目的地に到着したあと、穏やかな波にゆらゆら揺られながら、何時間も。そのあいだに頭のなかにどんな考えがよぎったかは言うまでもない。同じような過ちは避けなければならなかった。成田に着いたらすぐに行動に移せるよう、身も心も準備しておかなければならない。日本には世界のどの国よりも多く、〝白様〟を崇拝する信者がいる。そしておそらく連中は、総出で自分たちのことを捜しているに違いない。

それに備えるためにも、少し眠らなくては。いまはただ、太平洋を渡るあいだ、飛行機嫌いのサマーがパニックを起こすことなく、おとなしくしていてくれることを祈るばかりだった。

一見したところ、本人もなんとか平常心を保つようがんばっているようだが、ウイスキーを飲みほしたあとでも、これから空を飛ぶという恐怖にじわじわ圧倒されはじめているらしい。

まったくおかしな話だった。ここ数日のあいだに直面した無数の死と比べたら、天候にも恵まれた状況のなか、整備の行き届いたジェット機に乗ることなんて怖くもなんともないはずなのに。

しかし単純な論理で理解するには、サマー・ホーソンという女性はきわめて複雑だった。彼女は自分のまわりの世界が粉々に崩れ去るのを目の当たりにしている。彼女の心や体に入りこんだときの顔や、ターミナルの椅子に置き去りにしたときのまなざしは、いまでも忘れることができなかった。

彼女のなかでは、いったい誰が善人で誰が悪人なのか、もう判断がつかなくなっているようだった。それも無理はない。この世界に身を置く自分でさえ、ときおり区別がつかなくなることがある。たしかに度重なる窮地から彼女を救いつづけているとはいえ、それをべつにすれば、自分はサマーが出会った人間のなかで最も危険な存在に違いない。その汚名を返上するには、課せられた任務をこなし、世界の破滅という危機を回避するほかない。もちろんそのあいだも、サマーの命は守りつづけるつもりだった。

タカシはそんな考えを頭から追いやり、シートベルトを締めた。そして飛行機が滑走路を走りはじめたところで、隣の席にいるサマーにちらりと目をやった。ぎゅっと目を閉じたサマーの顔は、明らかに青ざめている。膝に押しつけられた両手は、恐怖に耐えるかのごとく、ぎゅっと握りしめられていた。サマーなら耐えられる。どんな災難が降りかかろうと、突然自分の人生に現れた男になにをされようと、じっと耐えてきたのがその証拠だった。

飛行機が離陸しはじめたところで、タカシは手を伸ばしてサマーの手の上に重ねた。サマーはこちらに顔を向けることもなく、目も開けなかったが、ふいに拳《こぶし》をゆるめて手を返し、強く指をからませてきた。飛行機が空高く舞いあがるなか、ふたりは無言で互いの手を握りしめていた。そして太平洋の上空で、サマーはやがて眠りに落ち、しがみつくようにしてからませていた指からも、ようやく力が抜けた。

それでもタカシは手を握りつづけ、やがてみずからも眠りに落ちた。それはじつに七十八時間ぶりにとる睡眠だった。


ビロードの覆いが迫ってくるような濃い闇《やみ》だった。はっと目を覚ましたサマーは、まばたきを繰りかえし、自分がどこにいるのか思いだそうとした。ふわふわと空中を浮遊しているような、この奇妙な感覚はなんだろう。そう疑問に思った瞬間、実際に空を飛んでいるのだと思いだして恐怖にかられた。そう、わたしはいまジェット機に閉じこめられて、太平洋を横断しているところなのだ。

その事実に気づくと同時に、呼吸が困難になった。まるで胸の上に悪魔が座りこみ、空気という空気を肺から押しだしているかのようだった。あたりを見回しても、そこには暗闇しかない。薄暗い明かりのなかでは、人やものの輪郭さえわからず、きびきびした客室乗務員たちも、どこかに姿を消してしまったようだった。まわりにいる乗客は、タカシをふくめてみな死体のように眠っている。そんな状況のなかで自分だけが目を覚ましていて、しかも呼吸ができないときている。

なるべく静かにシートベルトを外そうとするものの、両手が震えて、バックルの金具がかちゃかちゃと音をたてた。すると隣にいるタカシがもぞもぞと体を動かし、リクライニングシートの上で伸びをした。それでもまだ眠りからは覚めていないらしく、サマーは空中に浮かぶ独房のような座席から、なんとか自由になった。

ふたりの席のすぐうしろにあるトイレは、幸いにしてあいている。なんとか平常心を取り戻そうと、とりあえずそこに逃げこみ、ドアを閉めてシンクにしがみついた。鏡に映ってこちらを見つめかえしている女は、明らかに我を失い、しかもいまだ呼吸ができずにいる。

それでも、なんとかわずかばかりの空気は吸いこんでいるはずだった。必死に肺に酸素を送りこもうとする試みのなかで、恐怖で細くなった喉の内側を、ひゅうひゅう音をたてて空気が入っていく音が聞こえる。小さなシンクに身をかがめて顔に水をはねかけても、なんの効果もなかった。狭苦しいトイレのなか、四方の壁が徐々に自分のほうに迫ってきているような感じもする。このままでは気絶してしまうかもしれない。大声で叫びだしてしまうかもしれない。いったいどちらが、たちが悪いだろう。どっちにしろ、この状況ではそれを選べるような立場にはなかった。

でも、叫ぶことなどできはしない。大声を出せばタカシが気づいてやってきて、お互いにとって危険なことになる。サマーは口のなかに拳を突っこんで、窒息しそうな苦しみと格闘する音をなんとか出すまいとした。が、結局は口の端から激しいあえぎ声のようなものが漏れるばかりだった。

いつもなら、パニックの発作に見舞われても自分の力で抑えることができた。なにしろ病的な恐怖感を克服するために、かなりの時間とお金を注《つ》ぎこんできたのだ。いまでは頭のなかで安全な場所へと逃げこむすべも心得ている。その場所に行けば、身も心もリラックスして、思う存分息を吸うことができる。ただ問題は、想像するだけで気持ちが安らいだその場所が、ほんの数時間前に炎に包まれなくなってしまったことだった。

いまが何時なのか見当もつかないけれど、そんなことはどうでもよかった。呼吸さえできるようになれば、あとはなんとかなる。けれども喉の内側にある気道は閉じた状態のままで、恐怖は確実に増しつつあった。

誰かがドアを押してなかに入ってこようとしている。

思考は肺と同様、正常な働きをしていなかった。「入ってます《オクパード》」サマーはなぜかスペイン語で答えていた。ドアの鍵《かぎ》はちゃんとかけたはずだった。それとも、かけ忘れたのかしら。こんな姿を誰かに見られるのはいやだった。このままではほんとうに叫びだしてしまう……。

もちろん、タカシ・オブライエンにしてみれば、鍵のかかったドアなどあってないようなもの。たしかに機内のトイレに充分なスペースがないのは当然だけれど、エコノミークラスのトイレに比べたら宮殿のようなものだった。物音もたてずになかに入ってきたタカシは、背後でドアを閉めた。

「息が……」サマーはあえぎながら声をしぼりだした。「息が……」

タカシはさっと体を抱き寄せ、片手で口をふさいだ。そんなことをされたらもっと息ができなくなる。そう言いかえしたいのは山々だけれど、いまは怒りをぶつける力もなかった。あまりの恐怖に抑えられなくなった悲鳴は、口のなかでごぼごぼと泡を立てている。きっとこの飛行機は墜落するんだわ。そしてわたしたちはこの狭いトイレに閉じこめられたまま、焼けるような熱さのなかで灰となってしまうのよ。

するとタカシは無言のまま突然体を持ちあげ、驚いてなにも言えずにいる自分を浅いシンクの端に腰かけさせて、片手でジーンズと下着を引きずり下ろした。続いて聞こえたのは、タカシのズボンのジッパーが下げられる音。つぎの瞬間にはタカシは自分のなかに入っていて、背中が鏡にぶつかるほどの勢いで、激しく腰を突きはじめた。

ほの暗い明かりに照らされた男は、まるで獣のように見える。口元から手を離したタカシは、いきなり唇を重ね、荒々しく息を吹きこみはじめた。そのあいだも激しく腰を動かし、奥へ、奥へと入ってこようとしている。その衝撃に、体は即座に反応を示した。

両脚を腰に回すようにうながされると、サマーは反射的にシンクの端をつかんで体を支えた。けれどもすぐにそれを放してタカシの体にしがみつき、奥深くまで入ってこようとする相手の性器を受け入れた。もうどうなってもかまわない。いつのまにか気道が開いているのを感じ、肺いっぱいに甘い空気を吸いこんで、押し殺したあえぎ声と共に吐きだした。恐怖に収縮していた心臓は、いまではタカシの性器と同じように、どくんどくんと力強く脈を打ちはじめている。

タカシがいったん引き抜こうとするのを感じたサマーは、もだえるような声を漏らして相手の腰に手を回し、必死に自分のほうに引き寄せた。いまはただ、激しく突いてほしい。すべてを忘れるためにも、余計な考えを頭から追い払うためにも。そしてただ両脚を相手の体にからめて、激しく突かれるまま、タカシのすべてを感じていたかった。

「静かに」耳元でタカシが言い、飢えた獣のような熱い息が、肌を焦がした。ほかにもなにか言っているのだけれど、その言葉はもう意味をなさず、サマーはただ絶頂に向けて上りつめる一方だった。「声を出すな」

つぎの瞬間だった。シンクの端から腰が浮くのを感じたサマーは、そのままタカシに抱えられ、全身に火がつくような感覚を覚えた。筋肉という筋肉が、細胞という細胞が、強烈な快楽に燃えあがっている。サマーは思わず口を開け、声が漏れそうになるのを我慢しながら絶頂に達した。そして上体を弓なりにしたまま永遠の快感に浸っていると、すぐにタカシもクライマックスに達し、自分のなかで熱い液体を放出した。喉の奥から漏れる小さなかすれ声を、そのときばかりはもう抑えることはできなかった。

やがて狭いトイレの床に静かに下ろされたサマーは、震えが止まらないなか、脚のあいだに湿ったものを感じた。タカシの顔を見たくはないけれど、視線を背ければ鏡に映る自分と向きあうはめになる。そのほうがよっぽど怖かった。サマーは壁にもたれ、目を閉じた。震えはまだ治まらない。

きっとタカシはなにごともなかったかのように、このまま出ていくのだろう。現に、ズボンのジッパーがさっと上げられる音も聞こえた。冷静になる時間を与えるために、自分をひとりにして、そっとトイレをあとにするに違いない。

ところが、タカシはシンクから水を出し、手を濡《ぬ》らして、両手でサマーの脚のあいだを洗いはじめた。意外な行動に、サマーはただされるがまま、身動きもしなかった。タカシはペーパータオルを差しだし、床に落ちた服を拾って、ふたたび着せるのにも手を貸してくれた。力の入らない脚を一本、また一本とズボンに通すあいだも、辛抱強く待っている。震えが止まらずに座りこんでいると、水で濡らしたペーパータオルで顔を拭《ふ》いてくれた。あたかも恋人を相手にするように。

サマーは驚きに満ちた目で、茫然《ぼうぜん》とタカシを見上げた。

「あと二時間で成田に着く」とタカシは言った。「席に戻って、少し眠るんだ」

サマーは完全に言葉を失っていた。内心は大声で怒鳴りつけたい気持ちでいっぱいだというのに。どうしてこの男はこんなことを？　わたしもわたしよ。なんの抵抗もせず完全に受け入れるなんて。たしかに、ついさっきまでは相手を止められるような状態ではなかった。でもそれがいまは、楽に息ができるようになっている。

正直に言って、実際に抵抗したかったのかどうかも判断できなかった。

タカシがトイレのドアを開けると、乗客はみな眠りに就いていて、サマーは何度もよろけて倒れそうになりながらも、なんとか席に戻った。座席に着き、相変わらず茫然としていると、タカシが身を乗りだしてきてシートベルトを締め、ゆっくりと時間をかけて熱い接吻《せっぷん》をした。「ただのセックスだよ、サマー」タカシはささやくように言った。「恐怖でいっぱいだったきみの頭をからっぽにするための手段にすぎない」

サマーは無情な男の黒い瞳をのぞきこみ、まっ暗な闇の奥に一瞬、なにかべつのものが見えたような気がした。人間味のある、温かな光のようなもの。

けれどもそんなものがこの男にあるなんて、とうてい信じられない。そしてさらに信じられないことに、目を閉じると、眠りはあっという間に訪れた。

20

ふたたび目を開けると、飛行機はすでに着陸していた。腕時計などもう何日もしていないし、頭のなかはべとついた綿菓子でも詰まっているような感じがして、思考は完全に鈍っていた。これまでのストレスが、ここに来てどっと出ているのかもしれない。経験したことのないほど、最悪の時差ぼけだった。隣に座ってなぜかこちらの手を握っている男に目をやると、タカシは相変わらず美しく、落ち着き払った表情でそこにいる。伸びた髭《ひげ》は剃《そ》る必要があるものの、疲労の色などみじんも感じさせなかった。それどころか、まるでトイレでなにもなかったかのように、涼しい顔をしている。それとも、あれは夢だったのかしら。

さっと手を引き戻すと、タカシは容易にそれを放し、こちらに振りかえった。「どうやら目が覚めたらしいな」と言うその顔には、かすかな笑みが浮かんでいる。「結局、よく眠れたようじゃないか」

その理由は考えたくもなかった。「いま何時？」サマーはぶっきらぼうに尋ねた。

「現地時間は午後の二時。結局、きみは合わせて十時間くらいは眠ったことになる。悪い夢を見ているようだったから、落ち着くまで手を握ってたんだよ」

この男はふたりのあいだにセックスなどなかったと装うつもりなのかしら。落ち着くまで手を握っていただなんて、見え透いた嘘《うそ》までついて。それとも、あれはほんとうに夢だったってこと？「あなたは眠ったの？」

「ああ」

「だったらこれで気分もすっきりして、むやみに人を殺すこともなくなりそうね」サマーはつぶやくように言った。

一瞬、タカシの顔に影が差すのが見えた。「日本には英語を話す人間もいるんだぞ」とタカシは言った。「口にする言葉に気をつける必要がある」

「たとえ聞かれたって、本気でそんなことを言っているなんて誰も思わないわよ」サマーはそう言ってタカシの顔を見つめた。飛行機がゆっくりターミナルへと向かうなか、機内の人工的な光に包まれたタカシは、座席の上で身動きもせずにいる。その姿は例によって美しかったけれど、同時に野獣を思わせる雰囲気も漂わせていた。狭いトイレのなかで目にしたタカシの顔は、そしてその瞳の奥にかいま見た闇《やみ》は、いまだにまぶたの裏に焼きついている。太腿の内側に残るタカシの感触は、あれが夢ではないというまぎれもない証拠だった。けれども向こうがそんなことはなかったと装いたいのであれば、それはそれでかまわない。こちらとしても、そのほうが気が楽だった。あの母親の娘として育てられた手前、駆け引きは得意なほうだった。

「それで、これからどうするの？」サマーは話題を変えた。

淡々とした反応を意外に思ったとしても、タカシはもちろん表情には出さなかった。

「これからふたりして税関を通るが、そのあいだきみはひとことも発するな。おとなしく夫につき従う妻を演じるんだ。そのあとで荷物を取りに行って――」

「荷物？　荷物ってつまり……」相手の言葉をさえぎって言ったサマーは、燃えるような鋭いまなざしでにらまれ、すかさず口を閉ざした。「ごめんなさい」

「今後は僕がしゃべって、きみは聞く側に徹してもらおう。そのほうが安全だ。これから取りに行く荷物には、きみのスーツケースと僕のスーツケース、それに、きわめて高価な品だからと入念に梱包《こんぽう》されたゴルフクラブがある。荷物を受けとったらオセアナ航空のファーストクラス専用ラウンジに行って、お互いシャワーを浴びて着替えをする。そのあとは親戚《しんせき》のレノが迎えに来て、東京まで連れていってくれることになっている。わかったか？」

「ええ」とサマーは言った。自分でも驚くほどの素直な答えだった。「あなたの足手まといになるようなことはもうしないわ」

タカシは軽く鼻で笑ったが、そんなしぐさですら奇妙なほど洗練されていた。「とにかく言うとおりのことをしていればいい。なるべく顔を下に向けて、口を閉ざしていれば、なんの問題もない」

周囲ではあちこちで日本語が飛び交っていた。サマーは急に懐かしい思いがこみあげてきて、目頭が熱くなるのを感じた。ハナさんはよく日本語で話しかけてきて、怪我《けが》をしたときなどには、日本の童謡を歌って慰めてくれた。それにしても、なんて不思議な言葉なのだろう。なんだかがさつで怒っているようにも聞こえれば、とてもやわらかでリリカルな響きも持ちあわせている。サマーはふいに、自分が知っていることさえ忘れていたいくつかの言葉を思いだした。

「はい」とサマーは日本語で言った。「わかります」

タカシは目を丸くしてサマーの顔を見つめた。「日本語が話せるのか?」

サマーは首を振った。「話せはしないわ。ハナさんがわたしたちといっしょに住んでいたころ、いくつかの表現を教わったのよ」

「それをいまになって急に口にすることにしたってわけか」

「忘れていたことを思いだしたの」

「だったらまた忘れるんだ」

「だって、日本人の妻なら少しくらい日本語が話せたほうが自然に見えるでしょ?」サマーは言いかえした。「わたしが考えるに――」

「きみはなにも考えず、黙っていればいい。きみは僕のアメリカ人の妻で、僕らはシアトルに住んでいる。きみにとって今回がはじめての日本への旅だ。日本語だってまったく話せない。きみが知っているのは、夫婦でセックスをする際に僕が口にする卑猥《ひわい》な言葉くらいだよ」

サマーは顔がまっ赤になるのを感じた。思いきり殴ってやりたいところだけれど、たぶん、日本人の妻となったアメリカ人は夫を殴ったりしないのだろう。なにも考えず、黙って従うのが妻の務め。「わかりました」サマーは皮肉たっぷりの口調で答えた。

タカシはその言葉を無視してシートベルトを外し、こちらが動かずにいると、身を乗りだして隣の席のシートベルトに手をかけた。サマーはその手を叩《たた》き、みずからバックルを外して、両手で体を押しだすようにして立ちあがった。すると一瞬めまいがして、混乱した感覚におちいった。それも当然のこと。なにしろわたしはいま、なじみのあるすべてのものから遠く離れ、なにも知らないところに連れてこられたのだ。しかも、うしろに残してきたものはみんな失われてしまった。妹のジリーが無事なのが、せめてもの救いだった。自分を見失わずにいるためにも、いまはただその事実にすがって、希望の光を見いだすほかない。

気づくと何人かの客室乗務員がタカシの近くに来て、露骨に好意を示していろいろと世話をしていた。日本人の妻はこういう場合、嫉妬《しっと》するべきなのかしら。夫が妻の前で浮気な態度をとるのは日本では当然のこと?

けれどもやはりそれは考えすぎのようで、タカシはさっと振り向くと、腕をこちらの腰に回した。それはとても力強く、温かく、すばらしい感触だった。そう、前回その腕が腰に回され、強引に愛撫《あいぶ》されたときのことを忘れるほどに。サマーは思わず相手の肩に頭をあずけたい気持ちになった。「さあ、行こうか」タカシはまわりにいる乗務員たちにちゃんと聞こえるような大きな声で言った。「新しいきみの家族に会う心の準備はできたかい？」

サマーは驚いた表情でタカシの顔を見上げた。一瞬、その黒い瞳に険しい光が宿ったが、タカシはすぐにそれを隠して続けた。「みんなきっときみのことが気に入るよ。なにしろ僕が愛する女性だからね」といくぶん大げさな口調で言った。

「楽しみにしてるわ、あなた」とサマーは甘い声で答えた。

タカシがこちらをにらみつけるかたわらで、客室乗務員たちは仲むつまじい夫婦をうらやましそうに見ながら仕事をしている。タカシが耳元に身をかがめ、近くにいる人たちだけに聞こえるように日本語でなにか言うと、周囲からくすくすと笑い声が漏れた。サマーはにこやかな笑みを浮かべながらも、ハイヒールをはいていたら足の甲を踏んづけていたところだわ、と心のなかで思った。耳元でなにをささやかれたのかわからないけれど、卑猥なニュアンスのある言葉であることは間違いない。

「さあ、行きましょ、あなた」サマーは歯を噛《か》みしめるようにして言い、タカシのあとに続いて飛行機を降りた。そこはここ数日のあいだに味わった経験よりもさらになじみのない、新たな世界だった。

時間をかけてシャワーを浴び、服を着替えて出てくると、タカシはファーストクラスのラウンジで待っていた。相手は顔を上げなかったので、ほんの少しのあいだ、その姿を観察する余裕もあった。タカシはここ数日間いっしょにいた男とはまるで別人のように見える。シャワーを浴びてさっぱりし、きれいに髭も剃ったタカシは、長い髪をうしろで結んでいた。いかにも高級そうな黒いスーツを身にまとった姿は、上品であると同時に、どこか近寄りがたい印象がある。母国に着いたタカシはすぐにその空気を吸収し、これまで以上に謎《なぞ》めいた男に変身したようだった。

かたわらには、頑丈そうなゴルフケースがある。たぶん、なんのへんてつもないそのケースのなかにハヤシ家の宝はしまわれているのだろう。日本語の新聞を広げて読んでいるタカシは、気長に妻が現れるのを待っている夫そのものだった。もちろんその黒い瞳をのぞきこめば、そこにいるのが血も涙もない男であるのはすぐにわかるのだけれど。

タカシは新聞をたたんで顔を上げた。周囲の気配にはつねに注意を払っているタカシのこと、じっと観察されていたことなど承知の上なのだろう。それでも、こちらにもこの男を驚かせる力はまだ残っているようだった。じっと観察していたあとでなければ、相手の反応に気づきもしなかったかもしれない。けれどもそこには、驚きの感情を示すたしかな表情の変化があった。

イタリア製の革のハイヒールは、分厚いカーペットの上では音もたてなかった。実のところ、用意されていたその靴をはくべきかどうか、最初はためらった。だが、なんといってもここはファーストクラスのラウンジなのだし、その靴は高級なシルクのストッキングに包まれた脚をすらりと見せてくれるのも事実だった。

そのストッキングやレースの下着は、ヴィクトリア・シークレットも安っぽいディスカウントストアに思えてしまうほどの、上質なものだった。おまけに体にもぴったりとフィットして、ボディーラインを強調する、アナスイの赤いウールのドレスを着るのにも最適。自分用に渡されたスーツケースのなかには、シャネルの化粧品や香水もあった。普段はたんに束ねるだけの髪も、品よくシニョンを作ってまとめてある。サマーは自分がこの未知の国と同じくらい美しく、まったく新しい女性に変身したような気分だった。両耳にはダイアモンドのピアス。税関に着く直前にタカシにはめられた、ダイアモンドの指輪。わたしはスーザン・エリザベス・コモリなのであり、もうじき日本にいる親戚とはじめて顔を合わせることになっている。緊張していないほうがおかしかった。

タカシはすっと立ちあがったが、今回ばかりは上から見下ろされるようなことはなかった。七、八センチもあるハイヒールをはいたいま、背丈は長身の妹くらいになっている。もちろんタカシほどではないけれど、それでもこれまでよりはましだった。

シャワーを浴びて生きかえったような気分になり、思考も通常の働きを取り戻しつつある。おかげでいろいろな感情や疑念がわき起こって、とりあえずそれらを頭の奥に押しやらなくてはならなかった。いまはひとつひとつ問題に対処していく必要がある。即座にいつもの冷たい表情に戻ったものの、タカシの瞳にきらりと浮かんだ驚きの光は、無言の賛美としては充分だった。

タカシはその場に立ったまま、長いあいだこちらを見つめていた。「なに？」サマーは低い声で言った。「この格好じゃ不充分？」

タカシはおもむろに首のわきに手を伸ばしてきて、その美しい唇でそっと口づけをした。不意を衝《つ》かれたサマーは身を引くにも引けず、唇が重なるやいなや、軽く爪先立ちになって相手の要求に応《こた》えていた。

やがて首から手を放し、タカシは言った。「家族のみんなはきっときみのことが大好きになるよ」まるで心の底からそう思っているかのように。「とくに母親はね。早く孫の顔が見たいって、いつも言っていたし」骨張った細い指先を平らな腹部に添えられ、サマーは思わずびくりと身を震わせた。不覚にも、欲情すら覚えた。

動揺させて楽しんでいるのか、役割を演じきるようにリードしているのかは、判断がつかなかった。どっちにしても、癪《しゃく》に障る。これが現実ならどんなにすてきだろうという思いも、正直なところあった。

この状況で自分を守るには、与えられた役を演じきる以外にない。「そうだといいけど。わたしもお会いするのが楽しみよ、あなた」

タカシはやけにやさしげな笑みを浮かべた。「スーザン、きみに会えば誰だって好きになるさ」偽の名前を呼ぶタカシの口調はきわめて自然で、けっして演技には見えない。するとタカシはあとずさって体を離した。「そろそろ、はとこのレノが迎えに来るころだろう。準備はいいかい？」

ゴルフケースとスーツケースを抱えたタカシは、妻の腰に手を回して歩くことはできなかった。その気になれば、主要ターミナルにたどり着き次第、走って逃げることも可能だろう。そうなればタカシはその場で、ハヤシ家の宝物かわたしかを選ぶ必要に迫られる。でも、逃げたところでどうなるだろう。現実はすでに受け入れている。たしかにいっしょにいる男は人を殺《あや》めることもいとわない殺し屋だけれど、慣れない外国で生き残るためにはこの男に希望を託すしかない。それに、行く当てがあるわけでもなかった。パスポートは偽物だし、クレジットカードだって使えるかどうかわからない。コーチのハンドバッグに入っている現金も、気休め程度のものでしかない。言葉もろくに話せないとあっては、先は見えていた。なにしろ母国のアメリカにいたときでさえ、わたしは〝白様〟やタカシに対して無力だったのだ。機転をきかせれば、いろいろな手段があったはずなのに。

この国が〝白様〟やタカシの故郷であることを考えれば、わたしはいっそう不利な状況に置かれたことになる。いまは言われたとおりタカシの妻を演じるほかなかった。タカシのやわらかな唇の感触を、愛する夫のものだと信じきって。

「迎えに来る僕のはとこに関しては、前もってきみに言っておかなければならないことがある」冬の午後、空港の外に出ようとする直前、タカシは口を開いた。

「その人もあなたと同類ってこと？」

「レノのような男は世界にふたりといない。ただ、アメリカ人のことはあまりよく思っていなくてね」

「そんな人はたくさんいるじゃない。わたしたちアメリカ人には嫌われても仕方ない理由もいろいろあるわけだし」

「レノの場合は……もっと個人的なものだ。とにかく、やつの癇《かん》に障るようなことはするな。乱暴な行動は慎むように、こっちも注意しておくけれど」

　そんな言葉だけじゃ安心できないわ。サマーはそう思いつつ、自動ドアを抜けて久しぶりの新鮮な空気を吸った。こうして外の風に当たったのはいつ以来だろう。風には海のにおいが混じっているような気がした。しばらくその場に立ったまま深呼吸を繰りかえしていると、タカシが口を開いた。

「ほら、レノはあそこにいる」

　その方向に顔を向けるなり目に入ったのは、白塗りのリムジンだった。〝白様〟やその手下が使っていたような車とまったく同じように見える。サマーは全身に緊張をみなぎらせ、すぐにでもどこかに駆けだす心構えをした。

けれども車にもたれて待っているのは、教団の信者ではなかった。全身を黒い革の服で包み、顔のほとんどが隠れてしまうような大きなサングラスをかけている。しかも、髪の毛は赤だった。光沢のある深紅の髪は、けっして自然のなかで目にするような色調ではない。レノと呼ばれる男が腰で車を押しやるようにしてこちらに向かってくると、その髪が腰のあたりまで伸びているのがわかった。

　尊大な態度でサングラスを軽く押しあげたレノは、こちらの姿を頭のてっぺんから爪先まで舐《な》めるように確認した。レノは両目のまわりにタトゥーを彫っている。涙の形をしたタトゥー——その色はやはり赤だった。そう、まるで血の涙のように。

たったいま観察した女にまったく感心した様子もなく、レノはふたたびサングラスを戻すと、タカシのほうに振りかえって、再会の抱擁を交わした。まるで不快なものでも見るように、いまだにこちらに視線を向けて。

「大叔父さんは元気かい？」タカシは英語で訊《き》いた。

レノは肩をすくめ、日本語で答えを返し、ゴルフケースを受けとろうと身をかがめた。するとタカシがそれを制した。「これは自分が持っていく。かわりに妻のスーツケースを運んでやってくれ」

レノが口元をゆがめて苦笑いを浮かべ、悪態のようなものをつぶやくと、タカシは笑い声をあげてその場の空気をやわらげた。これなら〝白様〟のほうがまだましかもしれない。そう思っていると、タカシがこちらに振りかえった。

「スーザン、紹介しよう。ここにいるのが家族のあいだでも悪名高い、はとこのレノだ。大叔父のヒロ・マツモトの孫だよ。無礼な男だが、快くきみを歓迎してくれるだろう」

おそらくレノは英語が話せないのだろう。けれども世界のどこでも嘲笑《ちょうしょう》と理解される音を口から漏らすと、しぶしぶスーツケースを手に取って、リムジンのトランクへと回った。するとタイミングよくぽんとトランクが開いたので、リモートコントロールでも使ったのだろうとレノの手に目をやっても、そんなものはなかった。スモークガラス越しに目をこらすと、運転席に誰かが座っているのが見える。荷物運びの手伝いをしない運転手なんてへんだわ、といぶかしく思ったところで頭に浮かんだのは、〝白様〟の顔だった。サマーはさっとタカシのほうに向き直った。でも、もし気味の悪いあの教祖に引き渡すつもりなら、アメリカにいるときにとっくにそうしているはずだし、わざわざこんなところまで連れてくることもない。それに、教団がレノのような風変わりな人間を信者として迎え入れるはずもなかった。

サマーは広々としたリムジンに乗りこみ、丈の短いドレスとハイヒールに苦労しながら、奥にある革張りのベンチーシートへと移動した。真向かいに座っている男とは目を合わせる余裕もなかったけれど、続いて入ってきて隣に腰を下ろしたタカシは、両手の拳《こぶし》を合わせるようなしぐさをしてお辞儀をし、その男にあいさつをした。

「ごぶさたしております、大叔父様」とタカシは言った。

「ようこそ、故郷に」と男は言った。タカシ同様、一分の隙《すき》もない服装をした男はかなりの年配で、顔には深いしわが刻まれ、頭はほとんどはげている。完璧《かんぺき》にマニキュアの施された手には、あるべき指が二本なかった。

ヤクザの組長。マフィアで言うところのゴッドファーザーは、慈しみさえ感じられる笑みを浮かべている。けれどもレノがリムジンに乗りこんできてドアを閉めるなり、あからさまに眉をひそめた。こっそりレノの両手を確認したが、黒いマニキュアの塗られた指はすべてそろっている。いつだかタカシ自身が使っていた表現によれば、いまのところは失敗を犯していない、ということなのだろう。

それでも素人から見れば、その風変わりな格好だけでも指を一本失ってもおかしくないように思えた。ヤクザにドレスコードがあるのかどうかはべつとして、レノの格好はタカシや目の前にいる男とは大違いだった。といっても、レノがどんな服を着ようと、わたしの知ったことではなかったが。

「あなたがミス・ホーソンだね」年配の男は愛想よく言った。「我が国へようこそ。姪《めい》の息子に当たるタカシが、きみに迷惑をかけていないといいが」

サマーは緊張気味にタカシのほうに目をやった。実際、迷惑どころの話ではない。「けっしてそんなことはありませんわ。タカシさんはとてもやさしくしてくれます」サマーの口調は反射的にていねいなものに変わっていた。

隣にいるタカシはかすかに驚いているようだった。「たんに何度か彼女の命を救っただけです。やさしさとはなんの関係もない」

レノはリムジンの側面にあるベンチシートに深く腰を埋《うず》めた。サングラス越しにも、その目に軽蔑《けいべつ》の表情を浮かべているのが想像できる。レノが不遜《ふそん》な態度のまま祖父に向かってなにか言うと、年配の男は英語で言いかえした。「レノ、大事な客人の前で日本語で話すのは失礼だぞ。英語を使え」

ヤクザのボスも孫の扱いには手を焼いているようだった。レノは返事もせず、不満をあらわにして胸の前で腕を組んだ。

「タカシ、じつは問題があってな」と年配の男は言った。「おまえの友人の前で仕事の話をするのはなんだが、わしの家に連れていくことはできなくなった。とくに四六時中、見張りがついている状況では」

サマーはタカシの体が急にこわばるのを感じた。リムジンのなかはかなり広いのに、タカシは必要以上に近くに寄りそって座っている。離れた向かいの席にはヤクザのボス、レノはサイドシートにもたれ、後部座席には自分たちふたりだけしかいない。なのにタカシはすぐわきにいて、体は触れあってはいないものの、その反応は体の熱を通して確実に伝わってきた。腹立たしいけれど、この状況においてたったひとりの味方であるタカシのぬくもりは、たしかに心強かった。

「日本政府にいる我々の情報筋によれば、政府は今回の件には関与しない方向で行くと結論を下したらしい。新興宗教などは、そもそも流行廃《はや》りが激しい。ここ最近の断固とした取り締まりにも、批判が多いようでな。今回の件も、噂《うわさ》が誇張されているだけだと判断したらしい。〈真の悟り教団〉は〝白様〟を崇拝するただの熱狂的な信者の集まりにすぎず、社会にたいした害をもたらすことはないだろう、と」

「じゃあ、政府の連中の意識を変えるためには、今回いったい何人の命が東京の地下鉄で犠牲になればいいと？」

老人は首を振った。「誰も死にはしない。それは政府の連中もわしも承知している。おまえがその下で動いている組織にしても、結局はなにも起きなかったと胸をなで下ろすだろう。自分たちがもう少しで大惨事に巻きこまれるところだったなんて、日本人は知る由もない」

「でも、今回の計画は日本だけに限られているわけではないんです。あの教祖は世界じゅうにある主要な交通網を攻撃しようとしている」

「だとすれば、おまえの仲間たちはなんとしてもあの男の計画を阻止して、世界を救わねばならんな。それだけの力を持った組織であることは、わしも承知している。去年はあのヴァン・ドーンのおかげで世界が混乱におちいる寸前だったが、わしもその事実を知っている数少ない者のひとりだ。あの男の悪巧みをくじいたおまえたちのこと、今回の〝白様〟の問題にだって無難に対処するだろう」

「ずいぶんとわたしの力を買ってくれているようですが、ヴァン・ドーンの計画を阻止した件では、わたしはなんの役にも立っていません」

「悪魔のような男に罠《わな》にはめられたことを、恥に思う必要はない。わしにしてみれば、おまえが窮地を乗り越えて生き残った事実だけで満足なのだ」

この人たちはいったいなんの話をしているのだろう。悪魔のような男？　罠？　世界を救う？　隣にいるタカシは無言のままだった。

「ここにいる友人にはなにも説明しておらんのか？　先ほどからぽかんとした顔をしているが」

「彼女には知る必要のあることだけを伝えてあります」

「場合によっては、もう少し詳しく説明する必要があるんじゃないか？　おまえが彼女を見るときの目の表情からすれば、なおさらのこと」

　かたわらでタカシがまた身をこわばらせたが、こちらには顔を向けなかった。この老人はタカシがわたしを見るときの目にどんな表情を見ているのだろう。抑えがたい怒り？　殺意？　それとも、なにかべつの感情？

「そしてこの女性もまた、同じような目でおまえを見る」この老人の言葉を聞いて身をこわばらせるのは、今度は自分の番だった。わたしも同じような目で見ているとすれば、それは怒りに違いなかった。そして同時に、そこにはまたべつの思いもある。

「問題の壺《つぼ》は、おまえたちで寺の跡地に持っていき、処分されなければならない」たったいま個人的な領域に踏みこんだことも忘れ去ったかのように、老人は続けた。「政府はその責任を負わされるのを回避したいようだ。我々の組織も、いっさい関与できない」

「でも、自分たちで持っていこうにも、場所がわからないんです」

　老人はとかげのような目をこちらに動かした。「場所はこの女性が知っている」

　サマーは眉をひそめた。「わたしが？　わたしはそのお寺があったところなんて知りません。もし知っていたら、とっくにこの人に教えています」

「そうはいってもだ。その場所をタカシに教えるのは、結局きみなのだよ。わしにはわかる」

　タカシは振り向いて、まじまじとサマーの顔を見つめた。その表情は相変わらず謎に満ちている。「ここにいる大叔父は、昔から人に見えないものが見えると評判でね。大叔父がそう言うのであれば、実際にそのとおりになるだろう」

「でも、わたしはほんとうに知らないのよ!」サマーはいらだちをあらわにして声を荒らげた。「どうして信じてくれないの? だったらどうするつもり? 白状させるために拷問でもしようというの?」

「その必要はない」とタカシは言った。「きみはきっと教えてくれるだろう。前にもそうしてくれたように」

サマーは全身がほてるのを感じた。もしこの老人に人に見えないものが見えるなら、タカシがなんのことを言っているかもお見通しに違いない。それでなくても、赤らんだこの顔を見れば、誰だってわかるはずだった。サマーはさっと顔を背け、リムジンが駆け抜ける東京の郊外の光景を見つめた。

「タカシ、彼女は嘘をついているわけではない」老人はやさしい口調で言った。

「わかっています」とタカシは言った。

いい、いい、それはどうも。サマーは苦々しく思った。

「おまえのマンションのそばでふたりを降ろしてやろう。ゴルフケースはレノがあずかって、中身をべつの鞄《かばん》に移し替える。あとで落ちあって受けとるといい」

てっきり異を唱えると思っていたけれど、タカシはたんにうなずくだけだった。そのあとは誰もなにも言わなかった。目的地に着いたらしくリムジンが停《と》まると、ようやく老人が口を開いた。

「またお会いするのを楽しみにしているよ、ミス・ホーソン。今度会うときは、状況が好転していることを祈っている。まあ、きっとまた会うことになると思うがね」

サマーは反射的にお辞儀をし、その姿を見て笑うレノを無視した。老人は鋭い言葉を放って孫を叱責《しっせき》した。レノがミラーレンズのサングラス越しににらんでいるのは言うまでもない。

タカシに手を取られて車を降りると、そこは東京の、人通りの多い歩道だった。リムジンは滑るようにしてすぐにその場をあとにした。

「スーツケースまで持っていかれたわよ」サマーはしばらくして言った。

「荷物はもう必要ない」タカシはうわの空で答えた。

「でも……ゴルフクラブのケースは？　はとこのことは信用していないんじゃないの？」

その言葉に反応したタカシは、ようやくこちらに向き直った。力のこもったまなざしが、じっとこちらを見つめている。「レノには絶対の信頼を置いている」

「だったら、どうしてあんな警告を？」サマーは言いかえした。

「きみに対してはなにをするかわからないということだよ」

サマーは一瞬、全身が凍りつくような感覚を覚えた。周囲を行き交う人々は、異国の地にやってきた外人を露骨に見るようなまねはせず、無言のまま通りすぎている。「わたしがなにをされようと、あなたには関係のないことでしょ？」

タカシはなにも言わなかった。外はいまにも雪が降りそうなくらい寒かった。日本がこんなに寒い国だなんて想像もしていなかったけれど、なにしろいまは真冬なのだ。コートも着ていないとなれば、凍える思いをするのは当たり前だった。

顔を上げてタカシの黒い瞳をのぞきこんだサマーは、ふいにめまいを感じた。この瞳を見つづけていたら、知らぬ間に引きこまれて、みずからその引き締まった体に身を寄せてしまう。

するとタカシの腕が伸びてきて体を支えた。「さあ、行こう」

「あなたのマンションに?」まるでお酒に酔っているような感じだった。ふたりきりになったらすぐに抱きついて温めてもらおう。そして……。

「いや、僕の部屋は安全じゃない。まずはどこかで食事をとろう」

「食事?」とサマーは繰りかえし、自分には似つかわしくないみだらな妄想をかき消そうとした。

「最後にまともな食事をしてからだいぶ経《た》っている。なにか食べれば、気分もよくなる。今夜泊まる安全な場所を探すのはそのあとだ」

「わたしはだいじょうぶよ」サマーは夢でも見ているような声で言った。言われてみれば、たしかにおなかはすいている。ちゃんと立っていられないのも、おなかがすいているせいなのかもしれない。けれども目の前にいる男は信じられないくらい美しくて、いまこのときだけは、自分も美しい女性に変身しているような自信があった。もたれかかるように身を寄せると、タカシは腰に腕を回してきて、ゆっくりと通りを歩きはじめた。サマーは今度こそ欲求を抑えず、自分のしたいことをするつもりだった。実際、いまならそれなりの口実がある。

それでも、サマーはしばらくしてはっと我に返った。ヤクザのボスである老人はまったく反対のことを言ったけれど、わたしを見るときのタカシの目にはなんの思いもこもっていない。

とはいえ、わたしの感情に対する指摘に関しては、あながち見当違いとは言いきれなかった。たしかにタカシを見るときの目には怒りやいらだち、そして恐怖と同時に、奇妙な感謝の思いが表れているに違いない。そしてまたべつの、圧倒的な感情も。その感情にあえて名前を与えるような無謀なまねは、いまのところしていなかった。もしかしたらそれはタカシに対する抑えがたい欲望なのかもしれない。そんな感情を抱くなんて、理性を失っているとしか考えられなかった。タカシの言うとおり、ちゃんと食事をとれば気分もよくなって、冷静な思考を取り戻すだろう。

ぴったり寄りそって通りを歩くタカシからは、高級なスーツの生地を通して力強い心臓の鼓動が感じられる。サマーはここ数日の緊張を洗いざらい解き放ち、口元をほころばせて笑顔を作った。

21

〈真の悟り教団〉の教祖、〝白様〟は、珍しく興奮状態にあった。それを怒りと呼ぶ者もなかにはいるかもしれない。が、そのような業深い感情は、浄化された魂からとうの昔にかき消されていた。実際、新たに教団に入った若い信者にイニシエーションの儀式を施す際も欲望は感じなかったし、自分の邪魔立てをする者たちに対しても復讐《ふくしゅう》心は起こらなかった。当初の計画に邪魔が入ろうが、教義に疑念を持った信者が脱会しようが、いまは怒りに振り回されている場合ではない。今回の失敗を招いた者たちはカルマの法則により必ずや報いを受けるだろう。それより、先代の〝白様〟が解脱の時期と定めた太陰暦の新年は間近に迫っていた。ハヤシの壺《つぼ》が見つからないのであれば、早急になにかほかの手を打つ必要がある。

サンソーネ美術館に押し入った側近の信者サンモが、その場で偽物の壺を叩《たた》き割ったのは間違いなく軽率な行為だった。しかしながら、サンモはまだ感情の支配から抜けきってはいない。それどころか、警備員ふたりを殺したあとではさらに感情が高ぶっているようだった。レセプションのパーティーでこの目をあざむいた壺なら、ほかの者の目もだませたかもしれない。そもそも先代の遺灰や遺骨はこちらで大切に保管してあるのだし、そこまで本物の壺にこだわる必要があるだろうか。誰が見てもそっくりな壺であれば、完全な解脱も可能かもしれない。

それが起こるべき定めであれば、すべてはうまくいく。やっかいなのはタカシ・オブライエンと、叔母のハナがかつて乳母として世話をしていた女の存在だった。壺はいまそのふたりが持っている。

なんとか女を捕まえることができれば、無理やりにでもその昔、寺があった場所に案内させるつもりだった。寺の跡地こそ、解脱の儀式が執り行われるべき聖地であり、その場所がわかり次第、信者たちが生物兵器や化学兵器を運んでくる段取りになっている。無数の死をもたらし、世界を破滅に追いやる武器を解き放つにはまさにうってつけの場所――そしてそれをきっかけにして、新たな生命が創造されるだろう。

しかしながら、オブライエンという男はかなりのコネを持っている。あの男自身が属している秘密組織はもちろん、ヤクザや、日本の政府までそのうしろについている。それぞれ単一ではこちらの野望を妨げる障害にはならなくとも、それらの組織が陰で協力しあえば、やっかいなことになりかねない。

タカシ・オブライエンはすでにあの女を日本に連れていったようだが、ふたりがいま東京にいるということは、こちらとしては逆に都合のよいことでもあった。太陰暦の新年まで日本時間であと二日。すべては、運命が定めるとおりの展開を見せる。

タカシ・オブライエンや尻の軽いアメリカ人の女など、もはや脅威と呼ぶには値しなかった。

タカシは、テーブルの向かいに座って親子丼《どん》に夢中になっている美しい女性をじっと見つめた。いろいろと要領がわかっている様子には、驚きと共にいらだちさえ覚える。彼女を小さな通りの角にある食堂に案内したタカシは、食券販売機にあるメニューを簡単に説明するつもりでいたが、サマーはあれこれ頭を悩ませるまでもなく、即座に親子丼と味噌《みそ》汁《しる》に決めた。べつに驚くこともないのだろう。幼少のころハナ・ハヤシに面倒を見られたとなれば、味噌汁はチキン・スープと同じようにひんぱんに飲ませてもらったのだろうし、親子丼はサマーにとってまさに懐かしの味に違いなかった。それでも、彼女が食堂の店主に「ありがとうございます」と完璧《かんぺき》な日本語の発音で礼を言った際には、さすがに不注意な言動に不安を抱き、うれしそうにサマーを見つめる店主に対して苦笑いを浮かべた。

サマーの顔色はだいぶよくなっていた。つい先ほどまでは通りで気を失い、人目を引くことになるのではと気が気でなかったが、もうそんな心配はいらないようだった。太陰暦の新年まであと二日。〝白様〟の首にかけた縄も、そろそろ締めはじめなければならない。そんな状況にあって、気絶したサマーを抱えあげ、親切な警官にアメリカ人の妻の具合を説明している暇などなかった。

やはり日本に連れてきたのが間違いだったかもしれない。いまではいくぶん後悔もしていた。冷静に頭を働かせれば、日本に向かう前に彼女をどこか安全な場所にかくまうことも可能だったかもしれない。今回ばかりは判断ミスが続いていた。自分のような立場にある人間にとって、それは命取りだった。任務の最中はなにごとにも細心の注意を払っている普段なら、クロスビーと名乗った男をそのまま信用することなど絶対しないのに。

有能なスパイが誇るレーダーは、サマー・ホーソンという存在によって、働きが鈍くなっているようだった。おかげで普段なら当たり前に行っている確認や警戒を怠り、彼女をひとり置き去りにして、もう少しで死なせるところだったのだ。

罪悪感と恐怖に自制心を失った状況では、ほかの選択肢は考えられなかった。とにかく自分といっしょに日本行きの飛行機に乗せ、現地に着いた時点でその後の対応を考える。それがタカシが瞬時に下した判断だった。

しかし、その判断は間違っていた。大叔父の家は見張りがついているというし、自分のマンションにしたところで、危険すぎて近寄ることすらできない。主要なホテルは教団の信者たちが目を光らせている最中だろう。

夜中、機内で突然サマーが席を立った瞬間から、タカシは自覚していた。彼女をいっしょに連れてきた理由は、それが必要な措置だからとか、ほかに選択肢がないからとかいうものとは、まったく無関係だった。それは彼女のあとに続いてファーストクラスのトイレに入り、背後でドアを閉めた瞬間に確信に変わっていた。

機内でなかば強引にセックスをしたのも、これは彼女の気持ちを落ち着かせるためだ、頭をからっぽにさせるためだと言い聞かせつつ、結局は自分がすべてを忘れ去り、せめてその瞬間だけ自由になりたかったからにほかならない。

いずれにしろ、現段階で考えられる選択肢はふたつ――目立たない場所にある旅館か、レノの部屋。当然、心のこもった温かいもてなしなど望めないだろうが、おそらくレノの部屋のほうが安全だろう。どうしてレノがアメリカ人を憎んでいるのか、その理由を説明する権利は自分にはなかった。サマーにはたんなる人種差別だと思わせておくのがいちばんに違いない。旅館は〝白様〟がよみがえらせたいと思っている古きよき日本、その最後の名残のひとつであって、事前にあちこちに信者を潜入させている可能性がある。

日本の湯船に浸《つ》かるのはもう少し待たなければならないが、そのあいだはレノの部屋で我慢する以外ないだろう。それが東京で贅沢《ぜいたく》な気分を味わうハイライトになったとしても、仕方がない。レノが住んでいるところは狭い部屋がふたつしかなく、しかも部屋のなかはものがいっぱいで、信じられないことに愛車のハーレーまで部屋に置いてある。

「準備はいいかい？」

サマーは器用に箸《はし》で最後の米粒までつまんで口に運んでいる最中だった。この様子からすると、おそらく酒の注《つ》ぎ方や花の生け方まで知っているに違いない、とタカシは苦々しく思った。

食事をとって元気を取り戻したサマーは、青い瞳に険しい光を宿し、テーブル越しにこちらを見た。どうやら機内のトイレで起きたことはまだ記憶に新しいらしい。「それで、これからどこに行くの?」

「レノのところだ。そこがいちばん安全だろう」タカシは小声で言った。

「安全って、あの男はわたしのことが嫌いなんでしょ?」

タカシは肩をすくめた。「言ったろう、あいつはアメリカ人が嫌いなんだって。だいじょうぶ。きっと泊めてくれるよ。狭い部屋だが、我慢するほかない。ふたりでひとつの布団を使うことになるかもしれないが」

サマーは顔をこわばらせた。「いやよ、絶対にいや」

タカシはテーブルに身を乗りだした。「たしかに飛行機のなかでセックスはしたが、こっちにだって自制心はある。レノが隣の部屋で寝ている状況で、きみに手を出すつもりはない」タカシはさらに声を潜めたが、その顔はいらだちに赤らんでいた。

「どんな状況だろうと、わたしは絶対にあなたとセックスなんてしないわ」サマーは言いかえした。「もう二度とね。指一本でも触れたら命はないものと思って」

怒りを煽《あお》るだけだとわかっていても、タカシは笑い声を漏らさずにいられなかった。怒りを感じているときのサマーは強い。いまはその強さが必要だった。「僕は不死身の男だ」とタカシは言った。「それに機内では、きみはひとこともいやと言わなかったぞ」

サマーがフォークではなく箸を持っていたのは運がよかった。そんな嫌味をぶつければ、衝動にかられてぐさりと手を刺してきても文句は言えない。けれどもサマーは威厳のある態度を保って自分の殻に閉じこもり、完全に押し黙ることで、目の前にいる男に対する軽《けい》蔑《べつ》の思いを示していた。

「それでいい」とタカシは言った。「このつぎからは、いやなら口に出してそう言うことだ」

人通りの多い道に出るころには、サマーは冷静さを取り戻していた。すでに外は暗くなりつつある。今夜は早めに会社をあとにしたらしいほろ酔い加減のサラリーマンがよろよろと歩いてくるのが見え、タカシはぶつかるのを避けようと、彼女の腕を取ってぐいと引き寄せた。

もたれかかったサマーにスパイクヒールで足の甲を踏まれたのはそのときだった。タカシは突然の痛みに思わず声を漏らした。さっと顔を上げると、サマーは取り澄ました顔で微笑《ほほえ》んでいる。「どうもすみません」と日本語で言い、大げさな作り笑いを浮かべて謝った。「ハイヒールには慣れなくて」

タカシは驚きを隠せずにサマーの顔を見つめた。誰かに不意を衝《つ》かれて痛みを与えられることなど、じつに久しぶりだった。普段からなにごとにも警戒を怠らない自分が、素人を相手に隙《すき》を見せるなんて。とにかく一刻も早く、サマー・ホーソンから離れる必要がある。いっしょにいれば優秀なスパイとしての能力も鈍る一方で、それだけはいまは絶対に避けたかった。サマー自身のためにも、そして自分のためにも。

時差やハイヒールに慣れさせるため、タカシはレノの部屋までの長い道のりを歩いていくことにした。何度も横断歩道を渡って進むなか、いつ弱音を吐くかと内心思っていたが、サマーは東京タワーを二回通りすぎても文句ひとつ口にしなかった。レノは六本木に住んでいる。六本木界隈《かいわい》には高層ホテルからストリップクラブまであって、レノは祖父が関係している多種多様な事業の恩恵にあずかっていた。おそらく今夜も外出していて、パチンコ屋あたりで遊んでいるのだろう。しかし、レノが留守だろうと関係はなかった。ヤクザの組長の孫が住む部屋に泥棒に入る無謀な人間など、ひとりもいない。

階段を使って三階にある部屋に向かうあいだも、サマーは不平ひとつこぼさなかった。弱音を吐くくらいなら、舌を噛《か》み切ったほうがましだとでも思っているのだろう。タカシはドアを開けてサマーを先に通し、部屋に上がる前にきちんと靴を脱ぐうしろ姿を見つめた。日本の文化を知りつくしているサマーには、正直に言って腹立たしさすら覚えはじめていた。サマーはあまりにもこの国になじみすぎている。彼女は生まれてはじめて日本を訪れた〝外人〟なのであって、それらしくふるまうのがいま求められていることだった。

アメリカから持参したゴルフケースは、スーツケースと共にものでごった返した部屋の隅に立てかけるようにして置いてあったが、なかはからっぽだった。年代物の着物はていねいにテーブルの上に広げられている。柄にもなく気をきかせたのか、すでに予備の布団が出してあって、壺や、もう一枚の安っぽい現代風の着物がその上に置かれている。おそらく頼ってくるに違いないと思っていたのだろう。そんなレノの気遣いは頼もしくもあり、また癪《しゃく》でもあった。

腹にすえかねたサマーは、ようやく口を開いた。「いったいあなたのはとこはどういうつもりなの？ わたしたちがあんなに苦労して日本に持ってきた壺を、無造作に布団の上に置いて外出するなんて。しかも、鍵《かぎ》もかけずに」

「この部屋に盗みに入る無謀な人間はいないさ」

「〝白様〟の手下たちはなんでもするわ」

「たしかにそうだが、連中は僕らがここにいることを知らない。少なくとも、いまのところは」

「いまのところはね」サマーはそう繰りかえし、布団の上に座りこんで、かたわらにある壺を見つめた。その顔には明らかに疲労の色が浮かんでいる。それでも、いまにも大切な宝を蹴飛《けと》ばし、布団の上に彼女を押し倒したい衝動は否めなかった。彼女を見違えるように美しくさせている高級な服はもちろん、下着からなにからすべてをはぎとって。そんな衝動に屈すれば、行為の最中にレノが帰ってきて、いっそう機嫌を悪くさせるかもしれない。

とはいえ、このまま同じ部屋にいて、眠そうな猫のように伸びをしたりあくびをしたりするサマーの姿を前に、必死に欲望と闘う自分も許せなかった。「レノを捜してくる」タカシはだしぬけに言った。「今後の出方をあいつと話しあう必要がある。きみは服を着替えて、少し眠るといい。いつ戻るかはわからないし、レノとふたりでそのままどこかに向かうかもしれない」

「着替えるって言ったって、勝手にレノの服を着るわけにはいかないわ。そもそもわたしのサイズに合うはずもないし。それに、あなたのお仲間の誰が荷物を詰めたのか知らないけど、スーツケースのなかには下着の替えくらいしか入ってないのよ。あなたがどんな組織に属しているにしろ、日本のスタッフはカリフォルニアにいるスタッフよりも有能ではないようね」

　タカシはサマーのわきにある着物を顎で指した。それは壺をくるむときに使った着物だった。「それを着ればいい。少なくとも、きみの着物であることに間違いはない。でなければ、あっちの古い着物を着たらどうだ。きみの好きなようにすればいい」

「あっちの着物はわたしには小さすぎるわ。もっと若いころに試したことがあるけど、当時でさえ小さすぎて無理だったもの」

「日本の女性は小柄だからな」

「大柄で悪かったわね」とサマーは言った。

　会話をおもしろがっている顔でも浮かべようものなら、サマーはもっと機嫌を損ねるだろう。彼女は自分の体型のことを気にしすぎている。豊かな曲線を描く肉づきのいい体、そのやわらかな感触がどれほど性欲をそそるのか、本人は知る由もない。もちろん、こちらとしてはそのほうが都合がよかった。それでなくても、彼女といっしょにいることによって、すでにかなりのトラブルを抱えている。〝白様〟が躍起になって探している寺院の跡地を見つけ、その計画を阻止したら、すぐにサマーを妹の待つロンドンに向かわせ、あとはマダム・ランバートの慈悲にまかせるつもりだった。

一連の問題に片がつけば、祖父の期待に応《こた》えることにも集中できるだろう。一家の恥としか思っていない孫に、祖父がなにかを求めてきたことなどこれまで一度もなかった。その祖父が、みずから選んだ完璧な日本人の女性を結婚相手としてあてがおうとしている。当然そこには政治的な意味合いもふくまれているのだろうが、その申し出に応じるかどうかは自分次第だった。

「部屋の鍵はかけていく。誰も入れるなよ」

「あなたはほんとにわたしのことをばかな女だと思っているようね」

いいや、きみはきわめて聡明《そうめい》な女性だよ、とタカシは心のなかで思った。ただしそれも、自分がかかわり、突然このふっくらしたアメリカ人の女性に興味を抱く前の話。自分も、サマー・ホーソンを前にしていると理性を失わされ、愚かな行為に走りそうになる。

タカシはサマーの言葉に答えずに言った。「バスルームはきみのうしろにある。トイレを見ても怖《お》じ気《け》づくなよ」

「レノの家のトイレは人を怖じ気づかせるようなトイレなの？」

「少なくとも、あんなにいろいろな機能を持つ最新式のトイレは見たことがない。日本人ほどバスルームやトイレに創意工夫をこらす国民はいないだろうな。機内のトイレとは大違いさ」

「それはよかったわ」機内でのできごとを思いだしたサマーがささやくように言うと、沈黙がその存在を主張するように、ふたりを包みこんだ。タカシはすぐに部屋をあとにし、背後でドアを閉め、階段を二段ずつ下りて外に出た。部屋に戻りたい衝動を振り払うように、大急ぎで。

「なんていやな男なの」と声に出して言うと、いくぶん気分がすっきりした。「いけ好かない、きざな男よ」悪態をつくのは慣れていないけれど、あえて何度も繰りかえして的を射た表現を探した。この部屋にはわたしひとりしかいない。ひとりきりで時間を過ごすなんて何日ぶりだろう。リトル・トーキョーのホテルから逃げだし、〝白様〟の手下に路地に追いつめられて以来かもしれない。

もう逃げるつもりはなかった。正直に言ってそうしたい気持ちもあるけれど、いまさら逃げても仕方がないと、何度も自分に言い聞かせた。「だめよ」サマーは声に出して言い、その言葉を噛みしめた。部屋に響く声の力強さからしても、現実に立ち向かう決意に揺らぎはない。そしてサマーは自分の体に触れるタカシの手を、重ねられる美しい唇を思い、ふたたび「だめよ」と繰りかえした。けれども二度目の言葉は、いまひとつ真実味に欠けていた。

「なんていけ好かない男なの」とサマーはつぶやき、使う者を怖じ気づかせるというレノのバスルームに向かった。たしかにタカシの言ったとおりだった。最新式のトイレは、ボタンひとつ押すだけで、なんでもやってのけそうに見える。この場でトーストを焼いたり、オペラの曲を歌ったりする機能がついていてもおかしくない。サマーはとにかくそのトイレを使い、服を脱いできちんとたたみ、ハナさんが自分のために作ってくれた着物をはおった。

これはあの古い着物とは違う意味で価値がつけられないほど貴重な着物なのよ、とハナさんが言いつつ、愛を込めて作ってくれたのをいまでも覚えている。背中の部分には伝統的な技法で、ある風景が手塗りで施されていた。片側にとがった山々の峰、まっ白な鶴《つる》がその麓《ふもと》あたりを飛んでいる。サマーはやわらかな絹の感触を肌に感じながら、突然、誰かに守られているような心強い気持ちになった。これがほんとうのわたしの姿なのよ。サマーはそう思った。命を狙《ねら》われて逃げ回っている臆病《おくびょう》な女や、タカシを驚嘆させている皮肉な女は、ほんとうのわたしではない。

サマーは髪を留めていたピンを外し、化粧を洗い落とした。暖房がきいていないのか、部屋のなかはとても寒い。身震いしながら先ほどの部屋に戻って、毛布かなにかないかとあたりを見回した。

部屋のなかはものでいっぱいだった。しかも、レノの愛車らしきハーレーが大部分のスペースを占領している。いたるところに散らばっている本は、もちろん漫画だった。それに加えて、学術書のような本もあちこちで山積みになっている。壁に飾られている年代物の日本刀は、おそらく相当な価値のあるものだろう。そこには葛飾《かつしか》北斎の木版画のオリジナルもあった。山積みになっている本のなかにポルノ雑誌がふくまれているのは言うまでもない。

サマーは興味にかられてポルノ雑誌を一冊手に取り、まじまじと見つめた。表紙から想像するに、ＳＭを嗜好《しこう》する者向けの雑誌のようだった。全身を縄で縛られた愛らしく上品そうなアジア系の女性が、いかにも機嫌の悪そうな男にいたぶられている。哀れなこの女性になにかすてきなことが起こる展開にならないものかと、ぱらぱらページをめくっているときだった。突然、部屋に人の気配を感じた。

一メートルほど向こうに立っているのはレノだった。部屋に上がる前にブーツを脱いできたので、足音も聞こえなかったらしい。レノは例によって嫌悪感を隠そうともせず、その場に立ってこちらをにらんでいた。

知っている日本語の単語も、とっさには浮かんでこなかった。人に謝るときの言い方はいくつかある。〝すみません〟は、お酒を床にこぼしたときにも、誤って人を殺《あや》めたときにも、あるいはこういうときにも使えるんだったかしら？　英語で〝アイム・ソーリー〟と言えば、通じるに違いない。サマーは素直に謝って、雑誌を差しだした。

レノは近づいてきてそれをもぎとり、表紙の写真に視線を落とした。そしてふたたび顔を上げて長いあいだこちらを見つめ、もう一度写真に視線を落とした。まるで目の前にいる女に、その手のみだらな行為をさせる価値があるかどうか判断しているかのように。サマーはみぞおちのあたりが締めつけられるのを感じた。レノに関しては、タカシから事前に警告されている。それなのに運悪く、こうしてふたりきりになるなんて。

レノはこちらに向き直って肩をすくめると、雑誌をテーブルの上に放《ほう》り投げ、キッチンのある部屋の隅に向かった。そこにある冷蔵庫はとても小さかった。レノは瓶ビールとグラスをひとつずつ手に取って、テーブルの向かいにある椅子に腰を下ろし、ふたたびこちらに視線を向けた。

できることならこっちがビールを飲みたいくらいだった。レノを目の前にして、緊張は一気に増している。布団に腰を下ろし、着物の前を手で留めている自分の姿を見て、レノはあざけるように鼻で笑った。おまえなんかに手を出すわけがないだろう、とでも言うように。

「タカシは？」その声に、サマーはびくりとした。レノから声をかけられるのはこれがはじめてだった。

「あなたを捜しに行ったの」

レノはにんまりとよこしまな笑みを浮かべた。たぶん、二十代のなかばくらいだろう。わたしよりは年下なのはたしかだった。そんな男を怖がるなんて。「あんたには指一本触れないよ」とレノは英語で言った。

サマーは目を丸くした。「英語を話すの？」

「気分次第でね」レノはサングラスを外し、テーブルにある先ほどのポルノ雑誌のわきに置いた。レノはとても奇妙な目をしていた。血の涙のように見えるタトゥーが、異様な印象をさらに強めている。驚いたことに、その瞳は透きとおるような不自然な緑色だった。

「コンタクトレンズだよ」という唐突な説明も、不安を煽るばかりでしかない。

「あなたもタカシのように人の心が読めるの？」

「あんたの場合は……なんていうか、わかりやすいんだ。どうしてタカシはあんたをここに？」

「あの人はここなら安全だと」

「そうじゃない。どうしてあんたを日本に連れてきたかって質問してるんだ。タカシの祖父《じい》さんが知ったら、けっして快くは思わないだろう。タカシの奥さんについては言うまでもなく」

突然みぞおちを殴られたような気持ちになっている理由がわからなかった。たとえ結婚していることを隠していたとしても、あの男はそれ以上の重い罪を犯している。

「あの人の奥さんが心配するようなことはなにもないわ」

レノは片側に頭を傾けた。「それがほんとうだとしても、奥さんは信じないだろう。それでなくてもタカシの祖父さんは、ふたりの結婚を成立させようとだいぶ骨を折ってるんだ。妙な噂《うわさ》が相手の耳に入れば、破談になる可能性もある。タカシは汚れた血を清める必要があるのさ」

「あなたは奥さんと言ったじゃない」

「遅かれ早かれ、そうなるってことさ。タカシがおとなしく祖父さんの言うことに従えばね。とりあえず、あんたはたんなる邪魔者ってことさ。とっとと寺があった場所を教えたらどうだい。そうすればすぐに空港まで送っていって、アメリカ行きの飛行機に乗せてやるよ」

「言ったでしょ、わたしはほんとうになにも知らないのよ。ハナさんはよく日本の東北地方の昔話をしてくれたわ。そのあたりを探してみたらどうなの?」

「ひとくちに東北地方って言ったって、探すには広すぎる。なんなら思いだせるように俺《おれ》が手を貸してやろうか」

「手を貸されても、はじめから知らないものを思いだせるはずもないでしょ」サマーは緊張に震える声で言った。いったいタカシはどこでなにをしてるのよ。こんな風変わりな男とふたりきりにさせるなんて。

レノは背筋が凍るような微笑みを浮かべた。よく見れば、その顔はとてもハンサムだった。タカシほど美しくはないにしろ、もっと若くて、いたずらっぽい顔つきだった。ただ、その表情には冗談めいた雰囲気などかけらもない。

「俺はこういうのが得意なんだ。その気になれば、絶対に知らないと言いはる人間にいろいろなことを思いださせることができる。タカシは苦痛を与えることに良心がとがめるようなところがあるようだけど、その点、俺は倫理観ってものが完全に欠落していてね。手段は選ばない」レノはその目でこちらの体を舐《な》めるように見た。「まあ、そんなに時間はかからないだろう。問題は、タカシのように熟練した腕は持ってないし、体のあちこちに跡を残すかもしれないってこと。場合によっては、ノリよくやりすぎて、元も子もなくなっちまうことにもなるかもしれない。そうなったらじつにやっかいだな」

「死体を処分しなければならないしね」サマーは勇気を奮い起こして皮肉を口にした。

レノは首を振った。「その手の仕事を手伝ってくれる仲間は山ほどいる。やっかいだっていうのは、タカシのことだよ。あいつはきっと機嫌を損ねるだろう」

「あの人にずいぶん失望しているような言い方ね」

「してるとも。とにかく、俺はあんたが気に入らない。俺のはとこにあんたがしたことをふくめて、なにからなにまで。その腹いせにあんたを痛めつけることくらい、喜んでするよ」

「あなたのはとこに、わたしがなにをしたというのよ！」

レノはグラスにビールを注ぎ、不敵な笑みを浮かべて上に掲げた。「乾杯」とレノは言った。「あんたはタカシとやったんだろ？」ふたりしかいない部屋のなかには、レノの笑い声だけが響いていた。「そんなに驚いた顔をするなよ。悪気があって言ってるわけじゃない。タカシがあんたに手を出さないわけがないさ。いたって平凡なアメリカ人って感じにしろ、あんたにはそれなりに魅力があるし、タカシだってやさしい心を持った男だからな」

「やさしい心を持った男ですって？　あなたは彼がどんな人間か、ほんとに知っているの？」

「俺に比べたらってことだ」とレノは言った。「躊躇《ちゅうちょ》なんかせずにやるべきことをやっていりゃあ、とっくの昔にあんたの口を割らせて、必要な情報を得られたものを」

「何度も言ってるけど、わたしはお寺のあった場所なんて知らないの」

レノは椅子を押しやるようにして立ちあがった。「だったら、俺が思いださせてやろう」と言って、テーブルを回ってこちらに向かってきた。

「彼女に手を出すな！」タカシの険しい声が聞こえたのはそのときだった。

レノは無邪気な笑みを浮かべて振りかえり、日本語でなにか言いかえした。タカシは玄関の戸口に立って、レノをにらみつけている。落ち着いたその立ち居ふるまいに比べれば、レノはまるで手に負えない子どものように見えた。

「いままで英語を話してたんだろ？　だったら英語で言え」タカシは怒りをあらわにした。

「いったいどういうつもりだ」

「ちょっと脅しをかけて、必要な情報を聞きだそうと思ったんだよ。タイムリミットは迫ってるんだぜ。それに、ほかの方法は全部試したんだろう？」

「彼女はほんとうに知らないんだ」

「どうしてそう断言できる？」

「いいか、レノ、必要な情報を聞きだす方法としては、セックスは拷問と同じくらいの効果がある」

タカシはそう言って靴を脱ぎ、背後でドアを閉めた。

「なんなの、それ！」サマーは弱々しく反論した。

「へえ、そうかい。だったらふたりして彼女の相手をしてやるかい？　ひょっとしたらうっかり忘れてることもあるかもしれない。まあ、俺のタイプじゃないけど、この際妥協して――」

タカシはいきなりレノを殴り、彼の言葉をさえぎった。まさか拳《こぶし》が飛んでくるとは思ってもいなかったのだろう。素早い動きに、レノはよける暇もないようだった。部屋のなかの空気は一気に張りつめた。ふたりのあいだで行き交う怒りは、まるで手で触れられるかのようにそこにあった。一触即発の危機を感じたサマーは、すぐさま布団のほうに行き、壺を守った。

ところがレノはその場に立ったまま、切れた唇から滴る血をぬぐい、なにごともなかったかのように言った。「わかったよ、タカシ。この女はあんたのもんだってことだろ。そんなに独占欲の強い男だとは知らなかったよ。ビールでも飲むかい？」

タカシの息はいまだに荒かった。ひょっとしてまた殴るつもりなのかしら。サマーはそんな不安を覚えつつ、突然の暴力を前にしてとっさにとった自分の行動を意外に思った。するとタカシは肩に入った力をすっとゆるめた。「ああ。きみもいっしょにどうだい、サマー？」

一瞬、部屋の空気にふたたび緊張が走ったが、レノは戸棚に向かってグラスをもうふたつ取りだすと、テーブルに戻ってそれぞれにビールを注ぎ、瓶を置いた。

布団から腰を上げたサマーは、着物の前を押さえながらテーブルに行き、タカシが差しだしたグラスを受けとるかわりにビール瓶を手にすると、レノにグラスを渡しておかわりを注いだ。不自然な緑色のコンタクトレンズをつけたレノは、その目をぱちくりさせ、口元をかすかにほころばせて、「乾杯」とグラスを掲げた。そこにはもうあざけるような笑みは浮かんでいなかった。

サマーは自分のグラスを取って布団に戻ろうとしたが、急にタカシが息をのむ音が聞こえ、思わず立ちどまった。「冗談だろ！」背後でレノが奇声を発した。

サマーはさっと振りかえり、その勢いでビールを着物にこぼしそうになった。「なんなの？」

突然タカシにグラスを取りあげられたサマーは、力強い手でふたたびうしろを向かされた。「僕としたことが」タカシは低い声で言った。「鍵となるのはこっちのほうだったんだ」

「いったいなんのこと？」

タカシは着物に描《か》かれた絵を確認するように、両手で背中をなでた。もちろん、そこには個人的な感情などいっさいない。「答えはずっとここにあったのに」その手が腰のくびれに回るのを感じ、サマーは身を震わせた。「これは白鶴山だ」タカシは尻の片側に手を添えて言った。「この鳥居は寺に通じている。ほら、ここに白い鳥まで描かれているじゃないか。地図はあるか？」

「もちろん」とレノは言い、椅子から立ちあがった。

「サマー、着物を脱いでくれ」タカシは両肩をつかみ、着物を引っぱった。

サマーは慌てて引っぱりかえした。「この下にはなにも着てないのよ！」

「まったく、アメリカ人ってのはこれだから使えない」レノはあきれるようにつぶやいて、どたどたと部屋をあとにした。そしてすぐに戻ってくると、綿の浴衣を投げてよこした。

「これを着な。俺はあんたのボーイフレンドのために地図を探す」

サマーは青と白で模様の描かれた浴衣をつかみ、バスルームへと向かおうとしたが、タカシは肩に置いた手を放さなかった。「ここで着替えるんだ」

「いやよ！」けれども着物はすでにタカシの手によって脱がされていて、サマーは悲鳴のような甲高い声をあげ、レノの浴衣で裸の自分を隠した。

レノはけらけらと声をたてて笑い、日本語でなにかつぶやいた。どうせまたわたしを侮辱するような言葉なのだろう。サマーは急いで浴衣を着て、帯を締めた。

「忠告したはずだぞ。彼女には手を出すなと」タカシはレノに向かって英語で言った。

もしかしたらレノがつぶやいた日本語は侮辱的なものとは正反対だったのかもしれない。サマーはそう思いながら振りかえった。値のつけられないほど高価な年代物の着物は、レノの手で床に投げ捨てられ、ハナさんが作ってくれたもう一枚の着物を、タカシがテーブルに広げた。そこに描かれているのはなじみのある絵だった。子どものころからずっと眺めてきた絵――それが突然、こんなふうに新たな意味を持つようになるなんて。タカシは着物のわきに地図を広げた。

「祖父さんの言ったとおりだ」とレノは言った。「ハナ婆《ばあ》さんはたしかにあんたに秘密を託してたんだ」

「そして僕の言ったとおり、彼女はほんとうにそれを知らなかった」タカシは当てつけに言った。「見てみろ、サマー。ハナさんが描いた山はここにある」タカシは地図にある場所を指さした。「そして鳥居はその少し下、トナズミという町の外れにある。かつて寺があったところは、きっとそのあいだあたりだろう」

「今年の冬が比較的暖かいってのは運がよかったな。でなけりゃ、山はいまごろ雪にすっぽり覆われてるよ」

「〝白様〟のような男が雪くらいで計画をあきらめると思うか？」

「あのいかれた教祖かい？　あんな男、放っておいてもなんの害にもならないさ」

「それは違うわ」とサマーは言った。「あなたはあの男を見くびってる」

レノは物思いにふけるように長いあいだこちらを見つめ、やがてタカシのほうに振りかえった。「ちょっと出てくる。朝には戻る。詳しいことは帰ってから話しあおう」唐突にそう告げたレノは、すでに玄関に行って、ブーツに足を突っこみ、グロテスクなその目にサングラスをかけていた。「なんなら俺のベッドを使ってもかまわないぜ」レノはいたずらっぽくにやりと笑い、ドアを開けて出ていった。

22

「僕がレノのベッドで寝る」タカシはいまだに着物を見つめながらうわの空で言った。

「きみは布団で寝るといい」

「どうして？　レノのベッドはトイレと同じように人を怖《お》じ気《け》づかせるの？」

　タカシは振りかえってサマーを見た。レノとふたりきりになって脅されても、少しもひるんだ様子はない。彼女は容易に物怖じするような性格ではなかった。それにしても、サマーがレノの浴衣を着ていることになぜ腹立たしさを覚えるのだろう。ここ最近、自分でも説明のつかない感情が、血流に乗って体じゅうを駆けめぐっているような気がする。レノを殴ったこと自体、信じられなかった。あの場でレノがほのめかしたような行為は、以前の自分だったら許容範囲のことだったろう。それはたんなるセックスであり、セックスのことはすべてわかっている。それなのに、サマー・ホーソンとのあいだに起きていることに限っては、理解しようにも理解できなかった。

　きっとそんな一面は、顔を見たこともないアイルランド系アメリカ人の父親から受け継いでいるに違いない。そんなふうに強引に責任を押しつけることもできる。実際、日本側の血筋はみな現実的で、セックスを健全なスポーツのように考え、結婚やビジネスという人生において重要な要素と混同するようなことはない。自分自身、感情や気分に突き動かされてセックスするのは好きではないし、これまでもその態度はつらぬいてきたつもりだった。

未来の妻とされている女性は、そういう意味では完璧《かんぺき》に違いない。上品で美しい彼女は、セックスに対しても自分と同様の考えを持っている。見合い相手としては完璧だった。彼女と結婚して子どもでもできれば、アメリカ人を父親に持つ自分を認めない祖父も、孫のことは受け入れるかもしれない。

しかしいまとなっては、祖父がどう思おうが知ったことではなかった。きちんと礼儀をわきまえた表現を使い、祖父に向かって意思を伝えたのは、つい一時間ほど前のことだ。顔の広い祖父は当然、兄弟であるヤクザの組長のヒロ・マツモトとも通じていて、孫が日本に戻ってきたことを知り、携帯電話の番号を突きとめたらしい。そんな早業とも言える行動が、祖父にとっては裏目に出たのだろう。祖父からじきじきに電話がかかってきたときも、こちらはレノを捜すことで頭がいっぱいで、見合い結婚について返事を求められても返す言葉がなかった。祖父に受け入れられようと無理をする必要はないのだ。そう悟ったのはそのときだった。そして結局、今回の縁組はその場で破談になった。本心では乗り気でなかった相手の女性も、いまごろほっと胸をなで下ろしているだろう。

祖父の呪縛《じゅばく》から解放されたタカシは、ようやく自分が求めているものに正直になることができた。サマーはレノの浴衣を着て目の前に立っている。その手にナイフを持っていれば、迷わず刺そうとしてくるに違いない。それこそ、自分好みの女性。

「なにをにやにや笑ってるの?」サマーは険しい表情を浮かべた。

「べつに」とタカシは言った。「浴衣を脱いで着替えたらどうだ。僕だったらレノが着たものを着る気にはなれない」

「でも……ほかに着るものがないもの」

タカシはサマーに向かって絹の着物を放《ほう》った。「必要な情報はすでに手に入れた。着物はきみに返すよ」先ほどその着物を脱がせたときに目にしたサマーの裸体が、一瞬、脳裏をよぎった。ようやく謎《なぞ》の手がかりをつかみ、本来ならそれどころではないはずなのに、目の前にあるサマーの体から目をそらすことはできなかった。それはレノにしても同じようだったが。

「今度はバスルームに行って着替えてもいいのね?」サマーは答えを待とうともせずに歩きだした。だめだと言って引き留めたいところだが、あいにくその理由が見つからない。

サマーがバスルームから戻ってくるころには、布団にかける毛布と枕《まくら》を見つけ、寝る準備を整えてやっていた。アメリカ人にはベッドのほうがいいのだろうが、レノのベッドはグロテスクな飾りのついた見た目からして、快適な睡眠を与えてくれるようなものではない。

布団に置かれている枕がひとつだけなのに気づいたサマーは、内心ほっとしているに違いなかった。といっても、とくにうれしそうな顔をしているわけではない。そんな印象も、勝手にこちらが想像しているだけなのかもしれなかった。いずれにしても、彼女の体に触れる口実はいまのところ見つからない。その体を欲する思いも、いまは抑えるほかなかった。

「僕はあっちの部屋にいる」タカシは狭苦しいレノの寝室を顎で指した。「なにかあったら声をかけてくれ。僕は向こうですることがある」

「邪魔はしないわ」

おそらく、サマーは声などかけてこないだろう。ふたつの部屋のあいだにドアはないが、布団は死角になっている。アメリカンサイズのレノのベッドは寝室の大部分を占め、壁には過激なバイオレンス映画のポスターが何枚もコラージュのように貼《は》られ、なかにはアニメのポルノや浮世絵の春画、それにテレビゲームの『ファイナルファンタジー』に出てくる悪役、レノのセル画も交じっていた。〝レノ〟という呼び名も、じつはそこから取っている。部屋の片隅には、体の一部が吹き飛ばされた人形が、奇妙な体位をさせられた状態で縛られていた。ここ数日間、精神的に抱えきれないほどの経験をしている女性にとっては、レノの風変わりな趣味は少々刺激が強すぎるだろう。

なんとかして早くサマーをこの部屋から出さなければならない。〝白様〟の計画を阻止するあいだ彼女の無事を確保する方法は、ほかに必ずあるはずだった。一流のスパイとしてこれ以上ミスを犯さないためにも、自分も彼女と離れる必要がある。

タカシは服を脱ぎ、レノの趣味からは想像できないほど清潔なベッドに横になった。浴衣を脱がせる際にサマーに言ったのは、あくまでも冗談だった。潔癖性のレノは、きわめてきれい好きだった。サマーにはレノの服は着てほしくない。それが正直な気持ちなのだろう。

できることならサマーとベッドを共にし、その体に覆いかぶさりたい。しかし、それは不可能だった。それでなくても、ふたりのあいだには起きてはならないことが起きている。機内のできごとにしたところで、あんな行動に出なくても、言葉でなんとか気持ちを落ち着かせることもできたはずだった。でも、自分はその場の直感と衝動に従った。幸いにして彼女の発作は治まり、ほかの乗客の注意を引くこともなかったが、冷静に考えてみれば無謀な行為だったかもしれない。もう二度とあんなまねをするつもりはなかった。説得力のある口実を使えるような状況にでもなれば、話はべつだけれど。

芸術品並みの携帯端末も、機内で充電ができなかったせいで、バッテリーがほとんどなくなっていた。マダム・ランバートにメールを送信することはできたものの、彼女からの返信は文章の途中で切れ、続きのメールがどれだけあったのかは知る由もない。レノの部屋にはいくつも携帯電話が転がっているが、それを使ったとしても、〝委員会〟のネットワークシステムにアクセスするのは困難だろう。たとえつながったとしても、その内容は専門的な技術知識を持つ第三者によって傍受されかねない。〝白様〟が率いる教団には、その手の技術に長《た》けた人材が山ほどいる。

いまは運が味方してくれることを祈り、最善を尽くすのみだった。任務が成功するか否かは、すべてこの手に懸かっている。

〝白様〟は自分たちのあとを追うようにして、すでに日本に帰国しているようだった。レノを捜しに外出しているあいだ目にした新聞には、〈真の悟り教団〉が太陰暦の新年に盛大な式典を計画しているという内容の記事が載っていた。その際には、教祖自身から重大な声明が発表されるという。その声明がなんであるかは想像するまでもなかった。

秘密のヴェールに覆われていた寺院の跡地が明らかになったいま、あの教祖のたくらみは手に取るようにわかった。元来、太陰暦の新年を祝う祭りは、冬至のあとの二回目の新月に始まり、その後十五日間続いて、満月と共に終了したという。狂信的な信者たちの手で東北まで武器を運び、世界を破滅におとしいれる時間は充分にある。

タカシはバッテリーの切れた携帯端末をテーブルに置き、ベッドの頭板にもたれて、壁に貼られたポスターを見つめた。『バトル・ロワイアル』――ティーンエイジャーたちが互いに殺しあう話。まさにレノが好みそうな話だった。

タカシは明かりを消した。人工的なネオンの光がブラインド越しに差しこむ部屋のなかは、ぼんやりと不気味な色に包まれている。それでも、どんな状況でも睡眠をとれる自信はあった。それに、数時間ほどなら眠っても支障はない。実際に眠らずとも、横になって目をつむるだけでも頭や体は休まる。

けれどもタカシはぱっと目を開けた。隣の部屋から、サマーがごそごそと動いている音が聞こえる。どうも落ち着かないようだが、そのわけは考えるまでもなかった。

振りかえってみれば、石橋を叩《たた》くようにして慎重に歩んできた人生だった。そのなかで、自分を見失うような行為など一度もしたことはない。裏切られたり傷つけられたりするのを恐れ、もう何年ものあいだ、問題の種となるすべてのことを回避してきたというのに。

以前のわたしには分別があった。二十一歳のとき恋人に選んだ相手は、いっしょにいるだけで安らぎを感じられる、やさしい心の持ち主だった。正直に言って、そんな男性を選んだのは、もう過去の影など引きずっていないことを証明するためでもあった。三カ月という短い交際期間、当然ふたりのあいだにはセックスもあった。けれども毎回きまって心地よさを得られはしても、あとあとまで記憶に残るようなセックスは一度もなかった。〝きみはけっして僕を愛することはない〟そう言ってスコットが去ったとき、サマーは同様の経験を繰りかえすことに完全に興味を失っていた。わたしだって男の人とつきあえる。そう確信できただけで充分だった。

そんな人生が、こんなにも突然、粉々に砕け散るなんて。隣の部屋で眠っている男は、抗しがたい魅力を利用して、無理やりわたしの心や体に入りこんできた。この男と出会って真の快楽に目覚めさせられるまでは、自分にあんなことができるなんて思ってもみなかったし、真の快楽など知らないほうがよかったと思うときもある。タカシ・オブライエンはわたしの命を救うと同時にそれを脅かし、大切にしていたものを粉々にして、奪えるものをすべて奪ったのだ。結局わたしのことなど、任務の一部だとしか考えていない。セックスを武器に使い、良心のとがめもなく人を殺すこの男は、もう必要のなくなったわたしを明日にでもどこかに追いやって、二度と思いだすこともないに違いない。

そうなれば、わたしの人生はまた、危険とは無縁の平凡なものに戻るのだろう。サンソーネ美術館で働きつづけるわけにはいかないし、ジリーがいてはロサンゼルスを離れることもできないけれど、ほかの仕事を見つければ生活に困ることもない。

たしかにそれは軟弱な考え方かもしれない。でも、安全で無難な人生を望んだからといって、誰かに責められる筋合いはない。ここ数日のあいだ、何度死に直面したのかはわからないけれど、そんな経験のあとでいちばん楽な道を選び、自分だけの世界に引きこもる権利は、当然あるはずだった。〝白様〟の恐ろしい計画が阻止されたかどうかは、いずれ事実が証明してくれる。タカシの任務が失敗すれば、世界は混乱の渦にのみこまれるのだろうし、成功すれば、狂気にかられたカルト教団はひっそりと消滅するだろう。

たとえタカシ・オブライエンが命を落としても、わたしには知るすべもない。そもそもあの男は死と隣りあわせの危険な人生を送っているのだ。任務のためなら、みずから犠牲となってもそれを遂行させるだろう。タカシ・オブライエンは死ぬかもしれない。そしてわたしはからっぽになった心と、けっして癒《い》えることのない胸の痛みを抱えて、ひとりで生きていくのだ。

やっぱりわたしはどうかしてしまったのかもしれない。こんなことをあれこれ思い悩むなんて。時差ぼけに睡眠不足、おまけに何度も殺されかけたという尋常でないストレスを考えれば、いつ緊張の糸が切れ、自分を見失ってもおかしくない。

けれども、わたしはけっして自分を見失ってはいなかった。それどころか、どういうわけか体じゅうに力がみなぎっていて、自分という存在に対しても、以前は感じたこともない揺るぎない自信があった。

サマーは床に敷かれた布団から起きあがり、絹の着物の帯を締めた。それはお世話になったハナさんからの、最後のメッセージ。こんな災難が降りかかると知っていたら、彼女はわたしにこの着物や壺《つぼ》を託しただろうか。それらがもたらす危険を承知の上で、それでもわたしに賭《か》けただろうか。

その答えは考えるまでもない。ハナさんはいつだってわたしを守ってくれた。わたしのためなら、命だって迷わず差しだしたに違いない。いまの強いわたしがあるのも、ハナさんのおかげだった。一族の秘密をなんとかして守ろうとしたハナさんは、わたしにだって同様の勇気を期待するだろう。そこに疑問の余地はない。

ハナさんは隣の部屋のベッドで眠っている男のことはどう思うだろう。わたしの気持ちをわかって、ぽんと背中を押してくれるだろうか。いつ自分を殺すかもしれない男を相手に愚かにも恋に落ちるなんて、あまりにもばかげている。ハナさんならわたしの目を覚まさせるように頬をつねって、愚かなまねはおよしなさいとたしなめていたかもしれない。そう、つねに分別があって、感情に流されないハナさんなら、絶対にそうしていただろう。

でもその一方で、彼女は事実を都合のいいようにねじ曲げて否定するような人間ではなかった。たとえその事実が、不幸をもたらす可能性を秘めていても。

わたしにとっての不幸な事実。それは、恋に落ちるべきではない男を相手に恋に落ちたこと。頭が下がるほどのやさしい心の持ち主だったスコットとはまるで違うその男は、ためらうことなく人の命を奪う冷酷な手と、うっとりするような天使の唇を持ちあわせている。これ以上、真実から目を背けるわけにはいかない。ハナさんに育てられたわたしだもの、自分の心に嘘《うそ》はつけない。

部屋のなかは薄暗かった。ブラインド越しにネオンの光が差しこんでいる。サマーはそこらじゅうに散らばっているものを踏まないようにして、そっと歩きだした。

紫、赤、黄色――平行に並んだ筋状のネオンの光が、ゆらゆら揺らめきながらベッドに横たわる男を照らしている。タカシは仰向けになって、身動きもせずそこにいる。もう眠りに就いたのだろう。しばらくこうしてその姿を眺めたら、また隣の部屋に敷かれた布団に戻ろう。

タカシの目が開いているのに気づいたのはそのときだった。じっとベッドに横たわったまま、その黒い瞳でこちらを見つめている。

「こっちへ来いよ」とタカシは言った。

サマーはもっともらしいことを言おうと口を開きかけたが、タカシはふたたび言った。

「こっちに来いよ。きみは自分の求めているものをすでに承知している。あとはそれを口に出して言えばいいんだ」

　それができるならこんなに悩みはしない。誘惑に抵抗できずにベッドに近づいたものの、言葉はいまだに喉元に留《とど》まっていた。

　ベッドに横たわるタカシは裸だった。腰のあたりまで上掛けをかけているものの、その下になにもはいていないのは明らかだった。手を差しだしてベッドに引き寄せ、そのまま唇を重ねてくれたら、わたしはなにも言わなくてすむのに。

　タカシはそのままじっと横たわっていた。先ほどまで結んでいた黒い髪が、美しい顔のまわりに広がっている。その肌は、黄金色に輝いていた。考えてみれば、自分のほうからこの体に触れたことは一度もない。もちろん、こちらから唇を重ねたこともない。心のなかは不安でいっぱいだった。

「口に出して言うんだ」薄暗い部屋に響くタカシの低い声は、いつのまにか体じゅうに染み渡り、太腿のあいだを熱くしていた。「なにを求めているのか言えないのなら、僕もきみにそれを与えることはできない」

　踵《きびす》を返し、目の前に横たわる男に背を向けて、この場から去ることもできた。明日になれば、誰かがアメリカ行きの便に乗せてくれるだろう。それがいちばん簡単で、安全な道だった。たとえその道を選んだところで、タカシもきっと止めはしない。

「サマー、きみがほんとうに求めているものはなんだ?」透明感のある黒い瞳が、揺らめくネオンの光を受けてしっかりとわたしを見すえている。

「あなたよ」

タカシは一瞬目を閉じた。まるでその答えにほっとしたかのように。けれども質問はまだ終わっていなかった。「僕になにをしてもらいたいんだ。眠るあいだ抱いていてほしいか？　きみが僕という男など存在しないと自分を偽るなか、この手で快楽の極みへと導いてもらいたいか？　それともベッドに入って、そんな快感があるなんて夢にも思わないくらいの最高のセックスを経験したいか？」

「わたしは……つまり……」

「どっちなんだ？　勇気を出して正直な気持ちを言うんだ。そうすれば、僕はきみが求めるとおりにする」

それは嘘よ。わたしの思いを口にしたところで、この男が求めに応じるとは思えない。わたしを愛して、まるでおとぎ話の結末のような幸福な人生を与えることなんて、この男にできるはずもない。そもそもわたしはそんなハッピーエンディングなんて信じてはいないのだし。

でも、一生忘れられない夜なら、この男も与え慣れているだろう。永遠に薄れることのない一夜の夢。理性や常識なんて吹き飛んでしまうほどの快楽。わたしが口に出して求めさえすれば、この男はそれをかなえてくれる。

サマーは片手を差しだした。その手はぶるぶる震えていたが、いまさら隠そうにも隠せなかった。「結局わたしは、そんなに勇気のある女ではないのかもしれないわ」サマーは震える声で言った。

「勇気というのは、不安を覚えつつも、その気持ちを否定せずに行動することをいうのさ」タカシに手を握られたサマーは、そのぬくもりが体へと流れこむのを感じた。「さあ、言ってごらん」

ベッドは大きくて高さもあった。サマーはよじ登るようにしてベッドに乗り、マットレスの上にひざまずいて、着物の乱れを直した。タカシはその場を動くこともなく、ただこちらを見つめ、つぎの展開を待っている。

サマーはタカシの手を放し、みずから帯を解いて、着物の前がはだけるのにまかせた。束ねていた髪も、いまは肩に垂れている。完全に無防備な姿になったサマーは、目の前にいる男に身も心も明け渡していた。もう隠すものなどなにもない。

「あなたにキスがしたいの」ささやくような声で、サマーは言った。「あなたの体の、隅々に。あなたの体に触れて、あなたがなにを好きで、なにを求めているのか、この手で探りたいの。そしてわたしがあなたを求めているのと同じくらい強く、あなたにわたしを求めさせたい。わたしが欲しいのはあなたよ。あなたが与えてくれるものを、わたしもそのまま与えかえしたいの。この夜が永遠に続くように。あなたにはその気がある？」

「もちろんだとも」タカシはそう言って手を伸ばし、着物を肩から滑り落とした。サマーは生まれたままの姿でそこにひざまずいていた。「僕が求めているものはいたってシンプルさ。きみだよ」

思わず泣きだしたかったけれど、なんとかこらえた。「じゃあ、わたしの好きなようにさせて。あなたの体を知りたいの」サマーは両手をタカシの胸に置いた。滑らかな肌はかすかに熱を帯びている。サマーはタカシの骨格や筋肉のつき具合を調べるように、体じゅうに指を這《は》わせた。タカシは顔をのけぞらせ、目を閉じ、されるがままにまかせていた。タカシの体には傷跡がいくつもあった。完全に治っていない傷もあれば、だいぶ昔のものらしく、ほとんど消えかかっている傷もある。その体が思ったよりやせているのは驚きだった。タカシ・オブライエンがどんなに強靱《きょうじん》な男であるかは承知している。けれどもその体の味は、まだ知らなかった。

サマーは身をかがめ、ブロンドの長い髪がタカシの顔にかかるのもかまわず、その首に口づけをした。軽く歯を立てると、血管が力強く脈打っているのがいっそうよくわかる。唇に感じる脈動は、タカシが生きている証《あかし》だった。

喉元の部分はとてもやわらかく、そこは一分の隙《すき》もないタカシの体のなかでも、数少ない急所のように思えた。その部分に舌先を当てると、タカシは全身を震わせた。サマーは美しい筋肉の輪郭をなぞるようにして舌を這わせ、そこにある茶色い乳首を迷わず吸った。タカシはかすかに声を漏らした。舌先に感じられる乳首はすでに硬くなっている。それでもタカシはこちらの体に触れてはこなかった。両腕をわきに伸ばしたまま仰向けになり、体の隅々まで知りつくそうという自分に完全に身をまかせている。

タカシの肌はまるでみずから光を放つかのように滑らかだった。胸には毛もなく、完璧に均整のとれた体つきをしている。そのあまりの美しさに、サマーは一瞬、わたしはいまこの男となにをしているのだろうと疑問に思うほどだった。わたしはいま、タカシとベッドを共にしている。そしてそれはわたしが選んだことだった。

上掛けを押しさげると、平らな腹部に黒い毛がうっすらと生えているのが見えた。その毛はへその下あたりから細い線となってさらに下へと続いている。サマーは絹糸のような毛並《な》みを舌で舐め、その味を確かめた。

うれしいことに、気づくとタカシは拳《こぶし》を握りしめていた。その体はすっかりほてり、股間《こかん》も膨れあがっている。サマーは体の残りを覆う上掛けを引きはがした。

タカシのペニスは思ったよりも大きく、そのサイズを前にしてためらいを覚えたものの、そんな思いもすぐにかき消えた。わたしはすでに一度、タカシの性器を受け入れている。今度はわたしが主導権を握る番だった。

サマーはタカシのペニスに触れた。熱を帯びた性器に対して、自分の手はとても冷たく感じられる。それでもタカシ自身はその手のなかでどんどん硬く、大きくなっているようだった。なんて美しいんだろう。たとえ一瞬でもためらいを覚えた自分が愚かに思えた。それはいま、わたしのためだけにそこにある。興奮を抑えられずにそそり立つ太い性器は、握りしめる手のなかで力強く脈打っていた。それはいま、わたしのためだけにそこにある。サマーは浮きでた血管に舌を這わせ、その感触や味を念入りに確かめた。そしてペニスの先を口にふくみ、吸いこむようにして喉の奥へと導いた。

その瞬間、タカシはベッドの上で弓なりにのけぞり、快感に耐えるように両手でシーツを握りしめた。

ほんとうならもっと加減をするべきなのかもしれない。けれども、まるで自分のものであるかのようにタカシの体をしたいようにする感覚はすばらしく、相手を求める思いは増す一方だった。サマーはそのすべてを味わいつくそうと、タカシの甘いペニスをさらに奥までくわえた。

するとタカシはシーツを放し、両手をこちらの頭に添えて、骨張った力強い指で激しく髪をなではじめた。

こみあげる悦《よろこ》びに圧倒されたサマーは、気づくと股間から顔を引き離され、仰向けにされていた。絶対に放すまいと性器をふくみつづけていた唇は、今度はタカシの唇によってふさがれ、即座にまたべつの快感が取って代わった。

馬乗りになるようにして身を乗りだしたタカシは、呼吸を荒らげながらこちらを見下ろした。「どうやらきみは覚えが早いらしい。でも、まだまだそんなことをする域には達していない」

「そんなことないわ」サマーはそう言ってタカシの体を押しやろうとした。「わたしだってうまくできる。それに、わたしは欲しいのよ……」

「なにが欲しいんだ」相手の体を好きなように触り、思う存分味わうのは、今度はタカシの番だった。突然乳首に唇が当てられると、震えるような快感がサマーの全身を駆け抜けた。唇に包まれて強く吸われるたびに、快感のともなう震えは痙攣《けいれん》のようなものに変わっていく。

「あなたよ」とサマーは声にならない声で言った。「あなたが欲しいの。あなたをわたしのなかに感じたい……」

「じゃあ、口に出して言うんだ。あのときのようにまたきみのなかでいってほしいのか？ それがきみの望みなのか？ そんなに僕が欲しいのか？」

「ええ」サマーはあえぎ声を漏らした。

タカシは微笑《ほほえ》んでこちらを見下ろしていた。「それでいい。だが、それはまだおあずけだ」

サマーは必死にせがもうと口を開きかけたが、喉元まで出かかった言葉もあえぎ声にかき消された。タカシは滑るようにして下のほうに移動し、震える両脚を広げ、脚のあいだに顔を埋《うず》めた。

両手を伸ばしてその顔を押しやろうとしても、無駄な抵抗だった。サマーはあきらめてシーツの上に腕を落とし、体を弓なりにしてみずから腰を上げた。タカシは巧みな舌使いでじらすように敏感な部分を刺激し、震えの止まらない脚のあいだに指を滑りこませた。その瞬間にサマーが導かれた場所は、一面に星の散らばる、かつて訪れたこともないような愉楽の園だった。

ふいにタカシがそばを離れたのが感じられたものの、全身の痙攣は止まらず、絶頂感は何度も津波のように押し寄せ、力という力を奪った。シーツで口を拭《ふ》いたタカシは片方のわきを下にして横向きになり、互いに向きあうように体を振り向かせて、片脚を自分の腰にかけさせた。ペニスの先端は、太腿のあいだの敏感な部分に触れるか触れないかのところで静止している。サマーは体じゅうに満ちあふれる欲求に理性を失いそうだった。

「お願い」

そう求めるまでもなく、タカシはなかに入ってきた。サマーは全身が硬直するのを感じながらも、いっそう奥へとタカシを導こうとした。

「もっとか?」タカシはうっとりするような低い声で言った。

「もっと」と答えると、タカシはほんの少し腰を突き、ふたたび引いた。ペニスの先端だけを使って穏やかに繰りかえされる刺激は、頭がおかしくなりそうなくらいもどかしかった。

「お願い、もっと」サマーは息を切らし、タカシの引き締まった腰をつかんで、動きをうながそうとした。けれども向こうのほうが力が強いのは言うまでもない。タカシはじらすようにまたほんの少しだけ奥に入り、その場で腰を止めた。

サマーは声を張りあげてタカシの胸を叩きたかった。「もっと」と繰りかえすと、タカシはふたたび腰を突いて、ようやく半分ほどがなかに入った。

けれどもそれもつかの間、今度は完全に引き抜かれる寸前まで戻され、サマーは懇願するようにうめき声をあげた。

タカシはうめき声があがるたびに腰を突き、やがて奥深くまで入って完全に一体になった。サマーは覆いかぶさる体にしがみつき、両腕に爪を立て、ようやく満たされた欲求とさらなる欲求とのジレンマにすすり泣いた。この感覚を知ったあとでは、いままでの自分はからっぽの容器でしかなかったような気がしてならなかった。それがいま、わたしはこうして満たされ、これ以上はなにもいらない至福に浸っている。あとはこの瞬間が永遠に続くことを祈るばかりだった。サマーはもっと奥までタカシを受け入れ、タカシのすべてを味わいたかった。絶頂へと加速する強烈な力に、体は完全に支配されていた。なんとかそれに抗《あらが》い、できるだけ長く続かせようと思っても、どうにもならなかった。するとタカシはふいに体の向きを変えさせ、自分の下に組み伏したあとさらに奥深く――これ以上は絶対に無理だと思っていたところよりもさらに奥深くへと入ってきた。サマーは頭がまっ白になり、汗ばむタカシの体にただしがみつき、自分の内側が隙間なく満たされる感覚に圧倒されていた。そしてやがてタカシはなかでクライマックスに達し、熱い液体を放出した。

強烈な快感に我を失っていたサマーは、気づくとタカシの胸に顔を押しつけ、息を詰まらせながら泣いていた。タカシは両腕で体を抱きしめて背中をなで、涙の伝う顔にそっと唇を当てている。とても心地よい響きのする言葉が、日本語でささやかれていた。

サマーがその言葉を口にしたのは、ほとんど眠りに落ちかけていたときだった。そこにはもう、傷つくのを恐れて自分を抑える気持ちなど、かけらもなかった。タカシがわたしを抱きしめながらなにをささやいているのかはわからない。けれどもこの瞬間にあって唯一、素直に口にできる言葉はこれしかなかった。

「愛してる」とサマーは言い、満ち足りたセックスのあとの深い眠りに入っていった。一瞬、タカシの体がこわばったような気もしたけれど、やがてすべては消え、サマーは夢の世界に引きこまれた。

23

ようやく目が覚めると、タカシはもういなかった。正直なところ、ほっとした気持ちもある。ふたりで共にした永遠の夜が明けたいま、どんな顔をしてタカシと向きあえばいいのかわからなかった。

だが突然、なにか決定的に間違ったことをしてしまったという心のひっかかりを感じ、サマーはベッドの上で体を起こした。ひょっとして、わたしは愚かにも〝愛してる〟と口にしてしまったのかしら。その言葉を耳にするなり、拒絶するようにタカシの体がこわばったのは思い過ごしだろうか。

そうよ、あれは夢だったのよ。タカシはわたしの心や体を目覚めさせ、想像もしていなかった自由な場所へと導いてくれた。そしてわたしは全身をつらぬくうずきに、止めようもない震えに、気を失うように眠りに落ちたのだった。

窓からはまぶしい日の光が差しこんでいる。部屋にひとり取り残されたサマーは、平常心を取り戻そうと深呼吸を繰りかえした。いまさら弁解の余地はない。わたしはすべてをさらけだし、タカシに身も心もゆだねたのだ。時間を逆戻りできたとしても、迷うことなく同じことをするだろう。

けれどもこのままベッドにいて、タカシが戻るのをただ待つわけにもいかない。

どうやらタカシは壺《つぼ》もいっしょに持っていったようだった。またここに戻ってくるつもりなのだとしたら、どこに持っていったというのだろう。そうよ、タカシは必ず戻ってくる。そのあいだわたしはここにいて、タカシの帰りを待っていよう。

レノの部屋はバスルームでさえ風変わりだった。シャワーを浴びようとその下に立つと、突然いろいろな方向からお湯が体に向かって噴きだしてきて、戸惑いを覚えた。最先端のテクノロジーが好きなレノは、こんなところにも取り入れているらしい。バスタブを丸ごと取り払ってあるのは、ほんとうに残念だった。できればゆっくりとお湯に浸《つ》かってリラックスしたいところなのに。痛みやうずきは体のあちこちに広がっていた。長時間、飛行機に乗っていたせいだと自分に嘘《うそ》をつくこともできるけれど、痛みの原因がそれとは無関係であることは、自分がいちばんよく知っていた。実際、そんなところが痛くなるなんて思いも寄らなかったところに痛みがあったし、普段あまり使わないお尻や腿の筋肉もいつになく張っているような気がする。一時間ほどお湯に浸かれば、さっぱりとした気分になって、体の疲労も回復するだろうに。

タカシはきっと戻ってくる。たぶん、邪魔者のレノといっしょに。そして自分たちが〝白様〟を追って東北に行っているあいだ、ここで待っていろと説得しようとするに違いない。でも、そんな言葉に耳を貸すつもりはなかった。それは向こうだってわかっているだろう。なにを言われようと、わたしはタカシといっしょに行く。ひとり取り残されたあげく、その後の展開を新聞の見出しで知るのはごめんだった。

わたしを縛ってクローゼットに閉じこめておくことも、タカシなら難なくできるだろう。〝こうするのもきみを思ってのことだ〟そう口にして。けれどもタカシといっしょならまだしも、クローゼットに閉じこめられるのなんて耐えられなかった。サマーはシャワーを止め、鏡に目をやって、そこに映る自分の姿に驚きを覚えた。

鏡に映っているのは、まるで別人のようだった。ここ数日のあいだにのちにトラウマとなるような経験をしたにもかかわらず、健康的なその体はきらきらと輝いている。それは人生でずっと欠けていたものをようやく見つけた人間が放つ輝きだった。

たしかにセックスを武器に使うような男を相手に恋に落ちるのは愚かなことかもしれない。何度も命を救い、危険から守ってくれた男は、一方で嘘を繰りかえし、癇《かん》に障るようなことばかりしている。その立場や魅力を利用してわたしを誘惑し、経験したこともないような最高のセックスを味わわせて。

その気になれば、タカシと同じくらいセックスのうまい男を探すのも、そう難しいことではないはずだった。タカシほどではなくとも、ベッドの上で満ち足りた思いをさせてくれる男の人は、ほかにもいるに違いない。経験が豊富な男の人なんて、この世にはごまんといる。問題は、タカシの切り札がテクニックだけではないことだった。たしかにタカシは、どの部分にどう触れたら期待した反応が得られるか、その力加減まで心得ている。与えられる刺激はときに痛みを感じるほど強く、ときにもどかしいほど弱く——口や手、そして腰の動かし方まで知りつくしているあの男は、全身を使って我を失うほどの快感を与えてくれる。とはいえ、勘のいい男の人なら誰だってそのようなテクニックを身につけられるのはわかっていたし、相手の豊富な経験を思えば思うほど、快感とは裏腹にいらだちや失望を覚えるのも事実だった。現にタカシにとって、感情とセックスはなんの関係もない。

けれどもサマーにとっては、感情がすべてだった。わたしは全身全霊でタカシに向きあい、その存在に魅了されている。そんなつながりを絶つことなんて考えられなかった。

でも、このわたしになにが変えられるだろう。わたしはタカシの任務の一部でしかない。相手はわたしほどの快感を覚えたわけではない。そんなネガティブな思考をするほど自信のない女ではないけれど、切り替えの早いタカシは誰とだって同じことができるに違いない。もちろん、結婚の約束をしているという女性とでも。

いずれにしても、わたしはタカシなしで生きるすべを身につけなくてはならない。それも、すぐに。そしてその事実を認めることこそ、自分がのめりこんでいるものを克服する最初のステップだった。

あとは時間が解決してくれる。

レノの服を借りて着るのは、とても不思議な気分だった。それでもここ数日のあいだに少しやせたらしく、その上、レノはだぶだぶのジーンズが好みのようで、お尻が大きめのアメリカ人でも楽にはくことができた。それにしても、タカシが出したらしいレノの下着には笑わずにはいられなかった。どうやらレノは豹柄《ひょう》とパステルカラーが趣味らしい。ブラジャーをつけたサマーは、胸元に残る昨夜の名残にかすかに動揺したものの、すぐにそんな思いを振り払って、レノのTシャツを頭からかぶった。派手なライムグリーンのTシャツには、英語で〝On The Verge of Destruction〟と書かれている。色はみずから手に取って選ぶようなものではないけれど、〝破壊寸前〟〝もう少しで壊れそう〟という意味合いの言葉はいまの自分にぴったり当てはまるような気がした。それに、似合う服を探してこれ以上レノのクローゼットをあさる気にもなれない。

靴箱にあったオレンジ色のスニーカーはもちろんサイズが大きかったが、何枚か靴下を重ねてはき、きつくひもを縛ればだいじょうぶだろう。飛行機に乗る際に与えられたハイヒールで東北地方にある山に向かうつもりはない。たとえそれがときに武器となって、相手に効果的なダメージを与えられるとしても。

タカシはわたしも山に向かうなんて思ってもいないだろう。驚く顔が目に浮かぶようだった。

サマーはキッチンに行ってインスタントの味噌汁《みそしる》を作り、炊飯器に残っているご飯といっしょに食べた。栄養のある食事とは言えないけれど、少なくともこれで空腹は満たされる。

キッチンの引き出しには、果物ナイフがあった。レノの部屋にあると、果物を切るためのものというより、戦いの道具のように見えるけれど、万一タカシに縛られて置き去りにされた場合、ロープやダクトテープを切るのに役に立つだろう。

皿を洗っているとドアが開く音がしたが、あえて振りかえりはしなかった。レノのことはもう怖くもなんともない。実際のところ、たいていの場合、彼は虚勢を張っているにすぎなかった。もし部屋に入ってきたのがタカシであれば、背後からそっと近づいてきて、ぴったりと体を重ねてくるに違いない。そしてわたしはふたたび力強い腕に抱かれ、そのぬくもりにすべてをゆだねることができる……。

それは一瞬のできごとで、サマーは反応する暇もなかった。なにかで口と鼻を押さえられ、不快なにおいを嗅《か》いだとたん、抵抗しようにも体が麻痺《まひ》したように動かなくなった。ナイフよ。サマーは朦朧《もうろう》とする意識のなかで思った。ナイフを取らなくちゃ。両膝の力が抜けて床に倒れると同時に、頭になにかがかぶせられ、視界がまっ暗になった。これじゃあ、また振りだしに戻っただけじゃない。そしてそれを最後に、サマーは完全に気を失った。

「彼女のことはどうするつもりなんだ」レノは言った。「まあ、俺《おれ》が口出しすることでもないけど、あんたの祖父《じい》さんは知りたがるだろう」

「すべてが終わり次第、アメリカに帰すさ」タカシは険しい表情で答え、ヒトシ・コモリのクレジットカードを出して、アウトドア用の服を何枚か買った。

「あんたもいっしょに行くのかい？」

「まさか。彼女は彼女の人生に戻る。僕は僕で、つぎの任務に集中するまでだ」

「また〝委員会〟か。あんたはまだ世界を救えると思ってるんだな」

「努力する価値はある」

「わからないね、俺には」

「おまえはまだ若いんだよ」タカシはなぜか無性に気が立っていた。昨夜味わった頭がからっぽになるようなセックスを思えば、もっとすっきりした気持ちでいてもおかしくないのに、いまはなにかに当たりたくて仕方がなかった。なにかを殴れるなら、目の前にいるレノの顔でもかまわない。

「そうとも、俺はあんたよりも五歳も若い。でも、年上だから賢いってこともないだろう。どんなに大人ぶっても、結局はひとりよがりにすぎない」

タカシは哀れむようにレノを見た。「そう言うおまえは、ヤクザの組長である祖父さんの下で働くことに満足してるのか？　賭博《とばく》場や風俗店を営むことに、どんな幸せがあるっていうんだ」

レノは肩をすくめた。「じゃあ、どうすればいいっていうんだよ。ひょっとしてあんたの秘密組織に加わって、いっしょに世界を救おうって誘ってるのかい？　そんなのは俺の生き方じゃない。陰のヒーローなんて、そう何人もいらないだろう？」

「入れ替わりの激しい世界なもんでね。僕のいる世界では、人の命なんて簡単に失われてしまう」

レノはにやりと笑った。「まあ、魅力的な誘いではあるけど、いまのところはギャンブルとセックスに生きるさ。単純な快楽に身を置いていたほうが無難だからね。それに、あんたが俺に余計な考えを吹きこんだと知ったら、祖父さんも黙っちゃいないだろう」

「おまえの祖父さんはいつでもおまえを自由にする心構えでいる。現に、僕はおまえのことについて直接かけあったんだ」

レノはサングラスを押しあげ、鋭いまなざしを自分のはとこに向けた。「あんたは自分のことだけを考えて、大切な任務とやらに集中してろよ」その口調は殺気立っていた。

「外人と寝たりして、祖父さんの世界を汚してるのはあんたのほうだろう？」

「忘れたのか、僕には半分外人の血が入ってるってことを」

「いつだってそんなふうには見ていないつもりさ」

「しかしおまえは――」

「もう話は終わりだ」レノは吐き捨てるように言った。

いまはこれくらいで充分だろう。タカシはレジ係の店員がトレーにのせて差しだしたクレジットカードとレシートを取り、ズボンのうしろのポケットに入れて、いかにも不機嫌そうにむっとしているレノのほうに向き直った。「とにかく、考えるだけ考えてみろよ」

マダム・ランバートならきっとレノの性根を叩《たた》き直してくれるに違いない。その様子は金を払ってでも見物したい気分だった。それに、レノが組織に加わって心配ごとも増えれば、サマー・ホーソンに対して犯した数々のミスのことも、あまり考えずにすむ。

返事がわりにレノが下品な言葉を口にすると、レジ係の店員が顔を赤らめた。タカシはレノの腕を拳《こぶし》で殴った。「もっと大人になれ、レノ」

レノは鼻で笑い、やけに威張った足どりで店を出た。午前中の空気はまさに冬を思わせるものだった。「ガールフレンドの服は買わなかったようだな」

「彼女は連れていかない」

「俺のところに泊めるのはごめんだぜ」とレノは言った。「昨日はあんたの顔を立てて我慢したんだ。あんたがいなけりゃ、首でも絞めかねない」

「彼女はおまえが思う以上にしぶとい女性だ。おまえに手をかけられて死ぬほど愚かじゃない」

レノはまじまじとタカシを見つめた。「こいつはたまげた。あんたがあの女に惚《ほ》れるなんて」

「惚れるだって？」とタカシは繰りかえし、レノの指摘をなんとか笑い飛ばした。「やっぱりおまえの頭はどうかしてる」

「そんなことは言われなくてもわかってるさ。けど、頭がどうかしてるのはあんたのほうだろう。あんな女に惚れるなんて。愛だの恋だの、そんなのは時間の無駄だよ。愛はナイフのごとし。骨抜きにされて裏切られて、結局は背中を刺されるのがおちだ」

「レノ、おまえが愛についてなにを知っているというんだ」タカシは苦笑いを浮かべて言いかえした。

「俺は日ごろからそんなものは寄せつけないようにしてる。頭の切れるあんたなら、てっきり同じことをしてると思ってたけどな。あんたの祖父さんはあんたにふさわしい結婚相手を探してきたんだ。遅かれ早かれ、あんたは祖父さんが昔から望んでいたとおりのまじめなサラリーマンになる。そうなれば、あんたのなかに半分入っている血のことだって、大目に見てくれるだろうさ。まあ、純粋な日本人の血を持たない者に会社は譲れないとしても、往生したあとに大金や豪邸くらいはくれるに違いない。それに、祖父さんが選んできた女はいいケツしてるぜ」

「たしかに」とタカシは言った。「だが、僕はそんなものはいらない。豪邸も、会社も、まったく興味がない」

「まさか欲しいのはあのアメリカ人だって言うんじゃないだろうな」

「そうじゃない」タカシは即座に否定した。それが嘘であるかどうか、考える暇もなく。

「彼女といっしょにいれば、いずれ僕は自分を見失うだろう」

「いずれどころの話じゃないだろう」とレノは言った。「で、俺たちが山に入っているあいだ、どこにあの女を隠しておくつもりだい？　アメリカ行きの飛行機に乗せるのがいちばんだろうが、そんな時間はないしな」

「俺たち？」

「状況的には、いまの俺たちは昔、テレビで観《み》たアメリカの西部劇と同じ場面にいる。

『ローン・レンジャー』で、主人公の白人と相棒の先住民が戦いの服に身を包んだ先住民たちに囲まれて、主人公が言うだろう？〝俺たちはもうおしまいだ〟って。でも、先住民の相棒はそれに対してこう答えるんだ。〝俺たちっていうのはどういうことだい、白人さんよ〟って。俺とあんたは見ている角度が違うってこと。とにかく、俺はあんたといっしょに行く。問題は、どこにあの女を隠しておくかだ」

「おまえを連れていくわけにはいかない」タカシはすかさず言った。「心配するな。おまえの部屋に彼女を置いていくつもりはない。知りあいに子守り役を買ってでるやつはいないか？　こんな女といっしょにいるのはごめんだと思わないように、英語がまったく話せない人間ならなお都合がいい。注意を怠らず、つねに彼女に監視の目を光らせていられる人間。おまえなら誰か知ってるだろう」

「ジャンボならその役にぴったりかもな。もともとは相撲の力士で、そんなに賢くはないけど、ごちゃごちゃうるさいことを言うようなら、どすんとその体の上に座っちまうだろう」

「しかしあまり乱暴なまねは――」

タカシの言葉は突然鳴りだしたけたたましいギターの音にさえぎられた。レノは革のジャケットのポケットに手を突っこみ、携帯電話を取りだした。「もしもし！」怒鳴るように応答したものの、その表情はがらりと変わった。レノは声を潜め、人の少ない歩道の一角へと移動した。タカシが背後に追いつくころには会話は終わっていて、レノは見るからに動揺していた。この男が動揺した顔を見せるなんて、よほどのことがあったに違いない。

「祖父さんからだ。スーザンが捕まった」

スーザンと言われて一瞬誰のことかと思ったが、タカシは血の気が失《う》せるのを感じた。

「捕まったって、誰に？」

「決まってるだろう。教団の連中は壺を要求している。祖父さんのところに脅迫状が届いたそうだ。〝さもないと、彼女は我々の手でカルマの報いを受けることになる〟と。壺はあんたが持ってくるようにと言っているらしい」

まるで血管のなかで血液が凍りついてしまったかのようだった。人込みの街を寒々しい風が渦を巻いて駆け抜けた。「どこに？」

「冗談だろ？　まさか行く気じゃないだろうな。連中に壺を渡したって、彼女はどうせ殺される。脅迫に屈して求めるものを差しだせば、連中に聖戦を始めるきっかけを与えることになるんだぞ。やめたほうがいい」

タカシは服の入った袋を落とし、片手でレノのジャケットをつかんで、その体を壁に押しつけた。「どこだ。どこに持っていけばいい？」

「連中がこだわる寺の跡地だよ。明日までにと言っている。あんたのガールフレンドが口を割ったか、俺の部屋に盗聴器でも仕掛けてあったんだろう。どっちにしても、連中はすでにその場所を承知していて、あんたに壺を持ってこさせようとしている。タカシ、そんなことをすればそれこそ相手の思うつぼだ。連中は彼女を始末して、あんたも殺そうとするだろう。どれほど有能なスパイなのか知らないけど、たったひとりで立ち向かうなんて無謀すぎる」

「ひとりじゃないさ、レノ。おまえもいっしょに来るんだ」

レノはジャケットをつかむタカシの手を押しやり、けだるそうなしぐさでゆっくりとしわを伸ばした。「いずれあんたも俺の視点でものを見ると思ってたよ。さあ、行こう」

サマーは吐き気を覚えた。少なくとも、今回は車の後部座席やトランクに乗せられているわけではないらしい。頭にはまだ袋のようなものがかぶせられていて、途中で着替えさせられた服は薄手のゆったりした感じのものだった。寒くて仕方がないのはそのせいだろう。両手はうしろ手に縛られていて、叫び声をあげられないように、なにかで口をふさがれている。どんな種類の乗り物に乗せられているにしろ、いまはその片隅で身を丸くしていることしかできなかった。振動の激しさは、まるで丸太の敷きつめられた道でも走っているかのように感じられる。車内にはなじみのある不快なにおいが漂っていて、それがなんであるかは考えるまでもなかった。〈真の悟り教団〉は鼻がおかしくなるほど甘ったるいにおいの香を好んで使っていて、そのにおいは信者たちの服にも染みこんでいる。頭を肩のほうに下げて着せられた服に鼻を近づけると、そこにもやはり同じにおいがした。

わざわざわたしを誘拐するなんて、教団の連中以外に考えられない。それでも、いまさらどうしてそんなことをするのかはわからなかった。わたしを殺さずにいるのはお寺の場所に案内させるためなのだろうが、連中はすでにその場所を知っている様子だった。先ほど薬を使われていろいろ訊《き》かれた際に、余計なことを口走っていなければいいけれど。わたしを誘拐したところで、連中が得るものはなにひとつない。ひょっとしたら、わたしがまだ壺を隠し持っているとでも思っているのかしら。

レノの部屋にわたしがいることを突きとめた連中は、壺を持っているのがわたしではなく、タカシであることくらい知っているはずだった。

「どうやら目が覚めたようです、教祖様」

しまった。下手に動くべきではなかったのに。無視されて片隅に縮こまっていたほうが、落ち着いてものを考えられる。頭全体を覆っていた袋が乱暴に取り去られ、サマーは予期していなかったまぶしい昼間の光にまばたきを繰りかえした。するとやがて、まるで瞑想《めいそう》しているかのようにじっと向かいの座席に腰を下ろす男に焦点が合った。肩まで垂れた白い髪。完全に色素を抜きとったようなまっ白な肌は、まさに死の色だった。その瞳でさえ、白みがかって濁っている。

教祖はやがてこちらに向き直った。ほとんど盲目に近い状態なのだろう。願わくば、それがわたしに有利に働けばいいのだけれど。

「ハインリッヒ、口の覆いも外してやりなさい。その頭のなかでなにを考えているのか、わたしにも聞こえるように」〝白様〟はお経を読むときのような低い声で言った。

口に貼《は》られたダクトテープをハインリッヒに引きはがされたサマーは、皮膚まではがれるような痛みに思わず悲鳴をあげそうになった。この男の顔には見覚えがある。リトル・トーキョーの路地で襲ってきた男たちのひとりで、タカシに邪魔されて逃げ去った男だった。ドイツ人らしい透きとおるような青い瞳は、見る者を凍りつかせるような印象がある。薄い唇に、スキンヘッド。サマーは恐怖を覚えずにいられなかった。

「縄も解きますか、教祖様？」ハインリッヒは強いドイツ語訛《なまり》の英語で言った。

「いいや、それはやめておこう。たとえ暴れだしても案ずる必要もないが、こうして身動きの自由を奪っておけば、彼女が求める心の平穏も得られやすい」

「心の平穏なんて求めていないわ。わたしはもともと穏やかな性格なの。感情的になるのは、こんなふうに理不尽なまねをされているせいよ」サマーはかすれた声で言いかえした。

「いったいどういうつもりなの？」

そう言い放った瞬間だった。突然ハインリッヒの手の甲が飛んできたかと思うと、頬をしたたかに打ちすえられた。「教祖様に向かってその口のきき方はなんだ。もっと敬意を払え」

「軽蔑《けいべつ》している人間に敬意なんて払えるもんですか。それはあなたに対しても同じよ」

骨と骨が当たる鈍い音と共に、ハインリッヒの拳が反対側の頬を直撃した。激痛に視界がまっ暗になるなか、少なくともこれであざは左右対称になるわ、とサマーは思った。といっても、日本人には完璧《かんぺき》な対称性をあえて避けるような美意識がある。そして愚かにも自分が恋に落ちた最初で最後の男は、半分日本人の血を引いている。両頬に醜いあざのある死体を見て、タカシが美しいと思うはずもなかった。

「少しは手加減をしてやりなさい、ハインリッヒ」教祖は不気味な声で言った。「彼女は救済の手を差しのべる我々から引き離され、誘拐犯同然の男にたぶらかされたあげく、完全に洗脳されているのだ」

「誘拐犯はどっちよ。無理やり車のトランクに閉じこめられたわたしを救ってくれたのはあの人よ。救済の手を差しのべるだなんて、そんなにわたしのことを心配してくれる人間が、どうしてトランクに入れて人を連れ去るようなまねをするのよ」

〝白様〟は厳しい指摘を受け入れるように、ゆっくりとうなずいた。「信者たちもおそらく急いでいて余裕がなかったのだろう。なんとかきみを危険から守りたいという一心でね。きみのことを監視している男がいることは、我々もすでに承知していた。すべてきみの命を救おうと思ってのことなのだ」

「わたしの命を救う?」サマーは繰りかえした。「わたしを殺そうとしているのはあなたたちでしょう?」

「それは違う。あの夜、きみの家の浴槽で溺《おぼ》れ死にさせようとしたのは我々ではない。冷静になって思いだしてみなさい。きみはオブライエンを命の恩人だと勘違いしているようだが、実際はあの男の手で何度も殺されかけているはずだ。まあ、自分の愚かさを恥じる必要はない。あの男は危険きわまりない悪の手先だ。きみのようなうぶな女性が、対等に渡りあえるはずもない」

「わたしはあなたが思うほどうぶな女じゃないわ」胃のあたりが冷たくこわばるのを感じつつも、サマーは言いかえした。わたしを殺すつもりはないとタカシは言った。以来、そのことについては考えもしなかったけれど、浴槽に沈めてわたしを気絶させたあの手はタカシのものだったのだろうか？

「どうやら記憶がよみがえってきたらしいな」ほとんど盲目の教祖は言った。「きっと我に返ってくれると思っていたよ。人生は見た目ほど単純なものではない。敵と思っていた人間が、じつは真の友人だったという話など山ほどある。命懸けで信じていた男に裏切られるのも、珍しい話ではない」

こんな男の言葉なんて、それこそ信用できなかった。だめよ、考えてはだめ。この男はわたしの心を巧みに操ろうとしている。人を説得したり洗脳したりする技術は、カルト教団のリーダーにしてみれば商売道具のようなもの。そんなものに引っかかるほど、わたしは愚かではない。「いったいなにが目的なの？」

「わたしはただ、きみを安息の地に導こうとしているだけなのだ」

「ええ、そうでしょうとも。それで、ほんとうはどこに向かってるの？」

「きみはきわめて聡明《そうめい》な女性だ、サマー。きみの母親でさえ、それは認めていた。教団の活動にとっても、有益な存在になるだろう」

「だからどこに連れていくつもりなのよ」

教祖はため息をついた。「それはきみもすでに承知しているはずだ。教団の信者はいたるところにいる。きみがなにかを突きとめれば、その情報はすぐに我々の耳に入るのだよ。白鶴山《はくつる》に向かっていることくらい、きみにもわかりそうなものだがね。きみの愛する妹のほうが、賢さの上では少し上らしい。きみの妹が我々の教えに心を開くことを期待していたのだが、あの年代の若者というのはどうもひねくれていていかん。英知の声に耳を貸そうともしないなんて」

「だったらわたしも精神年齢では妹と同じようね。英知の声どころか、あなたの言葉なんて戯言《たわごと》にしか聞こえないもの」

そんな嫌味を口にするなり、ハインリッヒの分厚い手がふたたび飛んできた。かえってよかったわ。これで顔のあざも均等ではなくなる。

「ハインリッヒ、もう殴るのはよしなさい」〝白様〟は穏やかな声で言った。色素の欠乏した教祖を前に、サマーはなぜか作家のトルーマン・カポーティの顔を思いだし、こみあげる笑いを懸命にこらえた。たぶん、異常な状況下でパニックの発作が起きはじめて、理性を失いかけているのだろう。しかも今回は、そこから引き戻してくれるタカシはここにはいない。

「きみの妹に関しては、わたしは望みを失ったわけではないのだよ」〝白様〟は言った。「やがて訪れる混乱を生き残るのは、真に聡明で優秀な人間だけだ。きみの妹もそのひとりとなるべき素質を持っている。たとえ未熟な魂であるとしても、そのころには光の導く方向にちゃんと顔を向けているだろう」

「そんなことは絶対にあり得ないわ。ジリーが生き残ってあなたを前にしたとしても、ぶくぶく太った頭のおかしいぺてん師だとしか思わないはずよ」

「ハインリッヒ」〝白様〟は相変わらず穏やかな声で、手を振りあげたハインリッヒを制した。「この哀れな魂は明らかに混乱しているが、それも無理もないことだ。我々はこれまでに数多くの迷える魂を救済し、業深い人生から解放してきた。彼女にも手を貸してやろうではないか」

「業深い人生からの解放ね。それで、教祖様、あなたはどんなふうに人々を救済するの？」サマーはありったけの皮肉を込めて言った。

〝白様〟は紙のように白い顔をこちらに向け、慈悲に満ちた微笑《ほほえ》みを浮かべた。「つぎの人生に向けてすぐに旅立てるよう、直接手を貸してやるのだよ。それ以外に、どんな方法がある？」

24

トナズミはまるで時をさかのぼったべつの国のようだった。曲がりくねった細い道を抜けて村にたどり着くころには日も暮れかけていて、無駄にしている時間など一分もなかった。

白鶴山《はくつる》の麓《ふもと》にある小さな村は、観光客になど慣れていないのだろう。村の人々は都会から来たふたりのよそ者に礼儀正しくあいさつしたものの、さして興味もないのは見るからに明らかだった。しかしひとたび〝白様〟の名前を出すと、状況は一変した。

「太陰暦の新年の夜に当たるんじゃよ」と言ったのは年老いたそば屋の店主だった。「山ではなにやかやと行事があるらしくてな。邪魔になるようなことはせんほうがいい」

「〝白様〟のところに友人がいるんです。どうしても伝えなければならないことがあって」

「祝いの儀式が終わるまでは無理だな。山道にはどこも見張りの人間がいる。なんでも神聖な儀式らしくて、外部の人間に見られるのは好まんとさ」

「じゃあ、どうして衛星中継用のトラックがこの村に?」とタカシは言った。

老人は首を振った。「わしらは余計な詮索《せんさく》はせん。教団の信者たちはわしらに害を及ぼしているわけでもない。それどころか、こんな片田舎の小さな村が活気づいているくらいでな。そのかわりにわしらはなんにも口出しせず、なんでも好きなことをやらせておる」

タカシは衛星中継用のトラックに目をやった。感情という感情は数時間前に完全に押し殺している。いまはどこにも感情の入る余地などない。今後のあらゆる対応は、冷静かつ綿密に計算したものでなければならなかった。トラックはどこかのテレビ局が送りこんだわけではなく、教団が所有しているものに違いない。衛星放送まで使おうとしているということは、世界に向けてライブでなにかを配信する計画なのだろう。その内容は閉じた回路を通して信者たちのみに送られるのだろうか。東京にある主要な放送局となんらかの契約を結んでいる可能性も否定できない。もし放送電波を妨害しようとしているのであれば、たいへんなことだった。〈真の悟り教団〉には、その手のことを簡単にやってのける技術者たちがいる。計画の詳しい内容に関してはいまだ見当もつかないが、今後の世界が永遠に変わってしまうほどの惨事をもたらそうとしているのは間違いない。そんな計画は絶対に阻止しなければならなかった。

タカシは宵闇《よいやみ》に包まれた禁断の山に目を向けた。休火山とされている白鶴山は、それでもここ数年のあいだに噴火の前兆のようなものを何度か繰りかえしている。芝居がかった大ぼら吹きが、いかにも妄想を実現する舞台に選びそうな場所だった。

しかし、疑問はいまだ疑問のまま。今夜のために、あの教祖はどんな準備を整えたのだろう。カメラの前でサマーに危害を与えるのは考えられなかった。狡猾《こうかつ》で性悪な教祖は、そんな演出をするほど単純ではない。もしかしたらサマーは薬漬けにされ、従順な信者としてなにかの儀式に参加させられるのかもしれない。あっという間に洗脳された可能性も否定はできないが、おそらくそれはないはずだった。自分の考えをしっかりと持っているサマーは、容易に人に感化されはしない。すでになんの信頼も置いていない人間が相手なら、なおさらだった。ここ数日間の反抗的な態度を〝白様〟相手に彼女がまた繰りかえせば、いくら洗脳の得意な教祖でも、有用な取引材料として使えると思ったことを後悔するに違いない。サマー・ホーソンはその価値以上に、頑固で手に負えない女性だった。判断力のある人間なら、そんなことはすぐにわかる。

けれどもタカシの鋭い判断力も、ここ数日間はかなり鈍っているようだった。

「おもな道路に見張りがいるとしても、普段誰も使わないような裏道かなにかがあるに違いない」タカシは老人に向かって言った。

「あることはある」

タカシは答えを待った。レノはいらだちをあらわにしてうしろのほうで歩き回っている。彼にはどうも忍耐強さに欠けるところがあった。情報を与えるにしても、この老人にはこの老人なりのペースというものがある。相手のひとりが東京から来たちんぴらのような男とあれば、答えを渋るのも当然だった。

「滝をいくつか越えて山に登る道がある。だが、その道は寺までは続いていないぞ。途中からは道なき道を行くほかない」

どうしてその寺のことを知っているのかはあえて尋ねなかった。その老人はすべてを知っているような口振りだった。「〝白様〟はここにいつ着いたんです？　ひとりのようでしたか？」

老人は肩をすくめた。「わしはあえてなんにも見ないようにしていてな。あの教祖だって、わしのような信者など求めてはおらんだろう。信者の大部分は若くてやけに賢い者か、たとえ年がいっていたとしても、裕福な者だからな。午前中に山にリムジンが入っていったのを誰かが見かけたらしいが、わしが知っているのはそれくらいだ」

タカシは深くお辞儀をした。情報を与えてくれたお礼に現金を差しだすような失礼なまねはしなかった。もし今回の任務が成功すれば、しわの深く刻まれたこの老人の手になんらかの形で報酬が入るように計らうつもりだった。たしかにトナズミは貧しい村だった。しかし、〝白様〟はそんな状況を変えるほどこの場所に長居はしないだろう。

「途中まで裏道を通って山を登る」タカシはレノのところに戻った。「おもな道には見張りがいるらしい」

「だったら、そんなやつらは撃ち殺していけばいいじゃないか」

「そんなことをすればサマーが殺されるかもしれない」思わず怒鳴りそうになったが、タカシは冷静な態度をつらぬいた。

レノはその場で口を閉ざした。

山の中腹には常緑の木々のあいだに見え隠れするようにして奇妙な明かりが灯《とも》っている。

〈真の悟り教団〉が独自に建てた電波塔だろう。

儀式に必要な品があの教祖の手元にないのは幸いだった。ハヤシの壺《つぼ》は持参した革製のバックパックに入っている。たとえ初代の〝白様〟の遺骨を持っていたとしても、しかるべき入れ物がなければ、儀式など成立しないだろう。

しかし、偽物の壺を持っているのであれば話はべつだった。聖なる遺骨にしたところで、本物かどうかは疑わしい。実際、遺骨や遺灰が三百年以上の時を経ても同じ状態を保っていられるとは思えなかった。サマーがオリジナルとそっくりの壺をふたつも用意することができたくらいなのだから、〝白様〟だって偽の骨や灰を用意するくらいのことをしていてもおかしくない。

だとすれば、あの教祖はどうして本物の壺を手に入れるためにサマーを人質に取ったのだろう。計画はすでに動きだしており、旧暦による今年最初の新月となる日の夜は、もう始まろうとしている。本物の壺が明日手に入ったとしても、もう遅いはずだった。計画遂行の合図は、今夜じゅうに出されなければならない。準備を万端に整えた教団の技術者たちは、その瞬間をいまかいまかと待っている。連中の武器がどこに隠されているにしろ、それらは教祖の合図と共にいっせいに世界に放たれ、主要都市の地下鉄や駅は毒ガスの餌《え》食《じき》となるに違いない。そうなったら、アメリカ国務省によるカラー表示のテロ警戒システムなど、誤った警報を何度も繰りかえしている現状からいっても、もはや機能すらしないだろう。

有能なスパイとしてキャリアを積んできたタカシは、今回はじめて、もう惨事を食いとめることはできないかもしれないと絶望感に見舞われた。恐ろしい計画はすでに動きだしている。狂気にかられた〝白様〟の思惑どおりにこのままことが運べば、世界は破滅への道を突き進むだろう。

いいや、それだけは避けなければならない。どんなに不可能なことに思えても、なんとかして阻止しなければ。あの教祖の眉間《みけん》に銃弾を撃ちこみ、サマーを救いだして、もう二度と危険の手が及ばない安全な場所へと連れていくのだ。

そう、この手で。

ふたりは山を途中まで行ったところで車を捨て、それぞれに必要な荷物の入ったバックパックを背負い、人工的な光を目指して、迂回《うかい》するように山道を歩きはじめた。

雪でも降りそうな寒い夜だった。いまのところは山の斜面も地肌がむきだしになって乾いているが、雪が降りはじめて足元が悪くなれば、先を行くのがいっそう困難になる。

遠くからでも、鳥居の輪郭は見えた。その向こうに、かつて寺院のあった跡地がある。近くには広々とした平らな地面があって、仮設の滑走路としてはうってつけだった。

滑走路は最後の審判を演出する〝白様〟の計画には不可欠な役割をになっている。いずれ飛行機が姿を見せるのだろう。滑走路に並ぶ誘導灯のわきには、いくつもの箱が山積みにされている。それが教団が開発した武器であるのは間違いなかった。部外者が足を踏み入れない聖なる山ほど、武器の隠し場所として好都合なところはない。〝白様〟は忠誠を誓う信者たちに命じて、それらの武器を世界にばらまこうとしているに違いない。それを阻止できるかどうかは、自分次第だった。

背負ったバックパックに入っているのは、割れないように包んだ壺だけではない。爆薬や銃器など、山の半分を吹き飛ばすに充分な武器も用意してある。レノが背負っている荷物も同様だった。とにかく身を隠す場所を探し、飛行機が到着するのを待って、力ずくで乗っとるほかない。多少手荒なまねをしても、ここは自分たちの判断で、大殺戮《さつりく》を未然に食いとめなければならない。

しかしそれは確実に、あの教祖の手にサマーの運命をゆだねることを意味していた。最後に行き着くのは、つねにこの心の葛藤《かっとう》だった――ひとりの女性の命か、何千、何万、いや、その数など計り知れない人の命か。その後に続く混乱によって、死者の数はさらに増えるだろう。

選択の余地はなかった。それは、はじめからわかっていたことでもある。どんな人間に対しても感情移入しないよう心がけてきたのも、そのためだった。しかし、サマー・ホーソンが自分にとって危険な存在であることは、出会った瞬間から承知していた。彼女が犠牲になるのを、手をこまねいて見ているわけにはいかない。たとえそれがどんなに危険な行為でも、彼女を見捨てるわけにはいかなかった。信念のために死ぬ覚悟はいつでもある。だが、サマーまで道連れにするわけにはいかなかった。

隣を歩くレノは、先ほどからちらちらと、こちらの顔をうかがっていた。暗がりのなかでは、どんな表情をしているかまではわからない。「飛行機を乗っとるのはおまえにまかせる」とタカシは言った。「乗ってこようとする者は誰であろうと撃ち殺せ。機内から逃げようとする者に関しても同じだ。それが誰であろうと、いまはかまっていられない。あそこにある武器を使わせるわけにはいかないんだ」

「あんたは彼女を救いに？」

「ああ」

「俺《おれ》に分けられる銃はまだあるかい？」

タカシはバックパックを開け、壺の入った包みをいったん取りだすと、残りの中身をレノの前にどさりと落として壺を元に戻した。

「待てよ。あんただってなにか必要だろう」レノは言った。

「武器を持っていったとしても、連中に取りあげられるだけだ。僕にはこの手がある。使い方は心得ているさ」

「なんて無茶な男だ」レノはつぶやくように言った。「とにかく彼女を救いだして戻ってこい。そのあとはハイジャックした飛行機で脱出だ」

「そんなうまい具合にいくか疑問だがな」

レノは暗がりのなかでにやりと笑った。「いくとも。あんたは必ず世界を救う。さあ、とっとと行って彼女を救いだせ。こっちはこっちで、やることは山ほどある」

タカシは目の前にいる男を長いあいだ見つめた。はとこのレノは唯一、兄弟と呼んでもいいような存在だった。そんなレノをこんなところまで連れてきて、死と隣りあわせにさせるなんて。しかし当の本人は、人生で最高の瞬間を楽しんでいる様子だった。タカシはレノの体を強く抱きしめ、滑走路をあとにして闇のなかに消えた。

サマーは寒さに凍えていた。それについて文句を言いたいのは山々だけれど、そのおかげで先ほどはハインリッヒにわき腹を殴られた。わたしが凍え死にしようと、ここにいる人間たちはいっこうにかまわないらしい。みんな、この女はいずれ死ぬことになるのだと思っているのだろう。そう簡単に死んでたまるものですか、とサマーは思った。

それに、おとなしく黙っているつもりもなかった。ハインリッヒはこの山にダクトテープを持ってくるのを忘れたようで、いったんはがしたものをまた貼《は》ろうとしたものの、粘着力を失ったテープはもう使い物にならなかった。猿ぐつわがわりにいろいろなものを口に詰めこまれそうになったけれど、そんなものはみんな吐きだしてやった。逆上したハインリッヒが自分の拳《こぶし》を突っこもうとする寸前、〝白様〟がそれを制し、ほかの仕事へと追いやった。サマーは氷のように冷たい地面に座ったまま、狂気にかられた教祖と向きあい、ただひたすら待った。けれどもいったいなにを待っているのか、それはいくら考えてもわからなかった。

「ハインリッヒをあまり怒らせないほうが身のためだぞ」相手を催眠にかけるようなやけに穏やかな声で、教祖は言った。「悟りを求めて熱心に修行に励んではいるが、嘆かわしいことに、ちょっとしたことですぐに昔の習慣が戻ってきてしまうらしい。とくにわたしに敬意を払わない人間を見ると、いらだちを抑えきれないようでな」

「だったら、反抗的な態度に慣れてもらうほかないわね」サマーはありったけの軽蔑《けいべつ》を込めて言いかえした。「どうしてわたしをここに連れてきたのか、その答えをまだ聞いていないわ。わたしがもう壺を持っていないことは、あなたも知っているでしょう？　この場所を突きとめた人間だって、ほかに何人もいるのよ。そのうちわたしを助けにやってくるわ」

「まさにそれを期待しているのだよ。タカシ・オブライエンはきみの身の安全と引き替えにしようと、本物の壺を持ってくるだろう。そうすれば、解脱の儀式は運命に定められたとおり執り行うことができる」

「あなたは頭がおかしいのよ」とサマーは言った。実際に正気を失った人間にそんな言葉を吐くのは賢明ではないのかもしれない。でも、そんなことはかまわなかった。「タカシがわたしのために壺を差しだすわけないじゃない。あの人にとって、わたしは任務の一部にすぎない。そしてその任務というのは、壺を守ることなの。あの男は出会ってから何度もわたしを殺そうとしていたって、あなたが言ったのよ。そんな男が、どうして急に心変わりをして、すべてを危険にさらしてまでわたしを救おうとするの？」

〝白様〟の微笑《ほほえ》みは周囲の空気をさらに冷たくするような不気味なものだった。「なぜならば、わたしにはあの男が来るとわかるからだよ。たとえ主義に反する行為であっても、あの男は必ずきみを助けに来る。もちろん、壺を持って。そして解脱の儀式は、滞りなく執り行われる」

「本物の壺を渡せば、わたしたちの身の安全を保障して、この山から出ていくのを黙って見送ってくれるというの？」サマーはあざ笑うように言った。「そんな約束をタカシが信じると思う？」

「むろん、信じはしないだろう。しかし、あの男はきみのためならリスクを冒してどんな賭《かけ》にでも出る」

「わたしを殺そうとしているのはあの男だって言ったのはあなたでしょう？　自分の手も汚さずにようやくわたしを始末できるっていうのに、どうしてわざわざわたしを助けに来るのよ。あなたの頭がおかしいのはわかってるけど、その救いようのなさは思った以上ね」

「哀れな娘だ」と〝白様〟は言った。「いまのわたしは、完全無欠と言っても過言でない存在なのだ。そして今夜を境に、わたしは全知全能の神になる」

「もしタカシがあなたの脅迫を無視して、わたしをどうしようが知ったことではないと山に来なかったら？」

「わたしは現実的な人間だ。それならそれで、臨機応変に対応するまで。きみが用意した見事な偽物は、我々が入手してこの場所に持ってきてある。テレビを通して観《み》る者は、それが偽物だとは想像もしないだろう。そしてハインリッヒはきみに対してたまりにたまった怒りを、一気に発散することができる。短い人生だが、きみにとってもハインリッヒにとっても、ふさわしい終わり方ではないか」

「〝ハインリッヒにとっても〟って、あの男も死ぬの？」

「ミス・ホーソン、我々はみな死ぬ運命にあるのだ」

サマーは目の前にいる男をじっと見つめた。「ええ、いずれはね」

「いや、今夜だ。世界の浄化は運命の定めどおり行われる。人々は必要もないのにあくせく働き、苦悩に耐え、結局は失望と痛みのなかで死んでいく。そんな終わることのないカルマと悲しみの輪からみんなを解き放つために、わたしはいまここにいるのだ。信者たちも、わたしに帰依できたことを幸運に思うだろう」

「じゃあ、教団の信者でない人たちはどうなるの？　なんの関係もない人たちまで巻きこまれて命を奪われるの？」

「世界は破壊することによってしか、完全に救えない」

「東京の地下鉄で毒ガスをまいた愚か者たちより始末に負えないわ」

教祖は口元をかすかにしかめた。「オウム真理教は時を急ぎすぎたのだよ。だが、その世界観は間違っていない。あのときはまだ熟していなかった時が、いま熟したのだ」

サマーは新たな戦慄《せんりつ》が背筋を走るのを感じた。それでも、なんとか勇気を振りしぼって皮肉を口にした。「英雄に秘密の計画を明かす悪の帝王ってとこね」

「なんのことだ」

「アメリカのジョークよ。悪の帝王は捕らえた英雄に向かって、自分の悪巧みを自慢げにべらべら話すの。そして脱出に成功した英雄は、その計画をことごとく阻止する」

「きみはなにもわかっていないようだな、ミス・ホーソン。わたしは悪の帝王などではない。人類の希望を託された、聖なる神の化身なのだよ。それに、きみは英雄とはほど遠い。運悪くその場に居合わせた、ただの平凡な女だ。きみになにを話したところで、なにかが変わるわけでもない。たとえきみがなんとか脱出できるように運命で定められていたとしても、時すでに遅し。もうそれを止めることは不可能なのだ」

「止めるって、なにを？」

「一時間以内に貨物輸送機が到着する。教団屈指の科学者や兵士のグループを乗せてな。連中は細菌や毒ガスの入った箱を積みこんで、世界じゅうに散らばる仲間の信者のもとへと運ぶことになっている。ハルマゲドンのはじまりだよ」

「わたしたちはどうなるの？　いっしょに飛行機に乗るの？」

教祖は首を振った。肉づきのいい肩の上で白い髪がゆらゆら揺れた。「何台ものカメラが回っているあいだ、わたしは先代の遺骨を壺に戻し、その直後に切腹をするのだ。そしてわたしの血と先代の骨や灰が混ざった暁に、わたしは生まれ変わる」

「間違っても、わざわざカメラで撮るような美しい光景ではないわね」

至福の表情を浮かべる〝白様〟の顔に一瞬、影が差した。「介錯人《かいしやくにん》はハインリッヒが務めることになっている。切腹を遂げたわたしの首を切り落とし、そのあとで毒ガスの入ったキャニスターを開ける役目だ。野外ではガスが拡散するには少々時間がかかるが、カメラマンが死んでも録画は続けられ、わたしがどんな覚悟で世界を救済しようとしているのか、人々はその一部始終を目撃することになるだろう」

「でも、あなたは死ぬのよ。計画が成功したかどうか、どうやって知るつもりなの？」

「死は、魂が歩む永遠の道のりにおけるひとつの段階でしかない」

「そんな話は聞きたくもない。あなたは死んで、わたしたちもその巻きぞえになって、これじゃあまるで、ひと昔前にジョーンズタウンの宗教団体で起きた集団自殺の繰りかえしじゃない。そのあいだにタカシやあの人の属する組織が確実にあなたの悪巧みを阻止して、ご自慢の秘密兵器をのせた飛行機は日本から出ることすらできないに違いないわ」

〝白様〟は異様な微笑みを浮かべていた。なにもかもが白いその顔で、白くない部分は、あちこち欠けた黄ばみだらけの歯だけだった。「たしかにその可能性もある」教祖は素直に認めた。「それが運命の定めならば、そのようになるだろう。しかし、きみのタカシはどうやら個人的な用事に忙しくて、綿密に練られたわたしの計画を阻止することにまで手が及ばないだろう」

「どうしてそんなふうに思うの？」

「なぜならば、あの男はすでにここに来ているからだよ。姿は見えなくとも、わたしにはその存在が感じられる。きみは盲目のわたしよりも目が悪いようだな」

サマーはさっとうしろを振りかえった。狂気にかられた教祖と向きあって座る山間《やまあい》の一角は、四方を新しく作られた鳥居に囲まれ、間近に迫った運命の瞬間を照らしだそうと、数々の松明《たいまつ》や照明が灯されている。都合よくふたりきりになったのだから、それを利用してなんとかブラジャーの下から果物ナイフを取りだし、必死の抵抗を試みるべきだったのに。幸い、隠し持っている武器は着替えさせられた際にも見つからずにすんだ。刃物の感触はいまだに胸のわきにしっかりと感じられる。どうせ相手はよく目が見えないのだから、こっそりとナイフを取りだし、縄を、そして悪の権化である教祖の首を切ることもできたかもしれないのに。

それもいまとなっては、もう遅い。こちらに向かってやってくる三人の男のうち、ふたりは教団の修行服をまとった〝白様〟の護衛だった。残るひとり、信者たちにはさまれるようにして歩いてくるのは、両手に本物のハヤシの壺を抱えたタカシ・オブライエンだった。

25

「本物の壺《つぼ》を粉々にされたくなければ、あんたの従順な信者たちに手を放すように言え」

落ち着き払ったタカシの声はいつものように穏やかだった。強面《こわおもて》の信者たちに両側から腕をつかまれていても、物怖《ものお》じする気配もない。こちらのほうには目も向けようとしないけれど、いまは無視してくれたほうが都合がよかった。正直なところ、その姿を目にしてどんな反応をすればいいのかはわからない。

タカシがわたしを殺そうとしていたのはたしかだった。はじめから疑ってはいたものの、そんな思いはあえて払いのけて、いまにいたった。タカシは毒蛇のようにわたしを誘惑し、死の淵へとおびき寄せた。それなのにどうしてわたしの命を救いつづけるのか、なにがこの男の心を変えさせたのかはわからない。でも、いまさら理由を知ったところでなんになるだろう。浴槽にわたしを沈めて溺《おぼ》れさせようとした、その美しい手。何度首を絞められ、窒息死しそうになったことか。そしてタカシはわたしの命を奪おうとした手と同じ美しい手で、わたしの体に触れ、愛し、身も心も解き放ったのだった。

おもむろに立ちあがった〝白様〟の背丈は、タカシの胸くらいまでしかなかった。教祖は両腕を前に伸ばした。

「壺をよこしなさい」

するとタカシは壺を持っていた手をぱっと放した。

わきにいたハインリッヒはとっさに飛びつき、凍った地面に落ちる寸前で壺を受けとめた。カルト教団のリーダーは嫌悪感をあらわにしてうしろに下がった。「同志である我が信徒よ、それが大切な女性を救う方法かね?」抑揚のないその声は失望に満ちていた。

「そんな呼び方はするな」タカシは聞く者を凍りつかせるような低い声で言った。

「どうしてだね」〝白様〟は読経するような穏やかな声で反論した。「わたしにわかっていることが、きみにわからないはずもない。そうとも、きみは内心、我々の仲間になりたいと切望している。しかし、真の心の声に従うのを恐れているのだよ。我が信徒よ、いまこそその声に耳を傾けるときなのだ。執着や恐れを捨て、我々の仲間になるのだ。まだ遅くはない。わたしを止めようなんて行為は、時間の無駄だ。わたしはもう、誰にも止められない」

サマーはタカシの顔から目が離せなかった。その顔立ちは危険なまでに美しい。「壺は持ってきた」とタカシは言った。「約束どおり彼女は渡してもらう」

「おまえも愚かな男だ」と〝白様〟は言った。「この女を渡すつもりなどないことくらい、おまえも最初から承知していただろう。そんな約束を真に受けるような単純な男ではあるまい」

タカシは表情のない黒い瞳で教祖を見下ろした。「人はわからないものさ」とタカシは言った。「あんたも心を入れ替え、自分の言葉に責任を持てる人間になることだってできる」

「わたしの言葉は聖なる神の言葉だ」

「無力な女性を人質にして、大勢の人間を殺すことが、神の啓示だと？」

「殺すというのは聞こえが悪いな。世界は浄化され、完全に清められるのだ。そして絶対的な信念を抱く者たちだけが、わたしの最後の旅に同行することになる」

タカシは眉をひそめた。「最後の旅？」

「わたし自身に捨て身の覚悟がなくて、どうして信者たちにそのような犠牲を強いることができよう」

「それは嘘《うそ》だ。社会に刃向かう悪賢い人間は、常軌を逸した行為すべてに正当な理由をつけたがる」

「ならば、きみにはきみにお似合いの仲間に加わってもらおう。新月が昇り、すべての準備は整った。あれが聞こえるかね？」

「飛行機の音だろ、聞こえるさ。ほかの手下たちが武器の入った箱を取りに来て、世界のあちこちに運ぼうってわけだろう」

「わたしが絶対の信頼を置く勇敢な信者たちは、地球の隅々に自由をもたらすだろう」

「丸い地球に隅もなにもない」

「そして隠れる場所もない」教祖はつぶやいた。「ハインリッヒ、この男を縛って、何度も殺そうとした女の隣に座らせろ」

タカシはそれに対してなにも言わなかった。良心の呵責《かしやく》も感じられないその沈黙が、すべてを物語っている。ハインリッヒは乱暴にタカシの腕と脚を縛り、地面に押し倒した。ぶつかった勢いでこちらまで倒れそうになったが、素早く腰を動かして、できるだけ遠くに離れた。一瞬たりとも視線を合わせずに。

「見たかね」と〝白様〟は言った。「ちゃんと教えてやったんだよ。浴槽に沈めて溺れさせようとしたのはきみだと。きみは最初から殺すつもりで彼女に近づいた。きっといまも、始末して黙らせるのが最善だと思っているだろう。だが、きみがなにをどう思おうと、もはや問題ではない。きみたちふたりはまもなくこの世を去るのだからね。まあ、来世ではそれぞれもっとましな人生を送れるかもしれんな」

タカシはそれには答えず、手足を縛られた体を起こして地面に座った。「こんなに短い時間で彼女を洗脳するなんて、たいしたものだな。扱いに困って、相当手を焼いているだろうと思っていたが」

「わたしは彼女に真実を告げ、彼女も素直に受け入れた。それだけのことだ」と教祖は言った。「ハインリッヒ、飛行機に行って、予定どおり荷物が積まれ、運搬係の信者たちが全員乗りこんだか確認してきなさい。戻ってくる際には例の薬の包みを忘れないように。最終段階に入る前に、万事計画どおり進んだか確かめる必要がある」

ハインリッヒはタカシをにらみつけ、やがて闇《やみ》のなかに消えた。教祖のほうは捕らえたふたりのことなどすっかり忘れてしまった様子だった。ほとんど理解できない奇妙な言葉で経のようなものを唱えはじめ、目の前で燃えさかる炎に向けて灰をまき、例の甘ったるいにおいのする香も投げ入れた。周囲に立ち並ぶ木々のあいだから白い服をまとった信者たちが姿を見せたのはそのときだった。武装している者もいれば、丸腰の者もいる。信者たちは手にした銃を一箇所に置き、崇拝する教祖を囲むように輪を作って、同じようになにやら唱えはじめた。

押し倒されたタカシがぶつかった際、ブラジャーの下からナイフが落ちたことにサマーは気づいていた。そのナイフはいま、だぶだぶのシャツの下にある。けれども両手を縛られた状態ではどうにもならない。あとはもう、殺し屋だという連れの男に賭《か》けるほかなかった。

「待ってください！」サマーは涙声を装い、懇願するように叫んだ。「お願いです、ここでふたりして死ぬのが運命だとおっしゃるなら、最後にもう一度だけこの人に口づけをさせてください」

柄にもない訴えに驚くのではないかと思ったが、タカシはじっと座ったまま、こちらに目を向けようともしなかった。凍りついた地面に膝をついて座るタカシは、全神経を集中させて状況を観察している。たぶん、わたしのことなんてかまっている場合ではないのだろう。

「自分を殺そうとした男と最後の口づけをしたいだと？　おまえも愚かな女だ」と〝白様〟は言った。「いいだろう、好きにしろ」

タカシはその言葉と共にこちらを向き、黒い瞳を輝かせながら、表情ひとつ変えずひざまずいて待っていた。意を決したサマーは、身を乗りだし、唇を重ね、声を潜めて言った。「ナイフがあるの。あなたがぶつかったせいで、わたしのシャツと体のあいだに落ちたのよ。なんとか取って」この状況下にあって、タカシの唇の感触はある種の拷問のようだった。それにしても癪《しゃく》に障るのは、わたし自身、心の底でこの口づけを本気で求めていること——たとえこの男がわたしに対してなにをしようとしたとしても。

タカシは求めに応じるようにこちらの体にさらに近づき、後悔や愛の言葉を大げさにつぶやきながら、激しく唇を重ねつづけた。そして暗がりのなか、縛られたままの手をなんとかシャツの下に滑りこませ、ナイフをつかんだようだった。

ほとんど視力を失った〝白様〟の目は、先ほどからこちらに向けられている。その表情には嫌悪感がにじみでていた。「どうやらおまえたちのことは買いかぶっていたようだ」と〝白様〟は言った。「どちらも、わたしが与えようとしているこの上ない名誉を受けるには値しない」

「この上ない名誉ですって？」サマーは訊《き》きかえした。一方のタカシは、報われることのない愛を嘆く男を演じるかたわら、手にしたナイフでロープを切りはじめている。そのあいだ、なんとか〝白様〟の注意をこちらに引きつけておく必要があった。

「言うまでもなく、わたしと共に死ぬことができる名誉だよ、ミス・ホーソン。きみの母親ならひれ伏して感謝しているところだ。教団に気前のいい寄付をした者のひとりとして、本来なら同じ恩恵を受けられる立場にあるが、あいにく誰かの手で遠くに連れていかれたらしい。居場所を突きとめることも考えたが、わたしにはそれ以上に重要な使命があるのでね」

「なにが重要な使命よ、わたしの妹を誘拐しておいて」サマーは噛《か》みつくように言った。タカシはなぜかいまは動きを止めている。どうしてこちらに身を乗りだしてこないのよ。きつく縛られたロープのおかげで、両腕は徐々に鬱血《うっけつ》しつつあるというのに。

〝白様〟は議論しあう興味をもはや失ったようだった。「シンヤ、このふたりを輪の外に引きずりだせ。部外者は離れたところから見物してもらう」

まずいわ。信者のひとりがこちらに向かってくるのを見て、サマーの緊張は一気に増した。タカシの手にナイフが握られているのが見つかれば、最後の望みも消えてしまう。けれどもその信者は大の女嫌いらしく、しかも地面に座りこんで薄汚くなっているとあっては、手も触れたくないようだった。信者の男はこちらを見下ろし、まるで汚臭に耐えかねるように青白い顔をしかめた。「うしろに下がれ」

手足を縛られた状態では思うように体を動かせず、はたから見ればその姿はまるで蟹《かに》のように見えたに違いない。威厳など保てる状況ではなかった。信頼や愛、そして必死にしがみついていた幸せな結末の可能性でさえ、この期にいたってはもうあきらめている。なにしろわたしは自分の運命を殺し屋の男に託したのだから。

タカシと共に輪から二メートルほど離れると、信者たちはそれぞれの位置につき、崇拝する教祖を前に半円形に広がった。ハヤシの壺はいまでは価値もつけられないほど貴重なアンティークの着物の上に置かれている。こんな状況でなければ、美術品に対する冒涜《ぼうとく》だと怒鳴り声をあげているところだった。

ハナさんの形見である着物は、レノの部屋から誘拐されたときにいっしょに持ってこられたに違いない。もしレノが壺も置いていっていたら、わたしの命はもうなかったかもしれない。教団の連中は欲しいものをすべて手に入れ、必要のなくなった者はごみのように始末していただろう。絶体絶命の危機にあるいまだって、タカシがなんとかしてくれなければ、わたしはこの場で死を迎えて、貴重なアンティークの着物や陶器のことを心配することもできなくなる。

ナイフを手にしたタカシがロープを切って自由になることに成功したとしても、危険を冒してわたしの命まで助けてくれる保証はどこにもない。

〝白様〟は坐禅《ざぜん》を組んで瞑想《めいそう》に入っていたが、なにかが起こる気配はいまだになかった。奇妙な読経はいつのまにか途絶え、信者たちはみな無言のまま、ただその瞬間を待っている。

やがて松明《たいまつ》で照らされた輪のなかに入ってきたのはハインリッヒだった。「教祖様、飛行機が到着しました。荷積みはネヴィルとその妻の監督の下で無事に終わり、先発部隊はすでに飛行機に乗りこんでいます。聖なる任務に向けて発《た》つ前に、ネヴィル夫妻は教祖様の祝福を望んでいます」

「よろしい」教祖は慈悲に満ちた声で言った。「ふたりをここに連れてきなさい。この手で触れて送りだしてやろう」そして〝白様〟はこちらに顔を向けた。「ネヴィルはイギリスきっての有能な科学者のひとりなのだよ。生物化学兵器の開発を専門とし、妻もひたむきに夫を支えている。こうしてわたしのヴィジョンが現実化しつつあるのも、あのふたりのような献身的な信者たちの働きのおかげなのだ。死は至福の楽園へ近づく通り道でしかなく、その真実を信者たちは心から受け入れている。わたしに帰依する者は世界のいたるところにいるのだ。すでにそのように定められていることを止めることなどできはしない」

タカシは相変わらずなにも言わず、じっと座ったままだった。ひょっとしてロープを切るのをあきらめたのだろうか。それともなんとか切り終え、反撃に出る機会をうかがっているのだろうか。

どっちにしろ、この男はわたしのロープを切ってはいないし、明らかに切るつもりもないようだった。連中がガスをまく前にタカシが食いとめることに成功すれば、わたしも生き残ることができるかもしれない。それが無理ならば、妹のジリーは助かったという事実をせめてもの慰めにして死んでいくほかない。そんな小さな慰めを胸に、タカシと共に、痛みに耐えながらゆっくりと。

夫婦だというイギリス人の信者たちは、無言のまま姿を見せた。眼鏡をかけた長身の男にはこれといった個性もなく、人込みのなかに入ればすぐに存在が消えてしまうような印象だった。妻のほうも同様に眼鏡をかけた地味な感じの女性で、服装にも髪型にもたいして気を遣わないタイプだった。たぶん、夫よりは年が上だろう。夫妻の姿を観察していたサマーは、この場所に現れたのがふたりだけでないことに気づいて愕然《がくぜん》とした。ふたりは誰かを引きずるようにしてこちらに歩いてきた。引きずられているのは炎のように赤い髪をして、黒い革のジャケットを着た男だった。タカシはレノもこの山に連れてきたのだ。命が危険にさらされるのを承知の上で。

教祖のもとに歩み寄ったイギリス人の科学者は、その目の前にうやうやしくひざまずき、長身の体を折り曲げるようにして額を地面につけた。かたわらで身動きもしていなかったタカシが、緊張を募らせているのが感じられる。ふたりに引きずられてきたレノにはもちろん気づいているだろう。

「教祖様、祝福を」男は上流階級らしい完璧《かんぺき》なイギリス英語で言った。

「祝福を、ネヴィル。そして、アグネス。おまえたちの奉仕には感謝している」

「それは今後も永遠に変わりありません。世界は血と炎によって浄化され、教祖様が思い描かれたとおりの新たな秩序が取って代わるでしょう」

いつもそれで痛い目に遭うことは知っていても、これ以上黙って聞いていることなどできなかった。ネヴィルはディケンズの小説に出てくるような気どった感じの男で、棒のように細い体を杖《つえ》で支えていた。まるで病気から回復したばかりの患者のようにも見える。地味な年上の妻のほうは、さながら刑務所の看守といった感じだった。世界を破滅に導こうとしている人間たちが互いに祝福しあっているのを前にして、おとなしく座ってなどいられなかった。

「あなた方が使うのは細菌と毒ガスでしょ。血と炎だなんて、詩人気どりもいい加減にしてよ」サマーは聖なる輪の外から声を張りあげた。

ネヴィルは顔を上げて振りかえった。松明の光を受けた青い目が、氷の矢となってこちらに向けられている。

「耳を貸すな、ネヴィル」教祖はあくまでも穏やかな口調で言った。「あの女もじきによりよい場所に向かうことになる。いっしょに連れてきたのは誰だ?」

「教祖様、もう目がお見えにならないのですか?」

「わたしは完全に解脱を遂げつつある。視力のほとんどを失い、先代とひとつになって。それでも、おまえたちのほかに誰かいることくらいわかるのだよ」

ネヴィルの視線が、さっとタカシに向けられた。かすかにうなずいたように見えたのは気のせいだろうか。そんなはずはない。タカシも教団の信者だというのなら話はべつだけれど、だとすればすべては嘘だったことになる。

「この若者は教祖様のふたりの客人といっしょに来たものと思われます。飛行機を乗っとろうとしたところを捕まえました。おそらくもう死んでいるでしょうが、教祖様と共に、より高い次元へと向かえるように、ここに連れてくるのがいちばんかと考えまして。教祖様の慈悲と寛容の精神は、けっして分け隔てのないものですし」

「いかにも」と〝白様〟は言った。「では、その若者の遺体は友人たちのそばに置いておきなさい。あのふたりの魂もじきに解き放たれ、息絶えた友に続くだろう」

「教祖様、できることならアグネスとわたしもこの場にいたいと思っているのですが」

「ネヴィル、おまえたちにはもっと大事な使命がある。積み荷が予定どおり分配されるよう、おまえたちが責任を持って最後まで見届けるのだ」

「すべては運命の定めに従って実現するでしょう」ネヴィルは熱狂的な信者の口振りで言った。またひとこと言ってやろうと口を開きかけると、それを制するようにわきにいるタカシに肘で突かれた。

白服に身を包んだ夫妻はぴくりとも動かないレノの体を輪の外に出し、こちらまで引きずってくると、無造作に固い地面に落とした。サマーは泣きたくなるのをこらえ、目の前にいる男をにらみかえした。たしかにレノは嫌悪感をあらわにしてわたしにひどい態度をとりつづけていたけれど、無惨にもこんなになって地面に叩《たた》きつけられる姿は見るに堪えなかった。やるせない心の痛みが、喉の奥からかすれた声となって外に漏れた。

するとタカシは例によって表情ひとつ変えずこちらに顔を向け、ふたたび愛するはとこのほうに視線をやった。レノがまだ息をしていることに気づいたのはそのときだった。

気づいたのはそれだけではない。よく見ると、どこかから血が流れているわけでもなく、体には傷ひとつなかった。両目を閉じたレノはぐったりと地面に横たわっている。けれどもその胸元は、じっと観察しなければわからない程度にかすかに上下動を繰りかえしていた。レノはまだ死んでいない。

表情の変化に気づかれるのを恐れたサマーは、そっとレノから顔をそらし、信者たちが作る輪のほうに向き直った。

「それでは、教祖様、儀式の最初の部分だけ参加させていただいてもよろしいでしょうか」ネヴィルは取り澄ました声で言った。

「いいだろう。さて、ハインリッヒ。時間だ」

ハインリッヒが体を起こし、両手を上げると、突然輪の中央に向かって照明がたかれ、あたりはまぶしい光に包まれた。教団の白い服に身を包んだふたりのカメラマンが、着物と聖なるハヤシの壺の前に座る教祖にレンズの焦点を合わせている。

〝白様〟は祈祷《きとう》と共に、砂利のようなものを壺に注ぎはじめた。おそらくそれが先代の〝白様〟の遺骨なのだろう。サマーはその様子を見つめながらつぎの展開を待った。もしかしたら渦巻く煙や灰から悪霊でも現れて、ロビン・ウイリアムズのような大げさな声でわめきはじめるのかもしれない。

けれどもいくら待っても、なにも起こりはしなかった。先代の遺骨はすべて壺のなかに納められ、風に舞いあがった灰が炎の光を受けて輝いている。教祖のわきに座る信者が、カメラに向かってなにやら手を動かしていた。たぶん、世界のあちこちでこの瞬間を目撃している者たちに、いまの状況を手話を使って説明しているのだろう。教祖をはさんで反対側に座っているのは忠実な用心棒であるハインリッヒだった。光あふれる輪のなか、それまで見えなかったものも、いまは見えるようになっている。着物の上で銀色の輝きを放っているのは日本刀だった。

サマーは先ほどあの教祖に言われたことを思いだした。目の前で切腹の儀式など見ようものなら、一生その光景がまぶたの裏に焼きついて離れないに違いない。以前に観《み》た日本の映画がその儀式を忠実に描いているものであれば、みずから腹を切った教祖の頭を、介錯人《かいしゃくにん》のハインリッヒがはねる段取りになっているはずだった。サマーは胃のなかがなにかでかき混ぜられるような吐き気を覚えた。〝白様〟には死んでほしくないなんてけっして思っているわけではないけれど、その瞬間を目撃するのはごめんだった。切り落とされた首なんて見たくもないし、血が飛び散れば貴重な着物も台なしになってしまう。

けれどもサマーはなにも言わなかった。かたわらにいるタカシはじっと状況を見守っている。レノも相変わらず死体のように横たわっていた。事態はもうタカシの手では収拾のつかない段階に入ってしまったのかもしれない。それとも水面下ではいろいろな動きがあって、ひょっとしたらわたしにもまだこの場を切り抜けるチャンスが残されているのかもしれない。

いずれにしろ、自分にできることなどなにもなかった。タカシはこちらのロープを切るつもりもないらしいし、いまはただじっと座っているほかない。むごたらしくて見るに堪えないところになったら、ぎゅっと目をつむってしまえばいいのだ。『CSI：科学捜査班』を観るときにいつもそうしているように。
暗闇からまたほかの信者たちがつぎつぎと現れ、すでにある輪を囲むようにさらに大きな輪を作った。イギリス人の科学者と存在感の薄い妻もその場に立ち会っている。祈祷の声がいっそう大きくなると、〝白様〟は白い服の前を開きはじめた。生白くてぶよぶよと太ったその体は、ある意味で腹切りの場面よりも見るに堪えないものかもしれない。さっと顔を背けると、かたわらにいるタカシと目が合った。タカシは謎《なぞ》めいた黒い瞳でじっとこちらを見つめている。つぎの瞬間に口にされたのは信じられない言葉だった。声には出さないものの、唇はたしかにそう動いた。〝愛している〞
やっぱりわたしは死ぬんだわ。タカシは恋に悩む外人を哀れんでそんな言葉を口にしたに違いない。わたしはタカシの嘘を胸に抱いてこの場で死ぬ。たとえそれが嘘であっても、心が安らいだのはたしかだった。
サマーは目を閉じた。けれども急にわきで風が起こってぱっと目を開けると、ロープを振りほどいたタカシがその場から駆けだしていた。ひざまずく信者たちの輪を一気に飛び越えたタカシは、いまにも刃先を腹に沈めようとしている教祖に体当たりした。儀式は突然、混乱の渦に包まれ、信者たちのあいだで怒号や叫び声が飛び交った。タカシは〝白様〞よりも敏捷《びんしょう》で力も強く、なによりこの狂気を冷静に見つめる能力を兼ね備えていた。ふたりはもつれるようにして着物の敷かれた地面に転がり、その勢いで貴重な壺が横に倒れた。

教祖を救おうと、ハインリッヒが立ちあがった瞬間だった。死体のように横たわっていたレノががばっと起きあがり、護衛役のドイツ人に飛びかかった。サマーはがむしゃらに手足を動かしたが、ロープは解《ほど》けるどころか、いっそうきつくなる一方だった。それでも、突然始まった戦いに巻きこまれまいと、全身をよじらせて必死でその場から離れた。戦いに参加している者のほとんどは教団の白い服を着ている。けれどもよく見ると、信者同士が拳《こぶし》をまじえていて、いったい誰が誰と争っているのか見当もつかなかった。レノが深紅の髪を振り乱しながら地面に倒れ、ぐったりとして動かなくなったのはその直後だった。

一方のタカシは〝白様〟の上に馬乗りになっている。ほとんど盲目に近い教祖は手足をばたつかせながら抵抗を続け、完全に正気を失ったように、理解のできない言葉でなにやら叫びつづけている。あちこちで戦いが繰り広げられるなか、ハインリッヒが立ちあがるのが見えた。その手には儀式で使われるはずだった日本刀が握られている。一瞬、地面に倒れたままでいるレノにとどめを刺すのかと思ったが、ハインリッヒはタカシのほうに向かいはじめた。

注意をうながそうとありったけの声を張りあげても、叫び声は争いの音にのみこまれるばかりだった。タカシは教祖の体を押さえつけることに集中していて、背後に迫る死など気づく様子もない。

ハインリッヒが刀を振りあげるのを見て、サマーはふたたび叫び声をあげた。ところが、ハインリッヒは突然凍りついたように動きを止め、手から刀を落としたかと思うと、そのまま膝からくずおれ、着物の上に倒れこんだ。眉間《みけん》にあいた穴から噴きだす血が、年代物の着物の生地にみるみるうちに広がっていく。

例のさえないイギリス人の女がこちらに向かってくるのに気づいたサマーは、地面を這《は》って必死に逃げようとした。ところが驚いたことに、ハインリッヒを撃ち殺したのは夫のネヴィルらしい。長身のイギリス人は倒れたレノのもとに駆け寄り、まだ息があるかどうか確かめている。その姿はもう、幽霊のように青白い科学者とはほど遠かった。

「サマー、もがかないで」歯切れのよいイギリス英語でアグネスは言った。「そんなに動かれては、ロープを解こうにも解けないわ」

サマーはじたばたするのをやめ、タカシのほうにふたたび目をやった。その両手はしっかりと〝白様〟の首に回されている。呼吸ができずに苦しむ教祖は、いまにも白く濁った目玉が飛びでそうな形相を浮かべていた。「この場で殺すつもりなんだわ」サマーはかすれた声を漏らした。

アグネスはサマーの視線の先に目をやった。「いいえ、殺しはしない。あの教祖は殉教者となって神聖化されることをなによりも望んでいるの。タカシは自分のしていることをちゃんと承知している」

両手が自由になったサマーは、肩の激痛に耐えながら足首に回されたロープを自分で解きはじめた。「あなたは誰なの？」

戦いはすでに終わっていた。タカシや〝白様〟の姿は、無言のままあちこちで倒れている信者たちの体に隠れて見えなかった。どうやらリーダーシップをとっているのはネヴィルらしい。サマーは突然、これは教団内のクーデターなのではないかと恐怖感に襲われた。狂気にかられた教祖が、またべつの狂信的な宗教家の手でその座から引きずり下ろされたにすぎないのではないかと。サマーはやがてこちらにやってきたネヴィルの氷のような青い瞳を見つめた。するとネヴィルはおもむろに片手を差しだした。

「怪我《けが》はありませんか、ミス・ホーソン？」

サマーは手を引かれるまま体を起こし、同じ質問を繰りかえした。「あなたたちは誰なの？」タカシの姿はいまだに見えない。胃をわしづかみにされるような恐怖感が、ふたたびよみがえった。

「タカシは我々の組織の一員です」ネヴィルは淡々とした口調で言った。「あなたはそれだけ知っていればいい。あなたとタカシの親戚《しんせき》は、我々が責任を持ってこの山から連れだします。さあ、急ぎましょう。飛行機が待っています」

「飛行機って、毒ガスを積んだ？」

「連中が発明した武器に関しては、すべて中和処理が完了しているわ」立ちあがってそう言ったのは、ネヴィルの妻だった。先ほどまでの印象とは打って変わって、威厳に満ちた雰囲気を漂わせている。「この若者は早急に病院に運ぶ必要があります。あなたも早いところこの国を離れて、妹さんのもとに行きたいでしょう」

その言葉を聞いて、一瞬タカシのことが頭から離れた。「ジリーの居場所を知ってるの？」

「妹さんをロサンゼルスから連れだしたのはわたしです」と目の前にいる女性は言った。

「いまはピーターの奥さんのところにいて、あなたが来るのを待っています」彼女は長身の男に向かってうなずいた。「紹介が遅れたわ、こちらはピーター、ピーター・マドセン。そしてわたしはマダム・ランバート」

「〝委員会〟のリーダー」サマーはつぶやくように言った。

マダム・ランバートは渋い表情を浮かべた。「今回の任務に関しては、タカシはずいぶん口数の多い男だったようね。いつもは分別のある人間なのに。それで、あなた方ふたりのあいだにはなにがあったの？」

「他人が横槍《よこやり》を入れるようなことではないでしょう、イザベル」ピーター・マドセンが冗談めかして言った。「それに、タカシは任務の最中に私情に溺れるような男ではない。自分の人生と仕事を混同しない分別だってありますよ」

仕事――それはわたしのことだわ、とサマーは思った。

気絶して地面に伏していた信者たちが意識を取り戻したらしく、微妙に位置を移動していて、いまではタカシと〝白様〟が組みあっていた場所が見えるようになっていた。けれどもそこにふたりの姿はなく、ハインリッヒの死体だけが血だらけになった着物の上に横たわっていた。

「タカシはどこ？　あの教祖はどうなったの？」

「それを知ってどうなるというの？」マダム・ランバートが抑制のきいた冷ややかな声で言った。「すべては終わったの。ここ数日のあいだに起きたことは、早くお忘れなさい。それがあなたのためよ。とにかくわたしたちはこの若者を病院に運んで、あなたを日本から脱出させる必要があるの。事態が政治的なものに発展する前に。あなただって一刻も早くこんなところから出たいでしょう？」

サマーは凍りついた山の斜面を見回した。儀式用に立てられた鳥居の一基は打ち倒され、国宝級の価値のあるハヤシの壺が忘れ去られたように地面の上に横たわっている。時間の感覚はとっくの昔に失っているけれど、まるでたったいま日本に着いたばかりのような気分だった。そしてこの状況にあって日本を離れることは、タカシと永遠に離れ離れになることを意味している。

「ええ」サマーは感情を欠いた声で返事をした。レノは教団の白い服を着た男たちの手ではなく、ストレッチャーにのせられている最中だった。といっても、その男たちはほんとうの信者では〝委員会〟の側に属しているのだろう。サマーは混乱のあまり頭のなかが爆発しそうだった。「ひとつだけ教えて」

「質問によるわ」マダム・ランバートはそう言ってサマーの腕を取り、あちこちに倒れている体のあいだを縫うようにして、飛行機が待機しているほうへと導いた。

「いったいどちらが善で、どちらが悪なの？」

マダム・ランバートは地面に横たわったままでいる信者たちのほうに振りかえったあと、ふたたびサマーに目を向けて言った。「ミス・ホーソン、善悪の境なんて、つねに灰色の霧に包まれているものよ。白黒のはっきりしない灰色の世界、それがわたしたちの生きる世界なの」

26

外傷性ストレス障害《PTSD》――たしかそんな呼び名がついているのではなかったかしら。ロンドンから一時間ほど離れた美しい郊外の家の窓際に座っていても、サマーはなにも感じなかった。窓の向こうに広がる美しい冬の庭も、たしかに心を穏やかにしてくれるものの、やはりそれはただの庭でしかなかった。身長がもうじき百八十センチにも届きそうな妹はといえば、あの数日間の大冒険で心に傷を負っている様子もなく、ピーターの妻であるジュヌヴィエーヴとキッチンで過ごしたり、ピーターが彼女のためにと手に入れてくれた難解な専門書に熱心に目を通したりしている。いまや危険の去ったジリーは幸せそうで、この状況にも柔軟に適応していた。親切に家に迎え入れてくれたジュヌヴィエーヴは、無理になにかを押しつけることのない繊細な心配りのできる女性だったし、ピーターも結局のところとても魅力的な男性だった。最初のうちはいろいろ疑念もあったけれど、いまとなっては怖がる必要などなにもない。

マダム・ランバートは自分たちとは距離を置いているらしく、この家に訪ねてくることもなかった。サマーとしても、そのほうがありがたい。イギリスに向かう飛行機のなかでも、冷然としたマダム・ランバートは同情など示すことなく、感覚という感覚を失ったように茫然《ぼうぜん》としている自分を放《ほう》っておいてくれた。いまはただ、心の平静を保つことが大事――マダム・ランバートの顔を見れば、あの山での恐ろしいできごとを思いだすだけだった。

〝白様〟は現在、日本の精神病院に監禁され、完全に精神に異常を来して、意味不明な言葉を繰りかえしているらしかった。馬乗りになったタカシに首を絞められて目をむくあの表情を見ていなければ、いまさら精神に異常を来すなんて都合がよすぎると疑問を抱いたかもしれない。けれども、あの表情はまさに狂気そのものだった。貴重なハヤシの壺《つぼ》はいま京都の美術館に展示されていて、完全に秩序を失った〈真の悟り教団〉は崩壊の危機に瀕《ひん》している。世界がもう少しで未曾有《みぞう》の混乱におちいりそうになったことなど、誰ひとりとして気づいていないようだった。

タカシのことは、もう一瞬たりとも考えるつもりはなかった。ピーターもジュヌヴィエーヴもその名前は口にしなかったし、ジリーも、余計な質問はしてはだめだと事前に念を押されていたのだろう。いまはただ窓際の椅子に座り、ときおり庭を眺めながら、ここに来て教えてもらった編み物をするのが日課になっていた。

たとえくだらないようなことに思えても、編み物をしているとなんだか落ち着くのはたしかだった。指先を動かして淡々と毛糸を組みあわせていると、傷ついていることにも気づかなかった心が、少しずつ癒《い》えていくような気がした。

突然の母親の訪問に耐えられたのも、そんな効果があってのことかもしれない。実際、母親への対応は頭を悩ませるほどのことではなかった。彼女が抱く罪悪感はおもにジリーに対してのものだったし、きわめて冷静でいるサマーを見て、この娘はだいじょうぶだと勝手に判断したらしく、数時間ほどいてすぐにロンドンの空港に舞い戻った。今度は新たな悟りを求めてインドへと向かうのだという。サマーにはそんな母親のことを妹といっしょに笑う余裕さえあった。もちろん、大きくてやわらかなベッドに横になっても、なかなか眠れない夜は続いていた。それでも、寝返りを繰りかえしながらも絶対に涙はこぼさなかったし、あの男の名前を思い浮かべることさえなかった。

「そろそろアメリカに帰ることを考えないと」ある朝、物理の本を熱心に読んでいる妹に向かって、サマーは言った。ジュヌヴィエーヴは無料で行っている電話での法律相談の最中で、オフィスとして使っている部屋にこもっており、オーク材で作られたアンティークのキッチンテーブルにいるのはふたりだけだった。

ジリーは本から顔を上げた。「わたしはそんなに急いでないわ。ここには専門的な本だっていっぱいあるし、この調子で遅れを取り戻せば、つぎの学期から大学に戻れそうだもの。それに居心地がいいじゃない、ここ」

サマーは窓の外に目をやった。イギリスに来てもう二カ月になる。外の風もだいぶ暖かくなって、庭の木々や芝生も新緑に色づきはじめていた。陽当《ひあ》たりのいい一角では、ラッパ水仙の黄色い花がほころびはじめている。なにもかもがふたたび息を吹きかえしていた。

わたしもそろそろ先に進まなくてはならない。

「新しい仕事を探さないといけないのよ。サンソーネ美術館はまたわたしを雇うことに乗り気でないし、美術館の名に傷がつくような事件とも無関係でいたいらしいの。まあ、無理もない話だけどね。学芸員の資格を持っていても、仕事先は山ほどあるわけではないのよ。早く探しはじめれば、それだけ早く、以前のような普通の生活に戻れるわ」

「それがいま、姉さんが求めているものなの？」

「そうよ」とサマーは言った。妹に嘘《うそ》をついたのは、考えてみればこれがはじめてだった。ほんとうは以前のような普通の生活になど戻りたくはない。ロサンゼルスの美術館で働くのは気が進まないし、それを言うなら西へ向かうのもいやだった。わたしが求めているものは東にある。日本に戻ってタカシを捜しだし、壁にでも押しつけて、どうしてあんな嘘をついたのかと、その理由を問いつめたかった。〝愛している〟と口にしておきながら、どうしてそのまま姿を消すことができたのか、とも。ひざまずいて許しを請うタカシの姿を見なければ、この気持ちは収まらなかった。力強いタカシの腕に抱かれ、覆いかぶせられ、持ちあげられて快楽を与えてもらわなければ、この体のうずきは収まらなかった。この手でまたあの引き締まった温かい体に触れたい。黒い瞳で見つめられ、美しい唇を重ねられ、生まれたままの姿で抱かれたい。そしてそのときは、その刺青《いれずみ》に舌を這《は》わせよう。

けれども、そんな望みがかなうはずもなかった。タカシはわたしに嘘をついた。ふたりしてここで人生を終えるかもしれないという状況にあって、あの男は冷徹で血も涙もない自分にもやさしい一面があることを証明したかったのだろう。

するとジュヌヴィエーヴが眼鏡をかけたまま颯爽《さっそう》とキッチンに入ってきた。「今日は暖かくなりそうね。庭でお茶でも飲みましょう。ピーターも早めに帰ってくるらしいわ。たぶん、イザベルを連れて。今日はみんなおしゃれして、イギリスらしくティー・パーティーを楽しみましょうよ」

「おしゃれ？」ジリーは笑い声をあげながら言った。「またローラ・アシュレイの服なんてごめんよ。だいたいわたしにはサイズが小さすぎるし、花柄のドレスなんて趣味じゃないもの」

「イザベルが来るの？」サマーはあくまでも淡々とした口調で尋ねた。

「どうしてそんなにあの人のことを嫌うのか、わたしにはわからないわ」とジリーが口をはさんだ。「彼女はわたしにとって命の恩人よ」

でもあの人はタカシに命じてわたしを殺そうとしたの。そう言いかえすこともできたが、サマーは黙ったままでいた。

「イザベルはそんなに悪い人じゃないわ」とジュヌヴィエーヴは言って、自分のカップにコーヒーを注《つ》いだ。アメリカ人の彼女がいまだに朝にはコーヒーを飲む習慣を残しているのはありがたかった。「あんな感じだし、ちょっと取っつきにくいのはたしかだけれど、仕事は確実にこなす有能な女性よ」

「でも、おしゃれなドレスなんて持ってないの」サマーは滅入《めい》りそうになる気持ちを抑えて言った。

「わたしのクローゼットに山ほどあるわ」ジュヌヴィエーヴはその考えにすっかりうきうきしているようだった。「イギリスのティー・パーティーならではのスコーンとクロテッドクリームも作りましょう。きっと楽しいパーティーになるわ」

「そうね」サマーはうなずいた。この家に来てからまた四、五キロやせたので、ジュヌヴィエーヴの服も入らないことはない。といっても、体重が減ったのは彼女の料理がまずいからではなかった。それどころか、ジュヌヴィエーヴの料理の腕は抜群だった。やせた原因はたんに食欲がないからにすぎない。それでも、お世話になっている彼女がそれで喜ぶなら、花柄の服を着て、イギリスの田舎暮らしを楽しんでいる自分を装うことくらいできる。それにしても、毎日のようにパステルカラーの服を着るなんて皮肉なものね、とサマーは思った。本来なら喪にでも服したい気分なのに、ここに来てからはほとんど黒い服など着ていない。けれども実際、黒は心を憂鬱《ゆううつ》にさせるばかりで、憂鬱な思いなど、もううんざりだった。

明日になったらインターネットでアメリカ行きの便を予約して、すべてに区切りをつけよう。

いくら待ってもどうせタカシは現れはしない。窓際の椅子に座って冬枯れの庭を眺め、ひたすら毛糸を編むことで気をまぎらせて、無意識のうちに彼を待っている自分がいやだった。

ジュヌヴィエーヴの言うとおり、今日はこの季節にしてはとても暖かく、美しい日だった。冬眠から目覚めつつある庭にテーブルを出したジュヌヴィエーヴは、カントリー風のテーブルクロスやアンティークの食器でティー・パーティーの雰囲気を盛りあげていた。気乗りのしない顔のままおしゃれもせず、彼女をがっかりさせるわけにはいかない。ジュヌヴィエーヴのクローゼットから借りた花柄の淡いブルーのドレスは、フェミニンなシルエットで、ひかえめにレースのひだ飾りがついていた。ジュヌヴィエーヴは一九三〇年代のイギリスの社交界にデビューする女性でもイメージしているようで、それに合わせて髪も肩まで下ろした。

春間近という暖かな陽気に包まれた庭に出ると、結局ジリーもジュヌヴィエーヴの誘いを自発的に受け入れたようだった。花柄の淡いラベンダーのドレスに黒いサッシュベルトをつけることによって、自分なりにパンクロック風のアレンジを加えることは忘れていない。先のとがった髪型も、毛先がラベンダー色に染められていた。そして靴はもちろん、お気に入りの厚底の黒いブーツ。おしゃべりの止まらないジリーは見るからに幸せそうで、いまは妹のそんな顔を眺めるだけで充分だった。

朝食にコーヒー、午後のティータイムにはラプサン・スーチョンの紅茶。日本の緑茶が飲みたかったな、とサマーは思い、そんな自分を心のなかでたしなめながら椅子に腰を下ろして、編みかけの毛糸を膝の上に置いた。

最初に現れたのはピーターだった。怪我《けが》をしたという脚もほとんど完治したらしいけれど、詳しいことはあえて訊《き》かないようにしていた。〝委員会〟という組織の下で働くことにどんな危険がともなうかは、タカシを見ていればわかる。それについてはいまは考えたくなかった。

帰宅のあいさつがわりに身をかがめて頬にキスをする夫を、ジュヌヴィエーヴは輝くばかりの瞳で見上げた。そんな彼女の表情を目にして、サマーは急に胃が締めつけられるのを感じた。ジュヌヴィエーヴはなにも知らずに夫に恋い焦がれているわけではない。聡明《そうめい》な彼女はすべてを承知していた。まるで闇《やみ》に包まれた心の奥をのぞきこみ、そこにあるすべてを受け入れたかのように。

このわたしも同じことができるだろうか。といっても、それを確かめるチャンスがあるわけでもない。サマーは複雑な模様を編んでいる指先に集中した。

「もうじきイザベルも来る」ピーターはあえてなんでもないことのように言い、妻から紅茶の入ったカップを受けとった。「なにやら途中で用事があるらしくてね」

「じゃあ、もう少しお湯を沸かしておかないと」ジュヌヴィエーヴが言った。

「いいさ。彼女が濃い紅茶を好むのはきみも知ってるだろう。電子レンジでやればそれで充分だよ」

「それは正統なティー・パーティーに対する冒瀆《ぼうとく》よ！」とジュヌヴィエーヴは言った。そして車回しのほうに体を向けていた彼女は、急に目を細めた。「キッチンに来て手を貸して！」

「いまかい？　たったいま帰ったばかりなのに」ピーターは言いかえした。

「いいから来て」ジュヌヴィエーヴは譲らなかった。「あなたもよ、ジリー。スコーンを作るから手伝って」

両脚を組んで椅子に座り、その上で本を広げていたジリーは、目をぱちくりさせながら顔を上げた。「スコーンを作るって、ここにたくさんあるじゃない」

「とにかくあなたの手伝いが必要なの、ジリー」ジュヌヴィエーヴが弁護士らしい毅然《きぜん》とした口調で言うと、物理学の本に夢中になっていたジリーははっと我に返って腰を上げた。

「ああ、ごめんなさい。もちろん手伝うわ。じゃあ、姉さん、すぐに戻ってくるから」

「そんなに手が必要ならわたしも――」と手伝いを申しでると、三人はだいじょうぶと声をそろえて言った。

なによ。今日ってわたしの誕生日だったかしら。三人が家のなかに姿を消すのを見て、サマーは眉をひそめた。どうやら三人は驚きのプレゼントでも用意しているらしい。正直に言って、いまはそんな気分ではなかった。ここ数週間、三人はわたしがいつ感情を爆発させるのではないかといろいろ配慮してくれたようだけれど、人前ではなんとか平静を装って淡々と毎日を送ってきた。そんな決意が揺らぐのは、部屋でひとりきりになったときだった。涙すら流れない、眠れぬ夜。そこで直面するのは、ずたずたに引き裂かれるほどの心の痛みを負った、みじめな自分の姿だった。

ＰＴＳＤ。呪文《じゅもん》のように何度も唱えた言葉を、サマーは心のなかでふたたび繰りかえした。この症状を緩和する薬は必ずあるだろうし、ロサンゼルスに戻れば、必要な薬を処方してもらえるだろう。一日二回、錠剤なりなんなりを口に放りこめば、あの男のことなんてきれいさっぱり忘れられる。

それにしても誕生日は五月だし、三人がそのためのサプライズ・パーティーを計画しているはずはなかった。どうかいつのまにか母親まで戻ってきていて、娘思いの母を演じることにだけはなりませんように。いままでがそうであったように、そんな思いがうわべだけのものであることは、誰が見てもわかる。

編み物をいったん置いて、紅茶のカップに手を伸ばしたときだった。暖かな日の光が誰かの影にさえぎられて、サマーは顔を上げた。

その影の主はほかでもない、タカシ・オブライエンだった。タカシはかたわらに立って、こちらを見つめている。サマーはその姿を目にするなり、泣き崩れた。

編み物を取って芝生の上に投げたタカシは、目の前にひざまずき、両腕を腰に回して、椅子に座るサマーの腿に顔を埋《うず》めた。タカシはかすかに震えているようだった。頬を伝って止めどなくこぼれる涙がその体に落ち、サマーはタカシのつやのある長い髪をなでながらひたすら泣いた。

自分がどんな音をたてようと、人目を気にしている場合ではなかった。サマーはしゃくりあげては息を詰まらせ、むせぶように泣きじゃくった。ようやく解放することができた感情に、全身の震えは止まらなかった。タカシはひざまずいたまま体を起こし、椅子から自分の腕のなかへと彼女を引き寄せ、華奢《きゃしゃ》な女性なら壊れてしまいそうなほどの力強さでぎゅっと抱きしめた。耳元でささやかれる日本語の甘い響きは、いっそう涙を誘うものだった。

以前から自分は強い女性だと思っていたけれど、長いあいだこぼすことを許さなかった涙をこぼすことによって、なぜだかその強さにいっそう磨きがかかったような気がしてならなかった。胸を重ねたふたりの鼓動は互いに共鳴していた。そしてタカシは頼りがいのあるその手で、涙に濡《ぬ》れた顔にかかる髪をそっと払った。突然口づけをされたサマーは呼吸をすることもままならなかったが、そんなことさえもうどうでもいいことのように思えた。

「かんべんしてくれよ」背後から声がしてさっと顔を上げると、そこにはレノが立っていた。炎のように赤い髪をした頭には、その色とは対照的な白い包帯が巻かれている。レノは愛想を尽かしたような表情を浮かべ、こちらを見つめていた。「人前でそんな醜態をさらして、ふたりともよく恥ずかしくないな」

ようやく涙が止まると、ほっそりとしたレノのうしろからマダム・ランバートが姿を見せた。例によって彼女の装いには一分の隙《すき》もない。

「レノ、もうだいじょうぶなの？」サマーは泣きやんだばかりのかすれた声で言った。

「俺《おれ》はこのとおりぴんぴんしてるさ、外人さん。断っておくが、俺はまだあんたを家族に迎えることに同意したわけじゃない。まあ、いまのところ大目に見てやってはいるが、だからっていつかは心変わりするなんて期待するなよ」

「レノ、おまえはいま、この家のゲストなんだ。謙虚にふるまうのが礼儀だぞ」と家から出てきたピーターが言った。シャンパンの入ったグラスをいくつもトレーにのせて。「タフな荒くれ者だとまわりに思わせたいんだろうが、ほんとうのおまえはそんな男じゃない」

「それはどうかな、俺は朝食に外人の肉を……」そう言いかけたレノの声はだんだん小さくなった。パンク風にアレンジしたラベンダー色のドレスを着て、勢いよく家から出てきたのはジリーだった。黒革のコンバット・ブーツに先のとがった髪型。そしてその若々しい表情。レノはぴくりとも動かず、その場に立ちつくしたまま、ジリーの姿を見つめていた。まるで木槌《きづち》で頭を叩《たた》かれたかのように。

一方のジリーもはっと息をのんで立ちどまり、黒革の服に身を包んで髪をまっ赤に染めたエキゾチックな男を、まじまじと見つめかえしている。

「ふたりともそのまま」ジュヌヴィエーヴがタカシとサマーに向かって声をかけ、シャンパンの入ったグラスを差しだした。「抱きあっている姿のほうが、とてもしっくりくるもの」

タカシはサマーの腰に腕を回し、その体をぎゅっと引き寄せた。グラスを受けとるサマーの手はかすかに震えていたけれど、それはタカシにしても同じだった。

「幸せな結末に」とピーターが言い、グラスを上に掲げた。

「真の愛に」ジュヌヴィエーヴが夫に続いて言った。

「大好きなわたしの姉に」動揺を隠せないジリーが、あえてレノから視線をそらして乾杯に参加した。

「かんべんしてくれよ」なんとかいつもの自分を装って、レノがぼやくように言った。ジリーを意識しつつも、視線を合わせないようにしていて、こちらも動揺の色を隠せない。

「あんたらはみんなどうかしてるよ」

サマーは黒く美しいタカシの瞳の奥を見つめた。「そうね、どうかしてるわね」そしてタカシはサマーにキスをした。

著者の注記

本書において〈真の悟り教団〉とその教祖〝白様〟は、日本のカルト新興宗教団体、オウム真理教と、カリスマ的なその教祖、麻原彰晃を大まかな下敷きとして描かれている。十数年前、テロリストによる攻撃がまだ現在ほど頻出していなかった当時に東京で起きた地下鉄サリン事件は、大部分の人々の記憶に残っている。一九七八年にガイアナのジョーンズタウンで起きた人民寺院による集団自殺にしてもしかり、カルト教団には空恐ろしく、それでいてなぜか異様に人の興味を引く一面がある。信じる信じないはべつとして、事件を起こした実在の人物たちは、わたしが数々記したフィクションに登場する悪役と同じくらい、あるいはそれ以上に凶悪な犯罪を行っている場合がある。今回の執筆にあたってオウム真理教を用いたのは、そこを出発点として、間違った信念や妄想にかられた狂気の人間を創造したかったからである。

実際の事件に関してさらなる詳細を追いたい方々は、その事件を題材に何冊も本が出版されている。以下を参考にされたい。

ロバート・J・リフトン『終末と救済の幻想――オウム真理教とは何か』
イアン・リーダー『A Poisonous Cocktail?: Aum Shinrikyo's Path to Violence』
村上春樹『アンダーグラウンド』

訳者あとがき

『黒の微笑』（原題：BLACK ICE）、『白の情熱』（原題：COLD AS ICE）と続いている、アン・スチュアートの〝アイス・シリーズ〟の第三弾、『青の鼓動』（原題：ICE BLUE）をお届けします。

本シリーズではおなじみの秘密組織〝委員会〟が、世界の危機に際して今回送りこむスパイは、前作『白の情熱』にも主人公のピーターを助ける役で登場した、タカシ・オブライエン。その名前からもわかるとおり、タカシ・オブライエンは日本人の母とアイルランド系アメリカ人の父を持ち、〝委員会〟屈指の有能なスパイとして同組織のリーダー、マダム・ランバート――本シリーズではこれまたおなじみ――から絶対の信頼を寄せられている。今回の任務は、〝白様〟と崇拝される〈真の悟り教団〉の教祖の計画を未然に阻止すること。狂気にかられた〝白様〟率いるカルト教団の信者たちは、魂の解放と浄化という名目で、世界にハルマゲドンをもたらそうとしている。

著者のアン・スチュアートも注記で断っているように、今回の物語は実際に日本で起きた、オウム真理教の一連の事件を下敷きにして描かれていて、舞台もカリフォルニアからやがて東京、そして東北へと移り、現実に起きたできごとを想像させるような場面も、スリリングなストーリーテラーの才能を発揮してあちこちにちりばめられています。日本的な雰囲気を演出しようと著者が随所で用いている〝小道具〟は――はじめて日本に来たヒロインのアメリカ人が食券を買って注文するような店に入って親子丼《どん》と味噌《みそ》汁を食べたり、ヤクザの組長の孫である日本人の若者の部屋に浴衣が置いてあったり――日本の読者からすれば、たしかに読んでいてくすぐったい面もあるけれど、〝アイス・シリーズ〟の真骨頂である危険な香りを漂わせる無情なスパイとうぶなヒロインとの葛藤《かっとう》とロマンスが、我々にもなじみ深いところで繰り広げられているのはうれしいかぎり。ＹＯＳＨＩＫＩやＧａｃｋｔ、それに豊川悦司の大ファンを自称する著者が、ヒーロー役のタカシ・オブライエンにそのイメージを重ねあわせているのは間違いなく、ホットなラブシーンでどうしてもその三人の顔が思い浮かんできてしまうのが、まったくの裏話ではありますが個人的にちょっと訳しにくい点ではありました（苦笑）。

『青い鼓動』でヒロインとなっているのは、カリフォルニアの裕福な家庭で育ち、いまは美術館の学芸員をしているサマー・ホーソン。幼少時代のトラウマが原因で、セックスに対する恐怖心を完全に克服できないでいる彼女が、それこそ武器はその美しさとセックスのテクニックという冷徹なスパイ、タカシ・オブライエンを相手にどんなふうにして新しい真の自分を見いだすのか、物語の中盤ではかなり大胆で劇的な場面も用意されて、そのへんのところもアン・スチュアートならではの盛りあげ方が思う存分に堪能《たんのう》できます。

完全な解脱を熱望する狂気にかられた教祖。苦悩に満ちた世界において悟りや救いを求め、その教義を盲信する信者たち。教団の陰謀によって世界が破滅へと突き進む状況で、ほんとうに信じられるのはいったいなんなのか――その答えはきっとタカシやサマーが身をもって示してくれるでしょう。

ちなみに〝アイス・シリーズ〟の第四弾も、『ICE STORM』というタイトルですでにアメリカで出版されていて、今度はなんとあのマダム・ランバートが満を持してヒロイン役として登場します。三作を通じて謎《なぞ》の仮面をかぶったままでいるイザベル・ランバートが、今度はヒロイン役として、どんなヒーローを相手にどんな一面を見せるのか、その展開が非常に楽しみなところです。

それにしても、アン・スチュアート。人気を博している〝アイス・シリーズ〟が証明しているように、陰のあるヒーローを描かせたら右に出る者はいないという感じです。次回もどうぞご期待ください。

二〇〇八年六月

村井　愛

訳者　村井　愛

1968年生まれ。米国の大学で文学を学び、帰国後、翻訳の世界に入る。文芸、ミステリー、ノンフィクションなど幅広いジャンルの翻訳を手がける。主な訳書に、アン・スチュアート『黒の微笑』『白の情熱』、ジェイン・A・クレンツ『愛は砂漠の水のように』（以上、MIRA文庫）がある。

青の鼓動

2008年6月15日発行　第1刷

著　　者／アン・スチュアート
訳　　者／村井　愛（むらい　あい）
発 行 人／ベリンダ・ホブス
発 行 所／株式会社 ハーレクイン
東京都千代田区内神田 1-14-6
電話／03-3292-8091（営業）
03-3292-8457（読者サービス係）
印刷・製本／凸版印刷株式会社
装 幀 者／ZUGA

定価はカバーに表示してあります。
造本には十分注意しておりますが、乱丁（ページ順序の間違い）・落丁（本文の一部抜け落ち）がありました場合は、お取り替えいたします。ご面倒ですが、購入された書店名を明記の上、小社読者サービス係宛ご送付ください。送料小社負担にてお取り替えいたします。ただし、古書店で購入されたものについてはお取り替えできません。文章ばかりでなくデザインなども含めた本書のすべてにおいて、一部あるいは全部を無断で複写、複製することを禁じます。
®とTMがついているものはハーレクイン社の登録商標です。

Printed in Japan © Harlequin K.K. 2008
ISBN978-4-596-91296-1

黒の微笑
アン・スチュアート
村井 愛 訳
通訳の代打を頼まれた時には知る由もなかった。パリ郊外のシャトーに、暗黒の世界と運命の愛があることを…。AARアワード3部門受賞作品。

白の情熱
アン・スチュアート
村井 愛 訳
NYの弁護士ジュヌヴィエーヴは、書類にサインをもらうため、休暇を前に大富豪の船に立ち寄った。それが危険なバカンスの始まりだとは知らずに…。

秘めやかな報復
アン・スチュアート
細郷妙子 訳
ある夜の事件を境に、惹かれ合いながらも決別した優等生ジェニーと不良少年ディロン。12年振りの再会には抑えがたい情熱、そして危険な影が付きまとう。

欺きのワルツ
アン・スチュアート
佐野 晶 訳
裕福な家で世話になる代わりに、その家の令嬢をレディに教育する役目を負ったアネリーゼ。しかし、その令嬢には悪名高き美しい放蕩者が目をつけていて…。

黄昏に眠る記憶
ジェイン・A・クレンツ
水月 遙 訳
インテリアデザイナーのゾーイは、クライアントの家で、声なき悲鳴を聞いた。家を出ていったという彼の妻の行方が気になったゾーイは探偵を雇うが…。

月夜に咲く孤独
ジェイン・A・クレンツ
水月 遙 訳
ゾーイとイーサンは、深く愛し合いながらも、互いに不安な気持ちを抱えていた。そんな中、ゾーイの親友に危機が迫り…。大好評『黄昏に眠る記憶』続編。

砂漠に消えた人魚

ヘザー・グレアム
風音さやか 訳

19世紀末、嵐のテムズ川に人魚のように現れた娘。彼女の特殊な才能に気づいたサー・ハンターは遺跡発掘旅行のアシスタントに彼女を抜擢するが…。

冷たい夢

ヘザー・グレアム
風音さやか 訳

一流ダイバーが招集され、二百年前の沈没船捜索が始まった。海中で女性の死体らしきものを発見したジェンは…。新感覚ロマンティック・サスペンス。

霧にひそむ影

カーラ・ネガーズ
飛田野裕子 訳

殺人現場の第一発見者となってしまったカリーンを迎えにきたのは二度と会いたくなかった男。1年前、一方的に婚約破棄を告げて去ったタイラーだった。

川面に揺れる罠

カーラ・ネガーズ
飛田野裕子 訳

狙撃され重傷を負った連邦捜査官ロブは、ショックを隠せぬ双子の姉サラを心配し、同僚ネイトに彼女の保護を頼む。やがて、サラ宛に脅迫状が届き…。

愛と赦しのはざまで

シャロン・サラ
葉月悦子 訳

〝罪びと〟を名乗る男と不可解な誘拐殺人事件。事件の真相を探る美人リポーターと敏腕刑事を待ち受けていたのは…。珠玉のロマンティック・サスペンス。

あたたかな雪

ダイナ・マコール
富永佐知子 訳

飛行機の墜落事故で少年と女性が生き残った。透視能力のあるデボラは、追われるように雪山を逃げる二人の危機を察知して、救出へと向かうが…。

絶海のサンクチュアリ
レイチェル・リー
高科優子　訳

カリブ海の美しい島で次々と起こる変死。その原因に気付いているのは犬だけだった。獣医マーキーは愛犬ケイトーと医師デクランとともに謎を探るが…。

風の町にふたたび
ジョアン・ロス
皆川孝子　訳

過去は葬ったはずだった、殺人事件が起きるまでは。一本の電話に導かれ殺害現場を訪れたラジオDJのフェイスは、忘れられない男性に再会し…。

暁の予知夢
ビバリー・バートン
辻　ゆう子　訳

凶悪な連続殺人事件の予知映像（ビジョン）を見たジェニーの身に、絶体絶命の危機が迫っていた――人気作家ビバリー・バートンの新シリーズが登場！

ダイヤモンドの海
リンダ・ハワード
落合どみ　訳

瀕死のケルを見つけたのは、若き未亡人レイチェル。命を狙われる諜報員と辛い過去を背負う女を待ち受ける劇的な運命とは!?　『炎のコスタリカ』関連作。

天使は同じ夢を見る
エリカ・スピンドラー
佐藤利恵　訳

女刑事キットが少女連続殺人犯SAKを取り逃がして五年後、酷似した事件が起こった。だが、SAKを名乗る男から、模倣犯の仕業を示唆する電話がかかり…。

キスで終わる夜明け
ノーラ・ロバーツ
長田乃莉子　訳

狡猾な窃盗事件を解決するため、女刑事アリーと高級ナイトクラブの経営者ジョーナが手を組んだ。切れ者二人が追いかけるのは犯人そして互いの心…。